O EXORCISTA

WILLIAM PETER BLATTY

O exorcista

Tradução
Carolina Caires Coelho

Rio de Janeiro, 2024

Copyright © 2011 by Julie A. Blatty Trust. All rights reserved.
Título original: The Exorcist

Todos os direitos desta publicação são reservados à Casa dos Livros Editora LTDA. Nenhuma parte desta obra pode ser apropriada e estocada em sistema de banco de dados ou processo similar, em qualquer forma ou ameio, seja eletrônico, de fotocópia, gravação etc., sem a permissão do detentor do copyright.

Diretora editorial: *Raquel Cozer.*
Gerente editorial: *Alice Mello*
Editor: *Ulisses Teixeira*
Copidesque: *Carolina Vaz*
Liberação de original: *Paula de Carvalho*
Revisão: *André Sequeira*
Capa: *Elmo Rosa*
Diagramação: *Abreu's System*

CIP-Brasil. Catalogação na Publicação
Sindicato Nacional dos Editores de Livros, RJ

B583e
    Blatty, William Peter
        O exorcista / William Peter Blatty; tradução Carolina Caires Coelho. – 1. ed. – Rio de Janeiro: Harper Collins, 2019.
    336 p.

        Tradução de: The exorcist
        ISBN 9788595086234

        1. Ficção americana. I. Coelho, Carolina Caires. II. Título.

19-59101   CDD: 813
                                        CDU: 82-3(73)

Vanessa Mafra Xavier Salgado – Bibliotecária – CRB-7/6644

Os pontos de vista desta obra são de responsabilidade de seu autor, não refletindo necessariamente a posição da HarperCollins Brasil, da HarperCollins Publishers ou de sua equipe editorial.

HarperCollins Brasil é uma marca licenciada à Casa dos Livros Editora LTDA.
Todos os direitos reservados à Casa dos Livros Editora LTDA.
Rua da Quitanda, 86, sala 601A — Centro
Rio de Janeiro, RJ — CEP 20091-005
Tel.: (21) 3175-1030
www.harpercollins.com.br

Para Julie

Mal [Jesus] saltou em terra, veio-lhe ao encontro um homem dessa região, possuído de muitos demônios [...] Havia muito tempo que se apoderaram dele, e guardavam-no preso em correntes e com grilhões nos pés, mas ele rompia as correntes e era impelido pelo demônio para os desertos. Jesus perguntou-lhe: Qual é o teu nome? Ele respondeu: Legião!

— Lucas 8:27-30

James Torello: Jackson foi pendurado naquele gancho de carne. O cara era tão pesado que entortou o gancho. Ficou naquela coisa por três dias antes de morrer.

Frank Buccieri (rindo): Jackie, você devia ter visto o cara. Ele parecia um elefante. E quando Jimmy o acertou com aquela vara elétrica...

James Torello (animado): Ele ficava se contorcendo naquele gancho, Jackie. Jogamos água nele para aumentar a potência do choque, e ele gritava...

— Trecho de conversa telefônica da Cosa Nostra, gravada pelo FBI, sobre o assassinato de William Jackson

Não há outra explicação para algumas das coisas que os comunistas fizeram. Como o padre que teve oito pregos enfiados na cabeça... E também as sete crianças e a professora. Eles estavam rezando o Pai Nosso quando os soldados atacaram. Um deles sacou a baioneta e arrancou a língua da professora. O outro pegou hashis e os enfiou nos ouvidos das sete crianças. Como tratar casos assim?

— Dr. Tom Dooley

Dachau
Auschwitz
Buchenwald

Sumário

Prólogo — 13

I O começo
Capítulo um — 21
Capítulo dois — 56
Capítulo três — 61
Capítulo quatro — 71

II A beira
Capítulo um — 91
Capítulo dois — 99
Capítulo três — 111
Capítulo quatro — 125
Capítulo cinco — 150
Capítulo seis — 168

III O abismo
Capítulo um — 195
Capítulo dois — 248

IV "E que meu apelo chegue a Ti..."
Capítulo um — 283
Epílogo — 329

Nota do autor — 335

Prólogo

Norte do Iraque

O sol forte fazia gotas de suor brotarem na testa do velho, mas, ainda assim, ele envolveu o copo de chá quente com as mãos como se quisesse aquecê-las. Não conseguia esquecer a premonição, que se agarrava às costas dele como folhas frias e molhadas.

A escavação havia terminado. A terra que cobria o túmulo fora peneirada, extrato por extrato, suas entranhas examinadas, rotuladas e despachadas: contas e pingentes; objetos de glíptica; falos; morteiros manchados de ocre; vasos queimados. Nada incomum. Uma caixa assíria de marfim. E gente. Ossos de gente. Os restos do tormento cósmico que já havia feito o homem se perguntar se a matéria seria Lúcifer subindo até seu Deus. E agora ele sabia o que era. O cheiro do alcaçuz e do tamarisco atraiu seu olhar para os montes tomados por papoulas; para as planícies de junco, para a estrada incerta e cheia de pedras que serpenteava para dentro do nada. A noroeste ficava Mossul; a leste, Arbil; ao sul, Bagdá, Kirkuk e a fornalha de Nabucodonosor. Ele mudou a posição das pernas embaixo da mesa, alocada à frente da chaikhana solitária à beira da estrada, e olhou para a grama em suas botas e calça cáqui. Bebericou seu chá. A escavação tinha acabado. O que estava começando? Ele analisou tal pensamento como uma descoberta nova, mas não conseguiu defini-lo.

Alguém respirou de modo sibilante dentro da chaikhana; o velho proprietário caminhou na direção dele, levantando poeira com sapatos de fabricação russa que ele usava como se fossem chinelos, as tábuas rangendo sob seus passos. Sua sombra escura cobriu a mesa.

— *Kaman chay, chawaga?*

O homem de calça cáqui negou com um movimento da cabeça, olhando para os sapatos sem cadarços, sujos, cobertos por destroços da dor de viver. A matéria do cosmos, ele refletiu: matéria — mas, de alguma forma, finalmente espírito. Os espíritos e os sapatos eram, para ele, apenas aspectos de algo mais fundamental, algo essencial e totalmente diferente.

A sombra se moveu. O curdo permaneceu parado como uma antiga dívida. O velho de calça cáqui encarou seus olhos, que eram manchados, como se uma membrana leitosa tivesse sido colada sobre a íris. Glaucoma. Antes, ele não poderia ter amado aquele homem. Pegou a carteira e procurou por uma moeda entre todos os papéis amassados: alguns dinares; uma carteira de habilitação iraquiana; um puído calendário católico de plástico de doze anos antes. Ele trazia uma inscrição no verso: O QUE DAMOS AOS POBRES É O QUE LEVAMOS CONOSCO NA MORTE. Pagou pelo chá e deixou uma gorjeta de cinquenta fils numa mesa lascada de cor triste.

Caminhou até seu jipe. O som metálico da chave entrando na ignição cortou o silêncio. Por um momento, ele parou e olhou para a frente, pensativo. A distância, brilhando em meio às ondas de calor que subiam do chão e a faziam parecer uma ilha flutuante no céu, ele viu o topo plano da cidade de Erbil, com os telhados quebrados contra as nuvens como uma bênção arruinada, suja de lama.

As folhas grudaram ainda mais em suas costas.

Algo estava à sua espera.

— *Allah ma'ak, chawaga*.

Dentes podres. O curdo sorria e acenava um adeus. O homem de calça cáqui buscou um pouco de compaixão dentro de si e acenou de volta, abrindo um sorriso amarelo que desapareceu assim que desviou o olhar. Ele ligou o motor, fez um retorno estreito e seguiu em direção a Mossul. O curdo ficou olhando, confuso, com a triste sensação de perda ao ver o jipe ganhar velocidade. Do que sentia falta? O que ele vivenciara na presença do desconhecido? Algo como segurança, ele lembrou; uma sensação de proteção e profundo bem-estar. Agora, tal impressão desaparecia com o jipe, que se afastava depressa. Ele se sentiu estranhamente sozinho.

Às 18h10, o relatório foi finalizado. O curador de antiguidades, um árabe de bochechas flácidas, anotava uma observação final no livro sobre a mesa. Por um momento, ele parou e olhou o amigo enquanto enfiava a ponta da pena no pote de tinta. O homem de calça cáqui parecia perdido em pensamentos. Estava parado ao lado de uma mesa, com as mãos nos bolsos, olhando para um vestígio seco e etiquetado do passado. Curioso, sem se mover, o curador olhou o homem por alguns instantes, então voltou a escrever com uma letra muito pequena e legível até que, por fim, suspirou e pousou a caneta ao olhar o relógio. O trem para Bagdá partia às vinte horas. Ele passou o mata-borrão na página e ofereceu chá.

Com os olhos ainda fixos em algo sobre a mesa, o homem de calça cáqui balançou a cabeça. O árabe analisava o amigo, confuso. O que estava acontecendo? Havia algo no ar. Ele se levantou e se aproximou, sentindo um leve formigar na nuca quando seu amigo finalmente se mexeu para pegar um amuleto de pedra verde, pensativo. Era uma cabeça do demônio Pazuzu, personificação do vento sudoeste. Seu poder era a doença e os males. A cabeça estava furada. O dono do amuleto o usara como escudo.

— O mal contra o mal — disse o curador, abanando-se languidamente com uma publicação científica francesa que tinha uma marca de digital feita com azeite de oliva na capa.

Seu amigo não se moveu; não fez qualquer comentário. O curador inclinou a cabeça.

— Alguma coisa errada? — perguntou.

Nenhuma resposta.

— Padre Merrin?

O homem de calça cáqui pareceu ainda não ouvir, absorto no amuleto, sua última descoberta. Depois de um instante, ele o abaixou, então olhou para o árabe de forma inquisitiva. Ele dissera alguma coisa?

— Não, padre. Nada.

Eles se despediram.

Na porta, o curador apertou a mão do senhor com mais firmeza do que o normal.

— Meu coração tem um desejo: que o senhor não vá.

O amigo respondeu suavemente, falando sobre o chá, sobre o tempo, sobre algo a fazer.

— Não, não, não! Eu quis dizer para casa!

O homem de calça cáqui notou um pequeno pedaço de grão de bico cozido no canto da boca do árabe, mas seus olhos estavam distantes.

— Para casa... — repetiu ele.

A palavra soou como um fim.

— Para os Estados Unidos — acrescentou o curador árabe, tentando imaginar, no mesmo momento, por que o fizera.

O homem de calça cáqui viu a preocupação do outro. Nunca tivera dificuldade para amar aquele homem.

— Adeus — disse ele, com a voz baixa, e virou-se rapidamente em direção à rua escura, de volta para casa, cuja distância parecia, de certo modo, indeterminada.

— Nos vemos no ano que vem! — gritou o curador da porta.

Mas o homem de calça cáqui não se virou. O árabe o observou atravessar uma rua estreita na diagonal, quase colidindo com uma charrete que passava apressada. Dentro dela havia uma árabe corpulenta e idosa, cujo rosto não passava de uma sombra atrás do véu de renda preta caído como um sudário sobre a face. Ele imaginou que ela estivesse atrasada para um compromisso. Logo perdeu de vista a amiga apressada.

O homem de calça cáqui seguiu seu caminho. Afastando-se da cidade, chegou aos subúrbios e atravessou o rio Tigre com passos rápidos, mas, ao se aproximar das ruínas, desacelerou, já que, a cada passo, o vago pressentimento ganhava uma forma mais firme e aterrorizante.

Mas, ainda assim, ele precisava saber. Precisaria se preparar.

Uma prancha de madeira, que servia de ponte sobre o lamacento rio Khosr, rangeu sob seu peso. Então ali estava, sobre o ponto onde antes se localizava Nínive, a casa das temidas hordas assírias com 15 portões. Nesse momento, a cidade se espalhava na poeira sangrenta de sua predestinação. E, mesmo assim, ali estava ele, o ar ainda carregado de seu cheiro, daquele Outro que invadia seus sonhos.

O homem de calça cáqui observou as ruínas. O Templo de Nabu. O Templo de Ishtar. Sentiu vibrações. No palácio de Ashurbanipal, ele parou e olhou para uma descomunal estátua de calcário *in situ*. Asas desgrenhadas e garras nos pés. Um pênis inchado, grande, ereto, e a boca aberta num sorriso feroz. O demônio Pazuzu.

De repente, o homem de calça cáqui se curvou.

Abaixou a cabeça.
Ele sabia.
Estava chegando.
Olhou para a poeira e as sombras que se assomavam depressa. O sol começava a se esconder atrás da linha do horizonte, a borda do mundo, e ele ouvia os latidos distantes de matilhas às margens da cidade. Desenrolou a manga da camisa e a abotoou ao sentir uma brisa fria que vinha do sudoeste.

Então se apressou em direção a Mossul e a seu trem, o coração apertado com a certeza gélida de que, em breve, seria procurado por um antigo inimigo cujo rosto ele nunca vira.

Mas ele sabia seu nome.

Parte I
O COMEÇO

Capítulo um

Assim como o breve brilho dos raios de sol não é notado pelos olhos dos cegos, o começo do horror passou despercebido; de fato, com a comoção do que ocorreria em seguida, o início foi esquecido e talvez nem mesmo relacionado ao horror. Era difícil saber.

A casa era alugada. Sombria. Séria. Uma construção colonial de tijolos tomada por heras na região de Georgetown, Washington D.C. Do outro lado da rua havia um anexo do campus da Universidade de Georgetown; atrás, um monte íngreme que levava à movimentada rua M e, logo mais à frente, ao rio Potomac. Na manhã de 1º de abril, a casa estava silenciosa. Chris MacNeil estava sentada na cama, decorando as falas da filmagem do dia seguinte; Regan, sua filha, dormia no quarto ao fim do corredor, e, adormecidos no andar de baixo, num quarto perto da despensa, encontravam-se os empregados de meia-idade, Willie e Karl. Aproximadamente à 0h25, Chris desviou os olhos do roteiro, franzindo a testa. Ouviu sons parecidos com batidas. Estranhos. Abafados. Fortes. Constantes. Um código desconhecido feito por um morto.

Que estranho...

Por um momento, Chris ficou escutando, então decidiu ignorá-los. Mas ela não conseguia se concentrar com a insistência do ruído. Largou o roteiro na cama com irritação.

Minha nossa, que inferno!

E se levantou para investigar.

Foi até o corredor e olhou ao redor. As batidas pareciam vir do quarto de Regan.

O que ela está fazendo lá dentro?

Quando ela atravessou o corredor, os ruídos ficaram mais altos e mais rápidos de repente, mas, ao abrir a porta e entrar no quarto, cessaram abruptamente.

Que merda é essa?

Sua linda filha de 11 anos estava dormindo, aconchegada a um panda de pelúcia de olhos arregalados. Pookey. Desbotado por anos de adulação; anos de abraços e beijos quentes e úmidos.

Chris caminhou com cuidado até a beira da cama da filha, inclinou-se para perto e sussurrou:

— Rags? Você está acordada?

Respiração regular. Pesada. Profunda.

Chris olhou ao redor do quarto. A luz fraca do corredor empalidecia os quadros e as esculturas, além dos bichinhos de pelúcia.

Certo, Rags. Sua mãe está morrendo de medo. Vamos, diga que isso é brincadeira de 1º de abril!

Mas a mãe sabia que Regan não fazia brincadeiras como aquela. A menina tinha uma natureza tímida e reservada. Então quem estava aprontando? Sua mente sonolenta, tentando encontrar ordem nos sons da tubulação de água e do sistema de aquecimento? Certa vez, nas montanhas do Butão, ela passara horas olhando um monge budista sentado no chão, meditando. Por fim, pensou o ter visto levitar, mas, quando contava a história a alguém, invariavelmente acrescentava um "talvez". E talvez agora, pensou ela, sua mente — aquela fábrica incansável de ilusões — estivesse exagerando os ruídos.

Que nada! Eu ouvi!

De repente, ela olhou para o teto.

Ali! Batidas leves.

Ratos no sótão, meu Deus! Ratos!

Ela suspirou. É isso. Ratazanas. Tum, tum! Sentiu-se estranhamente aliviada. E notou o frio. O quarto. Estava congelante.

Chris caminhou até a janela. Fechada. Em seguida, checou o aquecedor. Quente.

O que estava acontecendo?

Confusa, ela se aproximou da cama e tocou o rosto de Regan. Sentiu a pele macia e um pouco suada da menina.

Devo estar ficando doente!
Chris olhou para a filha, para o nariz arrebitado e o rosto sardento, e, num impulso, debruçou-se sobre a cama e beijou seu rosto.
— Amo muito você — sussurrou ela.
Depois disso, voltou para seu quarto, sua cama e seu roteiro.
Por algum tempo, Chris conseguiu estudar. O filme era uma comédia musical, um remake de *A Mulher Faz o Homem*. Uma trama secundária havia sido acrescentada, a respeito de insurreições num campus. Chris atuaria naquela parte, interpretando uma professora de psicologia que defendia os rebeldes. Detestava o papel. *Essa cena é absurda!*, pensava. *Que idiota!* Sua mente, embora inculta, não aceitava tudo que lia como verdade, e, como um gaio-azul, ela bicava incansavelmente entre a verborragia para encontrar o reluzente fato escondido. Assim, a causa rebelde não fazia sentido algum para ela. *Mas como?*, questionava-se. *Conflito de gerações? Que bobagem. Tenho 32 anos. Que idiotice, é uma...!*
Calma. Só mais uma semana.
Eles finalizariam as cenas internas no estúdio em Hollywood, e só restavam poucas gravações externas a serem feitas no campus da Universidade de Georgetown, começando no dia seguinte.
Pálpebras pesadas. Ela estava ficando sonolenta. Virou uma página com um rasgo peculiar no canto. Quando ficava tenso, seu diretor, o inglês Burke Dennings, rasgava, com os dedos trêmulos, uma faixa estreita do canto da página mais próxima do roteiro e a mastigava, centímetro a centímetro, até transformá-la numa bolinha molhada na boca.
Burke é maluco, pensou Chris.
Ela conteve um bocejo e olhou com carinho para a lateral do roteiro. As páginas pareciam roídas. Ela se lembrou dos ratos. *Os malditos têm ritmo*, pensou. Decidiu que pediria a Karl para instalar ratoeiras de manhã.
Dedos relaxando. Roteiro escorregando. Ela o deixou cair. *Idiota*, pensou. *Que idiota!* Levou a mão ao abajur sem olhar. *Pronto.* Suspirou e, por um momento, permaneceu imóvel, quase adormecida, depois afastou preguiçosamente os cobertores com uma perna.
Quente demais! Muito quente! Ela pensou de novo no frio estranho do quarto de Regan e se lembrou de um trabalho realizado com Edward

G. Robinson, o lendário ator dos filmes de gângster dos anos 1940. Lembrou que, em todas as cenas que faziam juntos, ela ficava tremendo de frio, até perceber que o velho veterano fazia de tudo para permanecer sob a luz do holofote. Chris esboçou um sorriso e, com a névoa do orvalho cobrindo as janelas, adormeceu. Sonhou com a morte e todas as suas particularidades assombrosas, a morte como se ainda fosse algo desconhecido; enquanto algo ressoava, ela arfou, rendendo-se, escorregando num vão enquanto não parava de pensar, não existirei mais, vou morrer, deixarei de existir para sempre. Ah, Pai, não permita, ah, não permita que eles façam isso, não permita que eu vire um nada para sempre, desfazendo-se, soltando-se, ressoando, o toque...

O telefone!

Ela acordou com o coração aos pulos, a mão no telefone e uma sensação de vazio no estômago; o vazio por dentro e o toque do telefone.

Ela atendeu. Era o assistente de direção.

— Maquiagem às seis, querida.

— Ok.

— Como você está?

— Como se tivesse acabado de pregar o olho.

O homem riu.

— Até mais.

— Até.

Chris desligou o telefone e permaneceu imóvel, sentada na cama, pensando no sonho. Um sonho? Tinha sido algo mais parecido com pensamentos num período insone: aquela claridade horrorosa. O reluzir do crânio. O não ser. Irreversível. Ela não conseguia imaginar aquilo.

Meu Deus! Não pode ser!

Desanimada, baixou a cabeça.

Mas é.

Ela foi ao banheiro, vestiu um roupão e rapidamente desceu os degraus de madeira até a cozinha, onde escutou o som de bacon sendo frito.

— Ah, bom dia, sra. MacNeil!

Willie, pálida e cansada, espremendo laranjas com olheiras escuras. Um vestígio de sotaque. Suíço. Como o de Karl. Ela limpou as mãos num papel toalha e começou a se mover em direção ao forno.

— Eu pego, Willie — disse Chris, sempre sensível, ao ver a expressão de cansaço da empregada.

Enquanto Willie resmungava e se voltava para a pia, a atriz serviu-se de café e se sentou à mesa da copa, onde, ao olhar para o próprio prato, sorriu com carinho ao ver uma rosa vermelha se destacando contra o branco. *Regan. Que anjo!* Em muitas manhãs, quando Chris estava trabalhando, Regan saía discretamente do quarto, descia até a cozinha, colocava uma flor no prato vazio da mãe e, com os olhos semicerrados e sonolentos, voltava para a cama. Naquela manhã em especial, Chris balançou a cabeça com pesar ao lembrar que pensara em dar à filha o nome Goneril. *Claro. Teria sido ótimo. Eu poderia me preparar para o pior.* Chris esboçou um sorriso com a lembrança. Deu um gole no café e, ao voltar a encarar a rosa, sua expressão tornou-se levemente triste, os olhos verdes pesarosos no rosto abatido. Lembrou-se de outra flor. Um filho. Jamie. Ele morrera muito tempo antes, quando tinha três anos. Chris era muito jovem, uma dançarina desconhecida na Broadway, e jurou que nunca mais se dedicaria a alguém como se dedicou a Jamie e ao pai dele, Howard MacNeil. Seu sonho sobre a morte começou a se misturar ao vapor do café quente e puro, e ela desviou o olhar da rosa, afastando esses pensamentos, enquanto Willie colocava o suco à sua frente.

Chris lembrou-se dos ratos.

— Onde está Karl?

— Aqui, senhora!

Ele apareceu, ágil e sorrateiro, saindo de uma das portas da despensa. Enérgico, porém respeitoso, o homem trazia um curativo grudado ao queixo, onde se cortara fazendo a barba.

— Sim?

Musculoso e alto, ele parou ao lado da mesa, ofegante, com seus olhos brilhantes, nariz aquilino e cabeça careca.

— Karl, há ratos no sótão. Acho melhor arrumar umas ratoeiras.

— Ratos?

— Foi o que eu disse.

— Mas o sótão está limpo.

— Tudo bem, então há ratos limpos!

— Nada de ratos.

— Karl, escutei o barulho que eles fizeram ontem à noite.
— Talvez encanamento — opinou Karl —, talvez tábuas.
— Talvez *ratos*! Pode comprar as malditas ratoeiras e parar de discutir?
— Sim! Vou agora! — disse Karl, afastando-se.
— *Agora* não, Karl! As lojas estão fechadas!
— Estão fechadas! — repetiu Willie, gritando para ele.
Mas Karl já havia partido.

Chris e Willie se entreolharam. Balançando a cabeça, Willie voltou a cuidar do bacon. Chris bebeu o café. *Estranho. É mesmo um homem estranho*, pensou ela. Era como Willie, trabalhador, muito leal e discreto. Ainda assim, algo nele a deixava levemente inquieta. O que podia ser? Aquele leve ar de arrogância? Não. Algo mais. Mas ela não sabia o quê. Os dois já trabalhavam para ela havia quase seis anos, mas, ainda assim, Karl continuava sendo um mistério: um hieróglifo falante, ambulante e sem tradução, realizando as tarefas com agilidade. No entanto, por trás da máscara, algo se movia; ela conseguia escutar as engrenagens da sua mente trabalhando. A porta da frente se abriu com um rangido, então bateu.

— Estão fechadas — murmurou Willie.

Chris mordiscou o bacon e voltou ao quarto, onde vestiu a blusa de lã e a saia do figurino. Olhou no espelho e observou com uma expressão séria os cabelos ruivos e curtos, que pareciam sempre despenteados; as sardinhas no rosto pequeno e limpo; e então, envesgando os olhos e abrindo um sorriso idiota, disse: *Ah, olá, queridíssima vizinha! Posso falar com seu marido? Seu amante? Seu cafetão? Ah, seu cafetão está no asilo? Que triste!* Ela mostrou a língua para si mesma. E desanimou. *Ah, caramba, que vida!* Pegou a caixa com a peruca, desceu a escada e saiu para a rua fria e arborizada.

Parou do lado de fora da casa por um momento, sentindo o frescor matinal, os abafados sons rotineiros da vida desperta. Lançou um olhar pensativo para a direita, onde, ao lado da casa, uma escadaria íngreme de degraus de pedra descia até a rua M; um pouco adiante ficavam os antigos torreões de tijolos em estilo rococó e o telhado em estilo mediterrâneo da oficina Car Barn. *Divertido. Bairro divertido*, pensou ela. *Caramba, por que não fico? Compro a casa? Começo a viver?* Um sino tocou alto. Era o relógio da torre do campus da Universidade de Georgetown. A ressonância melancólica ondulou na superfície do rio lamacento e adentrou o coração cansado da atriz. Ela caminhou em direção ao trabalho, em direção àquela piada simplória e grotesca.

Quando adentrou os portões principais do campus, Chris sentiu a depressão diminuir; ainda mais quando olhou para a fileira de trailers que serviam de camarins ao longo da rua próxima ao muro, ao sul. Às oito da manhã, na primeira filmagem do dia, ela já se sentia quase ela mesma, e começou a discutir o roteiro.

— Ei, Burke. Pode dar uma olhadinha nesta porcaria?

— Ah, você *tem* um roteiro. Que ótimo! — disse o diretor Burke Dennings.

Ele era tenso e pequeno, com um tique nervoso no olho esquerdo, que brilhava de malícia. O homem rasgou cuidadosamente uma tira de uma página do roteiro com dedos trêmulos e uma risada rouca antes de completar:

— Acho que vou comer um pouco.

Eles estavam sentados na esplanada em frente ao prédio da administração da universidade, envolvidos com figurinistas, atores e a equipe principal do filme, enquanto, aqui e ali, alguns espectadores ocupavam o gramado, a maioria deles do departamento jesuíta. O cinegrafista, entediado, começou a ler o jornal *Daily Variety* enquanto Dennings enfiava o papel na boca e ria, com o hálito denunciando levemente o cheiro do primeiro drinque da manhã.

— Ah, sim, estou *muitíssimo* contente por você ter recebido um roteiro!

Era um homem astuto e magro na casa dos 50 anos, que falava com um sotaque britânico tão charmoso e correto que fazia as piores obscenidades parecerem elegantes. Quando bebia, parecia estar sempre à beira da gargalhar; passava a impressão de estar constantemente se esforçando para manter a compostura.

— Diga-me, então, querida. O que foi? O que há de errado?

Na cena em questão, o reitor da famosa universidade abordava um grupo de alunos a fim de tentar acabar com uma manifestação pacífica. Chris subiria correndo os degraus da esplanada, arrancaria o megafone da mão do reitor e, apontando para o prédio da administração, gritaria: "Vamos destruir tudo!"

— Não faz o menor sentido — disse Chris.
— Olha, está bem claro para mim — mentiu Dennings.
— Ah, é mesmo? Então, por favor, explique. Por que eles têm que destruir o prédio? Para quê? Qual é o conceito?
— Você está me sacaneando?
— Não, estou perguntando: para quê?
— Porque está escrito, linda!
— No roteiro?
— Não, no *cenário*!
— Qual é, Burke? Não tem nada a ver. Não é do feitio da personagem. Ela não faria isso.
— Faria, sim.
— Não faria.
— Quer chamar o roteirista? Acho que ele está em Paris!
— Se escondendo?
— Trepando!

Ele disse aquilo com uma dicção impecável, os olhos sagazes brilhando enquanto a palavra reverberava nas torres góticas do campus. Chris começou a rir, perdendo as forças e apoiando-se nos ombros dele.

— Caramba, Burke, você é impossível!
— Sim — respondeu, como César diria ao confirmar modestamente relatos de sua tripla rejeição à Coroa. — Agora podemos continuar?

Chris não ouviu o que ele disse. Em vez disso, lançou um olhar furtivo e envergonhado a um jesuíta de cerca de 40 anos entre os espectadores, verificando se ele escutara a obscenidade. Seu rosto era moreno, enrugado. Como o de um boxeador. Marcado. Seus olhos expressavam certa tristeza, certo pesar, e ainda assim eram calorosos e tranquilos quando se fixaram nos dela. Ele assentiu, sorrindo. Havia escutado. Então olhou o relógio e se afastou.

— Podemos continuar?

Chris voltou à conversa.

— Sim, claro, Burke. Vamos em frente.
— Graças a Deus.
— Não, espere!
— Ai, meu Deus!

Ela reclamou sobre o final da cena. Acreditava que o ponto alto era sua fala, e não ela correndo pela porta do prédio logo depois.

— Não acrescenta em nada — opinou Chris. — É ridículo.

— Pois é, querida, é, sim — concordou Burke, com sinceridade. — No entanto, o editor insiste para que a façamos. Entende?

— Não, não entendo.

— Não, claro que não entende, querida, porque você tem toda a razão, é ridículo. Veja, por exemplo, a cena logo depois — continuou ele, rindo. — Como ela começa com Jed *entrando* pela porta, o editor acredita que será o máximo se a cena anterior acabar com você *saindo* pela porta.

— Está de brincadeira?

— Ah, eu concordo, querida. É uma bela de uma porcaria! Mas por que não gravamos logo? Pode confiar em mim, tirarei essa parte da versão final. Vai ficar bem mais interessante.

Chris riu. E concordou. Burke olhou na direção do editor, que era conhecido por ser um egocêntrico temperamental que não perdia tempo com discussões. Ele estava absorto numa conversa com o cinegrafista. O diretor suspirou de alívio.

Enquanto esperava os holofotes esquentarem no gramado ao fim da escada, Chris observava Dennings, que gritava um palavrão a um desafortunado maquinista e irradiava satisfação. Parecia muito à vontade em sua excentricidade. Mas ela sabia que, em determinado ponto de sua bebedeira, ele poderia ter um acesso repentino e, quando isso acontecia às três ou quatro horas da manhã, era provável que ele ligasse para pessoas importantes e as ofendesse sem qualquer motivo. Ela lembrou-se de um chefe de estúdio cujo erro fora fazer um comentário simples, numa exibição, a respeito da camisa de Dennings, dizendo que as mangas pareciam um pouco puídas. Isso fez o diretor acordá-lo por volta das três horas da manhã para dizer que ele era um "caipira desgraçado" cujo pai, o fundador do estúdio, era "provavelmente psicótico!" e havia "dado em cima de Judy Garland várias vezes" durante as filmagens de *O Mágico de Oz*. No dia seguinte, fingiu não se lembrar de nada e pareceu radiante quando os ofendidos descreveram com detalhes o que ele fizera. No entanto, quando lhe era conveniente, ele lembrava. Chris sorriu e balançou a cabeça ao se recordar de quando o homem destruiu os escritórios do estúdio num acesso de raiva cega provocado pela bebida, e de como, mais tarde, ao ser confrontado pelo chefe de produção do estúdio com uma conta detalhada dos estragos e fotos de Polaroide da destruição, negou tudo, dizendo que as imagens "eram claramente falsas", uma vez que o estrago tinha sido "muito, muito pior do que aquilo!". Chris não acreditava que ele fosse alcoólatra nem um beberrão inveterado, mas sim que bebia e agia de modo ousado porque esse era o esperado: estava fazendo jus à fama.

Bem, pensou ela. *Eu diria que é um tipo de imortalidade.*

Ela virou-se para trás, olhando o jesuíta que sorriu quando Burke xingou. Ele se afastava com a cabeça baixa, melancólico, como uma nuvem negra solitária em busca de chuva. Ela nunca gostou de padres. Tão firmes. Tão confiantes. Mas aquele...

— Tudo pronto, Chris?
— Tudo.
— Certo, silêncio absoluto! — gritou o assistente de direção.
— Vamos gravar! — berrou Burke.
— Gravando!
— Depressa!
— E... ação!

Chris subiu a escada correndo enquanto os figurantes gritavam e Dennings a observava, tentando adivinhar o que estava pensando. Havia desistido da discussão depressa demais. Ele olhou para o treinador de diálogos, que imediatamente se aproximou e entregou a ele o roteiro aberto, como um coroinha entrega o missal ao padre durante a missa.

Eles trabalharam sob sol intermitente até que, às dezesseis horas, o céu escureceu, coberto por nuvens escuras e pesadas.

— Burke, estamos perdendo luz — disse o assistente, preocupado.
— Sim, ela está indo para o outro lado da porra do mundo!

Seguindo instruções de Dennings, o assistente de direção dispensou a equipe, e Chris começou a caminhar em direção à sua casa, olhando para a calçada e sentindo-se muito cansada. Na esquina da rua 36 com a O, parou para dar um autógrafo ao atendente italiano idoso de um mercado que a chamou à porta da loja. Ela escreveu seu nome e "Tudo de bom" num saco de papel pardo. Enquanto esperava um carro passar antes de atravessar a rua N, olhou para o outro lado, para uma igreja católica. Sagrada alguma coisa. Dos jesuítas. John F. Kennedy casou-se com Jackie ali, pelo que sabia, e também comparecia às missas. Tentou imaginar: John F. Kennedy entre as velas de sétimo dia e as beatas enrugadas; o presidente de cabeça baixa, rezando; *Creio... num acordo com os russos; Creio, creio... Apollo IV no desfiar das contas do rosário; Creio na ressurreição e na vida eterna...*

Isso. É isso. É esse o chamariz.

Chris observou quando um caminhão da cerveja Gunther passou na rua de paralelepípedos com um som sacolejante de promessas agradáveis e refrescantes.

Ela atravessou, e enquanto descia a rua O e passava pelo auditório da Santíssima Trindade, um padre saiu dali correndo, com as mãos nos bolsos de uma jaqueta de náilon. Jovem. Muito tenso. Com a barba por fazer. Pouco à frente, ele dobrou à direita e entrou num corredor que levava ao pátio atrás da igreja.

Curiosa, Chris parou na entrada do corredor, observando. Ele parecia se encaminhar para uma casinha branca. Uma velha porta de tela foi aberta e outro padre saiu. Ele assentiu de leve para o jovem e, olhando para baixo, moveu-se rapidamente em direção a uma porta que levava à igreja. Mais uma vez, a porta da casa foi aberta do lado de dentro. Outro padre. Parecia... *Sim, ali está ele! Aquele que sorriu quando Burke disse "trepando"!* Mas, nesse momento, ele parecia sério ao cumprimentar o recém-chegado, passando um braço ao redor dos seus ombros num gesto delicado e, de certo modo, paternal. Ele o levou para dentro e fechou a porta de tela com um rangido.

Chris encarou os pés. Estava confusa. *O que está havendo?* Tentou imaginar se os jesuítas se confessavam.

Um breve trovão ressoou. Ela olhou para o céu. Será que iria chover?... *A ressurreição e a vida...*

Sim. Sim, claro. Na próxima terça-feira. Relâmpagos piscavam a distância. *Não telefone para a gente, garota, a gente telefona para você.*

Ela levantou a gola do casaco e voltou a caminhar devagar.

Torceu para que chovesse.

Um minuto depois, estava em casa. Foi direto para o banheiro. E então seguiu para a cozinha.

— Oi, Chris. Como foi?

Uma bela loura na casa dos 20 anos estava sentada à mesa. Sharon Spencer. Jovem. Do Oregon. Já fazia três anos que ela era professora de Regan e secretária de Chris.

— Ah, o mesmo de sempre — respondeu Chris, sentando-se e começando a separar as correspondências. — Alguma novidade?

— Você quer jantar na Casa Branca na próxima semana?

— Ah, não sei. O que *você* está a fim de fazer?

— Comer doce até enjoar.

— Cadê a Rags?

— Lá embaixo, na sala de brinquedos.

— Fazendo o quê?

— Esculpindo. Está fazendo um pássaro, acho. Para você.

— É, preciso de um. — Chris caminhou até o fogão e encheu uma xícara de café. — Você estava brincando sobre o jantar?

— Não, claro que não — respondeu Sharon. — É na quinta.

— Jantar grande?

— Não, acho que só para cinco ou seis pessoas.

— Nossa! Que maneiro!

Ela ficou contente, mas não se surpreendeu. Todos queriam sua companhia: motoristas de táxi, poetas, professores, reis. O que ela tinha que eles tanto gostavam? Vida?

Chris sentou-se à mesa.

— Como foi a aula?

Sharon acendeu um cigarro, franzindo a testa.

— Ela teve dificuldade com matemática de novo.

— É mesmo? Que estranho.

— Pois é, eu sei. É a matéria preferida dela.

— Ah, bem, é essa "nova matemática". Nossa, eu não conseguiria nem contar o troco para o ônibus se...

— Oi, mãe!

Com os braços magros esticados, a menina passou pela porta e saltitou na direção da mãe. Marias-chiquinhas com laços vermelhos. O rosto delicado e iluminado, cheio de sardinhas.

— Oi, minha pestinha!

Radiante, Chris lhe deu um abraço de urso e beijos amorosos no rosto corado. Não conseguia controlar o grande amor que sentia.

— *Mmm-mmmm-mmmm!* — Mais beijos. Então afastou Regan e observou seu rosto com atenção. — O que você fez hoje? Alguma coisa legal?

— Só coisas.

— Como assim, *coisas*? Que coisas?

— Hum, deixa eu pensar. — Seus joelhos estavam encostados nos da mãe, mexendo-os de um lado para o outro. — Bom, estudei, é claro.

— Aham.

— E pintei.

— O que você pintou?

— Flores. Margaridas. Só que cor-de-rosa. E também... Ah, sim! O *cavalo*! — Ela ficou animada de repente, com os olhos arregalados. — Um homem estava com um *cavalo*, perto do rio. A gente estava caminhando na margem, sabe? Então esse cavalo chegou perto, e ele era *lindo*! Ai, mãe, você tinha que ter visto! E o homem me deixou subir no cavalo! *Sério!* Por quase um minuto!

Chris olhou para Sharon, disfarçando o riso.

— Era ele? — perguntou, erguendo uma das sobrancelhas.

Quando se mudaram para Washington em função das filmagens, a secretária loura, que já era praticamente da família, passara a morar na casa, ocupando um quarto extra no andar de cima. Isto até conhecer o "cavaleiro" num estábulo próximo dali, quando Chris decidiu que Sharon precisava de privacidade. Assim, mandou-a para um hotel caro e insistiu que pagaria a conta.

— Sim, era ele — respondeu Sharon, com um sorriso.

— Era um cavalo *cinza*! — exclamou Regan. — Mãe, podemos comprar um cavalo? Podemos?

— Um dia, querida.

— Quando?

— Um dia. Onde está o pássaro que você fez?

A princípio, Regan ficou sem expressão, então virou-se para Sharon e sorriu, mostrando os dentes com aparelho de modo timidamente reprovador.

— Você contou! — disse ela, e virou-se para a mãe, rindo. — Era para ser surpresa.

— Era?

— Com o bico comprido e engraçado, como você queria!

— Ah, Rags, que lindo. Posso ver?

— Não, ainda tenho que pintar. Que horas a gente vai jantar, mãe?

— Está com fome?

— Morrendo.

— Nossa, mas ainda não são nem cinco da tarde. Que horas vocês almoçaram? — perguntou Chris a Sharon.

— Ah, por volta do meio-dia — respondeu ela.

— Quando Willie e Karl vão voltar?

Chris havia dado a tarde de folga aos dois.

— Acho que às sete — respondeu Sharon.

— Mãe, a gente pode ir ao Hot Shoppe? — perguntou Regan. — Por favor?

Chris levantou a mão da filha, sorriu com carinho, beijou-a e respondeu:

— Corra lá para cima, troque de roupa e vamos.

— Ah, eu te amo!

Regan saiu correndo da sala.

— Querida, coloque o vestido novo! — gritou Chris quando ela saiu.

— Não seria ótimo ter 11 anos de novo? — perguntou Sharon.

— Não sei. — Chris pegou as correspondências e começou separar apressadamente os rabiscos dos admiradores. — Com a memória que tenho agora? Todas as lembranças?

— Claro.

— De jeito nenhum.

— Pense bem.

Chris largou os envelopes e pegou um roteiro que trazia uma carta de seu agente, Edward Jarris, presa com um clipe na capa.

— Pensei que tivesse avisado que não queria receber roteiros por um tempo.

— Você deveria dar uma lida — sugeriu Sharon.

— Ah, é?

— Sim, eu li hoje de manhã.
— Muito bom?
— Achei ótimo.
— E eu vou interpretar uma freira que descobre que é lésbica, certo?
— Não, você não vai interpretar papel algum.
— Caramba, os filmes estão melhores do que nunca! De que merda você está falando, Sharon? Por que está sorrindo?
— Eles querem que você dirija o filme — explicou Sharon, exalando a fumaça do cigarro com um ar afetado.
— *O quê?*
— Leia a carta.
— Ai, caramba. Shar, você só pode estar brincando!

Chris passou os olhos pela carta. "... Novo roteiro... uma trilogia... o estúdio quer sir Stephen Moore... aceita o papel desde que..."

— *Eu dirija o segmento dele!*

Chris abriu os braços, gritando de alegria. Então levou a carta ao peito.

— Ah, Steve, que anjo, você lembrou!

Filmando na África, embriagados e em cadeiras dobráveis, observando os tons vermelhos e dourados do crepúsculo. "Ah, os negócios estão perdidos. O ator só se ferra, Steve!" "Ah, eu gosto." "É horrível! Sabe o que vale a pena nessa indústria? Dirigir. Aí, sim, você faz algo, algo que é seu, algo que dura para sempre!" "Bem, então *dirija*, minha cara! Faça isso!" "Ah, eu já tentei, Steve, já tentei. Eles não aceitam." "Por que não?" "Ah, vai, você sabe por quê. Acham que eu não conseguiria." "Bom, eu acho que você conseguiria."

Sorriso caloroso. Lembrança calorosa. Querido Steve...

— Mãe, não estou achando o vestido! — gritou Regan do andar de cima.
— Está no armário! — respondeu Chris.
— Já olhei!
— Já vou subir!

Chris folheou o roteiro e parou, pensativa. Então murmurou:
— Aposto que não presta.
— Ah, não acho, não, Chris! Não! Acho que é bom!
— Diz aquela que achava que *Psicose* precisava de risadas ao fundo.

— Mãe?
— Estou indo!
— Tem um encontro hoje, Shar?
— Tenho.
Chris assentiu, indicando as cartas.
— Pode ir, então. Cuidamos disso amanhã cedo.
Sharon se levantou.
— Ah, não, calma aí — disse Chris. — Não, desculpa, tem uma carta que precisa ser respondida hoje à noite.
— Sem problemas.
Sharon pegou o bloco de anotações.
— Mãããe! — queixou-se Regan, impaciente.
Chris suspirou, levantou-se e disse:
— Já volto. — Mas hesitou ao ver Sharon olhar para o relógio. — O que foi?
— Nossa! Está na hora da minha meditação.
Chris semicerrou os olhos com uma irritação afetuosa. Nos últimos seis meses, ela vira a secretária transformar-se numa pessoa que "busca a serenidade". Tudo começara em Los Angeles, com a auto-hipnose que abriu caminho para o cântico budista. Durante as últimas semanas que Sharon passara no quarto do andar de cima, a casa cheirava a incenso e murmúrios sem graça de "*Nam myoho renge kyo*" ("Sabe, Chris, você só precisa entoar isso, só isso, para alcançar seu desejo e conseguir o que quiser...") eram ouvidos em horários improváveis, normalmente quando Chris estava estudando suas falas. "Você pode ligar a televisão", Sharon teve a gentileza de dizer à patroa numa dessas ocasiões. "Não tem problema, consigo entoar em meio a todo tipo de barulho."

Agora, era a meditação transcendental.

— Acha mesmo que esse tipo de coisa vai te fazer bem, Shar?
— Me traz paz de espírito — respondeu ela.
— Certo — disse Chris, então se virou e saiu murmurando "*Nam myoho renge kyo*".
— Continue por cerca de quinze ou vinte minutos — sugeriu Sharon.
— Talvez funcione.

Chris parou e pensou numa resposta adequada. Mas desistiu. Subiu para o quarto de Regan e foi direto para o armário. A filha estava de pé no meio do quarto, olhando para o teto.

— O que está fazendo? — perguntou enquanto procurava o vestido no guarda-roupa.

Era de algodão, azul-claro. Ela o comprara na semana anterior, e se lembrava de pendurá-lo no armário.

— Ouvi uns barulhos estranhos — disse Regan.

— Sim, eu sei. Temos companhia.

Regan olhou para a mãe.

— Como assim?

— Esquilos, querida. Esquilos no sótão.

A filha morria de medo de ratos. Mesmo se fossem pequenos.

A procura pelo vestido foi inútil.

— Viu, mãe? Não está aqui.

— Sim, eu vi. Talvez Willie o tenha colocado para lavar.

— Não está aqui.

— Bem, vista o azul-marinho. É lindo.

Depois de assistirem ao filme *A Queridinha do Vovô*, com Shirley Temple, na matinê de um cinema em Georgetown, elas atravessaram a ponte Key até o Hot Shoppe, em Rosslyn, Virginia, onde Chris comeu uma salada e Regan, sopa, dois pães, frango frito, um milk-shake de morango e uma torta de mirtilo com sorvete de chocolate. *Para onde vai essa comida toda?*, pensou Chris. *Para os punhos?* A menina era tão esguia quanto uma esperança passageira.

Chris acendeu um cigarro enquanto tomava o café e olhou pela janela à direita, observando as torres da Universidade de Georgetown e, depois, de modo pensativo, a superfície aparentemente plácida do Potomac, que não deixava transparecer suas correntes fortes e perigosas. Ela se remexeu um pouco. À luz fraca da noite, o rio, com sua aparente calma e tranquilidade, lhe passou a súbita impressão de que algo estava à espreita.

E estava mesmo.

— Adorei o jantar, mãe.

Chris virou-se para o sorriso alegre de Regan e, como já acontecera várias vezes, perdeu o fôlego ao sentir aquela pontada, aquela dorzinha inesperada que às vezes sentia ao ver Howard no rosto da filha. Era o ângulo da luz, ela sempre pensava. E olhou para o prato de Regan.

— Vai deixar essa torta aí?

Regan olhou para baixo.

— Mãe, eu já tinha comido doce mais cedo.

Chris apagou o cigarro e sorriu.

— Vamos, Rags, vamos para casa.

As duas voltaram antes das dezenove horas. Willie e Karl já estavam em casa. Regan correu para a sala de brinquedos no porão, ansiosa para terminar a escultura da mãe. Chris foi à cozinha pegar o roteiro. Encontrou Willie séria, passando um café de má qualidade com a panela aberta. Parecia irritada e brava.

— Oi, Willie, como foi? Vocês se divertiram?

— Nem fala.

Willie acrescentou uma casca de ovo e uma pitada de sal ao conteúdo da panela. Eles tinham ido ao cinema, explicou. Ela queria ver os Beatles, mas Karl insistira em assistir a um filme sobre Mozart.

— Um horror — concluiu ela, diminuindo o fogo. — Aquele tolo!

— Sinto muito. — Chris colocou o roteiro embaixo do braço. — Willie, você viu aquele vestido que comprei para Rags na semana passada? O azul de algodão?

— Sim, vi no armário dela hoje de manhã.

— Onde você o colocou?

— Está lá.

— Será que você não pegou, sem querer, e misturou às roupas para lavar?

— Está lá.

— Com as roupas para lavar?

— No armário.

— Não está, não. Eu procurei.

Willie abriu a boca para responder, mas então contraiu os lábios e fez uma careta. Karl havia entrado.

— Boa noite, senhora.

Ele foi até a pia para pegar um copo d'água.

— Você colocou as ratoeiras? — perguntou Chris.

— Nada de ratos.
— Você as *armou*?
— Armei, claro, mas não tem nada no sótão.
— E aí, Karl, como foi o filme?
— Interessante. — Seu tom de voz, assim como seu rosto, era inexpressível.

Murmurando uma canção famosa dos Beatles, Chris começou a sair da cozinha, então se virou.

Só mais uma tentativa!
— Você teve dificuldade para encontrar as ratoeiras, Karl?
De costas para ela, ele respondeu:
— Não, senhora. Nenhuma dificuldade.
— Às seis da manhã?
— Loja 24 horas.

Chris bateu uma das mãos na testa, olhou para as costas de Karl por um momento e se virou para sair da cozinha, murmurando baixinho:
— Merda!

Depois de um banho longo e caprichado, ela foi até o armário de seu quarto para pegar o roupão e encontrou o vestido perdido de Regan. Estava jogado no chão do guarda-roupa.

Chris o pegou. A etiqueta ainda estava pendurada.
O que isso está fazendo aqui?

Chris tentou pensar no que podia ter acontecido e lembrou que, no dia em que comprara o vestido, também comprara duas ou três coisas para si.

Devo ter colocado tudo junto, concluiu ela.

Chris levou o vestido para o quarto da menina, pendurou-o no cabide e guardou-o no armário. Com as mãos na cintura, observou o armário da filha. *Bacana. Roupas bonitas. É, Rags, preste atenção nisso, e não no papai que nunca escreve nem telefona.*

Quando se virou, deu uma topada na penteadeira. *Deus do céu, que dor!* Levantando o pé e massageando o dedo, Chris notou que o móvel estava deslocado em cerca de um metro.

Não é à toa que bati o pé. Willie deve ter passado o aspirador.
Ela foi ao escritório com o roteiro do agente.

Ao contrário da enorme sala de estar com janelas gigantescas e vista para a ponte Key sobre o Potomac rumo à costa da Virginia, o escritório tinha um ar pesado de segredos trocados entre homens ricos: uma lareira de tijolos, painéis de cerejeira e treliças de madeira maciça que pareciam ter sido feitas a partir de uma ponte levadiça antiga. Os poucos indícios da atualidade no cômodo eram um bar de aparência moderna com cadeiras de veludo e cromo à volta e almofadas Marimekko coloridas num sofá onde Chris se aconchegou e se esticou com o roteiro. Presa entre as páginas estava a carta do agente. Ela a pegou e leu de novo. *Fé, Esperança e Caridade*: um filme com três segmentos distintos, cada um com um elenco e diretor diferentes. O dela seria "Esperança". Ela gostou do título. Talvez meio sem graça, pensou, mas refinado. Eles provavelmente o mudarão para algo como *Abalando as Virtudes*.

A campainha tocou. Burke Dennings. Por ser solitário, ele sempre a visitava. Chris sorriu, balançando a cabeça ao escutar Burke dizer um palavrão a Karl, que ele parecia detestar e atormentar o tempo todo.

— Oi, tudo bem? Onde tem bebida? — perguntou ele, de mau humor, entrando no escritório e se aproximando do bar sem olhar para ela, com as mãos nos bolsos da capa de chuva amassada.

Com uma expressão irritada, sentou-se num banquinho, com um olhar vago e levemente desapontado.

— À caça de novo?

— Que diabos você quer dizer com isso? — perguntou Dennings, fungando.

— Você está com aquela cara.

Ela já conhecia aquela expressão de quando eles trabalharam juntos em Lausanne. Na primeira noite, num bom hotel com vista para o lago de Genebra, Chris teve dificuldades para dormir. Um pouco depois das cinco da manhã, ela decidiu sair da cama, se vestir e ir para a recepção em busca de café ou companhia. Enquanto esperava o elevador no corredor, espiou por uma janela e viu o diretor à beira do lago, caminhando com dificuldade contra o vento glacial de fevereiro com as mãos nos bolsos do casaco. Quando ela chegou à recepção, ele estava entrando no hotel. "Nenhuma prostituta à vista!", disse ele com amargura ao passar por Chris sem nem olhá-la e entrar no elevador que o levaria a seu andar, a seu quarto e à sua cama. Quando Chris, de modo brincalhão, mencionou o incidente no dia seguinte, o diretor ficou furioso e a acusou de disseminar "alucinações nojentas" nas quais as pessoas podiam "acabar acreditando só porque você é famosa!". Ele também havia se referido a ela como "louca de pedra", mas em seguida dito, numa tentativa de aliviar a situação, que "talvez" ela realmente tivesse visto alguém, e só tivesse confundido essa pessoa com Dennings. "Não é impossível", dissera ele, "minha tataravó, por acaso, era suíça."

Chris foi até o bar e o lembrou do incidente.

— É, *essa* cara mesmo, Burke. Quantas gim-tônicas já tomou até agora?

— Ah, não seja boba! — rebateu Dennings. — Acontece que passei a noite toda numa casa de chá, no maldito *chá* do corpo docente!

Chris cruzou os braços e os apoiou no bar.

— Você estava *onde*? — perguntou ela, sem acreditar.

— Tudo bem, pode rir!

— Você ficou bêbado no chá da tarde com uns jesuítas?

— Não, os jesuítas estavam sóbrios.

— Eles não bebem?

— Você está *maluca*? Eles entornaram *todas*! Nunca vi alguém bebendo tanto em toda a minha vida!

— Ei, olha lá, fala baixo, Burke! Regan pode ouvir!

— Sim, Regan — disse Dennings, reduzindo o volume a um sussurro. — Claro! Agora, pelo amor de Deus, onde está minha *bebida*?

Balançando a cabeça em desaprovação, Chris se levantou e pegou uma garrafa e um copo.

— Quer me dizer que merda você estava fazendo numa casa de chá?

— As malditas relações públicas. Algo que *você* deveria estar fazendo. Afinal, meu Deus, a bagunça que fizemos no espaço deles — disse o diretor. — Ah, sim, pode rir! É, você só serve para isso mesmo, e para mostrar o traseiro!

— Só estou sorrindo de modo inocente.

— Bem, *alguém* tinha que passar uma boa imagem.

Chris passou o dedo suavemente por uma cicatriz acima dos cílios esquerdos de Dennings, resultado de um soco dado no último dia de filmagens por Chuck Darren, o astro musculoso de filmes de ação e de aventura que atuara no filme anterior do diretor.

— Está ficando branca — comentou Chris, de um jeito carinhoso.

Ele franziu a testa.

— Cuidarei para que ele não seja chamado para atuar em nenhum filme importante. Já espalhei por aí.

— Ah, para com isso, Burke. Só por causa disso?

— O cara é um *lunático*, querida! É totalmente maluco e perigoso! Meu Deus, ele é como um cachorro velho que está sempre dormindo ao sol, tranquilamente, e um dia, do nada, pula e morde a perna de alguém!

— E é claro que o ataque dele não teve nada a ver com o fato de você ter falado para ele, na frente de todo o elenco e equipe, que seu modo de atuar era "um puta constrangimento, mais parecido com uma luta de sumô", certo?

— Querida, não diga isso — respondeu Dennings enquanto pegava um copo de gim-tônica das mãos dela. — É normal que *eu* diga "puta", mas não a queridinha da América. Agora, me diz: como você está, minha estrelinha cantante e dançante?

Chris deu de ombros e assumiu um olhar cansado ao se debruçar sobre o bar de braços cruzados.

— Vamos, diga, minha linda, você está triste?

— Não sei.

— Conta pro titio.

— Caramba, acho que vou beber um pouco.

Chris se levantou de repente e pegou uma garrafa de vodca e um copo.

— Ah, sim, excelente! Ideia *esplêndida*! Então, o que foi, minha preciosa? O que há de errado?

— Você já pensou em morrer? — perguntou Chris.

Dennings franziu a testa.

— Você disse "morrer"?

— Sim, morrer. Já pensou nisso de verdade, Burke? O que significa morrer? O que realmente significa?

Ela se serviu uma dose de vodca.

Um tanto alterado, Dennings respondeu:

— Não, amor, não pensei! Não *penso* nisso, apenas *morro*. Por que diabos estamos falando em morrer, pelo amor de Deus?

Chris deu de ombros e acrescentou um cubo de gelo à bebida.

— Não sei. Eu estava pensando nisso hoje de manhã. Bem, não exatamente pensando. Eu meio que sonhei com isso logo antes de acordar e fiquei cheia de arrepios, Burke. O sonho me pegou de jeito; o significado dele. Digo, *o fim*, Burke, *o fim* realmente assustador, como se eu nunca tivesse sequer *ouvido* falar na morte antes! — contou, desviando o olhar e balançando a cabeça. — *Caramba*, como aquilo me assustou! Era como se eu estivesse despencando da droga do planeta a uma velocidade de duzentos milhões de quilômetros por hora.

Chris levou o copo aos lábios.

— Acho que vou beber este aqui puro — concluiu, dando um gole.

— Ah, que bobagem — disse Dennings, fungando. — A morte é um conforto.

Chris baixou o copo.

— Não para mim.

— Vamos lá, a gente vive para sempre através dos trabalhos que deixa para trás, ou dos filhos.

— Ah, isso é palhaçada! Meus filhos não são *eu*!

— Sim, graças a Deus. Uma de você já basta.

Chris se inclinou para a frente, com o copo na altura da cintura e o rosto delicado contorcido numa careta de preocupação.

— Pense bem, Burke! Não existir! Não existir para sempre e...

— Ah, para com isso! Pare com essa bobagem e considere a ideia de desfilar suas pernas compridas, adoradas e cheias de maquiagem no chá da próxima semana! Talvez aqueles padres possam te oferecer algum consolo!

Dennings bateu o copo no bar.

— Vamos, mais uma!

— Olha, eu não sabia que eles bebiam.

— Bem, você é idiota — disse o diretor, mal-humorado.

Chris olhou para ele. Estaria ele chegando a um ponto sem volta? Ou será que ela havia, de fato, tocado num ponto sensível?

— Eles se confessam? — perguntou ela.

— Quem?

— Padres.
— Como vou saber? — perguntou Dennings.
— Bem, você não me disse, certa vez, que havia estudado para ser um...
Dennings bateu a mão aberta no bar e interrompeu-a, gritando:
— Vamos lá, *onde está a maldita bebida?*
— Por que não bebe um café?
— Não seja chata, querida! Quero um drinque!
— Você vai beber café.
— Vamos, lindinha — Dennings começou a falar com uma voz repentinamente delicada. — Só mais uma, a saideira?
— E vai embora daqui dirigindo?
— Ah, isso é feio, amor. De verdade. Não combina com você.
Fazendo beicinho, Dennings empurrou o copo para a frente.
— "Não se deve restringir a misericórdia" — disse ele, citando Shakespeare —, não, ela cai do céu como o gentil gim Gordon's, então vamos lá, só mais um e eu vou embora, prometo.
— Promete mesmo?
— Palavra de honra.
Chris observou Dennings e, balançando a cabeça, pegou a garrafa de gim.
— Sim, aqueles padres — disse ela, distraída, ao servir a bebida. — Acho que eu deveria convidar um ou dois deles para virem aqui.
— Eles nunca iriam embora — resmungou Dennings, com os olhos avermelhados ficando ainda menores, cada um deles um inferno particular. — São saqueadores malditos!
Chris pegou a garrafa de tônica, mas Dennings recusou-a com um gesto.
— Não, pelo amor de Deus, quero puro, você não lembra? O terceiro é *sempre* puro!
Ela o observou pegar o copo, beber o gim, devolver o copo ao bar e, com a cabeça baixa, murmurar:
— Piranha sem coração!
Chris olhou para ele, preocupada. *É, ele está começando a perder o controle.* Ela mudou o assunto dos padres para o convite que recebera para dirigir um filme.

— Ora, muito bem — resmungou Dennings, ainda olhando para o copo. — Bravo!

— Mas, sinceramente, fico um pouco assustada.

O amigo olhou para ela no mesmo instante, assumindo uma expressão bondosa e paternal.

— Bobagem! — exclamou ele. — Veja bem, minha querida, o mais difícil de dirigir é fazer parecer que a coisa é difícil. Eu não tinha a menor ideia da primeira vez, mas olha só, aqui estou. Não há mágica, meu amor, apenas trabalho pesado e a eterna consciência, desde o primeiro dia de filmagens, de que tem um tigre siberiano no seu cangote.

— Sim, sei disso, Burke, mas agora que a coisa está virando realidade, agora que eles me ofereceram uma chance, não tenho mais tanta certeza de que conseguiria sequer dirigir minha avó atravessando a rua. Sabe, todas aquelas coisas técnicas!

— Calma, sem histeria! Deixe toda essa bobagem para o editor, o diretor de fotografia e o continuísta. Consiga bons profissionais e, eu prometo, eles farão você sorrir sem parar. O importante é que você saiba lidar bem com o elenco, com as atuações, e nisso você será *maravilhosa*, minha linda. Não precisará apenas dizer o que quer, poderá *mostrar* a eles.

Chris pareceu confusa.

— Ah, mas ainda assim — disse ela.

— Ainda assim o quê?

— Bem, a parte técnica. Sabe, preciso entendê-la.

— Como o quê? Dê um exemplo ao seu guru.

A partir daquele momento, e por quase uma hora, Chris falou ao aclamado diretor sobre as partes mais difíceis, os detalhes. Os segredos técnicos da direção de filmes estavam disponíveis em diversos textos, mas ler sempre acabava com a paciência de Chris. Então, em vez disso, ela lia as pessoas. Naturalmente curiosa, ela mergulhava nas pessoas, torcia as pessoas. Mas os livros não eram torcíveis. Os livros eram superficiais. Diziam "deste modo" e "obviamente" quando não havia nada óbvio; e os circunlóquios não podiam ser desafiados, não podiam sofrer interrupções irresistíveis e enternecedoras como: "Ei, calma, espera aí. Sou burra. Pode explicar melhor?" Os livros não podiam ser explorados, desafiados, dissecados.

Os livros eram como Karl.

— Querida, você precisa mesmo é de um bom editor — concluiu Dennings. — Um que saiba bem o que faz.

Ele se tornara charmoso e falante, e parecia ter passado do ponto perigoso. Até ouvir a voz de Karl.

— Com licença. Deseja alguma coisa, senhora?

Ele estava parado, atento, à porta do escritório.

— Ah, opa. Thorndike! — cumprimentou Dennings com uma risada. — Ou seria Heinrich? Nunca consigo lembrar o nome certo.

— É Karl, senhor.

— Sim, claro. Tinha esquecido. Diga-me, Karl, você fazia relações *públicas* para a Gestapo, ou seriam relações *comunitárias*? Creio que exista uma diferença.

Karl respondeu com educação:

— Nenhum dos dois, senhor. Sou suíço.

O diretor resmungou.

— Ah, sim, claro, Karl! Certo! Você é suíço! E nunca jogou boliche com Goebbels, creio eu!

— Pare com isso, Burke! — repreendeu Chris.

— Nunca voou com Rudolph Hess? — continuou Dennings.

Calmo, Karl virou-se para Chris e perguntou com gentileza:

— Deseja alguma coisa, senhora?

— Burke, o que acha de beber aquele café, hein? O que me diz?

— Ah, que se dane! — disse o diretor de modo revoltado, levantando-se do bar e saindo da sala com a cabeça escondida entre as mãos, fechadas em punhos. Momentos depois, a porta da frente bateu com força. Sem se alterar, Chris virou-se para Karl e pediu:

— Desligue todos os telefones.

— Sim, senhora. Mais alguma coisa?

— Bem, prepare um café descafeinado.

— Eu o trarei.

— Onde está Rags?

— Na sala de brinquedos. Devo chamá-la?

— Sim, está na hora de dormir. Ah, não, espere um pouco, Karl! Não se preocupe. Eu mesma vou buscá-la lá embaixo. — Ela se lembrou do pássaro e andou na direção na escada que descia ao porão. — Tomarei o café quando subir.

— Sim, senhora, como quiser.

— E, pela milésima vez, peço desculpas pelo sr. Dennings.

— Não presto atenção.

Chris virou-se.

— Sim, eu sei. É exatamente isso que o deixa louco da vida.

Ela caminhou até a entrada da casa, abriu a porta do porão e começou a descer as escadas.

— Ei, pestinha! O que está fazendo aí embaixo? Já acabou o pássaro?

— Ah, sim, mãe! Vem ver! Desce aqui! Já acabei!

A sala de brinquedo tinha painéis de madeira na parede e era muito colorida. Havia cavaletes. Quadros. Um toca-discos. Mesas para jogos e uma mesa para esculturas. Bandeirolas vermelhas e brancas que restaram de uma festa do filho adolescente do dono anterior.

— Nossa, querida, que lindo! — exclamou Chris quando Regan entregou a ela sua obra, que ainda não secara por completo.

Estava toda pintada de laranja, exceto o bico, que tinha listras verdes e brancas. Havia um tufo de penas grudado na cabeça.

— Você gostou mesmo? — perguntou Regan, abrindo um sorriso.

— Ah, querida, gostei muito, de verdade. Ele tem um nome?

Regan balançou a cabeça.

— Não, ainda não.

— Qual seria um bom nome?

— Não sei — respondeu Regan, erguendo as mãos e dando de ombros.

Batendo de leve as unhas nos dentes, Chris franziu a testa de modo exagerado.

— Vamos ver, vamos ver — disse ela em voz baixa, pensando. Então, de repente, teve uma ideia: — Ei, o que acha de "Pássaro bobo"? Hein? O que acha? "Pássaro bobo"!

Num reflexo, cobrindo a boca com a mão e escondendo o aparelho nos dentes, Regan riu alto e assentiu.

— Tudo bem, vai ser "Pássaro bobo" por unanimidade! — declarou Chris de modo triunfante ao erguer a escultura. Quando voltou a abaixá-la, disse: — Vou deixá-lo um pouco aqui para secar, então o guardarei em meu quarto.

Ao pôr o pássaro numa mesa de jogos a alguns metros, Chris viu um tabuleiro Ouija. Ela esquecera de que tinha aquilo. Tão curiosa em relação a si mesma quanto era em relação aos outros, ela o havia comprado como uma forma possível de expor dúvidas de seu subconsciente. Não dera certo, apesar de o ter usado uma ou duas vezes com Sharon, e uma outra vez com Dennings, que empurrara a palheta de propósito ("É você que está mexendo isso, querida? É?"), de modo que todas as "mensagens dos espíritos" se tornassem obscenas, e culpou os "malditos espíritos do mal!".

— Você andou brincando com o tabuleiro Ouija, Rags?
— Sim.
— Você sabe brincar?
— Ah, sim. Claro. Olha, vou mostrar.

Regan se adiantou para se sentar diante do tabuleiro.

— Bem, acho que precisa de *duas* pessoas, querida.
— Não, mãe. Faço isso o tempo todo.

Chris puxou uma cadeira.

— Bem, vamos brincar nós duas, tudo bem?

Hesitação. Então:

— Tudo bem, combinado.

A menina posicionou as pontas dos dedos sobre a palheta, e quando Chris estendeu a mão para perto, a palheta fez um movimento repentino para a posição no tabuleiro onde estava a palavra NÃO.

Chris sorriu para a filha.

— Não quer mesmo que eu brinque, não é?
— Não, eu *quero*! Foi o capitão Howdy que disse "não".
— Capitão o quê?
— Capitão Howdy.
— Quem é o capitão Howdy?
— Sabe, eu faço as perguntas, e ele dá as respostas.
— Ah, sim, claro.
— Ele é muito legal.

Chris tentou não transparecer que começou a sentir uma leve, mas persistente preocupação. Regan amava muito o pai, mas, ainda assim, não demonstrara a menor reação diante do divórcio dos pais. Talvez ela chorasse sozinha em seu quarto; como saber? Mas Chris temia que a filha estivesse reprimindo raiva e pesar e que, um dia, a barragem fosse derrubada e suas emoções acabassem aparecendo de um modo desconhecido e prejudicial. Chris cerrou os lábios. Um amigo imaginário. Não parecia saudável. E por que o nome "Howdy"? Por causa de Howard, seu pai? *É bem parecido.*

— Como é que você nem conseguiu dar um nome a um pássaro boboca e agora me vem com esse "capitão Howdy"? Por que você o chama assim, Rags?

Regan riu.

— Porque é o *nome* dele, ué.

— Quem disse?

— *Ele.*

— Ah. Claro.

— É, *claro.*

— E o que mais ele diz a você?

— Ah, coisas.

— Que coisas?

Regan deu de ombros e desviou o olhar.

— Sei lá. Só coisas.

— Por exemplo?

Regan voltou a olhar para a mãe.

— Tudo bem, eu mostro. Vou fazer algumas perguntas a ele.

— Boa ideia.

Pousando as pontas dos dedos das duas mãos na palheta de plástico em forma de coração bege, Regan fechou os olhos e se concentrou.

— Capitão Howdy, você acha a minha mãe bonita? — perguntou ela.

Cinco segundos se passaram. Depois, dez.

— Capitão Howdy?

Nenhum movimento. Chris ficou surpresa. Ela pensou que a filha escorregaria a palheta para a palavra SIM. *Ah, e agora?*, pensou ela. *Seria uma hostilidade inconsciente? Será que ela me culpa por ter perdido o pai?*

Regan abriu os olhos com uma expressão séria.

— Capitão Howdy, isso não é legal — disse ela.

— Vai ver ele está dormindo.

— Você acha?

— Acho que *você* deveria estar dormindo.
— Aaaah, mãe!
Chris ficou de pé.
— Sim, vamos, querida. Subindo! Diga boa noite ao capitão Howdy!
— Não, não vou dizer. Ele é um chato — disse ela, fazendo bico.
Regan se levantou e subiu a escada atrás de Chris.
Ela pôs a filha na cama e se sentou na beirada.
— Querida, não trabalho no domingo. Você quer fazer alguma coisa?
— Claro, mãe. O quê?
Quando chegaram a Washington, Chris procurou encontrar amiguinhas para Regan. Conseguiu apenas uma, uma menina de 12 anos chamada Judy. Mas a família de Judy tinha viajado no feriado da Páscoa, e Chris estava preocupada que Regan estivesse sentindo falta de amigas de sua idade.
Chris deu de ombros.
— Olha, não sei — disse ela. — Alguma coisa. Se você quiser, podemos passear pela cidade para ver os monumentos e tal. As cerejeiras, Rags! Isso, elas estão florindo cedo este ano! Quer vê-las?
— Quero, mãe!
— Ótimo! E amanhã à noite, nós vamos ao cinema!
— Ah, eu te amo!
Regan abraçou a mãe, e Chris abraçou a filha com ainda mais força, sussurrando:
— Também te amo, minha linda.
— Pode chamar o sr. Dennings, se quiser.
Chris afastou-se dos braços da filha e olhou para ela, desconfiada.
— O sr. Dennings?
— É, mãe, não tem problema.
— Ah, não — disse Chris, rindo. — Querida, por que eu chamaria o sr. Dennings?
— Bem, você gosta dele, não gosta?
— Bem, claro que gosto. Você não gosta?
Regan desviou o olhar e não respondeu. Sua mãe a observou com preocupação.
— Querida, o que foi? — perguntou Chris.

— Você vai casar com ele, não vai, mãe?
Foi mais uma afirmação do que uma pergunta.
Chris começou a rir.
— Ah, minha filha, claro que não! Do que você está falando? O sr. Dennings? De onde tirou essa ideia?
— Mas você gosta dele, você disse.
— Gosto de pizza, mas não vou me casar com uma fatia! Regan, ele é um amigo, só um amigo maluco!
— Você não gosta dele como gosta do papai?
— Eu *amo* seu pai, querida. Sempre amei seu pai. O sr. Dennings está sempre por perto porque se sente sozinho, só isso. Ele não passa de um amigo solitário e brincalhão.
— Bem, eu fiquei sabendo...
— Do quê? Quem contou?
Dúvida em seus olhos, hesitação. Em seguida, deu de ombros.
— Não sei — disse Regan, suspirando. — Eu só pensei...
— Bem, isso é bobagem.
— Está bem.
— Agora, hora de dormir.
— Não estou com sono. Posso ler?
— Sim, leia aquele livro novo que comprei.
— Obrigada, mãe.
— Boa noite, minha linda. Durma bem.
— Boa noite.
Chris mandou um beijo da porta e a fechou, então desceu a escada até seu escritório. *Crianças! De onde tiram essas ideias?* Ela tentou imaginar se Regan havia relacionado Dennings, de alguma forma, ao divórcio. Howard quisera se separar. Longos períodos distantes. Erosão do ego como marido de uma estrela de cinema. Ele conhecera outra pessoa. Mas Regan não sabia disso, só que Chris pedira o divórcio. *Ah, pare de bancar a psicanalista de araque e procure passar mais tempo com ela. Pronto!*

No escritório, Chris sentou-se para ler o roteiro de "Esperança", quando, no meio da leitura, escutou passos e viu Regan caminhando em sua direção, sonolenta, esfregando os olhos.
— Ei, querida! O que houve?

— Uns barulhos muito estranhos, mãe.
— No seu quarto?
— É, no meu quarto. São tipo umas batidas, e eu não consigo dormir.
Onde estão as malditas ratoeiras?!
— Querida, durma no meu quarto e eu vou ver o que está acontecendo.
Chris levou Regan à suíte e a estava colocando na cama quando ela perguntou:
— Posso ver um pouco de TV até pegar no sono?
— Cadê o seu livro?
— Não consigo encontrá-lo. Posso ver TV?
— Ah, tudo bem. Claro.
Chris pegou o controle remoto no criado-mudo e ligou o aparelho.
— O volume está bom?
— Sim, mãe, obrigada.
Chris colocou o controle remoto sobre a cama.
— Certo, querida. Assista só até sentir sono. Está bem? Depois, desligue.
Chris apagou a luz e atravessou o corredor, onde subiu a escada estreita forrada com carpete verde que levava ao sótão. Ela abriu a porta, procurou o interruptor, acendeu a luz e entrou no sótão, que ainda tinha obras por fazer. Deu alguns passos e parou, olhando ao redor. Havia recortes de jornais e caixas de cartas empilhadas de maneira organizada no piso de madeira. Ela não viu mais nada ali. Apenas as ratoeiras. Seis delas. Armadas. Mas o local parecia impecável. Até mesmo o ar era fresco e tinha um cheiro bom. O sótão não tinha aquecedor. Nem canos. Nem aparelhos. Nenhum buraquinho no telhado por onde pudessem entrar bichos. Chris deu um passo à frente.
— Não tem nada! — disse alguém atrás dela.
Chris se sobressaltou.
— Ai, santo Deus! — exclamou, virando-se depressa e levando a mão ao peito, com o coração disparado. — Meu Deus, Karl! Não faça isso!
Ele estava na escada, a dois degraus do sótão.
— Desculpe. Mas está vendo, senhora? Está tudo limpo.
Ainda um pouco sem fôlego, Chris respondeu:

— Obrigada por me dizer, Karl. Sim, está limpo. Obrigada. Que maravilha.

— Senhora, talvez um gato seja melhor.

— Um gato seja melhor para quê?

— Para pegar os ratos.

Sem esperar pela resposta, Karl se virou para descer a escada e logo sumiu de vista. Por um momento, ela ficou olhando a porta aberta, analisando se Karl havia sido levemente insolente. Não teve certeza. Virou-se de novo, procurando uma causa para as batidas. Olhou para o telhado. A rua era coberta por enormes árvores, a maioria com galhos retorcidos, e os galhos de uma delas, uma enorme tília americana, roçava a parte da frente da casa. *Seriam esquilos, afinal?*, pensou Chris. *Deve ser. Ou talvez até mesmo os galhos.* Ventara muito nas últimas noites.

"Talvez um gato seja melhor."

Chris virou-se e olhou para a porta de novo. *Que espertinho, não é, Karl?*, pensou. Então, de repente, assumiu uma expressão vivamente zombeteira. Foi até o quarto de Regan, pegou algo, levou ao sótão e, depois de um minuto, voltou ao quarto. Regan dormia. Chris levou a filha para o quarto dela, colocou-a na cama, voltou ao seu quarto, desligou a televisão e dormiu.

Naquela noite, a casa estava especialmente quieta.

Enquanto tomava o café da manhã no dia seguinte, Chris disse a Karl, de modo distraído, que acreditou ter escutado uma das ratoeiras se acionando durante a noite.

— Pode dar uma olhada? — pediu Chris, bebericando o café e fingindo estar entretida com o *Washington Post*.

Sem qualquer comentário, Karl foi ao sótão para investigar. Quando voltou, alguns minutos depois, Chris passou por ele no corredor do segundo andar. Ele olhava para a frente, caminhando sem qualquer expressão, segurando um boneco grande do Mickey Mouse cujo focinho ele arrancara de uma ratoeira. Ao se cruzarem, ela o ouviu murmurar:

— Alguém está de brincadeira.

Chris entrou no quarto e, enquanto tirava o roupão para se vestir para o trabalho, murmurou baixinho:

— Sim, talvez um gato seja melhor... *muito* melhor.

Chris abriu um largo sorriso.

As filmagens correram tranquilamente naquele dia. Sharon chegou mais tarde, e nos intervalos entre as cenas, no camarim, ela e Chris cuidaram de assuntos de trabalho: uma carta ao agente dela (ela pensaria sobre o roteiro); "sim" para a Casa Branca; uma ligação para Howard para que ele se lembrasse de telefonar no aniversário de Regan; um telefonema a seu assessor perguntando se ela poderia tirar um ano sabático; então, planos para um jantar no dia 23 de abril.

No começo da noite, Chris levou Regan ao cinema e, no dia seguinte, elas foram conhecer pontos turísticos da cidade no Jaguar XKE vermelho. O Capitólio. O Monumento a Lincoln. As cerejeiras. Pararam para jantar, depois atravessaram o rio até o Cemitério Nacional de Arlington e o Túmulo do Soldado Desconhecido, onde Regan ficou séria e, mais tarde, diante do túmulo de John F. Kennedy, pareceu tornar-se distante e triste. Olhou para a "chama eterna" por um momento e, segurando a mão da mãe, perguntou de modo inexpressivo:

— Mãe, por que as pessoas têm que morrer?

A pergunta tocou a alma da mãe. *Ah, Rags, você também? Você também? Ah, não!* O que podia responder? Mentiras? Não, não podia mentir. Olhou para o rosto triste da filha, cujos olhos estavam marejados. Será que ela percebera seus pensamentos? Muitas vezes, ela sabia o que se passava na mente da mãe.

— Querida, as pessoas se cansam — disse ela, delicadamente.

— Por que Deus permite isso?

Olhando para a menina, Chris ficou em silêncio. Confusa. Perturbada. Por ser ateia, nunca ensinara religião à Regan. Acreditava que seria desonesto de sua parte.

— Quem tem falado com você sobre Deus? — perguntou ela.

— Sharon.

— Ah...

Ela precisaria conversar com a secretária.

— Mãe, por que Deus *permite* que a gente se canse?

Notando a dor naqueles olhos sensíveis, Chris se entregou. Não podia dizer à filha em que realmente acreditava. Não acreditava em nada.

— Bem, depois de um tempo, Deus sente saudade de nós, Rags. E quer nossa companhia.

Regan ficou em silêncio. Não deu um pio durante todo o trajeto de volta para casa; continuou assim ao longo daquele dia e, estranhamente, ao longo de toda a segunda-feira.

Na terça-feira, aniversário dela, o silêncio e a tristeza pareceram evaporar. Chris levou a filha às gravações e, quando o trabalho terminou, um bolo enorme com doze velas acesas foi trazido, e todo o elenco e a equipe do filme cantaram "Parabéns para você". Sempre gentil e educado quando sóbrio, Dennings pediu para que as luzes voltassem a ser acesas e, dizendo se tratar de um "teste de cena", filmou Regan soprando as velas e cortando o bolo, e prometeu que a transformaria numa estrela. Regan pareceu contente, até feliz. Mas depois de jantar e abrir os presentes, o bom humor desapareceu. Howard não havia telefonado. Chris ligou para ele em Roma, e soube, pela recepcionista do hotel, que ele não aparecia fazia alguns dias e que não deixara nenhum número para recados. Estava num iate em algum lugar.

Chris inventou desculpas.

Regan assentiu, resignada, e recusou a sugestão da mãe de que fossem ao Hot Shoppe tomar milk-shake. Sem dizer nada, desceu para a sala de brinquedos e ficou lá até a hora de dormir.

Na manhã seguinte, quando abriu os olhos, Chris encontrou Regan na cama com ela, sonolenta.

— Mas o que... Regan, o que você está fazendo aqui? — perguntou Chris, rindo.

— Mãe, minha cama começou a sacudir.

— Ah, sua maluquinha! — disse ela, beijando a filha e ajeitando as cobertas. — Durma. Ainda está cedo.

O que parecia uma manhã era o começo de uma noite sem fim.

Capítulo Dois

Ele estava parado na beira da plataforma deserta do metrô, prestando atenção ao ruído do trem que acalmaria a dor que convivia com ele. Como sua pulsação. Ouvida apenas em silêncio. Ele segurou a bolsa com a outra mão e olhou para o túnel. Pontos de luz se estendiam no escuro como guias rumo à desesperança.

Alguém tossiu. Ele olhou para a esquerda. Um mendigo de barba grisalha estava sentado numa poça de sua própria urina, impassível, com um rosto triste e marcado, os olhos amarelados fixos no padre.

O padre desviou o olhar. Ele viria. Ele imploraria. *Será que você poderia ajudar um ex-coroinha, padre?* A mão suja de vômito pressionando seu ombro. A procura, dentro do bolso, pela medalhinha. O fedor do hálito de mil confissões, com vinho, alho e pecados mortais reunidos, sufocando... sufocando...

O padre percebeu que o mendigo se levantava.

Não venha!

Escutou um passo.

Ai, meu Deus, deixe-me em paz!

— E aí, padre.

Ele fez uma careta, desanimado. Não podia se virar. Não aguentaria procurar por Cristo de novo em meio ao fedor e aos olhos vazios, o Cristo de pus e excrementos, o Cristo que não poderia ser. Num gesto distraído, tocou a manga do casaco como se procurasse uma fita de luto. Lembrou-se vagamente de outro Cristo.

— Sô católico, padre!

O barulho distante do trem que se aproximava. O som de passos. O padre se virou. O mendigo cambaleava, prestes a desmaiar. Com uma pressa rápida e cega, o padre se aproximou e o segurou, arrastando-o para o banco contra a parede.

— Sô católico — repetiu o homem. — Sô católico.

O padre o acalmou; deitou-o, viu seu trem. Apressado, tirou um dólar de dentro da carteira e o pôs no bolso do casaco do mendigo. Então imaginou que ele poderia perder o dinheiro. Pegou a nota, enfiou-a num bolso da calça, molhada de urina, pegou sua bolsa e entrou no trem, sentando-se a um canto e fingindo dormir até o fim da linha, onde foi para a rua e começou a longa caminhada até a Universidade Fordham. O dólar era o dinheiro com que pagaria o táxi.

Quando chegou ao salão para visitantes, assinou seu nome no livro de registros. *Damien Karras*, escreveu. E observou. Algo estava errado. Exausto, ele se lembrou e acrescentou "C.J.", a abreviatura de Companhia de Jesus. Pediu um quarto no Weigel Hall e, depois de uma hora, finalmente dormiu.

No dia seguinte, participou de uma reunião na Associação Norte-americana de Psiquiatria. Como principal palestrante, apresentou um trabalho intitulado "Aspectos psicológicos do desenvolvimento espiritual", e, no fim do dia, tomou alguns drinques e jantou com os outros psiquiatras. Eles pagaram a conta. Ele foi embora cedo. Precisava visitar a mãe.

Ao sair do metrô, caminhou até o prédio de tijolinhos aparentes na rua 21 Leste, em Manhattan. Parou perto dos degraus que levavam à porta de carvalho escuro, olhou para as crianças nos degraus. Desgrenhadas. Malvestidas. Sem ter aonde ir. Lembrou-se dos despejos, das humilhações: de caminhar em direção à sua casa com a namorada do sétimo ano e encontrar a mãe vasculhando latas de lixo. Karras subiu os degraus devagar. Sentiu cheiro de comida sendo preparada. Um cheiro doce, quente, úmido. Lembrou-se das visitas à sra. Choirelli, amiga de sua mãe, em seu minúsculo apartamento com dezoito gatos. Segurou-se no corrimão e subiu, tomado por um cansaço repentino que ele sabia ser causado pela culpa. Não devia tê-la deixado. Não sozinha. No quarto andar, procurou a chave no bolso e a enfiou na fechadura: 4C, o apartamento de sua mãe. Abriu a porta como se fosse uma ferida não cicatrizada.

A recepção dela foi alegre. Um grito. Um beijo. Apressou-se em fazer café. Pele escura. Pernas finas e tortas. Ele se sentou à mesa da cozinha, ouvindo a mãe falar e sentindo as paredes sujas e o chão empoeirado penetrarem em seus ossos. O apartamento era uma pocilga. Aposentadoria e, todo mês, alguns dólares do irmão dela.

Ela se sentou à mesa. Sra. Fulana, tio Sicrano. Ainda com sotaque estrangeiro. Ele evitava aqueles olhos, que eram poços de pesar, que passavam dias olhando pela janela.

Eu não deveria tê-la deixado sozinha.

Ela não sabia ler nem escrever em inglês, por isso, mais tarde, ele escreveu algumas cartas por ela, depois consertou o botão de um rádio velho de plástico. O mundo dela. As notícias. O prefeito Lindsay.

Ele foi ao banheiro. Jornais amarelados espalhados pelo chão. Manchas de ferrugem na banheira e na pia. No chão, um velho corselete. As sementes da vocação. Com elas, ele havia chegado ao amor, mas, agora, o amor havia se tornado frio e, durante a noite, ele o ouvia assobiar pelas câmaras de seu coração como um vento perdido, uivando com suavidade.

Às 22h45, ele se despediu com um beijo e prometeu voltar assim que pudesse.

Partiu ouvindo o rádio ligado no noticiário.

De volta ao seu quarto no Weigel Hall, Karras pensou em escrever uma carta ao diretor dos jesuítas da província de Maryland. Ele já mencionara o assunto com ele antes: queria pedir transferência para a província de Nova York a fim de ficar perto da mãe; queria pedir uma vaga de professor e dispensa de suas atividades de conselheiro. Ao solicitar isto, ele havia citado "inadequação" para o trabalho como motivo.

O superior da província de Maryland havia entrado em contato durante o decorrer de sua visita de inspeção anual à Universidade de Georgetown, uma função bem parecida com a de um inspetor general de Exército, ouvindo as confissões de quem sofria ou tinha reclamações. No que dizia respeito à mãe de Damien Karras, o supervisor concordara e expressara sua solidariedade; mas a questão da "inadequação", acreditava ele, era contradita pelo seu histórico. Ainda assim, Karras havia tentado, havia procurado Tom Bermingham, reitor da Universidade de Georgetown.

"É mais do que psiquiatria, Tom. Você sabe disso. Alguns dos problemas deles se resumem à vocação, ao sentido de suas vidas. Nem sempre é o sexo que está envolvido, mas sim a fé, e eu não consigo lidar com tudo isso. É demais. Eu preciso sair."

"Qual é o problema?"

"Acho que perdi minha fé."

Bermingham não o pressionara para saber os motivos de sua dúvida. Karras sentiu-se grato. Sabia que suas respostas teriam parecido malucas. *A necessidade de rasgar comida com os dentes e então defecar. As sextas-feiras com a minha mãe. Meias fedidas. Bebês vítimas da talidomida. Uma nota no jornal sobre um jovem coroinha esperando num ponto de ônibus e abordado por desconhecidos, que espalharam querosene sobre seu corpo e o incendiaram.* Não. Não, emocional demais. Vago. Existencial. Mais enraizado na lógica estava o silêncio de Deus. No mundo, havia maldade, e grande parte dela resultava da dúvida, de uma confusão real entre homens de boa vontade. Um Deus razoável se recusaria a eliminá-la? Não revelaria finalmente a si mesmo? Não se manifestaria?

"*Senhor, dê-nos um sinal...*"

A ressurreição de Lázaro tornou-se um passado distante.

Nenhum ser vivo havia escutado sua risada.

Então, por que não nos dá um sinal?

Em diversos momentos, Karras desejava ter vivido com Cristo: queria tê-lo visto, queria tê-lo tocado, queria ter encarado seus olhos. *Ah, meu Deus, deixe-me vê-lo! Faça-me compreender! Venha em meus sonhos!*

O desejo o consumia.

Ele se sentou à mesa com a caneta sobre o papel. Talvez não tivesse sido o tempo a silenciar o supervisor da província. Talvez ele soubesse, pensou Karras, que a fé era, no fim das contas, uma questão de amor.

Bermingham havia prometido analisar os pedidos, tentar influenciar o supervisor, mas, por enquanto, nada havia sido feito. Karras escreveu a carta e foi dormir.

Acordou às cinco da manhã, foi à capela em Weigel Hall para pegar a hóstia para a missa e voltou ao quarto.

— *Et clamor meus ad te veniat.* — Ele rezou, com angústia sussurrada.

— E que chegue até vós o meu clamor...

Levantou a hóstia em consagração, lembrando-se da alegria que ela lhe dava; sentiu de novo, como em todas as manhãs, o susto de um olhar inesperado de longe e de um amor perdido e não notado. Quebrou a hóstia acima do cálice.

— Deixo-vos a paz. Dou-vos a minha paz.

Colocou a hóstia na boca e engoliu o gosto seco de desespero. Quando a missa terminou, limpou o cálice com cuidado e o guardou dentro da bolsa. Correu para pegar o trem das 7h10, de volta a Washington, carregando a dor numa maleta preta.

Capítulo três

Na manhã de 11 de abril, Chris telefonou a seu médico em Los Angeles para pedir a indicação de um psiquiatra da região ao qual pudesse levar Regan.

— Mas o que houve?

Chris explicou. No dia seguinte ao aniversário de Regan — e depois de Howard não ter telefonado —, ela notara uma mudança repentina e drástica no comportamento e no humor da filha. Insônia. Irritabilidade. Acessos de raiva. Regan chutava objetos. Jogava coisas. Gritava. Recusava-se a comer. Além disso, sua força parecia anormal. Estava sempre em movimento, pegando e virando objetos, tamborilando, correndo e saltando. Tinha preguiça na hora de fazer a lição de casa. Brincava com amigos imaginários. Usava táticas excêntricas para chamar a atenção.

— Que táticas? — perguntou o médico.

Chris começou contando sobre as batidas. Desde a noite em que checara o sótão, ela as havia escutado de novo duas vezes, e, em ambos os momentos, percebera que Regan estava presente no quarto e que os barulhos cessavam assim que Chris entrava. Em seguida, disse que Regan "perdia" coisas: um vestido, a escova de dentes, livros, sapatos. Reclamava que "alguém estava arrastando" os móveis. Por fim, na manhã seguinte ao jantar na Casa Branca, Chris viu Karl no quarto de Regan, empurrando de volta ao lugar uma cômoda que tinha ido parar no meio do quarto. Quando ela perguntou o que ele estava fazendo, ele repetiu "Alguém está de brincadeira" de modo formal, e se recusou a dizer qualquer coisa além disso. Mas logo depois, na cozinha, Chris viu Regan reclamando que alguém tinha mudado todos os seus móveis de lugar enquanto ela dormia, e foi esse incidente, explicou Chris, que acabou por reforçar suas suspeitas. Estava claro que a filha era a responsável por tudo aquilo.

— Você está falando de sonambulismo? Ela está fazendo isso enquanto dorme?

— Não, Marc, está fazendo acordada. Para chamar atenção.

Chris contou sobre a cama que chacoalhou, o que ocorrera duas outras vezes, e sobre Regan insistir para dormir com a mãe.

— Isso pode ser um problema físico — disse o médico.

— Não, Marc, eu não disse que a cama estava chacoalhando. Eu disse que Regan *disse* que estava chacoalhando.

— Você tem certeza de que *não* estava?

— Não, não tenho.

— Bem, podem ser espasmos clônicos — disse ele.

— Como é?

— Espasmo clônico. Ela está com febre?

— Não. Escute, o que você acha? — perguntou Chris. — Devo levá-la a um psiquiatra ou o quê?

— Chris, você falou do dever de casa. Como ela está em matemática?

— Por quê?

— Como ela está? — insistiu o médico.

— Péssima. Digo, *de repente* ficou péssima.

— Entendo.

— Por que a pergunta?

— Bem, faz parte da síndrome.

— Síndrome? Que síndrome?

— Nada sério. Prefiro não dizer ao telefone. Tem papel e caneta?

Ele queria dar o nome de um médico em Washington.

— Marc, você não pode vir examiná-la?

Chris estava pensando em Jamie e em sua longa infecção. Na época, o médico prescrevera um antibiótico novo de amplo espectro. Ao comprar o remédio numa farmácia da região, o farmacêutico alertara: "Não quero assustá-la, senhora, mas este... bem, é um antibiótico muito novo no mercado, e na Geórgia descobriram que ele tem causado anemia aplástica em crianças pequenas." Jamie. Morto. Desde então, Chris deixou de confiar em médicos. Apenas Marc, e, mesmo assim, só depois de anos.

— Você não pode vir, Marc?

— Não, não posso, mas não se preocupe. Esse médico que estou recomendando é brilhante. É o melhor. Agora, anote.

Hesitação. Então:

— Pronto, peguei um lápis. Qual é o nome?

Ela escreveu o nome e o número de telefone.

— Peça a ele para examiná-la e depois telefonar para mim — disse o médico. — E nem pense em psiquiatra por enquanto.

— Tem certeza?

Ele disse algo breve sobre a rapidez com que as pessoas, de modo geral, reconheciam uma doença psicossomática, mas não o contrário: que uma doença do corpo com frequência causava uma doença aparentemente mental.

— Agora, o que você diria se fosse minha médica, Deus me livre, e eu lhe dissesse que sinto dores de cabeça, tenho pesadelos frequentes, náusea, insônia e visão turva? E que eu sempre me sinto desconectado da realidade e preocupado em excesso com o trabalho? Você diria que estou neurótico?

— Sou suspeita para falar, Marc. Eu *sei* que você é neurótico.

— Esses sintomas que citei são os mesmos de um tumor cerebral, Chris. Examine o corpo. É por onde começamos. Depois, veremos.

Chris telefonou ao especialista e marcou uma consulta para aquela tarde. Estava com tempo de sobra: as gravações haviam acabado, pelo menos para ela. Burke Dennings continuava trabalhando, supervisionando de modo inconstante o trabalho da segunda unidade, uma equipe especial que filmava cenas de menor importância, geralmente feitas por helicóptero de diversas paisagens da cidade, além do trabalho dos dublês e das cenas sem a participação dos protagonistas. Dennings queria que todas saíssem perfeitas.

O médico atendia em Arlington. Samuel Klein. Deixando Regan sentada, emburrada, numa sala de exames, Klein levou a mãe para o consultório e pediu uma breve descrição do caso. Ela contou. Ele escutou, assentiu, fez anotações longas. Quando ela mencionou que a cama havia chacoalhado, ele franziu a testa, confuso, mas Chris prosseguiu:

— Marc pareceu achar que o fato de Regan estar se saindo mal em matemática tem alguma coisa a ver. Por quê?

— A senhora se refere ao dever de casa?
— Sim, ao dever de casa, mas o de matemática, em especial. O que isso quer dizer?
— Bem, vamos esperar até que eu a examine, sra. MacNeil.

Ele pediu licença e fez um exame completo em Regan, que incluiu testes de urina e de sangue. A urina era para a análise das funções renais e hepáticas; o sangue, para vários outros: diabetes, tireoide, contagem de glóbulos vermelhos em busca de uma possível anemia e contagem de glóbulos brancos para doenças raras de sangue.

Quando terminou, Klein sentou-se e conversou com Regan, observando seu comportamento, voltou ao consultório e começou a escrever no receituário.

— Parece que ela tem transtorno hipercinético — disse a Chris enquanto escrevia.
— O quê?
— Um distúrbio dos nervos. Pelo menos, acreditamos ser isso. Não sabemos ao certo como funciona, mas é detectado, geralmente, no início da adolescência. Sua filha apresenta todos os sintomas: hiperatividade, irritabilidade, mau desempenho em matemática.
— Sim, a matemática. Por quê?
— Porque afeta a concentração. — Ele arrancou a folha do pequeno bloco azul e a entregou a Chris. — Aqui está a receita para Ritalina.
— O quê?
— Metilfenidato.
— Ah, sim, isso.
— Dez miligramas, duas vezes por dia. Eu recomendaria dar às oito da manhã e às duas da tarde.

Chris estava lendo a receita.
— O que é isso? Um calmante?
— Um estimulante.
— Estimulante? Ela já está totalmente elétrica!
— O problema dela não é bem o que parece — Klein explicou. — É uma forma de compensação excessiva, uma reação descabida à depressão.
— Depressão?

Klein assentiu.

— Depressão — repetiu Chris, olhando para o chão, pensativa.
— Bem, você me contou sobre o pai dela.
Chris olhou para a frente.
— Você acha que eu deveria levá-la ao psiquiatra, doutor?
— Ah, não. Eu esperaria para ver os efeitos da Ritalina. Realmente acho que vai funcionar. Vamos esperar duas ou três semanas.
— Então, o senhor acredita ser um problema de nervos.
— Suspeito de que sim.
— E as mentiras que ela vem contando? Elas vão parar?
A resposta dele deixou Chris confusa. Ele perguntou se ela via Regan xingar ou dizer obscenidades com frequência.
— Que pergunta estranha. Não, nunca vi.
— Bem, veja, são coisas bem parecidas com o fato de ela estar mentindo. Não são comuns, pelo que a senhora me disse, mas em certos casos isso pode...
— Espere um pouco — interrompeu Chris. — De onde o senhor tirou a ideia de que ela diz obscenidades? Foi o que sugeriu, não foi? Ou eu não entendi bem?
Klein olhou para ela com atenção por um momento e respondeu cautelosamente:
— Sim, eu sugeri que ela diz obscenidades. A senhora não sabia?
— Eu *ainda* não sei! De que você está falando?
— Bem, ela soltou vários palavrões enquanto eu a examinava, sra. MacNeil.
— Está brincando, doutor? Como o quê?
Klein pareceu incomodado.
— Digamos apenas que o vocabulário dela é bem extenso.
— Como o quê? Dê um exemplo!
Klein deu de ombros.
— Está se referindo a "merda"? Ou "foda-se"?
O médico relaxou.
— Sim, ela usou essas palavras — disse ele.
— E o que mais ela disse? Especificamente?
— Bem, especificamente, sra. MacNeil, ela me aconselhou a manter meus malditos dedos longe da boceta dela.

Chris arquejou, chocada.

— Ela disse isso?

— Não é tão incomum, sra. MacNeil, e eu não me preocuparia muito. Como disse, é um sintoma do distúrbio.

Encarando os próprios sapatos, Chris balançou a cabeça.

— É tão difícil de acreditar — disse ela, baixinho.

— Duvido que ela soubesse o que estava dizendo.

— Sim, eu também — concordou Chris. — Pode ser.

— Vamos tentar a Ritalina — aconselhou Klein —, e ver o que acontece. Gostaria de examiná-la de novo em duas semanas.

Ele consultou um calendário sobre a mesa.

— Vejamos... Podemos marcar o retorno para quarta-feira, dia 27. Que tal?

— Está ótimo.

Chocada e séria, Chris levantou-se da cadeira, pegou a receita e guardou-a no bolso do casaco.

— Claro. Dia 27 está ótimo.

— Sou fã de seu trabalho — comentou Klein, quando ela abriu a porta para o corredor.

Com o dedo indicador nos lábios e a cabeça baixa, Chris parou na porta, preocupada. Olhou para o médico.

— Doutor, o senhor não acha que um psiquiatra...

— Não sei. Mas a melhor explicação é sempre a mais simples. Vamos esperar. Esperar e ver o que acontece — afirmou ele, sorrindo de modo encorajador. — Procure não se preocupar.

— Como?

Enquanto Chris dirigia para casa, Regan perguntou o que o médico dissera a ela.

— Ele disse que você está nervosa.

— Só isso?

— Só isso.

Chris decidira não mencionar os palavrões.

Burke. Ela deve ter ouvido Burke dizer alguma coisa.

Mais tarde, porém, Chris conversou com Sharon e perguntou se ela já vira Regan usar palavras daquele tipo.

— Meu Deus, não! — respondeu Sharon, levemente assustada. — Não, nunca. Nem mesmo nos últimos tempos. Mas, olha, acho que a professora de educação artística comentou algo a respeito.

— Recentemente?

— Semana passada. Mas aquela mulher é muito impertinente. Imagino que Regan tenha dito "droga" ou "que saco". Algo assim, sabe?

— Ah, aliás, você tem falado sobre religião com Rags, Shar?

Sharon corou.

— Bem, um pouco. É que é difícil evitar, Chris, ela faz tantas perguntas, e... bem... — Ela deu de ombros. — É difícil. Afinal, como responder sem dizer o que eu acho ser uma grande mentira?

— Dê a ela múltiplas escolhas.

Nos dias que antecederam a festa em sua casa, Chris tomou extremo cuidado para que a filha tomasse a Ritalina nos horários certos. Mas até a noite da festa, no entanto, não havia notado melhora alguma. Na verdade, percebeu sinais sutis de piora: esquecimentos, desorganização e náuseas. Quanto às táticas para chamar atenção, apesar de as mais familiares não terem ocorrido, outras apareceram: a menina alegava sentir um "cheiro" desagradável no quarto. Por sua insistência, Chris tentou senti-lo um dia, mas não conseguiu.

— Você não está sentindo? — perguntou Regan, confusa.

— Você está sentindo o cheiro agora?

— Ah, sim, com certeza!

— Como é esse cheiro, querida?

Regan enrugou o nariz.

— Cheiro de algo queimado.

— É mesmo?

A mãe tentou sentir de novo, respirando mais profundamente.

— Não está sentindo?

— Ah, sim, *agora* senti. Por que não abrimos a janela um pouco, para deixar o ar entrar?

Na verdade, Chris não sentiu nada, mas decidiu deixar aquilo de lado, pelo menos, até a consulta com o médico. Também estava preocupada com outras coisas. Uma delas era a festa. Outra era o roteiro. Apesar de ainda estar animada com a ideia de dirigir um filme, sua prudência inata a impedira de tomar uma decisão rápida. Enquanto isso, seu agente telefonava todos os dias. Ela contou que deixara o roteiro com Dennings para saber sua opinião, e esperava que ele o estivesse lendo, e não o mastigando.

E a terceira preocupação, e mais importante, eram os prejuízos de dois investimentos: a compra de debêntures conversíveis por meio de juros pré-pagos e um investimento num projeto de extração de petróleo no sul da Líbia. Ambos tinham entrado para a faixa de renda sujeita a uma grande tributação. Mas algo ainda pior havia ocorrido: os poços haviam secado e as taxas de juros exorbitantes tinham causado a desvalorização das ações. Foi para discutir esses problemas que seu contador foi à cidade. Ele chegou numa quinta-feira. Chris encontrou-se com ele na sexta, quando, por fim, decidiu seguir um plano que ele julgava inteligente, apesar de não ter demonstrado entusiasmo quando ela tocou no assunto de comprar uma Ferrari.

— Uma nova?

— Por que não? Olha, eu dirigi uma num filme, certa vez. Se escrevermos para a empresa e contarmos isso, pode ser que eles façam um bom preço. Não acha?

O contador não concordou. E alertou que tal compra seria imprudente.

— Ben, eu ganhei mais de oitocentos mil dólares no ano passado e você está me dizendo que não posso comprar um bendito *carro*! Não acha isso ridículo? Para onde foi todo o dinheiro?

Ele lembrou a ela que a maior parte estava investida. Então listou diversos gastos: o imposto de renda; o imposto estadual; a tributação estimada para a renda futura; a tributação sobre propriedades; o salário do agente, do assessor e dele próprio, que somava 20% de sua renda; mais 1,25% ao Fundo de Auxílio ao Cinema; roupas de grife; os salários de Willie, Karl e Sharon e do caseiro da casa de Los Angeles; diversos gastos com viagens; e, por fim, as despesas mensais.

— Você vai fazer mais um filme este ano? — perguntou ele.

Chris deu de ombros.

— Não sei. Deveria?

— Sim, acho que deveria.

Com os cotovelos apoiados nos joelhos, Chris fez uma cara triste e, olhando para o contador, perguntou:

— Que tal um Honda?

Ele não respondeu.

Mais tarde, Chris tentou deixar as preocupações de lado. Procurou ocupar-se com os preparativos para a festa da noite seguinte.

— Vamos dispor o curry num bufê, e não na mesa — disse ela a Willie e Karl. — Podemos montar uma mesa no canto da sala de estar, certo?

— Sem problemas, senhora — respondeu Karl rapidamente.

— O que você acha, Willie? Uma salada de frutas para sobremesa?

— Sim, excelente ideia, senhora!

— Obrigada, Willie.

Ela havia convidado um grupo interessante. Além de Burke ("Só apareça lá em casa sóbrio!") e o jovem diretor da segunda unidade do filme, ela convidara um senador (e sua esposa), um astronauta da Apollo (e sua esposa), dois jesuítas de Georgetown, os vizinhos, e Mary Jo Perrin e Ellen Cleary.

Mary Jo Perrin era uma médium de Washington, rechonchuda e de cabelos grisalhos. Chris a conhecera no jantar da Casa Branca e gostara muito dela. Pensou que seria contida e séria, mas, posteriormente, tivera a oportunidade de dizer: "Você não é nada disso!" Mary era uma mulher simpática e despretensiosa. Ellen Cleary era uma secretária de meia-idade do Departamento de Estado que havia trabalhado na Embaixada dos Estados Unidos em Moscou quando ela foi à Rússia. Ela se esforçou muito para tirar Chris de várias dificuldades e diversos contratempos ao longo da viagem, a maioria causados pela sinceridade da atriz ruiva. Chris sempre se lembrava de Ellen com carinho, e voltara a procurá-la quando chegou a Washington.

— Ei, Shar, os padres virão?

— Ainda não tenho certeza. Convidei o presidente e o reitor da faculdade, mas acredito que o presidente enviará um representante. A secretária dele telefonou no fim da manhã e disse que talvez ele precise viajar.

— Quem ele pretende mandar? — perguntou Chris, curiosa.

— Deixe-me ver — disse Sharon, procurando em suas anotações. — Sim, aqui está. É o assistente dele, o padre Joseph Dyer.

— Ah.

Chris parecia desapontada.

— Onde está Rags? — perguntou ela.

— Lá embaixo.

— Olha, talvez você possa começar a deixar sua máquina de escrever lá embaixo, que tal? Assim, você pode observá-la enquanto digita. Pode ser? Não gosto que ela passe tanto tempo sozinha.

— Boa ideia.

— Certo, até mais. Vá para casa, Shar. Medite. Brinque com os cavalos.

Com o planejamento e os preparativos encaminhados, Chris voltou a se preocupar com Regan. Tentou ver televisão. Não conseguiu se concentrar. Sentia-se inquieta. Havia um clima estranho na casa. Como a calmaria antes da tempestade. Um peso.

À meia-noite, a casa toda estava em silêncio.

Não houve perturbações. Naquela noite.

Capítulo quatro

Ela recebeu os convidados com um conjunto verde-limão de calça e blusa de mangas compridas e boca de sino. Os sapatos eram confortáveis e refletiam sua esperança para aquela noite.

A primeira a chegar foi a médium famosa, Mary Jo Perrin, acompanhada de seu filho adolescente, Robert, e o último foi o padre Dyer, de rosto corado. Ele era jovem e baixo, com olhos espertos atrás de óculos de aros grossos. Na porta, ele se desculpou pelo atraso.

— Não conseguia encontrar a gravata adequada — explicou a Chris, de modo inexpressivo.

Ela o encarou sem entender, mas acabou rindo. A depressão que a acompanhara ao longo do dia começou a se dissipar.

As bebidas fizeram efeito. Às 21h45, todos os convidados estavam espalhados pela sala de estar, jantando e envolvidos em animadas conversas.

Chris serviu-se do bufê e procurou a sra. Perrin pela sala. Ali. Num sofá ao lado do padre Wagner, o reitor jesuíta. Chris havia conversado com ele brevemente. Ele era careca, tinha pintas na cabeça e uma atitude gentil, porém séria. Chris se aproximou do sofá e sentou-se no chão de frente para a mesa de centro enquanto a médium ria com júbilo.

— Ah, pare com isso, Mary Jo! — disse o reitor, enquanto levava uma garfada de curry à boca.

— Sim, pare com isso — repetiu Chris.

— Oi! O curry está delicioso! — disse o reitor.

— Não está apimentado demais?

— Não, de jeito algum. Está no ponto certo. Mary Jo está me contando que ouviu falar num jesuíta que também era médium.

— E ele não acredita em mim! — disse ela, sorrindo.

— Ah, *distinguo* — corrigiu o reitor. — Eu só disse que era difícil de acreditar.

— Está dizendo que era um médium de verdade? — perguntou Chris.

— Claro que sim — respondeu Mary Jo. — Ele até levitava!

— Ah, eu faço isso todas as manhãs — disse o jesuíta, baixinho.

— Está dizendo que ele realizava sessões espíritas? — perguntou Chris à sra. Perrin.

— Pois é. Ele era muito, muito famoso no século XIX. Na verdade, talvez tenha sido o único espiritualista de seu tempo que nunca foi acusado de fraude.

— Como eu disse, ele não era um jesuíta — comentou o reitor.

— Ah, era, sim! — retrucou a médium, rindo. — Quando completou 22 anos, ele se uniu aos jesuítas e prometeu não trabalhar mais como médium, mas foi expulso da França logo depois de uma sessão espírita que realizou nas Tulherias. Sabe o que ele *fez*? No meio da sessão, ele contou à imperatriz que ela estava prestes a ser tocada pelo espírito de uma criança que estava se materializando ali, e quando eles acenderam todas as luzes, viram-no encostando o pé descalço no *braço* da imperatriz! Dá para imaginar uma coisa dessas?

O jesuíta sorriu ao pousar o prato na mesa.

— Não me peça descontos nas indulgências, Mary Jo.

— Ah, vamos, toda família tem sua ovelha negra.

— Compensamos com os papas Médici.

— Sabem, tive uma experiência espírita certa vez... — começou Chris.

O reitor a interrompeu.

— Está fazendo uma confissão?

Chris sorriu.

— Não, não sou católica.

— Bem, os jesuítas também não são — provocou Perrin com um sorriso.

— Calúnia dominicana — retrucou o reitor. Então, dirigindo-se a Chris: — Desculpe, minha cara. O que dizia?

— Bem, só pensei ter visto alguém levitar uma vez. No Butão.

Ela contou a história.

— Vocês acham possível? — perguntou ela. — De verdade?

— Quem sabe? — respondeu o reitor jesuíta. — Como saber como funciona a gravidade? Ou a matéria, nesse caso.
— Quer minha opinião? — perguntou a sra. Perrin.
— Não, Mary Jo — disse o reitor. — Fiz voto de pobreza.
— Ah, eu também — murmurou Chris.
— O que você disse? — perguntou o reitor, inclinando-se para a frente.
— Ah, nada. Na verdade, quero perguntar algo a você. Sabe aquela casinha atrás da igreja? — disse Chris, apontando na direção.
— A Santíssima Trindade? — perguntou ele.
— Sim, essa. O que acontece ali?
— Bem, é onde ocorre a missa negra — respondeu a sra. Perrin.
— Missa o quê?
— Missa negra.
— O que é isso?
— Ela está brincando — avisou o reitor.
— Sim, eu sei — insistiu Chris —, mas eu sou burra. O que é a missa negra?
— Bem, basicamente, é uma imitação da missa católica — explicou o reitor. — Mas está ligada à adoração ao mal.
— Minha nossa! Existe algo assim?
— Não sei bem. Mas já ouvi uma estatística de que cerca de cinquenta mil missas negras são realizadas todos os anos em Paris.
— Está dizendo que isso acontece *atualmente*? — perguntou Chris.
— Foi o que ouvi dizer.
— Sim, claro, revelado pelo serviço secreto jesuíta! — brincou a sra. Perrin.
— Não, nada disso — respondeu o reitor. — Foram as vozes na minha cabeça.
As mulheres riram.
— Olha, em Los Angeles — disse Chris —, ouvimos muitas histórias a respeito de cultos das bruxas. Sempre fico imaginando se ocorrem mesmo.
— Bem, como já disse, não há como saber. Mas vou dizer quem deve saber: Joe Dyer. Onde está ele?
O reitor olhou ao redor.

— Ah, bem ali — continuou ele, com um aceno de cabeça na direção do padre, que estava perto do bufê, de costas para eles, servindo-se novamente. — Joe?

O jovem padre se virou, com o rosto impassível.

— O senhor me chamou, grande reitor?

Ele gesticulou para que ele se aproximasse.

— Só um segundo — respondeu Dyer, virando-se para voltar a atacar o curry e a salada.

— Esse é o único duende do clero — disse o reitor, com simpatia, bebericando o vinho. — Eles viram alguns casos de profanação na Santíssima Trindade na semana passada, e Joe disse algo a respeito de um deles, relembrando algumas coisas que eles faziam na missa negra. Por isso, acredito que saiba algo sobre o assunto.

— O que aconteceu na igreja? — perguntou Mary Jo Perrin.

— Ah, é muito nojento — disse o reitor.

— Vamos lá, já terminamos de comer.

— Não, por favor, é muito ruim.

— Vamos, conte!

— Está dizendo que não consegue ler minha mente, Mary Jo? — perguntou ele.

— Ah, eu poderia fazer isso — respondeu ela, sorrindo —, mas acredito que não sou digna de entrar nesse templo tão sagrado!

— Bem, é realmente terrível — insistiu o reitor.

Ele descreveu as profanações. No primeiro dos incidentes, o sacristão idoso da igreja havia encontrado um monte de excremento humano na toalha do altar, bem diante do templo.

— Nossa! Isso é realmente nojento — disse a sra. Perrin, fazendo uma careta.

— Bem, a outra é ainda pior.

Então, o reitor empregou indiretas e um ou dois eufemismos para explicar como um enorme falo esculpido em argila havia sido encontrado colado à estátua de Cristo no altar.

— Nojento, não? — concluiu ele.

Chris percebeu que a médium estava realmente enojada quando disse:

— Ah, chega. Já me arrependi de ter perguntado. Vamos mudar de assunto.

— Não, estou fascinada — disse Chris.

— Sim, claro. Sou um ser humano fascinante — disse alguém.

Era Dyer. Segurando um prato cheio de comida, ele se aproximou de Chris e disse solenemente:

— Escutem, esperem um minuto, já volto. Estou tendo uma conversa muito interessante com o astronauta.

— Sobre o quê? — perguntou o reitor.

Dyer olhou para ele, seus olhos inexpressivos atrás dos óculos, e respondeu:

— Primeiro missionário na lua?

Todos, menos Dyer, começaram a rir.

Sua técnica para arrancar risos consistia em manter a seriedade.

— O senhor tem o tamanho certo — comentou a sra. Perrin. — Eles poderiam colocá-lo dentro da ogiva.

— Não, eu não — retrucou o jovem padre, corrigindo a mulher de modo sério. — Estou tentando abrir o caminho para Emory — explicou ao reitor, e se virou para as mulheres. — É o reitor da disciplina no campus. Não tem ninguém lá em cima, e é assim que ele gosta. Prefere a tranquilidade.

Ainda sério, Dyer olhou para o outro lado da sala, onde estava o astronauta.

— Com licença — disse, e se afastou.

A sra. Perrin disse:

— Gosto dele.

— Eu também — concordou Chris. Então virou-se para o reitor. — Você não me disse o que acontece naquela casa. Um grande segredo? Quem é o padre que sempre vejo ali? Que parece um boxeador? Sabe de quem estou falando?

O reitor assentiu, baixando a cabeça.

— É o padre Karras — disse ele com a voz baixa e um sinal de arrependimento. Pousou a taça na mesa e a girou. — Recebeu um baque ontem à noite, coitado.

— O que houve? — perguntou Chris.

— Sua mãe faleceu.

Chris teve uma estranha sensação de pesar que não conseguia explicar.

— Puxa, sinto muito — disse ela, baixinho.

— Parece que ele está passando por momentos terríveis — continuou o jesuíta. — Pelo visto, ela estava morando sozinha, e creio que já estava morta havia vários dias quando foi encontrada.

— Nossa! Que horror! — exclamou a sra. Perrin.

— Quem a achou? — perguntou Chris, franzindo a testa.

— O dono do prédio onde ela morava. Acho que ela estaria lá até agora se... Bem, se os vizinhos não tivessem reclamado do rádio ligado o tempo todo.

— Que triste... — disse Chris.

— Com licença, senhora.

Chris olhou para a frente e viu Karl. Ele estava segurando uma bandeja com licores e taças finas.

— Claro, coloque-as aqui, Karl. Está ótimo.

Chris sempre oferecia licor a seus convidados, e ela própria os servia. Assim, ela garantia um toque de intimidade que poderia estar faltando.

— Bem, vejamos, vou começar com vocês — disse ela ao reitor e à sra. Perrin.

Ela serviu os dois, depois caminhou pela sala, perguntando o que os convidados queriam beber. Quando terminou, os grupos haviam se mesclado, menos Dyer e o astronauta, que pareciam entretidos na conversa.

— Não, não sou um padre de verdade. — Chris ouviu Dyer dizer com seriedade, com o braço no ombro do astronauta. — Sou, na verdade, um terrível rabino de vanguarda.

Chris estava ao lado de Ellen Cleary, conversando sobre Moscou, quando ouviu uma voz estridente vinda da cozinha.

Ai, meu Deus, Burke!

Ele gritava obscenidades a alguém.

Chris pediu licença e foi correndo para a cozinha, onde Dennings estava agarrando Karl enquanto Sharon tentava separá-los, em vão.

— Burke! — exclamou Chris. — Pare!

O diretor a ignorou e continuou a briga, com saliva acumulada nos cantos da boca, enquanto Karl se recostava na pia, sem nada dizer, braços cruzados e expressão séria, os olhos fixos em Dennings.

— Karl! — gritou Chris. — Pode sair daqui? *Saia!* Não está vendo como ele está?

Mas o suíço só se mexeu quando Chris o empurrou na direção da porta.

— *Porco* nazista! — gritou Dennings quando Karl se afastou, então se virou para Chris e, esfregando as mãos, perguntou: — E aí, o que tem de sobremesa?

— *Sobremesa?*

Chris bateu na testa com a palma da mão.

— Olha, estou com fome — resmungou Dennings, petulante.

Chris virou-se para Sharon.

— Dê comida a ele! Preciso colocar Regan na cama. E pelo amor de Deus, Burke, dá para se comportar? Há padres aqui!

Dennings franziu a testa e demonstrou um repentino e aparentemente verdadeiro interesse no olhar.

— Ah, você notou isso também? — perguntou ele, sem malícia.

Chris inclinou a cabeça e suspirou, dizendo:

— Para mim, chega!

E saiu da cozinha.

Ela foi ver como Regan estava na sala de brinquedos, onde a filha havia permanecido o dia todo, e a viu brincando com o tabuleiro Ouija. Parecia triste, distraída, distante. *Bem, pelo menos não está agressiva*, pensou, e, na esperança de distraí-la, levou-a para a sala de estar e começou a apresentá-la a seus convidados.

— Nossa! Como ela é linda! — exclamou a esposa do senador.

Regan agiu de modo estranhamente bem-comportado, exceto com a sra. Perrin, com quem recusou-se a falar ou dar um aperto de mão. Mas a médium fez graça da situação.

— Ela sabe que sou uma fraude — disse, sorrindo e piscando para Chris.

Mas então, como se checasse sua pulsação, ela segurou o braço de Regan com delicadeza. Franziu a testa. A menina se afastou e lançou um olhar raivoso para a mulher.

— Ah, ela deve estar cansada — disse a sra. Perrin de modo casual.

Mas continuou a olhar para Regan de modo intenso e com uma ansiedade incompreensível.

— Ela está um pouco incomodada — disse Chris, desculpando-se. Olhou para Regan. — Não é mesmo, amor?

A filha não respondeu. Permaneceu olhando para o chão.

Não havia mais ninguém para Regan conhecer, exceto o senador e Robert, o filho da sra. Perrin, e Chris achou que seria melhor não apresentá-la a eles. Levou a filha para a cama e a cobriu.

— Você acha que vai conseguir dormir? — perguntou Chris.

— Não sei — respondeu Regan, distraída. Estava deitada de lado e olhava a parede com o olhar distante.

— Quer que eu leia um pouco para você?

A menina balançou a cabeça.

— Certo. Tente dormir.

Chris se inclinou para a frente e a beijou, depois caminhou até a porta e apagou a luz.

— Boa noite, querida.

Chris estava quase do lado de fora do quarto quando Regan disse baixinho:

— Mãe, o que tem de errado comigo?

Parecia assustada. Seu tom de voz era desesperado, exagerado para sua situação. Por um momento, Chris sentiu-se abalada e confusa, mas logo se recompôs.

— Bem, eu já disse, Rags, são os nervos. Você só precisa tomar aquele remédio por algumas semanas e já, já vai melhorar. Agora tente dormir, querida, está bem?

Não houve resposta. Chris esperou.

— Está bem? — repetiu ela.

— Está bem — sussurrou Regan.

Chris sentiu, de repente, os braços arrepiados. Passou a mão por eles, olhando ao redor. *Nossa, como está frio aqui! De onde está vindo essa corrente de ar?*

Ela se aproximou da janela e conferiu as bordas. Não encontrou nada. Virou-se para Regan.

— Você está com frio, amor?
Não obteve resposta.
Chris caminhou até a cama.
— Está dormindo? — sussurrou.
Olhos fechados. Respiração profunda.
Chris saiu do quarto na ponta dos pés.

Do corredor, ouviu uma cantoria e, enquanto descia a escada, viu com alegria que o jovem padre Dyer estava tocando piano perto da janela da sala de estar enquanto um grupo reunido ao redor dele cantava. Quando ela chegou, eles tinham acabado de cantar "Till We Meet Again".

Chris se aproximou do grupo, mas foi logo abordada pelo senador e sua esposa, que seguravam seus casacos e pareciam ansiosos.

— Já vão embora, tão cedo? — perguntou Chris.

— Ah, sinto muito. Tivemos uma noite *maravilhosa*, querida — disse o senador. — Mas Martha está com dor de cabeça.

— Sinto muito, estou mesmo me sentindo péssima — resmungou a esposa. — Não se chateie, Chris. A festa está excelente.

— Que pena que precisem ir.

Ao acompanhar o casal à porta, Chris ouviu o padre Dyer, ao fundo, perguntar:

— Mais alguém sabe a letra da música "I'll Bet You're Sorry Now, Tokyo Rose?".

No caminho de volta à sala de estar, Sharon saiu em silêncio do escritório.

— Cadê o Burke? — perguntou Chris.

— Aqui — respondeu Sharon, indicando o escritório. — Está dormindo para curar a bebedeira. O que o senador disse a você?

— Nada, eles simplesmente foram embora.

— Que bom.

— Por que, Shar? O que houve?

— Bem, Burke... — disse Sharon, suspirando.

Baixinho, ela descreveu uma conversa entre o senador e Dennings, que disse que parecia haver "um pelo pubiano estranho flutuando na minha bebida". Então, ele se virou para a esposa do senador e acrescentou com um tom de voz levemente acusador: "Nunca tinha visto um na vida. E *você*?"

Chris começou a gargalhar e revirou os olhos quando Sharon descreveu como a reação constrangida do senador havia despertado o lado quixotesco de Dennings, quando ele expressou sua "gratidão sem limites" pela existência de políticos, já que, sem eles, "não seria fácil distinguir quem seriam os *homens de estado*, sabe?". E quando o senador lhe deu as costas, irritado, o diretor dissera a Sharon, todo orgulhoso: "Viu só? Eu não disse nenhum palavrão. Não acha que lidei bem com a situação?"

Chris deu risada.

— Bem, deixe-o dormir. Mas é melhor você ficar aqui, para o caso de ele acordar — disse ela. — Você se importa?

— Não, claro que não.

Na sala de estar, Mary Jo Perrin estava sentada sozinha num canto. Parecia preocupada. E nervosa. Chris começou a caminhar em sua direção, mas mudou de ideia e se aproximou de Dyer e do piano. O padre interrompeu o que estava tocando e a encarou.

— Sim, minha jovem — disse ele —, o que podemos lhe oferecer essa noite? Na verdade, estamos realizando um especial de novenas.

Chris riu com os outros reunidos ali.

— Pensei que fosse ouvir o que tocam na missa negra — disse ela. — O padre Wagner disse que o senhor é um especialista.

O grupo ao redor do piano ficou calado, curioso.

— Não, não sou — respondeu Dyer, tocando algumas teclas levemente. — Por que você mencionou a missa negra?

— Bem, alguns de nós estávamos falando sobre... Bem, sobre outras coisas que eles encontraram na igreja, na Santíssima Trindade, e...

— Ah, você se refere às profanações?

O astronauta os interrompeu.

— Ei, alguém pode explicar sobre o que estão falando? Estou perdido.

— Eu também — disse Ellen Cleary.

Dyer tirou as mãos do piano e olhou para eles.

— Bem, foram encontradas profanações na igreja ao fim da rua.

— Nossa! Como o quê? — perguntou o astronauta.

— Deixe isso para lá — aconselhou o padre Dyer. — Digamos que foram algumas obscenidades e pronto.

— O padre Wagner contou que o senhor disse a ele que foi algo parecido com o que ocorre na missa negra — explicou Chris —, por isso fiquei tentando imaginar o que acontece nessas celebrações.

— Olha, não sei muita coisa — respondeu Dyer. — Na verdade, a maior parte do que sei foi o que ouvi de outro jesuíta no campus.

— Quem? — perguntou Chris.

— O padre Karras é nosso especialista nesses assuntos.

Chris sentiu-se alerta de repente.

— Ah, o padre de pele morena da Santíssima Trindade?

— A senhora o conhece?

— Não, só de nome.

— Bem, acho que ele escreveu um artigo sobre isso, certa vez. Sabe como é, do ponto de vista psiquiátrico.

— Como assim? — perguntou Chris.

— Como assim o quê?

— Está me dizendo que ele é psiquiatra?

— Ah, sim, claro. Nossa, sinto muito. Pensei que a senhora soubesse.

— Queremos saber, por favor! — pediu o astronauta, de bom humor. — O que, afinal, acontece numa missa negra?

Dyer deu de ombros.

— Digamos que ocorrem perversões. Obscenidades. Blasfêmias. É uma imitação malvada da missa na qual, em vez de adorarem Deus, eles adoram Satã e, às vezes, realizam sacrifícios humanos.

Ellen Cleary sorriu brevemente, balançou a cabeça e afastou-se, dizendo:

— Isto está ficando assustador demais para mim.

Chris não deu atenção a ela.

— Mas como o senhor sabe disso? — perguntou ela ao jovem jesuíta. — Ainda que exista algo como a missa negra, quem saberia o que ocorre nela?

— Bem — respondeu Dyer —, acredito que as informações foram dadas por pessoas que foram flagradas lá e então confessaram.

— Ah, por favor! — O reitor se uniu ao grupo. — Essas confissões não valiam nada, Joe. As pessoas foram torturadas.

— Não, apenas as prepotentes — retrucou Dyer, com calma.

As pessoas riram, nervosas. O reitor olhou o relógio.

— Bem, preciso ir — disse ele a Chris. — Tenho que presidir uma missa às seis da manhã na capela Dahlgren.

— E eu tenho a missa do banjo — disse Dyer, sorrindo. Então arregalou os olhos ao ver algo atrás de Chris, e, no mesmo instante, ficou sério. — Bem, acho que temos companhia, sra. MacNeil.

Chris se virou. E arquejou ao ver Regan, de camisola, urinando intensamente no tapete enquanto olhava fixamente para o astronauta e dizia, com olhos vazios e voz sem vida:

— Você vai morrer lá em cima.

— Ah, minha querida! — gritou Chris ao correr em direção à filha com os braços esticados. — Ah, Rags, meu amor. Venha. Vamos subir!

Ela pegou Regan pela mão e, ao afastar-se com a filha, olhou para trás e viu o astronauta pálido.

— Sinto muito — disse Chris, desculpando-se. — Ela está doente, deve estar sofrendo de sonambulismo! Não sabe o que diz!

— Bem, é melhor irmos embora — Ela ouviu Dyer dizer a alguém.

— Não, não, fiquem! — exclamou Chris. — Está tudo bem. Voltarei num minuto!

Chris parou perto da porta aberta da cozinha, instruindo Willie a cuidar do tapete antes que manchasse, e levou a filha ao banheiro de seu quarto, onde lhe deu um banho e trocou sua camisola.

— Querida, por que você disse aquilo? — perguntou Chris várias vezes, mas Regan parecia não compreender, murmurando coisas sem sentido com os olhos vazios.

Chris a colocou na cama, e a menina pareceu adormecer quase imediatamente. A mãe esperou, ouvindo sua respiração por um momento, então saiu do quarto em silêncio.

Quando desceu a escada, viu Sharon e o jovem diretor da segunda unidade ajudando Dennings a sair do escritório. Eles haviam chamado um táxi e iam acompanhá-lo de volta à sua suíte no Georgetown Inn.

— Vá com calma — aconselhou Chris quando eles saíram da casa com Dennings.

Ele estava com os braços sobre os ombros dos dois. Quase inconsciente, murmurou:

— Merda.

E saiu para a neblina em direção ao táxi que aguardava.

Chris voltou para a sala de estar, onde os convidados restantes expressaram sua compaixão quando ela deu um relato breve sobre a doença de Regan. Quando mencionou as batidas e tudo o que a filha fazia para "chamar atenção", percebeu que a médium a observava de modo fixo. Em determinado momento, olhou para ela, esperando que dissesse algo, mas Perrin permaneceu calada, então Chris prosseguiu.

— Ela sempre foi sonâmbula? — perguntou Dyer.

— Não, hoje foi a primeira vez. Ou, pelo menos, a primeira vez que vi, então acho que tem a ver com a hiperatividade. O senhor não acha?

— Ah, eu não sei — disse o padre. — Ouvi dizer que o sonambulismo é comum na puberdade, mas... — Ele deu de ombros e hesitou. — Não sei. Melhor consultar um médico.

Ao longo da discussão, a sra. Perrin permaneceu calada, observando a dança das chamas na lareira da sala de estar. Igualmente abalado, notou Chris, estava o astronauta, que olhava para a bebida, distraído. Ele partiria em missão para a lua naquele mesmo ano.

— Bem, tenho a missa para celebrar amanhã — disse o reitor ao se levantar para partir.

Com ele, todos se foram. Os convidados se levantaram e agradeceram pelo jantar e pela festa. Na porta, o padre Dyer segurou a mão de Chris, olhou em seus olhos e perguntou:

— Você acha que há um papel num de seus filmes para um padre muito baixo que sabe tocar piano?

— Bem, se não houver — disse Chris, rindo —, inventaremos um para o senhor, padre!

Chris se despediu dele com simpatia.

Os últimos a sair foram Mary Jo Perrin e seu filho. Chris demorou-se à porta com eles, conversando. Teve a sensação de que a mulher tinha algo a dizer, mas hesitava. Para atrasar a partida, Chris perguntou o que Mary Jo pensava sobre o fato de Regan sempre brincar com o tabuleiro Ouija e sobre sua fixação com o capitão Howdy.

— Você acha que pode fazer mal? — perguntou ela.

Esperando uma resposta superficial, Chris ficou surpresa quando a sra. Perrin franziu a testa e olhou para o chão. Parecia pensativa. Então saiu e se aproximou do filho, que esperava.

Quando finalmente levantou a cabeça, seus olhos estavam sérios.

— Eu o tiraria dela — disse com a voz baixa.

Ela entregou a chave do carro ao filho.

— Bobby, ligue o carro. Está frio.

Ele pegou a chave, disse a Chris, com timidez, que adorava todos os filmes dela e se afastou em direção a um Mustang velho estacionado mais para baixo na rua.

Os olhos da médium permaneciam sérios.

— Não sei o que você acha de mim — disse ela, devagar e em voz baixa. — Muitas pessoas me associam ao espiritismo. Mas isso não está certo. Sim, acredito que tenho um dom, mas não é oculto. Na verdade, para mim, ele parece perfeitamente natural. Por ser católica, acredito que todos nós temos um pé nos dois mundos. Aquele do qual temos consciência está preso ao tempo, mas de vez em quando uma maluca como eu vê um pouco o pé do outro mundo, e este, acredito, está na eternidade, onde o tempo não existe, e, assim, o futuro e o passado são o presente. Então, às vezes, quando sinto um formigamento nesse outro pé, acredito que estou vendo o futuro. Mas quem sabe? Talvez não. — Ela deu de ombros. — Na verdade, tanto faz. Agora, o oculto... — Ela parou, escolhendo as palavras com cuidado. — O oculto é diferente. Eu me mantive longe disso. Acredito que mexer com ele pode ser perigoso. E isso inclui usar num tabuleiro Ouija.

Até aquele momento, Chris considerara Mary Jo uma mulher de bom senso. Mas algo em seu comportamento naquele instante fez ela ter um mau pressentimento. Tentou afastar a sensação.

— Ah, por favor, Mary Jo — respondeu ela, sorrindo. — Você não sabe como esses tabuleiros funcionam? É só o subconsciente da pessoa, só isso.

— Sim, talvez — respondeu Perrin. — Poderia ser uma sugestão. Mas em muitas histórias que já ouvi sobre centros espíritas e tabuleiros Ouija, *todas* elas, Chris, parecem indicar a abertura de uma porta de algum tipo. Ah, eu sei que você não acredita no mundo dos espíritos. Mas eu acredito. Se estou certa, talvez a ponte entre os dois mundos seja o que você mesma acabou de mencionar: o subconsciente. Só sei que coisas parecem acontecer. E, minha querida, há hospícios no mundo todo repletos de pessoas que mexeram com o oculto.

— Ah, você está brincando, Mary Jo! Não está?

Silêncio. Então ela voltou a falar:

— Em 1921, uma família de onze pessoas na Bavária, não lembro o nome, mas você pode procurar no jornal, enlouqueceu pouco tempo depois de tentar fazer uma sessão espírita. Todos os onze. Eles incendiaram a casa, e, quando destruíram os móveis, tentaram queimar o bebê de três meses de uma das filhas mais novas. Foi quando os vizinhos entraram e os impediram. A família toda foi internada no hospício.

— Minha nossa! — exclamou Chris ao pensar no capitão Howdy, que agora se transformara numa ameaça. Doença mental. Será? — Eu sabia que devia ter levado Rags a um psiquiatra!

— Ah, por favor! — retrucou a sra. Perrin, dando um passo à frente, para a luz. — Não ligue para o que digo. Ouça seu médico.

Ela parecia tentar acalmar Chris, mas sem muita convicção. Então continuou, sorrindo:

— Sou ótima com o futuro, mas, com o presente, sou péssima. — Ela procurava algo dentro da bolsa. — Onde estão meus óculos? Veja só! Eu os guardei no lugar errado. Ah, pronto, aqui estão. — Ela os encontrou num bolso do casaco. — Que casa linda — comentou ao colocá-los e observar a fachada. — Dá uma sensação de conforto.

— Que alívio! — exclamou Chris. — Por um segundo, pensei que você fosse me dizer que a casa é assombrada!

A sra. Perrin olhou para ela, séria.

— Por que eu diria algo assim?

Chris estava pensando numa amiga, uma famosa atriz de Beverly Hills que vendera a casa por insistir que tinha visto um fantasma. Sorrindo sem graça, Chris deu de ombros.

— Não sei. Estou brincando.

— É uma casa boa e agradável — garantiu a sra. Perrin de modo firme.

— Já estive aqui antes, sabia? Muitas vezes.

— É mesmo?

— Sim, um amigo meu morava aqui, um almirante da Marinha. Eu recebo cartas dele de vez em quando. Está embarcado de novo, coitado. Não sei bem se sinto falta dele ou desta casa. — Ela sorriu. — Mas seria ótimo ser convidada para vir de novo.

— Mary Jo, eu *adoraria* que você voltasse. De verdade. Você é uma pessoa fascinante. Olha, por que não me liga na semana que vem?

— Sim, adoraria saber como sua filha está.

— Você tem meu número?

— Sim.

O que havia de errado?, Chris ficou tentando imaginar.

O tom de voz da médium estava estranho.

— Bem, boa noite — disse a sra. Perrin. — E obrigada de novo pela noite incrível.

Antes que Chris pudesse responder, a mulher começou a descer a rua com pressa. A dona da casa a observou e, lentamente, fechou a porta da frente, sentindo uma letargia se abatendo sobre ela. *Que noite*, pensou ela. *Que noite.*

Então foi até a sala de estar e parou perto de Willie, que estava ajoelhada no tapete. Esfregava a mancha de urina com um pano.

— Apliquei vinagre branco — disse. — Duas vezes.

— Está saindo?

— Talvez agora saia. Não sei. Vamos ver.

— Não dá para saber até secar.

Que observação maravilhosa. Incrível. Vá para a cama, sabichona.

— Vamos, deixe assim por enquanto, Willie. Vá dormir.

— Não, vou terminar.

— Está bem. Obrigada. Boa noite.

— Boa noite, senhora.

Chris começou a subir a escada com passos desanimados.

— O curry estava delicioso, Willie — comentou ela. — Todo mundo adorou.

— Obrigada, senhora.

Chris foi ao quarto de Regan e viu que a filha ainda dormia. Então lembrou do tabuleiro Ouija. Deveria escondê-lo? Jogá-lo no lixo? *Caramba, Perrin fica séria quando fala dessas coisas.* Ainda assim, Chris sabia que o amigo imaginário era algo mórbido e nada saudável. *Sim, acho que preciso me livrar dele.*

No entanto, estava hesitante. Parada ao lado da cama da filha, ela se lembrou de um episódio que ocorreu quando a menina tinha três anos, na noite em que Howard decidiu que ela já estava grande demais para continuar dormindo de chupeta, algo a que já estava acostumada. Ele tirara a chupeta dela naquela mesma noite, e Regan chorou até as quatro da manhã e passou dias histérica. Chris temia que uma situação parecida ocorresse agora. *Melhor esperar até contar tudo ao psiquiatra.* Além disso, pensou, a Ritalina ainda não havia surtido efeito, então decidiu, por fim, esperar para ver.

Chris foi para seu quarto, deitou-se na cama e caiu no sono quase imediatamente. Acordou ao som dos gritos da filha.

— *Mãe*, vem cá! Vem *logo*, estou com *medo*!

— Estou indo, Rags! Estou indo!

Chris disparou pelo corredor até o quarto de Regan. Gritando. Chorando. Ouvindo o som de molas da cama sacudindo.

— Querida, o que houve? — perguntou Chris.

Ela acendeu a luz.

Deus Todo-Poderoso!

Com o rosto banhado em lágrimas, contorcido pelo medo, Regan estava deitada de barriga para cima, segurando-se nas laterais da cama estreita.

— Mãe, por que a cama está *chacoalhando*? — gritava ela. — Faz isso *parar*! Estou com medo! Faz parar! Mãe, por favor, faz *parar*!

O colchão sacodia violentamente de um lado para o outro.

Parte II

A BEIRA

Em nosso sono, a dor que não se pode esquecer cai gota a gota no coração até que, em nosso desespero, contra nossa vontade, a sabedoria vem a nós por meio da sublime graça de Deus.

— Ésquilo

Capítulo um

Eles a levaram para o canto de um cemitério cheio, onde os túmulos imploravam por espaço.

A missa fora tão solitária quanto a vida dela. Seus irmãos do Brooklyn. O dono da mercearia da esquina, que havia aumentado seu crédito. Observando os homens descerem sua mãe na escuridão de um mundo sem janelas, Damien Karras chorou com um pesar que havia muito não sentia.

— Ah, Dimmy, Dimmy...

Um tio o abraçava.

— Não fique triste, ela está no céu agora, Dimmy. Está feliz.

Ah, meu Deus, que assim seja. Ah, Deus, por favor! Permita que seja assim!

Sua família esperou no carro enquanto ele permanecia ao lado do túmulo. Não suportava o fato de deixá-la sozinha.

Ao dirigir para a Pennsylvania Station, ele escutou os tios falarem de suas doenças com sotaques estrangeiros.

— Enfisema... Preciso parar de fumar... Quase morri ano passado, sabia?

A raiva tentava explodir de seus lábios, mas ele se conteve, envergonhado. Olhou pela janela: eles estavam passando pela Home Relief Station, onde, nas manhãs de sábado, no meio do inverno, ela ia buscar o leite e os sacos de batatas enquanto ele ficava na cama; pelo zoológico do Central Park, onde ela o deixava no verão enquanto pedia esmola ao lado da fonte em frente ao Plaza. Ao passar pelo hotel, Karras começou a chorar, mas controlou as lembranças e secou as lágrimas de arrependimento. Ele se perguntava por que o amor havia esperado por aquela distância, esperado pelo momento em que ele não precisava tocar, quando os limites de contato e de entrega humana haviam se resumido a um cartão impresso enfiado em sua carteira: *In Memoriam*... Ele sabia. Essa dor era antiga.

Ele chegou a Georgetown a tempo de jantar, mas estava sem fome. Quando entrou em seu quarto, os amigos jesuítas se aproximaram com condolências. Permaneceram por pouco tempo. Prometeram rezar.

Logo depois das 22 horas, Joe Dyer apareceu com uma garrafa de uísque. Ele a exibiu com orgulho:

— Chivas Regal!

— Onde conseguiu dinheiro para isso, na caixinha das doações?

— Não seja idiota, isso quebraria meu voto de pobreza.

— Então onde a conseguiu?

— Roubei.

Karras sorriu e balançou a cabeça ao pegar um copo e uma caneca de café e lavá-los na pequena pia do banheiro.

— Acredito em você — disse ele, com a voz rouca.

— Nunca vi tamanha fé.

Karras sentiu uma dor familiar. Ele a ignorou e voltou a falar com Dyer, que estava sentado na cama, abrindo o lacre da garrafa. Sentou-se ao lado dele.

— Quer me absolver agora ou mais tarde? — perguntou Dyer.

— Sirva a bebida e vamos absolver um ao outro.

Dyer encheu o copo e a caneca.

— Reitores de faculdade não devem beber — murmurou ele. — Passa um mau exemplo. Pensei em poupá-lo de uma enorme tentação.

Karras engoliu o uísque, mas não a história. Sabia como o reitor agia. Um homem de tato e sensibilidade, que sempre fazia as coisas de modo indireto. Dyer havia chegado como amigo, ele sabia, mas também como representante pessoal do reitor.

Dyer era bom para Karras, o fazia rir; falou sobre a festa e sobre Chris MacNeil; fez piadas a respeito do Departamento Jesuíta de Disciplina. Bebeu muito pouco, mas não parava de encher o copo de Karras, e, quando achou que ele estava anestesiado o bastante para dormir, levantou-se da cama e ajudou Karras a se deitar. Sentou-se à mesa e continuou falando até os olhos de Karras se fecharem e seus comentários se tornarem resmungos.

Dyer se levantou, desamarrou os sapatos do amigo e os tirou.

— Vai roubar meus sapatos? — perguntou Karras, com a voz arrastada.

— Não, eu adivinho o futuro lendo as linhas dos pés. Agora durma.

— Você é um ladrãozinho habilidoso para um jesuíta.

Dyer riu e cobriu o amigo com um casaco que pegou de um armário.

— Olha, alguém tem que se preocupar com as contas neste lugar. Vocês só tecem o rosário para os bebuns da rua M.

Karras não respondeu. Sua respiração tornara-se regular e profunda. Dyer caminhou rapidamente até a porta e apagou a luz.

— Roubar é pecado — murmurou Karras na escuridão.

— *Mea culpa.*

Dyer esperou por um tempo, então concluiu que o amigo estava dormindo e saiu do quarto.

No meio da noite, Karras acordou em prantos. Havia sonhado com a mãe. Por uma janela em Manhattan, ele viu a mãe surgindo de uma estação de metrô do outro lado da rua. Ela ficou parada na calçada com uma sacola de papel, procurando o filho, chamando seu nome. Ele acenou. Ela não o viu. Vagou pelas ruas. Ônibus. Caminhões. Multidões. Ela estava ficando assustada. Voltou para a estação e começou a descer a escada. Karras ficou desesperado, correu para a rua e começou a chorar e a gritar seu nome, mas não a encontrava. Ele a imaginava impotente e desamparada em meio a um labirinto de túneis embaixo da terra.

Ele esperou o choro passar e procurou o uísque. Sentou-se na cama e bebeu no escuro. E as lágrimas vieram. Não cessariam. Aquela dor era como a infância.

Karras se lembrou de um telefonema de seu tio:

"Dimmy, o edema afetou o cérebro dela. Ela não deixa o médico se aproximar. Fica gritando um monte de coisas. Dimmy, ela fala até com o maldito rádio. Acho que precisa ir para o Bellevue. Um hospital normal não vai lidar com isso. Acredito que daqui a alguns meses ela estará bem de novo. Então a tiraremos de lá. Tudo bem? Olha, Dimmy, nós já fizemos isso. Eles deram uma injeção nela e a levaram de ambulância hoje cedo. Não queríamos perturbar você, mas vai ter uma audiência no tribunal, e você precisa assinar os papéis. O quê? Hospital particular? E *você* tem dinheiro para isso?"

Karras não se lembrava de ter adormecido.

Acordou num torpor, zonzo com a lembrança da perda. Foi ao banheiro, tomou um banho, barbeou-se, vestiu o hábito. Eram 5h35. Destrancou a porta da Santíssima Trindade, vestiu as roupas e celebrou a missa do lado esquerdo do altar.

— *Memento etiam...* — rezou ele com desespero. — Lembrai-vos também de sua serva, Mary Karras...

Na porta, ele viu o rosto da enfermeira do Bellevue e voltou a escutar os gritos da sala de isolamento.

"O senhor é filho dela?"

"Sim, sou Damien Karras."

"Bem, eu não iria lá. Ela está tendo um acesso."

Ele olhou pela abertura para a sala sem janela, com uma lâmpada pendurada no teto; paredes acolchoadas, nenhum móvel, exceto a cama na qual ela se debatia.

— Dê a ela, oramos a Ti, um local de sossego, luz e paz...

Quando ela o viu e seus olhares se encontraram, a mãe se calou de repente. Então saiu da cama e foi lentamente até a janela de observação, pequena, redonda e de vidro, assustada e magoada.

"Por que você está fazendo isso, Dimmy? Por quê?"

Seus olhos estavam tão tristes quanto os de um cordeiro.

— *Agnus Dei...* — murmurou Karras ao baixar a cabeça e dar um murro no peito. — Cordeiro de Deus, que tirais os pecados do mundo, dai-nos a paz...

Momentos depois, ele fechou os olhos e elevou a hóstia, viu sua mãe na sala de confissão, com as mãozinhas encolhidas no colo, a expressão doce e confusa enquanto o juiz explicava para ela o relatório do psiquiatra do Bellevue.

"Você entendeu, Mary?"

Ela assentiu. Não podia abrir a boca; sua dentadura fora removida.

"Bem, o que me diz sobre isso, Mary?"

Ela respondeu, com orgulho: "Meu filho, ele fala por mim."

Karras gemeu com angústia ao baixar a cabeça sobre a hóstia. Bateu no peito como se este fosse os anos aos quais ele queria retornar e murmurou:

— *Domine, non sum dignus.* Dizei uma só palavra e serei salvo.

Contra toda a razão, contra tudo o que sabia, ele rezou para que Alguém ouvisse sua prece.

Mas não acreditava.

Depois da missa, voltou ao quarto e tentou dormir.
Não conseguiu.
Mais tarde, um jovem padre que ele nunca vira chegou inesperadamente. Bateu na porta e espiou pela abertura.

— Está ocupado? Podemos conversar um pouco?

Nos olhos, o peso incansável; na voz, o forte apelo.

Por um instante, Karras o odiou.

— Entre — disse, delicadamente.

E, por dentro, revoltou-se com aquele lado de si mesmo que sempre o tornava impotente diante do apelo de alguém; que ele não conseguia controlar; que vivia encolhido dentro dele como uma corda, sempre pronta para se lançar ao resgate de alguém em necessidade. Não lhe dava paz. Nem mesmo enquanto dormia. Em seus sonhos, sempre ouvia um som como o do choro distante de alguém desesperado, e durante alguns minutos, depois de despertar, sentia a ansiedade de uma tarefa não cumprida.

O jovem padre hesitou, demorou-se, parecia tímido. Karras o guiou com paciência. Ofereceu cigarros. Café instantâneo. E forçou-se a parecer interessado enquanto o jovem visitante revelava um problema familiar: a terrível solidão dos padres.

De todas as ansiedades encontradas por Karras na comunidade, esta havia se tornado a mais comum. Afastados da família e das mulheres, muitos dos jesuítas tinham medo de expressar afeição pelos outros padres; de construir amizades profundas e amorosas.

— Por exemplo, tenho vontade de abraçar outro homem, mas logo temo que ele pense que sou bicha. A gente ouve tantas histórias sobre homossexuais enrustidos no sacerdócio. Então, não abraço. Não vou sequer ao quarto de alguém para escutar música, nem para conversar ou fumar. Não é que eu tenha medo *dele*; só fico com medo de ele se preocupar *comigo*.

Karras sentiu que o peso saía lentamente das costas do jovem padre e recaía sobre ele. Permitiu que isso acontecesse; permitiu que o rapaz falasse. Sabia que ele retornaria muitas vezes para aliviar a solidão, para fazer de Karras um amigo, e, quando percebesse que havia feito aquilo sem medo nem desconfiança, talvez conseguisse formar amizade com os outros padres.

Cansado, Karras se viu tomado por um pesar particular. Olhou para uma placa que alguém havia lhe dado no Natal anterior: MEU IRMÃO SOFRE. COMPARTILHO DE SUA DOR. ENCONTRO DEUS DENTRO DELE. Um encontro que não ocorreu. Karras culpou a si mesmo. Havia mapeado os caminhos do sofrimento de seus irmãos, mas não os percorrera; ou, pelo menos, era o que acreditava. Pensava que a dor que sentia era a sua própria.

Por fim, o visitante olhou o relógio. Hora do almoço no refeitório do campus. Ele se levantou e, antes de sair, olhou para a capa do livro que Karras estava lendo, sobre a mesa.

— Ah, você está lendo *Shadows* — disse ele.

— Já leu?

O jovem padre balançou a cabeça.

— Não, não li. Devo ler?

— Não sei. Acabei de terminar, e não sei bem se entendi — disse Karras, mentindo. Ele pegou o livro e o entregou ao padre. — Quer levá-lo? Gostaria de saber a opinião de outra pessoa.

— Ah, claro — respondeu o jesuíta, analisando a capa do livro. — Tentarei devolvê-lo em alguns dias.

Seu humor pareceu melhorar.

Quando a porta de tela rangeu com a saída do jovem, Karras sentiu-se aliviado. Em paz. Pegou seu breviário e foi ao quintal, onde caminhou devagar e fez suas orações diárias.

À tarde, recebeu mais uma visita, o pastor idoso da Santíssima Trindade, que se sentou numa cadeira perto da mesa e ofereceu condolências pelo falecimento de sua mãe.

— Celebrei algumas missas por ela, Damien, e uma por você também — contou ele com seu sotaque irlandês.

— Muito gentil de sua parte, padre. Muito obrigado.

— Quantos anos ela tinha?

— Setenta.

— Ah, bem, é uma idade avançada.

Karras sentiu uma pontada de raiva. *Ah, é mesmo?*

Ele se virou para olhar o cartão plastificado que o pastor levara com ele. Uma das três sacras de altar usadas na missa, com algumas das orações feitas pelo padre.

Karras se perguntou por que o pastor levara aquilo. A resposta veio logo.

— Bem, Damien, encontramos mais uma daquelas coisas aqui na igreja. Outra profanação.

Uma estátua da Virgem Maria, do lado esquerdo do altar, havia sido pintada de modo a parecer uma prostituta, explicou o pastor. Então entregou a sacra a Karras.

— E isto foi encontrado esta manhã, logo depois de sua partida para Nova York. Foi no sábado? Sim. Foi, sim. Bem, dê uma olhada. Acabei de conversar com um sargento da polícia, e... Ah, bem, não importa. Dê uma olhada na sacra para mim, Damien, pode ser?

Enquanto Karras analisava o cartão, o pastor explicou que alguém havia enfiado uma folha datilografada entre a sacra original e sua capa. O texto falso, apesar de conter rasuras e diversos erros tipográficos, era escrito em latim fluente e compreensível, e descrevia, com detalhes vívidos e eróticos, uma relação homossexual entre Maria Madalena e a Virgem Maria.

— Já basta, não precisa ler tudo — disse o pastor, pegando a sacra, como se temesse que aquilo pudesse ser um pecado. — O latim é excelente. Tem estilo, um estilo de igreja. Bem, o sargento afirma ter conversado com um rapaz, um psicólogo, que sugeriu que a pessoa a fazer tudo isso... poderia ser um padre, sabe? Um padre muito doente. Será que ele tem razão?

Karras pensou por um momento. E assentiu.

— Sim, poderia. Agindo por rebeldia, talvez, num estado de total sonambulismo. Não sei. Mas pode ser. Talvez.

— Consegue pensar em alguém, Damien?

— Não entendi...

— Bem, mais cedo ou mais tarde, eles podem vir conversar com *você*, não acha? Os doentes, se houver algum, do campus. Você conhece alguém assim, Damien? Com esse tipo de doença?

— Não, não conheço, padre.

— Não, não achei que você fosse me dizer.

— Não, não diria, mas, acima disso, padre, sonambulismo é uma maneira de resolver muitas situações conflituosas, e a forma comum de solução é simbólica. Então, não sei. E se for um sonâmbulo, ele provavelmente teria total amnésia acerca do que fez; nem mesmo *ele* saberia.

— E se você pudesse dizer a ele? — perguntou o pastor, com cuidado.

Ele apertou um lóbulo da orelha levemente, um gesto comum, notou Karras, que ele repetia sempre que acreditava estar sendo capcioso.

— Não conheço ninguém que se encaixe na descrição.

— Sim, compreendo. Bem, foi como esperei. — O pastor se levantou e começou a caminhar para a porta. — Sabe como vocês, psiquiatras, são? São como padres!

Enquanto Karras ria baixinho, o pastor voltou e colocou a sacra sobre a mesa.

— Acredito que você possa estudar isto, não? Vá em frente — disse ele, virando-se e se afastando, com os ombros curvados pela idade.

— Já examinaram impressões digitais? — perguntou Karras.

O pastor idoso parou e olhou para trás.

— Ah, duvido. Afinal, não estamos atrás de um criminoso, certo? É mais provável que seja apenas um membro doente da paróquia. O que acha, Damien? Acha que pode ser alguém da paróquia? Sabe, estou pensando que pode ser o caso. Não, não foi um padre; foi algum paroquiano. — Ele começou a apertar a orelha de novo. — Não acha?

— Não tenho como saber, padre.

— Não. Não achei que fosse me dizer.

Mais tarde, naquele mesmo dia, Karras foi dispensado de suas tarefas como conselheiro e inscrito no Departamento de Medicina da Universidade de Georgetown como professor de psiquiatria. Com ordens para "repousar".

Capítulo dois

Regan estava deitada de barriga para cima na maca de exames do doutor Klein, com os braços e as pernas esticados. Segurando um dos pés, Klein o flexionou em direção ao tornozelo, e o manteve ali, tensionando-o, até soltá-lo de repente. O pé voltou à posição normal. Ele repetiu o procedimento diversas vezes, sem qualquer variação no resultado. Pareceu insatisfeito. Quando Regan sentou-se depressa e cuspiu em seu rosto, ele instruiu a enfermeira a permanecer na sala e voltou ao escritório para conversar com Chris.

Era dia 26 de abril. Ele passara o domingo e a segunda-feira fora de casa, e Chris só conseguiu conversar com o médico naquela manhã, quando contou sobre o ocorrido na festa e o chacoalhar repentino da cama.

"Estava mesmo se mexendo?"

"Estava, sim."

"Por quanto tempo?"

"Não sei. Talvez dez ou quinze segundos. Foi só o que vi. Depois disso, ela ficou rígida e urinou na cama. Ou talvez já tivesse urinado antes. Não sei. Mas ela caiu num sono profundo de repente, e só acordou na tarde do dia seguinte."

Klein entrou no escritório, pensativo.

— Bem, o que está acontecendo? — perguntou Chris, ansiosa.

Quando ela chegou, o médico alegou suspeitar de que o chacoalhar da cama tivesse sido causado por um acesso de contrações clônicas, uma sequência de contrações e relaxamentos musculares rápidos. A forma crônica da doença, segundo ele, era o clônus, que costumava indicar uma lesão no cérebro.

— Bem, o exame deu negativo — contou ele.

E descreveu o procedimento, explicando que, no clônus, o flexionar e relaxar alternados do pé poderia acionar uma onda de contrações clônicas. Mas quando se sentou à mesa, ele ainda parecia preocupado.

— Ela já sofreu alguma queda?
— Como cair e bater a cabeça?
— Isso.
— Não que eu saiba.
— Doenças na infância?
— Só as de sempre. Sarampo, caxumba e catapora.
— Tem histórico de sonambulismo?
— Não até hoje.
— Hoje? Ela não caminhou enquanto dormia na noite da festa?
— Sim, acho que já contei isso. Mas ainda não sabe o que fez naquela noite. E há mais coisas de que não se lembra também.

Regan dormia quando chegou um telefonema de Howard, do exterior.
"Como está Rags?"
"Muito obrigada por telefonar no dia do aniversário dela."
"Fiquei preso num iate. Pelo amor de Deus, pega leve! Telefonei assim que voltei para o hotel!"
"Aham, sei."
"Ela não contou?"
"Você conversou com ela?"
"Sim. Por isso achei melhor ligar para você. Que merda está acontecendo com ela, Chris?"
"Como assim?"
"Ela me chamou de 'filho da puta' e desligou o telefone."

Ao contar o ocorrido a Klein, Chris explicou que, quando Regan finalmente acordou, não se lembrava de conversa telefônica alguma nem do que havia acontecido na noite da festa.

— Talvez ela não estivesse mentindo quando alegou não saber quem estava arrastando os móveis — supôs Klein.
— Não entendi.
— Bem, digamos que ela própria tenha arrastado os móveis, mas num estado de automatismo, talvez. Como se fosse um transe. A pessoa não sabe ou não se lembra do que está fazendo.

— Mas há uma cômoda bem grande e pesada no quarto dela, de madeira maciça. Deve pesar quase cinquenta quilos. Como ela poderia tê-la movido?

— Força extraordinária é um sintoma bem comum dessa patologia.

— É mesmo? Por quê?

Klein deu de ombros.

— Não se sabe. Agora, além do que me contou, você notou algum outro comportamento bizarro?

— Bem, ela se tornou bastante desleixada.

— Bizarro — repetiu ele.

— Doutor, para Regan, isso é bizarro. Ah, espere! Espere! Sim, tem uma coisa: o senhor se lembra daquele tabuleiro Ouija com o qual ela estava brincando? Do capitão Howdy?

— O amigo imaginário — falou o médico, assentindo.

— Bem, agora ela consegue escutar o que ele diz.

O médico se inclinou para a frente, cruzando os braços sobre a mesa e estreitando os olhos, alerta.

— Ela o escuta?

— Sim. Ontem de manhã, escutei Regan conversando com Howdy no quarto. Digo, ela falava e parecia esperar, como se estivesse brincando com o tabuleiro Ouija, mas, quando espiei dentro do quarto, não havia nenhum tabuleiro. Ela balançava a cabeça, doutor, como se estivesse concordando com o que ele dizia.

— Ela o viu?

— Acho que não. Estava com a cabeça um pouco inclinada para o lado, como faz quando escuta música.

O médico assentiu, pensativo.

— Sim, sim, compreendo. Algum outro fenômeno como esse? Ela vê coisas? Sente cheiros?

— Sim, cheiros. Ela não para de dizer que tem algo cheirando mal em seu quarto.

— Cheiro de queimado?

— Sim, isso mesmo! Como sabe?

— Bem, esse é geralmente o sintoma de um tipo de perturbação na atividade químico-elétrica do cérebro. No caso de sua filha, no lobo temporal. — Ele levou o dedo indicador à frente do crânio. — Aqui, na parte frontal do cérebro. É raro, mas causa alucinações bizarras, normalmente seguidas por uma convulsão. Acredito que seja por isso que costuma ser confundida com esquizofrenia. Mas *não é* esquizofrenia. É causada por uma lesão no lobo temporal. Como o exame para detectar o clônus não foi conclusivo, acho melhor pedir um eletroencefalograma. Ele vai nos mostrar como estão as ondas cerebrais dela. É um exame muito bom para detectar funções anormais.

— Mas o senhor acha que é isso, então? O lobo temporal?

— Bem, ela tem a síndrome, sra. MacNeil. Por exemplo, o desleixo, a rebeldia, o comportamento antissocial constrangedor, o automatismo e, claro, os espasmos que fizeram a cama chacoalhar. Em geral, tal comportamento é seguido por urina ou vômito e, depois, por um sono profundo.

— Quer fazer o exame agora? — perguntou Chris.

— Sim, acredito que deveríamos realizá-lo de imediato, mas ela vai precisar ser sedada. Se sua filha se mexer, os resultados serão comprometidos. Posso dar a ela, digamos, 25 miligramas de Librium?

— Meu Deus, faça o que precisar — respondeu Chris, abalada.

Ela o acompanhou até a sala de exames e, quando Regan o viu preparando a seringa, gritou uma série de obscenidades.

— Ah, querida, isto é para *ajudar* você! — falou Chris.

Ela ajudou a segurar a filha enquanto Klein aplicava a injeção.

— Volto já — disse o médico.

Enquanto uma enfermeira empurrava o carrinho do equipamento do eletroencefalograma para dentro da sala, ele saiu para atender outro paciente. Quando voltou, pouco depois, o Librium ainda não tinha surtido efeito. Klein pareceu surpreso.

— Foi uma dose bem forte — explicou a Chris.

Ele injetou mais 25 miligramas e saiu. Ao voltar e encontrar Regan dócil e tranquila, colocou eletrodos em seu couro cabeludo.

— Colocamos quatro de cada lado — explicou ele. — Assim, conseguimos fazer uma análise das ondas cerebrais dos hemisférios direito e esquerdo do cérebro e compará-las. Isso porque as diferenças podem ser significativas. Por exemplo, tive um paciente que sofria de alucinações. Ele via e ouvia coisas. Bem, encontrei uma discrepância na comparação dos exames dos lados direito e esquerdo e descobri que, na verdade, o homem tinha alucinações em apenas um lado da cabeça.

— Que impressionante! — exclamou Chris, espantada.

— É mesmo. O olho e o ouvido esquerdos funcionavam normalmente; apenas o lado direito sofria de alucinações e ouvia coisas. Bem, vamos ver — disse Klein, ligando a máquina e apontando para as ondas na tela fluorescente. — Repare que os dois lados estão juntos. Estou procurando ondas com picos — explicou, fazendo o desenho da onda no ar com o indicador —, sobretudo ondas de amplitude muito alta, aparecendo a cada quatro ou oito segundos. Se existirem, o problema está no lobo temporal.

Ele analisou o padrão da onda cerebral com cuidado, mas não percebeu disritmia, nenhum pico, nenhum platô. Quando fez as comparações, os resultados também foram negativos. Klein franziu a testa. Não conseguia entender. Repetiu o procedimento.

E não viu mudança.

Chamou uma enfermeira para cuidar de Regan e voltou ao escritório com a mãe. Chris sentou-se e disse:

— Então, qual é a conclusão?

Klein estava sentado no canto da mesa, com os braços cruzados e uma expressão pensativa.

— Bem, o eletroencefalograma teria comprovado o problema — respondeu ele —, mas, para mim, a ausência de disritmia não significa que ela não o tenha. Pode ser histeria, mas o padrão antes e depois da convulsão dela foi muito claro.

Chris franziu a testa.

— O senhor não para de dizer isso, doutor: "convulsão". Qual é, exatamente, o nome da doença?

— Bem, não é uma doença — respondeu Klein, sério.

— Então como o senhor a chama? Especificamente.

— As pessoas a conhecem como epilepsia.

— Ah, santo Deus!

— Calma, não precisa entrar em pânico. Percebo que, como a maioria das pessoas, sua ideia de epilepsia é exagerada e provavelmente muito errada.

— Não é hereditário? — perguntou Chris, fazendo uma careta.

— Esse é um dos mitos — explicou Klein, com calma. — Pelo menos, é o que a maioria dos médicos parece pensar. Olha, quase qualquer pessoa pode ser levada à convulsão. Sabe, a maioria de nós nasce com um limiar muito alto de resistência às convulsões, mas algumas pessoas têm pouca resistência. Assim, a diferença entre você e um epiléptico é uma questão de gradação. Só isso. Gradação. Não é uma doença.

— Então o que é isso tudo, uma maldita alucinação?

— Trata-se de um distúrbio. Um distúrbio *controlável*. E existem muitos, muitos tipos, sra. MacNeil. Por exemplo, a senhora está sentada aqui e, digamos, por um segundo parece perder a consciência, não ouve um pouco do que estou dizendo. Este é um tipo de epilepsia. É um verdadeiro ataque epiléptico.

— Bem, não é o que ocorre com Regan, doutor. Não acredito que seja. E por que começou tão de repente?

— A senhora está certa. Ainda não temos certeza do que ela tem, e afirmo que talvez estivesse certa desde o princípio. É possível que seja psicossomático. Mas duvido. E, para responder à sua pergunta, qualquer mudança na função do cérebro pode causar um ataque epiléptico: preocupação, fadiga, estresse emocional, até determinada nota de um instrumento musical. Tive um paciente que só tinha convulsões dentro do ônibus, quando estava a um quarteirão de casa. Bem, finalmente descobrimos o que estava causando o problema: a luz de uma cerca branca que se refletia na janela do ônibus. Em outro momento do dia, ou quando o ônibus estava a uma velocidade diferente, ele não sofria convulsões, entende? Ele tinha uma lesão, uma cicatriz no cérebro causada por uma doença na infância. No caso de sua filha, a cicatriz seria na frente, no lobo temporal, e, quando ela é afetada por determinado impulso elétrico de certa duração e periodicidade, uma série de reações anormais dentro do foco do lobo acontece. Entende?

— Acredito no senhor — disse Chris, suspirando desanimada. — Mas direi a verdade, doutor. Não entendo como a personalidade dela pode ter mudado tanto.

— No lobo temporal, é extremamente comum, e pode durar dias ou até semanas. Não é raro perceber um comportamento destrutivo ou até criminoso. É uma mudança tão drástica, na verdade, que, há duzentos ou trezentos anos, as pessoas com distúrbios no lobo temporal eram tidas como possuídas pelo demônio.

— Elas eram *o quê?*

— Possuídas pelo demônio. Sabe, um tipo de versão supersticiosa para explicar a dissociação de personalidade.

Fechando os olhos, Chris apoiou a testa nas mãos fechadas.

— Olha, me diga alguma coisa boa — murmurou ela.

— Bem, não se assuste. Se *for* uma lesão, ela tem sorte, de certa forma. Nesse caso, só precisaremos remover a cicatriz.

— Ah, que ótimo.

— Ou pode ser apenas pressão no cérebro. Olha, gostaria de fazer alguns raios X do crânio da Regan. Há um radiologista aqui no prédio, e talvez eu possa chamá-lo para que faça esse exame agora mesmo. Quer que eu o chame?

— Porra, mas é claro. Vamos fazer isso.

Klein ligou para o radiologista e arranjou tudo. Regan seria levada imediatamente. O médico desligou o telefone e começou a escrever no receituário.

— Sala 21, no segundo andar. É provável que eu entre em contato amanhã ou na quinta-feira. Gostaria de pedir a opinião de um neurologista. Enquanto isso, vou tirar a Ritalina. Vamos tentar administrar Librium por um tempo.

Ele arrancou a folha do bloco e entregou a ela.

— Eu ficaria perto dela, sra. MacNeil. Durante esses transes de sonambulismo, se forem isso mesmo, ela pode se ferir. O seu quarto é próximo do dela?

— Sim, é.

— Ótimo. No térreo?

— Não, no segundo andar.

— Há janelas grandes no quarto?

— Sim, uma. Por quê?

— Bem, é melhor mantê-las fechadas, até mesmo trancadas. Num estado de transe, pode ser que ela caia pela janela. Certa vez, tive um...

— Paciente — completou Chris com um sorriso cansado.

Klein sorriu.

— Pelo visto, tenho muitos pacientes, não é?
— Sim, muitos.
Ela apoiou a cabeça na mão e se inclinou para a frente, pensativa.
— Olha, pensei em outra coisa agora.
— O quê?
— É que, depois de um acesso, você disse que ela cairia num sono profundo. Como no sábado à noite. Não disse?
— Sim — afirmou Klein, assentindo. — Disse, sim.
— Bem, então por que nas outras vezes em que Regan disse que a cama estava chacoalhando ela estava sempre muito desperta?
— A senhora não me contou isso.
— Bem, mas é verdade. Ela parecia bem. Entrava no meu quarto pedindo para dormir na minha cama.
— Urinava? Vomitava?
Chris balançou a cabeça.
— Ela estava bem.
Klein franziu a testa e mordeu o lábio.
— Bem, vamos ver o que os raios X vão mostrar — disse ele, por fim.
Sentindo-se esgotada, Chris guiou Regan até o radiologista. Ficou ao lado dela durante o procedimento e levou-a para casa. A filha permanecera estranhamente calada após a segunda injeção, e Chris começou a se esforçar para conversar com ela.
— Quer jogar Banco Imobiliário, querida?
Balançando a cabeça devagar, Regan olhou para a mãe com os olhos sem foco, um olhar extremamente distante.
— Estou com muito sono.
Sua voz era tão distante quanto o olhar. Ela virou-se e subiu a escada em direção ao quarto.
Observando a filha com preocupação, Chris pensou: *Deve ser o Librium.*
Então, por fim, suspirou e entrou na cozinha. Serviu-se de café e sentou-se à mesa com Sharon.
— Como foi a consulta? — perguntou Sharon.
— Ai, céus!
Chris colocou a prescrição na mesa.

— Melhor ligar para a farmácia e pedir este remédio — disse ela, e contou o que o médico explicara. — Se eu estiver ocupada ou fora de casa, fique de olho nela, está bem, Shar? Klein pediu... — E, de repente, lembrou-se. — Aliás!

Chris levantou-se e subiu a escada até o quarto de Regan, onde encontrou a filha adormecida embaixo dos cobertores. Foi até a janela, trancou-a e olhou para baixo, pelo vidro. Na lateral da casa, a janela dava vista direta para a enorme escadaria que levava à rua M.

Preciso chamar um chaveiro o mais rápido possível!

Chris voltou para a cozinha e incluiu a tarefa de arranjar um chaveiro à lista de Sharon, combinou com Willie o cardápio do jantar e retornou uma ligação para seu agente a respeito do filme que fora convidada a dirigir.

— E o roteiro? — perguntou ele.

— É ótimo, Ed. Vamos fazer. Quando começa?

— Bem, a filmagem da sua parte começa em julho, por isso você precisa começar a se preparar desde já.

— Já?

— Sim, já. Não é atuação, Chris. Você está envolvida em grande parte da pré-produção. Terá que trabalhar com o cenógrafo, com o figurinista, com o maquiador, com o produtor. E terá que escolher um cinegrafista e um editor, com quem vai detalhar as cenas. Você sabe como é o esquema.

— Ai, droga! — disse ela, desanimada.

— Algum problema?

— Sim, Ed. É a Regan. Ela está muito, muito doente.

— Caramba! Sinto muito.

— Tudo bem.

— O que ela tem?

— Os médicos ainda não sabem. Estou esperando os resultados de alguns exames. Mas não posso deixá-la, Ed.

— Quem disse que você deve deixá-la?

— Não, você não entendeu. Preciso ficar em casa. Regan precisa de minha atenção. Olha, não posso explicar, é complicado demais. Por que não esperamos um tempo?

— Não podemos. Eles querem uma exibição no Music Hall perto do Natal, e acho que estão falando sério.

— Ah, por favor, Ed, eles podem esperar duas semanas!

— Olha, você me atormentou dizendo que queria dirigir, e agora de repente...

— Sim, eu sei, eu sei. Eu quero dirigir, Ed, quero muito, mas você terá que dizer a eles que preciso de um pouco mais de tempo.

— Se eu fizer isso, vamos estragar tudo. É a minha opinião. Olha, eles não querem você, isso não é novidade. Só estão insistindo pelo Moore, e acho que se falarem para ele que você ainda não está muito certa, *ele* sairá da jogada. Olha, faça o que quiser, não me importo. Não há dinheiro envolvido, a menos que seja um sucesso. Mas, se quiser esse trabalho, me ouça: se eu pedir mais tempo, acho que estragaremos tudo. Então, o que devo dizer a eles?

Chris suspirou.

— Cacete!

— Sim, sei que não é fácil.

— Não, não é. Certo, olha só, Ed, talvez se... — disse Chris, pensando. Então balançou a cabeça. — Deixa pra lá, Ed. Eles terão que esperar. Não tem jeito.

— A decisão é sua.

— Depois me conte o que eles disseram.

— Claro. E sinto muito por sua filha.

— Obrigada, Ed.

— Cuide-se.

— Você também.

Chris desligou o telefone num estado de depressão, acendeu um cigarro e disse a Sharon:

— Conversei com Howard. Contei para você?

— Ah, quando? Você contou a ele sobre Regan?

— Sim, disse que ele precisa vir vê-la.

— Ele vem?

— Não sei. Acho que não.

— Esperava que ele ao menos fizesse um esforço.

— Pois é — disse Chris, suspirando. — Mas precisamos entender o lado dele, Shar.

— Como assim?

— A história toda de ser "o sr. Chris MacNeil"! Rags fez parte disso. Ela estava sempre envolvida, e ele, não. Éramos sempre nós duas nas capas das revistas, tal mãe, tal filha. — Ela bateu as cinzas do cigarro com um dedo. — Ah, que loucura, vai saber? É tudo confuso, uma bagunça. Mas é difícil me indispor com ele, Shar. Não consigo.

Chris pegou um livro próximo ao cotovelo de Sharon e perguntou:
— O que você está lendo?
— Ah, já ia me esquecendo. É para você. A sra. Perrin o deixou aqui.
— Ela veio aqui?
— Sim, hoje pela manhã. Disse que foi uma pena não a ter encontrado em casa e que precisaria viajar, mas que telefonará assim que voltar.

Chris assentiu e leu o título do livro: *Um estudo sobre a adoração ao demônio e outros fenômenos ocultos*. Ela o abriu e encontrou um bilhete escrito à mão:

Querida Chris,

Fui à livraria da Biblioteca da Universidade de Georgetown e escolhi este livro para você. Tem alguns capítulos sobre a missa negra. Mas é melhor ler tudo. Acredito que vá achar as outras seções especialmente interessantes. Até breve.

Mary Jo

— Que simpática — disse Chris.
— Sim, ela é.
Chris folheou o livro.
— O que acontece na missa negra? É muito pesado?
— Não sei — respondeu Sharon. — Não li.
— Seu guru disse para você não ler?
Sharon se espreguiçou.
— Ah, esse assunto me cansa.
— É mesmo? Então o que aconteceu com seu complexo de Jesus?
— Ah, pare com isso!
Chris deslizou o livro sobre a mesa em direção a Sharon.

— Toma. Leia e me conte o que acontece.
— Para eu ter pesadelos?
— Por que acha que eu pago seu salário?
— Para passar mal.
— Isso eu mesma posso fazer — disse Chris ao pegar o jornal. — Basta engolir o conselho de seu empresário para passar uma semana vomitando sangue.

Ela deixou o jornal de lado, de repente.
— Pode ligar o rádio, Shar? Para ouvirmos as notícias.

Sharon jantou com Chris e saiu para um encontro. Deixou o livro para trás. Chris o viu sobre a mesa e pensou que deveria lê-lo, mas acabou sentindo-se muito cansada. Ela o deixou onde estava e subiu as escadas. Conferiu a filha, que estava deitada e coberta, aparentemente pronta para dormir a noite toda. Checou a janela de novo. Trancada. Ao sair do quarto, tomou o cuidado de deixar a porta bem aberta, e não fechou a própria porta antes de deitar. Dormiu enquanto assistia a um filme na televisão. Na manhã seguinte, o livro de adoração ao demônio havia desaparecido misteriosamente da mesa. Ninguém percebeu.

Capítulo três

O neurologista observou os raios X de novo, procurando marcas que passariam a impressão de que o crânio havia sido batido por um martelinho. O dr. Klein estava atrás dele, de braços cruzados. Os dois procuraram lesões e acúmulo de fluido; uma alteração possível da glândula pineal. Estavam tentando encontrar indícios de crânio lacunar, a suposta depressão que indicaria a ocorrência de pressão intracraniana crônica. Mas não encontraram nada. Era dia 28 de abril, uma quinta-feira.

O neurologista tirou os óculos e os guardou com cuidado no bolso esquerdo do jaleco.

— Não há nada aqui, Sam. Nada que eu esteja vendo.

Klein franziu a testa e balançou a cabeça.

— Não faz sentido.

— Quer refazer os exames?

— Não. Acho que farei uma punção lombar.

— Boa ideia.

— Enquanto isso, gostaria que você a examinasse também.

— Que tal hoje?

— Bem, estou... — O telefone tocou. — Com licença.

Ele atendeu.

— Sim?

— É a sra. MacNeil. Diz que é urgente.

— Qual é a linha?

— Três.

Ele apertou o botão.

— Aqui é o dr. Klein.

A voz de Chris estava alterada, beirando a histeria.

— Ah, meu Deus, doutor. É a Regan. Pode vir agora?
— O que houve?
— Não sei, doutor, não consigo descrever. Por favor, venha logo! Venha!
— Estou indo!
Klein desligou e chamou a recepcionista.
— Susan, diga a Dresner para atender meus pacientes. — Ele começou a tirar o jaleco. — É ela, Dick. Quer ir comigo? Fica logo depois da ponte.
— Tenho cerca de uma hora livre.
— Certo, vamos lá.
Eles chegaram em minutos e, da porta, onde Sharon os recebeu com o rosto assustado, ouviram os gemidos e gritos de terror vindos do quarto de Regan.
— Sou Sharon Spencer — disse ela. — Vamos. Ela está lá em cima.
Sharon os levou até o quarto de Regan, entreabriu a porta e exclamou:
— Chris, os médicos!
A mãe aproximou-se da porta no mesmo instante, com o rosto contorcido de medo.
— Pelo amor de Deus, entrem! — pediu ela com a voz trêmula. — Entrem e vejam o que ela está fazendo.
— Este é o doutor...
Klein interrompeu as apresentações ao ver Regan. Gritando de forma histérica e balançando os braços, seu corpo parecia se erguer horizontalmente no ar, acima da cama, e bater com força de volta no colchão. Isso acontecia muito depressa, de novo e de novo.
— Mãe, faz ele *parar*! — gritava Regan. — Para! Ele está tentando me matar! Não deixa! *Faz ele paaaaaraaaaar, mããããeeee!*
— Querida! — gritou Chris, levando a mão à boca e a mordendo.
Ela lançou um olhar suplicante para Klein.
— O que está acontecendo, doutor? O que é isso?
O médico balançou a cabeça, com os olhos grudados em Regan enquanto o fenômeno prosseguia. Ela se erguia cerca de trinta centímetros no ar e desabava de volta na cama, como se garras invisíveis a jogassem para cima e para baixo. Chris levou as duas mãos à boca, observando fixamente. Então movimentos cessaram de forma abrupta e Regan começou

a se virar de um lado para o outro, revirando os olhos de modo a deixar visíveis apenas as partes brancas.

— Ai, ele está me queimando... *queimando*! — exclamou a menina, gemendo, enquanto suas pernas começavam a se cruzar e descruzar rapidamente.

Os médicos se aproximaram, cada um de um lado da cama. Regan, que ainda se retorcia, jogou a cabeça para trás, mostrando a garganta inchada e protuberante ao murmurar num tom gutural:

— Meugninuosue... Meugninuosue...

Klein checou sua pulsação.

— Vamos ver o que está acontecendo, querida — disse ele com suavidade.

De repente, o médico voou pelo quarto, lançado para trás pela força de um golpe do braço de Regan, desferido quando ela se sentou, com o rosto contorcido de ódio.

— A porca é *minha*! — gritou ela, com uma voz rouca e forte. — Ela é *minha*! Fique longe dela! Ela é *minha*!

Uma gargalhada alta foi expelida pela sua garganta, então ela caiu de costas como se alguém a tivesse empurrado. Regan ergueu a camisola, expondo a genitália.

— Me *fode*! Me *fode*! — gritou aos médicos, e começou a se masturbar freneticamente com ambas as mãos.

Momentos depois, quando a menina levou os dedos aos lábios e lambeu, Chris saiu correndo do quarto, aos prantos.

Impressionado, observando em choque, Klein se aproximou da cama de novo, dessa vez com medo, enquanto Regan parecia se abraçar, com os braços cruzados, acariciando-os com as mãos.

— Ah, sim, minha pérola... — disse ela, com aquela voz rouca e de olhos fechados, como se estivesse em êxtase. — Minha menina... minha flor... minha pérola...

E, mais uma vez, retorceu-se de um lado a outro, gemendo sílabas sem sentido repetidas vezes, até que, de repente, sentou-se, arregalando os olhos, impotente e aterrorizada.

Ela miou como um gato.

Então latiu.

Em seguida, relinchou.

Inclinando-se para a frente, começou a girar o torso em círculos rápidos. Parecia sem fôlego.

— Faz ele *parar*! — exclamou ela, chorando. — Por favor, faz ele *parar*! Está doendo! Faz ele *parar*! Faz ele *parar*! Não consigo *respirar*!

Klein já vira o bastante. Pegou sua maleta, levou-a até a janela e começou a preparar uma injeção depressa.

O neurologista continuou ao lado da cama e viu Regan cair para trás, voltando a revirar os olhos de novo enquanto rolava de um lado a outro e começava a murmurar rapidamente em gemidos guturais. Ele se aproximou para tentar entender o que era dito. Então viu Klein chamando, endireitou-se e aproximou-se do colega.

— Vou administrar Librium — avisou Klein, erguendo a seringa à luz da janela. — Mas você vai precisar segurá-la.

O neurologista assentiu, mas pareceu preocupado, inclinando a cabeça como se quisesse ouvir os murmúrios vindos da cama.

— O que ela está dizendo? — perguntou Klein, baixinho.

— Não sei. Bobagens. Palavras sem sentido. — Ele parecia insatisfeito com a própria explicação. — Mas ela *diz* como se significasse alguma coisa. Tem cadência.

Klein apontou para a cama com a cabeça, e os homens se aproximaram por ambos os lados. Com a chegada deles, a atormentada criança ficou rígida, como numa contração muscular causada por tétano, e os médicos se entreolharam. Então assistiram mais uma vez a Regan arquear o corpo para cima, numa posição impossível, curvando-se para trás num arco até a ponta da cabeça tocar os pés. Ela urrava de dor.

Os médicos se entreolharam assustados, sem entender. Klein fez um sinal para o neurologista, mas, antes que ele pudesse segurá-la, Regan desmaiou e urinou na cama.

Klein se aproximou e ergueu uma das pálpebras da paciente. Conferiu a pulsação.

— Ela ficará desacordada por um tempo — murmurou ele. — Acho que teve uma convulsão. Concorda?

— Sim, creio que sim.

— Bem, vamos nos precaver.

Ele aplicou a injeção.

— Bem, o que acha? — perguntou Klein, ao pressionar um curativo esterilizado no local da injeção.

— Lobo temporal. Claro, talvez esquizofrenia seja uma possibilidade, Sam, mas o início foi muito repentino. Ela não tem histórico, certo?

— Não, não tem.

— Neurastenia?

Klein balançou a cabeça.

— Histeria, então?

— Já pensei nisso...

— Claro. Mas ela precisaria ser uma aberração para conseguir retorcer o corpo como fez de modo voluntário, não acha? — O neurologista balançou a cabeça. — Não, creio ser patológico, Sam... Sua força, as paranoias, as alucinações. Esquizofrenia, tudo bem; esses sintomas explicam. O lobo temporal também explicaria as convulsões. Mas tem uma coisa que me incomoda...

Ele hesitou, franzindo a testa.

— O quê?

— Bem, não tenho certeza, mas acredito que testemunhei sinais de dissociação: "Minha pérola", "minha menina", "minha flor", "a porca". Tive a sensação de que ela falava sobre si mesma. Você também, ou estou imaginando coisas?

Enquanto pensava na pergunta, Klein tocou o lábio inferior com um dedo e respondeu:

— Olha, sinceramente, isso não me ocorreu na hora, mas agora que você disse... — Ele fez um som na garganta, pensativo. — Pode ser. Sim, acho que pode ser — disse, dando de ombros. — Farei a punção lombar agora, enquanto ela está inconsciente, e talvez descubramos algo. Concorda?

O neurologista assentiu.

Klein vasculhou a maleta, encontrou um comprimido e, ao guardá-lo no bolso, perguntou ao colega:

— Você pode ficar?

O neurologista olhou o relógio.

— Sim, claro.

— Vamos conversar com a mãe.

Eles saíram do quarto para o corredor.

Chris e Sharon estavam recostadas no corrimão da escada, com a cabeça baixa. Quando os médicos se aproximaram, a mãe secou o nariz com um lenço úmido e amassado. Seus olhos estavam vermelhos e inchados de tanto chorar.

— Ela está dormindo — anunciou Klein — e fortemente sedada. Imagino que vá dormir até amanhã.

Assentindo, Chris respondeu, desanimada:

— Que bom... Olha, me desculpem por ter sido tão fraca.

— A senhora está indo bem — disse Klein. — É uma situação assustadora. A propósito, este é o dr. Richard Coleman.

Chris sorriu para ele, sem jeito.

— Obrigada por ter vindo.

— O dr. Coleman é neurologista.

— É mesmo? E o que o senhor pensa sobre o caso? — perguntou ela, desviando o olhar de um homem para o outro.

— Bem, ainda acreditamos ser um problema no lobo temporal — respondeu Klein. — E...

— Meu Deus, de que diabos estão *falando*? — Chris alterou-se de repente. — Ela tem agido como uma maluca, como se tivesse dupla personalidade ou algo assim...

Em seguida, recompôs-se e cobriu o rosto com as mãos.

— Ah, acho que estou abalada demais — continuou ela com a voz baixinha e sofrida, olhando para Klein. — Sinto muito. O que o senhor estava dizendo?

Foi o neurologista quem respondeu.

— Sra. MacNeil — disse ele, com delicadeza —, não houve mais do que cem casos comprovados de dupla personalidade em toda a história da medicina. É um problema raríssimo. Sei que a psiquiatria parece muito tentadora neste momento, mas qualquer psiquiatra responsável excluiria as possibilidades somáticas em primeiro lugar. É o procedimento mais seguro.

— Bem, certo. O que virá em seguida?

— Faremos uma punção lombar — respondeu Coleman.

— Na medula? — perguntou Chris com um olhar desesperado.
Ele assentiu.

— O que não localizamos nos raios X e no eletroencefalograma pode aparecer nesse exame. No mínimo, eliminaria outras possibilidades. Gostaria de realizá-lo agora, enquanto ela está sedada. Darei uma anestesia local, claro, mas quero evitar movimentos.

— Como ela conseguiu pular na cama daquele jeito? — perguntou Chris, estreitando os olhos, sem conseguir compreender.

— Bem, acho que já falamos sobre isso — disse Klein. — Estados patológicos podem induzir à força anormal e ao desempenho motor acelerado.

— Mas o senhor disse que não sabe o motivo.

— Bem, parece ter algo a ver com motivação — respondeu Coleman.

— Mas é só o que sabemos.

— Certo, e a punção? — perguntou Klein a Chris. — Podemos seguir em frente?

Chris olhou para o chão, se retraindo.

— Sim, podem. Façam o que for preciso. Qualquer coisa, desde que ela fique boa.

— Posso usar seu telefone? — perguntou Klein.

— Claro. Venha comigo. Tem um no escritório.

— Ah — disse Klein quando Chris se virou para guiá-los —, a roupa de cama precisa ser trocada.

Afastando-se depressa, Sharon disse:

— Farei isso agora mesmo.

— Aceitam um café? — perguntou Chris enquanto descia a escada com os médicos. — Dei a tarde de folga ao casal de empregados, por isso terá que ser instantâneo.

Eles recusaram.

— Vi que a senhora ainda não arrumou a janela — comentou Klein.

— Mas já telefonamos para o chaveiro — respondeu Chris. — Ele virá amanhã com novas fechaduras.

Eles entraram no escritório, onde Klein telefonou para seu consultório e instruiu a assistente a entregar os equipamentos e remédios necessários na casa.

— E prepare o laboratório para as análises — pediu ele. — Eu mesmo as farei após o procedimento.

Quando desligou, Klein perguntou a Chris o que acontecera desde que ele vira Regan pela última vez.

— Vejamos, desde terça-feira — disse Chris, pensando —, não, neste dia não aconteceu nada. Ela foi direto para a cama e dormiu até tarde na manhã seguinte e... Ah, não, espere. Não, não dormiu. Isso mesmo. Willie disse que ouviu Regan na cozinha muito cedo. Eu me lembro de ter ficado feliz por ela ter recuperado o apetite. Mas depois ela voltou para a cama, acho, porque passou o resto do dia lá.

— Estava dormindo? — perguntou Klein.

— Não, acho que estava lendo. Comecei a me sentir um pouco melhor em relação a tudo. Parecia que o Librium seria a solução. Ela parecia um pouco distante, e isso me incomodou, mas, ainda assim, era um grande progresso. Ontem à noite tudo correu bem. Então, hoje de manhã, isso começou. *Nossa*! E como começou!

Ela estava sentada na cozinha, relatou Chris, quando Regan desceu a escada correndo em sua direção, encolhendo-se atrás da cadeira enquanto agarrava o braço da mãe e dizia com a voz estridente e assustada que o capitão Howdy a estava perseguindo, que a estava beliscando, batendo, empurrando, dizendo obscenidades, ameaçando matá-la. "Ele está aqui!", gritara ela, apontando para a porta da cozinha. E caiu no chão, se sacudindo em espasmos; ela chorava e gritava, alegando que Howdy a estava chutando. Então, de repente, Regan ficara de pé no meio da cozinha, com os braços esticados, e começara a girar depressa, "como um pião", e manteve-se assim por quase um minuto até cair exausta no chão.

— De repente — disse Chris, finalizando o relato —, vi que havia... *ódio* em seus olhos, um *ódio* enorme, e ela falou que eu... Ela me chamou de... Ah, Deus!

Chris começou a chorar.

Klein foi até a pia, encheu um copo d'água e voltou para perto de Chris. Os soluços já haviam cessado.

— Merda, preciso de um cigarro — disse ela, trêmula, secando os olhos com os dedos.

Klein ofereceu a água e um pequeno comprimido verde.
— Tente tomar isto — sugeriu ele.
— É um calmante?
— Sim.
— Quero dois.
— Um já basta.
Chris desviou o olhar e deu um sorriso amarelo.
— Não gosto de economizar.
Ela engoliu o comprimido e devolveu o copo vazio ao médico.
— Obrigada — disse baixinho, apoiando a testa nos dedos trêmulos e balançando a cabeça. — Sim, foi quando tudo começou. Todas as outras coisas. Ela parecia outra pessoa.
— O capitão Howdy, talvez? — perguntou Coleman.
Chris olhou para ele, surpresa. Ele a observava com atenção.
— Como assim? — perguntou ela.
Ele deu de ombros.
— Não sei. Foi só uma pergunta.
Ela olhou de modo distraído para a lareira.
— Não sei. Parecia outra pessoa qualquer. Alguém diferente.
Fez-se um momento de silêncio. Coleman se levantou. Explicou aos dois que tinha outro compromisso, e, após algumas frases vagamente reconfortantes, despediu-se.
Klein o acompanhou até a porta.
— Você vai checar a glicose? — perguntou Coleman.
— Não, sou um idiota inexperiente.
Coleman sorriu e disse:
— Admito que estou um pouco apreensivo. — Ele desviou o olhar, pensativo, passando os dedos no queixo e nos lábios. — Um caso estranho — continuou, baixinho. — *Muito* estranho.
Virou-se para Klein antes de concluir:
— Me conte tudo o que descobrir.
— Você estará em casa?
— Sim, estarei. Ligue para mim, ok?
— Ok.
Coleman acenou e partiu.

Quando o equipamento chegou, pouco tempo depois, Klein anestesiou a região da espinha de Regan com novocaína e, enquanto a mãe e a secretária observavam, tirou o fluido da medula espinhal enquanto observava um manômetro com atenção.

— A pressão está normal — murmurou.

Ao terminar, caminhou até a janela para ver se o líquido era claro ou escuro. Estava claro. Guardou os tubos na maleta.

— Duvido que ela desperte — disse Klein —, mas, se acordar no meio da noite e causar algum problema, seria bom ter uma enfermeira pronta para aplicar um sedativo.

— Não posso fazer isso sozinha? — perguntou Chris.

— Por que não uma enfermeira?

Chris deu de ombros. Não quis mencionar a falta de confiança que tinha em médicos e enfermeiros.

— Só prefiro fazer isso eu mesma.

— Bem, é complicado aplicar injeção — explicou Klein. — Uma bolha de ar pode ser muito perigosa.

— Eu sei aplicar — interrompeu Sharon. — Minha mãe tinha uma casa de repouso no Oregon.

— Ah, você aplicaria, Shar? — perguntou Chris. — Ficaria aqui esta noite?

— Bem, seria preciso mais do que só uma noite — avisou Klein. — Pode ser que ela precise de alimentação intravenosa, dependendo de como ficar.

— Pode me ensinar a aplicar? — perguntou Chris, olhando para ele com muita ansiedade. — Preciso fazer isso.

Klein assentiu.

— Claro. Creio que posso.

Ele fez uma prescrição para Torazina e seringas descartáveis, e entregou a Chris.

— Compre isto agora mesmo.

Chris entregou a receita a Sharon.

— Sharon, cuide disto para mim, pode ser? É só telefonar que eles entregam em casa. Quero acompanhar o doutor enquanto ele faz os exames — disse Chris, virando-se para o médico. — O senhor se importa?

Klein notou a ansiedade em seus olhos, a impotência, a confusão.

— Claro que não, sei como se sente. Sinto a mesma coisa quando converso com o mecânico sobre meu carro.

Chris olhou para ele sem saber o que responder.

Eles saíram de casa exatamente às 18h18.

No laboratório do prédio Rosslyn, Klein realizou uma série de exames. Primeiro, analisou as proteínas.

Normal.

Em seguida, a contagem de células sanguíneas.

— Há muitos glóbulos vermelhos — explicou Klein —, o que significa hemorragia. Ter muitos glóbulos brancos significaria infecção.

Ele estava à procura de uma infecção fúngica, que, normalmente, era a causa de comportamentos bizarros e crônicos. E, mais uma vez, tudo normal.

Por fim, Klein examinou a glicose.

— Por que a glicose? — perguntou Chris.

— Bem, a glicose no fluido espinhal deve representar dois terços da quantidade de glicose no sangue. Qualquer mudança nessa proporção poderia indicar uma doença na qual uma bactéria começa a consumir o açúcar do fluido espinhal e, se for o caso, poderia explicar os sintomas de sua filha.

Mas não havia alteração.

Chris cruzou os braços e balançou a cabeça.

— De volta à estaca zero — murmurou ela, de forma sombria.

Durante um tempo, Klein pensou. Por fim, virou-se e olhou para Chris.

— Você tem drogas em casa?

— Oi?

— Anfetaminas? LSD?

Chris balançou a cabeça.

— Não. Olha, posso garantir. Não há nada do tipo.

Klein assentiu, encarou os sapatos e voltou a olhar para Chris, dizendo:

— Acho que está na hora de procurarmos um psiquiatra.

Chris chegou em casa exatamente às 19h21. À porta, chamou:

— Sharon?

Não obteve resposta. Sharon não estava.

Ela subiu a escada para o quarto de Regan e a encontrou dormindo profundamente, sem qualquer mudança. O quarto cheirava a urina. Ela olhou da cama para a janela. *Meu Deus, está escancarada!* Imaginou que Sharon devia ter aberto para arejar o quarto. Mas onde estava ela? Aonde tinha ido? Chris se aproximou, fechou e trancou a janela, depois desceu de novo e viu Willie entrando na casa.

— Oi, Willie. Vocês se divertiram hoje?

— Fizemos compras, senhora. E fomos ao cinema.

— Cadê o Karl?

Willie balançou a mão num gesto de frustração.

— Ele me deixou assistir aos Beatles dessa vez. Sozinha.

— Que bom!

— Sim, senhora.

Willie ergueu dois dedos, fazendo o "V" de vitória.

Eram 19h35.

Às 20h01, enquanto falava ao telefone com seu agente no escritório, Chris ouviu a porta da frente sendo aberta e fechada e passos de salto se aproximando. Sharon entrou no escritório com diversos pacotes nos braços e colocou-os no chão. A secretária sentou-se numa poltrona estofada e esperou Chris terminar a conversa.

— Onde você estava? — perguntou Chris ao desligar.

— Ah, ele não disse?

— *Quem* não disse o quê?

— Burke. Ele não está aqui?

— Ele esteve aqui?

— Quer dizer que ele não estava quando você chegou em casa?

— Olha, por que não começa do começo? — pediu Chris.

— Ai, aquele maluco! — exclamou Sharon, balançando a cabeça. — Não consegui fazer com que a farmácia entregasse o pedido, então, quando Burke chegou, pensei que ele poderia ficar aqui com Regan enquanto eu saía para buscar a Torazina. — Ela balançou a cabeça de novo. — Eu devia ter imaginado.

— É, acho que devia. Então, o que você comprou?

— Bem, como pensei que teria tempo, comprei um lençol de plástico para cobrir a cama de Regan.

— Você comeu?

— Não, pensei em preparar um sanduíche. Quer um?

— Boa ideia.

— Como foram os exames? — perguntou Sharon enquanto as duas caminhavam até a cozinha.

— Está tudo normal — respondeu Chris. — Vou ter que procurar um psiquiatra.

Depois dos sanduíches e do café, Sharon mostrou a Chris como aplicar uma injeção.

— As duas maiores preocupações ao aplicar uma injeção são tomar cuidado para que não haja nenhuma bolha de ar e para não acertar uma veia. Veja, é só puxar um pouco, assim — disse, prosseguindo com a demonstração —, e ver se há sangue na seringa.

Durante um tempo, Chris praticou o procedimento numa toranja e pareceu aprender. Então, às 21h28, a campainha tocou. Willie atendeu. Era Karl. Enquanto atravessava a cozinha a caminho do quarto, ele disse boa noite e comentou que esquecera a chave.

— Não acredito — disse Chris a Sharon. — É a primeira vez que ele admite ter cometido um erro.

Elas passaram a noite vendo televisão no escritório.

Às 23h46, Sharon atendeu o telefone e o passou para Chris, anunciando:

— É o Chuck.

O jovem diretor da segunda unidade. Ele estava sério.

— Você soube o que aconteceu, Chris?

— Não. O quê?

— É uma notícia ruim.

— Ruim?

— Burke morreu.

Estava bêbado. Havia tropeçado. Rolara pela escadaria atrás da casa de Chris até o fim. Um pedestre que passava na rua M o viu, rolando sem parar na escuridão. Pescoço quebrado. Uma cena horrorosa.

Chris soltou o telefone chorando e levantou-se sem firmeza. Sharon correu até ela e a segurou, desligou o telefone e a levou ao sofá.

— Chris, o que foi? O que houve?

— Burke morreu!
— Meu Deus, Chris! Não! O que aconteceu?
Mas ela balançou a cabeça. Não conseguia falar. E chorou.
Mais tarde, elas conversaram. Por horas. Chris bebeu. Lembrou-se de Dennings. Riu. E chorou.
— Ah, meu Deus! — Ela não parava de sussurrar. — Coitado do maluco do Burke... Coitado do Burke...
Ela lembrou do seu sonho sobre a morte.
Pouco depois das cinco da manhã, Chris estava de pé atrás do bar, com os cotovelos sobre a superfície, a cabeça baixa e os olhos muito tristes enquanto esperava Sharon voltar da cozinha com um balde de gelo. Quando finalmente retornou, ela disse:
— Ainda não acredito.
Chris levantou a cabeça. Depois olhou para o lado. E ficou paralisada.
Caminhando rapidamente como uma aranha, logo atrás de Sharon, com o corpo arqueado para trás e a cabeça quase tocando os pés, estava Regan. Ela mexia a língua sem parar enquanto sibilava e mexia a cabeça levemente para a frente e para trás, como uma cobra.
Com o olhar grudado na filha, Chris disse:
— Sharon?
Sharon parou. Regan também. Sharon se virou e não viu nada. Então gritou e deu um pulo ao sentir a língua da menina em seu tornozelo.
Chris levou a mão ao rosto pálido.
— Telefone para aquele médico e o tire da cama! *Agora!*
Aonde Sharon ia, Regan a seguia.

Capítulo quatro

Sexta-feira, 29 de abril. Enquanto Chris esperava no corredor, fora do quarto, o dr. Klein e um famoso neuropsiquiatra examinavam Regan, observando-a por quase meia hora. Remexendo-se, debatendo-se. Puxando os cabelos e, de vez em quando, fazendo caretas e levando as mãos às orelhas, como se quisesse bloquear um som repentino e ensurdecedor. Berrava obscenidades. Urrava de dor. Por fim, jogou-se de frente na cama e, com as pernas encolhidas sob o corpo, passou a gemer baixo e sem qualquer coerência.

O psiquiatra fez um sinal para que Klein se aproximasse.

— Dê um tranquilizante — sussurrou ele. — Talvez assim eu consiga conversar com ela.

O médico assentiu e preparou uma injeção de cinquenta miligramas de Torazina. No entanto, quando os doutores se aproximaram da cama, Regan pareceu notar e se virou com agilidade. O neuropsiquiatra tentou segurá-la, mas ela começou a gritar, furiosa. A mordê-lo. A lutar contra ele. A afastá-lo. Só quando Karl foi chamado para ajudar que eles conseguiram manter Regan parada o suficiente para que o médico aplicasse a injeção.

A dosagem não bastou, e mais cinquenta miligramas foram injetados. Eles esperaram. Logo Regan ficou dócil. E, então, distraída. Passou a olhar os médicos com uma confusão repentina.

— Onde está minha mãe? Quero a minha mãe! — exclamou ela, chorosa e assustada.

Com um sinal do neuropsiquiatra, Klein saiu do quarto.

— Sua mãe vai chegar daqui a pouco, querida — disse o psiquiatra a Regan. Ele se sentou na cama e acariciou sua cabeça. — Pronto, pronto, está tudo bem, querida. Sou médico.

— *Quero a minha mãe!*

— Sua mãe está vindo. Está vindo. Está com dor, querida?
Regan assentiu, com lágrimas escorrendo pelas bochechas.
— Onde dói? Onde está doendo?
— Meu corpo todo dói — disse Regan, chorando.
— Ah, minha querida!
— *Mãe!*

Chris correu até a cama e a abraçou. E a beijou. Tentou consolá-la e confortá-la. Chris começou a chorar de alegria.
— Ah, você voltou, Rags! Você voltou! É você mesma!
— Ai, mãe, ele me machucou! — contou Regan, fungando. — Por favor, faz ele parar de me machucar. Está bem, mãe? Por favor?

Chris olhou para a filha, confusa, então se virou para os médicos, com dúvida nos olhos.
— O quê? O que está acontecendo?
— Ela está fortemente sedada — disse o psiquiatra com suavidade.
— Está dizendo que...
— Veremos — disse ele, interrompendo-a.

Ele se virou para Regan.
— Pode nos dizer o que está acontecendo, querida?
— *Eu não sei!* — respondeu ela, chorando. — Não sei! Eu não sei por que ele está fazendo isso! Ele sempre foi meu amigo!
— Quem é ele?
— O capitão Howdy! Parece que tem outra pessoa dentro de mim, que me obriga a fazer coisas!
— O capitão Howdy?
— Não sei!
— Uma pessoa?

Regan assentiu.
— Me diga quem é.
— Eu não *sei!*
— Tudo bem. Vamos tentar uma coisa, Regan. O que acha de fazermos uma brincadeira? — perguntou, enfiando a mão no bolso do avental e tirando uma bola brilhante presa a uma corrente de prata. — Já viu filmes em que as pessoas são hipnotizadas?

Com os olhos arregalados, Regan assentiu.

— Bem, eu sou um hipnotizador. Sim, é verdade! Eu faço isso com as pessoas o tempo todo. Sério! Claro, se elas deixarem. Mas acho que se eu hipnotizar você, Regan, conseguirei ajudá-la a melhorar. Sim, essa pessoa dentro de você vai sair. Você quer ser hipnotizada? Veja, sua mãe está bem aqui, do seu lado.

Regan olhou para Chris com uma expressão confusa.

— Vá em frente, querida. Faça o que o médico está mandando — pediu Chris.

Regan olhou para o psiquiatra e assentiu.

— Tudo bem — concordou, baixinho. — Mas só um pouco.

O psiquiatra sorriu e olhou rapidamente para trás quando ouviu o som de um vaso se quebrando. Era um vaso delicado que despencara da estante onde Klein apoiava o braço. Klein olhou para o braço e para os cacos sem entender, então se pôs a recolhê-los.

— Não se preocupe, doutor. Willie pode juntá-los depois — disse Chris.

— Pode fechar as janelas para mim, Sam? — pediu o psiquiatra. — E as cortinas também?

Quando o quarto ficou escuro, o especialista pegou a corrente e começou a balançar o pêndulo de um lado a outro com um movimento rápido. Ele acendeu uma pequena lanterna na direção dele. O pêndulo brilhou.

Ele começou a entoar o ritual hipnótico.

— Observe isto, Regan, fique olhando, e logo sentirá suas pálpebras cada vez mais pesadas...

Dentro de pouco tempo, a menina pareceu entrar em transe.

— Extremamente sugestionável — murmurou o psiquiatra. Então perguntou: — Você está confortável, Regan?

— Sim — respondeu a menina com uma voz baixa e suave.

— Quantos anos você tem?

— Doze.

— Tem alguém dentro de você?

— Às vezes.

— Quando?

— Em momentos diferentes.

— É uma pessoa?

— Sim.

— Quem é?
— Não sei.
— É o capitão Howdy?
— Não sei.
— Um homem?
— Não sei.
— Mas ele está aí.
— Sim, às vezes.
— Ele está agora?
— Não sei.
— Se eu perguntar para ele, você vai permitir que ele responda?
— *Não!*
— Por que não?
— Estou com medo!
— Do quê?
— Não sei!
— Se ele conversar comigo, Regan, acho que sairá de você. Você quer que ele saia de você?
— Sim.
— Então deixe-o falar. Vai deixar?
Um longo silêncio. Então:
— Sim.
— Estou falando com a pessoa que está dentro de Regan agora — disse o psiquiatra, firme. — Se estiver aí, você também está hipnotizado e deve responder a todas as minhas perguntas.

Ele fez uma pausa para deixar que a sugestão entrasse na corrente sanguínea de Regan. E repetiu:

— Se estiver aí, você também está hipnotizado e deve responder a todas as minhas perguntas. Manifeste-se e responda agora. Você está aí?

Silêncio. Então, algo curioso aconteceu. O hálito de Regan tornou-se fétido de repente. E denso. O psiquiatra sentiu o odor de longe. Ele apontou a lanterna para o rosto de Regan. De expressão chocada e olhos arregalados, Chris cobriu a boca com a mão para abafar um grito ao observar o rosto de Regan se contorcer numa máscara de ira, os lábios repuxados em direções opostas e a língua inchada serpenteando para fora da boca.

— Você é a pessoa que está dentro de Regan? — perguntou o psiquiatra.
Regan assentiu.
— Quem é você?
— Meugninuosue — respondeu ela com um som gutural.
— Esse é o seu nome?
Mais uma afirmação com a cabeça.
— Você é homem?
— Mis — disse ela.
— Isso foi uma resposta?
— Mis.
— Se isso for um "sim", confirme com a cabeça.
Regan confirmou.
— Está falando outro idioma?
— Mis.
— De onde você veio?
— Sued.
— Você vem de outro país?
— Suededohnevueoãn.

O psiquiatra parou, e, depois de pensar um pouco, decidiu tentar outra abordagem.

— Quando eu fizer perguntas a partir de agora, você responderá mexendo a cabeça: "sim" para cima e para baixo, e "não" para um lado e para o outro. Entendeu?
Regan assentiu.
— Suas respostas tiveram sentido? — perguntou ele. *Sim.*
— Você é alguém que Regan conheceu? *Não.*
— Que já viu? *Não.*
— É alguém que ela inventou? *Não.*
— Você existe? *Sim.*
— Faz parte de Regan? *Não.*
— Fez parte de Regan em algum momento? *Não.*
— Você gosta dela? *Não.*
— Você desgosta dela? *Sim.*
— Você a odeia? *Sim.*
— Por algo que ela fez? *Sim.*

— Você a culpa pelo divórcio dos pais? *Não.*
— Tem algo a ver com os pais dela? *Não.*
— Com um amigo? *Não.*
— Mas você a odeia. *Sim.*
— Está punindo Regan? *Sim.*
— Deseja feri-la? *Sim.*
— Matá-la? *Sim.*
— Se ela morresse, você também morreria? *Não.*

A resposta pareceu inquietá-lo, e o médico baixou a cabeça, pensativo. As molas da cama rangeram quando ele se mexeu. Naquele silêncio, a respiração de Regan tornou-se pesada, como se viesse de recôncavos podres. Ali. Ainda assim, distante. E sinistra.

O psiquiatra voltou a encarar aquele rosto horroroso e contorcido, com os olhos brilhando ao perguntar:

— Tem alguma coisa que ela possa fazer para que você a deixe? *Sim.*
— Pode me dizer o que é? *Sim.*
— Vai me dizer? *Não.*
— Mas...

De repente, o psiquiatra começou a gritar de dor ao ver, com incredulidade horrorizada, que a mão de Regan agarrara seu escroto como se fosse uma garra de metal e o apertava. Com os olhos arregalados, ele tentou se soltar, mas não conseguiu.

— Sam! Sam, me ajude! — gritou ele, desesperado.

Tumulto.

Chris correu na direção do interruptor.

O dr. Klein se lançou para a frente.

Regan, com a cabeça jogada para trás, ria de forma demoníaca e uivava como um lobo.

Quando Chris acendeu a luz e se virou, viu um pesadelo digno de um filme preto e branco, granulado, em câmera lenta: Regan e os médicos lutando na cama, uma confusão de braços e pernas, caretas, gritos, palavrões, berros, urros e aquela risada assustadora. Regan guinchando e grunhindo como um porco, relinchando como um cavalo, e a cena ganhando velocidade com a cama chacoalhando e batendo de um lado para o outro enquanto os olhos da menina se reviravam nas órbitas e ela soltava um berro cru e sangrento de terror vindo da base da espinha.

A menina contorceu-se e caiu, inconsciente.
Algo indescritível deixou o quarto.
Por um momento, ninguém se mexeu. Lenta e cuidadosamente, os médicos se levantaram e olharam para Regan, em silêncio. Klein, inexpressivo, aproximou-se da cama, checou a pulsação da menina e, satisfeito, cobriu-a delicadamente com o cobertor; assentindo para Chris e para o psiquiatra. Eles saíram do quarto e foram ao escritório, onde, durante um tempo, ninguém disse nada. Chris estava no sofá, perto de Klein e do psiquiatra, que ocupavam cadeiras logo em frente. O psiquiatra estava pensativo, apertando o próprio lábio enquanto olhava para a mesa de canto, então suspirou e olhou para ela, que também o encarou.

— O que diabos está acontecendo? — perguntou, num sussurro.
— A senhora reconheceu o idioma que ela estava falando?
Chris fez que não com a cabeça.
— Tem alguma crença religiosa?
— Não, não tenho.
— E sua filha?
— Não.

A partir de então, o psiquiatra fez uma série de perguntas relacionadas ao histórico psicológico de Regan, e, quando finalmente terminou, parecia perturbado.

— O que foi? — perguntou Chris, apertando o lenço amarrotado na mão. — Doutor, o que ela tem?

O psiquiatra respondeu de maneira evasiva:
— Bem, é meio confuso e, para ser sincero, seria muito irresponsável de minha parte tentar dar um diagnóstico após um exame tão curto.
— Mas o senhor deve ter uma ideia — insistiu Chris.
Passando o dedo pela sobrancelha e olhando para baixo, o psiquiatra suspirou, olhou para a frente e disse:
— Certo. Sei que a senhora está ansiosa, então direi algumas das minhas impressões. Mas são apenas impressões, certo?
Chris inclinou-se para a frente, assentindo de modo tenso.
— Tudo bem. Quais são suas impressões? — perguntou, mexendo no lenço sobre o colo, contando os pontos na bainha como se fossem contas de um rosário.

— Para começar — disse o psiquiatra —, é bastante improvável que ela esteja fingindo. Você concorda, Sam?

Klein assentiu.

— Acreditamos nisso por diversos motivos — continuou o psiquiatra. — Por exemplo, as contorções anormais e dolorosas. E, principalmente, creio eu, pela mudança na fisionomia enquanto conversávamos com a suposta pessoa que ela acredita estar dentro dela. Um efeito psíquico como este não ocorre a menos que ela *acreditasse* nessa pessoa. Compreende?

— Sim, acho que sim — respondeu Chris. — Só não entendo de onde vem essa pessoa. Sabe, sempre ouvimos falar de "dupla personalidade", mas nunca vi nenhuma explicação.

— Bem, ninguém nunca explicou. Usamos conceitos como "consciência", "mente" e "personalidade", mas não sabemos bem o que eles são. Quando eu começo a falar sobre algo, como personalidades múltiplas ou dupla, só temos teorias que geram mais perguntas do que respostas. Freud acreditava que certas ideias e certos sentimentos são, de algum modo, reprimidos pela mente consciente, mas permanecem vivos no subconsciente da pessoa. Na verdade, eles continuam muito fortes, e continuam buscando expressão por meio de diversos sintomas psiquiátricos. Mas, quando o material reprimido... Ou, digamos, dissociado, e uso a palavra "dissociação" para me referir a uma separação do fluxo de consciência. Está acompanhando meu raciocínio?

— Sim, prossiga.

— Certo. Bem, quando esse material dissociado se torna forte o bastante, ou quando a personalidade da pessoa é desorganizada e fraca, o resultado pode ser uma psicose esquizofrênica. Mas isso não é a mesma coisa que dupla personalidade. Esquizofrenia significa dilaceramento da personalidade. Mas, nos casos em que o material dissociado é forte o suficiente para, de certo modo, se unir e se organizar no subconsciente do indivíduo... Bem, sabe-se que às vezes ele age de modo independente, como uma personalidade separada. Em outras palavras, assume as funções corporais.

— E é isso o que o senhor acredita que está acontecendo com a Regan?

— Bem, é apenas uma teoria. Há diversas outras. Algumas que envolvem a ideia de fuga dentro da inconsciência; a fuga de um problema emocional ou de um conflito. Sua filha não tem histórico de esquizofrenia, e o eletroencefalograma não mostrou o padrão de ondas cerebrais que geralmente acompanha tal quadro. Desse modo, ficamos no campo geral da histeria.

— Não estou entendendo mais nada — murmurou Chris.

O psiquiatra deu um sorriso amarelo.

— A histeria é uma forma de neurose em que os distúrbios emocionais são transformados em distúrbios físicos. Em certos casos, existe a dissociação. Na psicastenia, por exemplo, a pessoa perde a consciência de seus atos, mas vê a si mesma agindo e atribui suas atitudes a outra pessoa. A ideia que tem da segunda personalidade é vaga, no entanto, e a de Regan parece específica. Então, chegamos ao que Freud chamava de "histeria de conversão", que parte dos sentimentos inconscientes de culpa e da necessidade de ser punido. A dissociação é a principal característica neste caso, até com o aparecimento de personalidades múltiplas. E a síndrome também deve incluir convulsões parecidas com ataques epilépticos, alucinações e descontrole motor anormal.

Chris escutava com atenção, os olhos arregalados e o rosto sério, esforçando-se para entender.

— Bem, tudo isso parece descrever o caso de Regan — disse ela. — Não acha? Bem, exceto pela parte da culpa. Afinal, de que ela sentiria culpa?

— Bem, uma resposta clichê seria o divórcio. As crianças, em geral, sentem que *elas* foram rejeitadas, e, às vezes, assumem total responsabilidade pela partida de um dos pais. Pode ser esse o caso da sua filha. Mas estou pensando também nos sintomas da tanatofobia, uma depressão neurótica devido a um temor doentio da morte.

Chris passou a prestar mais atenção.

— Nas crianças — continuou o psiquiatra — percebemos essa depressão acompanhada pela culpa, que está relacionada ao estresse familiar, e muitas vezes pelo medo de perder um dos pais. Ela causa ira e frustração profunda. Além disso, a culpa, nesse tipo de histeria, não precisa ser consciente. Pode até ser a culpa chamada de "livre", que não se relaciona a nada em especial.

— Então, esse medo da morte...

— A tanatofobia.

— Sim, certo, *isso*. Ela é hereditária?

Desviando o olhar levemente para evitar transparecer a curiosidade despertada pela pergunta, o psiquiatra disse:

— Não, não. Creio que não.

Chris baixou e balançou a cabeça.

— Não consigo entender — disse ela. — Estou confusa.

Ela olhou para a frente, franzindo a testa.

— Quer dizer, onde entra essa nova personalidade nisso tudo?

O psiquiatra virou-se para ela.

— Bem, repito que é apenas uma opinião — explicou ele —, mas imaginando que isto seja um caso de histeria de conversão originada da culpa, a segunda personalidade é apenas o agente que aplica o castigo. Se a própria Regan se punisse, seria como *reconhecer* a culpa. Mas ela quer fugir dessa noção. Por isso, a segunda personalidade.

— E é isso, então, que o senhor acha que ela tem?

— Como falei, não posso afirmar — disse o psiquiatra, que parecia escolher as palavras com cuidado, como se pisasse em ovos. — É extraordinário, para uma criança da idade dela, reunir e organizar os componentes de uma nova personalidade. E certas coisas... Bem, outras coisas são confusas. O desempenho dela com o tabuleiro Ouija, por exemplo, indicaria enorme sugestionabilidade. E, ainda assim, parece que eu não a hipnotizei de fato. — Ele deu de ombros. — Talvez ela tenha resistido. Mas o mais assustador é a aparente precocidade da nova personalidade. Não é de uma criança de 12 anos, de jeito nenhum. É de alguém muito mais velho. E o idioma que ela estava falando... — O psiquiatra hesitou enquanto olhava para a lareira, pensativo. — Há um estado similar, claro, mas não sabemos muito sobre ele.

— Qual é?

Ele se virou para Chris.

— Bem, é um tipo de sonambulismo no qual, de uma hora para a outra, o indivíduo manifesta conhecimento ou habilidades que nunca aprendeu. Nesse caso, a intenção da segunda personalidade é...

Ele se interrompeu.

— Bem, é extremamente complicado — continuou —, e eu simplifiquei as coisas de modo muito arriscado.

Ele também não completara o raciocínio por medo de chatear Chris além do necessário: a intenção da segunda personalidade, ele diria, era destruir a primeira.

— Então, qual é a conclusão?

— É um pouco complicada. Ela precisa de um exame cuidadoso realizado por uma equipe de especialistas, duas ou três semanas de estudo intenso num ambiente clínico. Um lugar como a clínica Barringer, em Dayton.

Chris desviou o olhar.

— Algum problema? — perguntou ele.

Ela balançou a cabeça e disse, baixinho:

— Não, é só que perdi "Esperança", só isso.

— Não entendi.

— É uma longa história.

O psiquiatra telefonou para a clínica Barringer. Eles concordaram em admitir Regan no dia seguinte. Os médicos foram embora.

Chris engoliu a dor da saudade de Dennings. Pensou de novo na morte, nos vermes, no vazio e na solidão inexplicável, na quietude, no silêncio e na escuridão que esperavam sete palmos abaixo da terra: não, nenhum movimento; nenhuma respiração, nada. *Demais... Isso é demais.* Chris baixou a cabeça e chorou um pouco. Então secou as lágrimas.

Ela estava em seu quarto, arrumando as malas e escolhendo uma peruca para permanecer disfarçada em Dayton, quando Karl apareceu na porta. Alguém queria falar com ela, anunciou o empregado.

— Quem?

— O detetive.

— Detetive? E ele quer falar comigo?

— Sim, senhora.

Karl entrou e deu a Chris um cartão de visita. Nele, lia-se WILLIAM F. KINDERMAN, CHEFE DE INVESTIGAÇÃO. As palavras estavam impressas na fonte Tudor, maiúscula, que poderia ter sido escolhida por um vendedor de antiguidades. No canto, em letras menores, encontravam-se as palavras *Divisão de Homicídios.*

Chris olhou para Karl com desconfiança.

— Ele está trazendo algo que possa ser um roteiro? Sabe como é, um envelope grande de papel pardo?

Ela já havia notado que não havia uma pessoa no mundo que não tivesse um romance, um roteiro ou uma ideia guardada numa gaveta ou na mente. Chris parecia atrair essas pessoas, como padres atraem bandidos e bêbados.

Karl balançou a cabeça.

— Não, senhora.

Detetive. Será que tinha alguma coisa a ver com a morte de Burke?

Chris o encontrou na saleta, com a aba do chapéu mole e amassado presa por dedos curtos e gorduchos, cujas unhas tinham o brilho de uma recente ida à manicure. Rechonchudo, com sessenta e poucos anos, ele tinha bochechas coradas e brilhantes. Usava uma calça amassada, marcada e larga por baixo de um sobretudo cinza de lã, comprido, largo e fora de moda. Quando Chris se aproximou, o detetive disse com uma voz rouca e fraca:

— Eu reconheceria esse rosto em qualquer lista de suspeitos, sra. MacNeil.

— Eu estou numa lista de *suspeitos*? — perguntou ela.

— Meu Deus! Não, não, não. Claro que não! É apenas um procedimento de rotina — explicou ele. — Escute, a senhora está ocupada? Posso voltar amanhã. Sim, voltarei amanhã.

O detetive já estava se virando, como se pretendesse partir, quando Chris perguntou, ansiosa:

— O que foi? É sobre Burke? Burke Dennings?

A atitude calma do detetive havia, de algum modo, aumentado sua tensão. Ele se virou de volta para ela. Seus eram olhos castanhos e úmidos, caídos nos cantos, e pareciam estar sempre relembrando o passado.

— Que horror — disse ele. — Foi uma tristeza.

— Ele foi *assassinado*? — perguntou Chris, de supetão. — Afinal, o senhor cuida de homicídios. É por isso que está aqui? Burke foi assassinado?

— Não, como eu disse, é apenas um procedimento de rotina — repetiu o detetive. — Com um homem tão importante, não poderíamos simplesmente deixar o caso passar. Não, não poderíamos... — Ele deu de ombros, com um olhar perdido. — Pelo menos, uma ou duas perguntas. Ele caiu? Foi empurrado?

Enquanto falava, balançava de um lado ao outro com uma das mãos erguida, a palma para a frente. Então, deu de ombros de novo e sussurrou:

— Quem sabe?

— Ele foi *assaltado*?

— Não, não foi assaltado, sra. MacNeil, de jeito nenhum. Mas quem precisa de uma motivação nos dias de hoje?

As mãos do detetive estavam em constante movimento, como luvas flácidas manipuladas pelos dedos de um ventríloquo desanimado.

— Afinal, uma motivação é um estorvo, talvez até um impedimento. — Balançou a cabeça. — Essas drogas. Todas essas drogas. — Ele bateu no peito com as pontas dos dedos. — Pode acreditar, sou pai, e, quando vejo o que está acontecendo, fico com o coração partido. A senhora tem filhos?

— Sim, uma filha.

— Que Deus a proteja.

— Venha ao escritório — disse Chris ao se virar, muito ansiosa para saber o que o homem tinha a dizer sobre Dennings.

— Sra. MacNeil, posso abusar um pouco?

Chris parou e se virou para olhá-lo, imaginando que ele fosse pedir um autógrafo para seus filhos. Nunca era para a própria pessoa. Era sempre para os filhos.

— Sim, claro — disse ela, de modo amável, esforçando-se para esconder a impaciência.

O detetive fez um gesto e uma careta.

— Meu estômago. A senhora teria um pouco de água com gás? Não quero atrapalhar...

— Não, não atrapalha em nada — respondeu Chris, com um sorriso forçado. — Sente-se no escritório — disse, apontando para o cômodo, então se virou na direção da cozinha. — Creio que haja uma garrafa na geladeira.

— Não, eu posso ir à cozinha — retrucou o detetive, seguindo-a com um jeito de andar que lembrava um gingado. — Detesto atrapalhar.

— Não está atrapalhando.

— Não, a senhora está ocupada, eu a acompanharei. Tem filhos? — perguntou o detetive enquanto eles caminhavam. — Não, esqueça — corrigiu-se imediatamente. — Sim, você tem uma filha. Já me contou. Isso mesmo. Só uma. Quantos anos ela tem?

— Acabou de fazer 12.

— Ah, então não precisa se preocupar. Não, ainda não. Tome cuidado mais tarde, no entanto — disse, balançando a cabeça. — Quando se vê a loucura do mundo todos os dias. Incrível! Inacreditável! Insano! Sabe, olhei para a minha esposa há alguns dias, ou semanas, talvez, e disse: "Mary, o mundo... o mundo *inteiro*..." — Ele ergueu as mãos num gesto abrangente — "... está tendo um ataque de nervos."

Eles haviam entrado na cozinha, onde Karl estava limpando e polindo o interior do forno. Ele não se virou nem olhou para o detetive.

— Isto é muito vergonhoso — comentou o detetive enquanto Chris abria a porta da geladeira; mas olhava para Karl, observando a nuca do empregado com olhos rápidos e curiosos, como um pássaro dando um rasante num lago. — Encontro uma atriz de cinema famosa e peço um pouco de água. Que piada.

Chris encontrara a garrafa e procurava um abridor.

— Quer gelo? — perguntou ela.

— Não. Sem gelo está ótimo.

Chris abriu a garrafa, encontrou um copo e serviu a água.

— Sabe aquele seu filme chamado *Anjo*? — perguntou o detetive, com um olhar leve e terno, avivando lembranças. — Eu o vi seis vezes.

— Se está procurando o culpado, prenda o diretor.

— Ah, não, não, foi excelente... Sério. Eu adorei! Só um pouco...

— Venha, podemos nos sentar aqui — interrompeu Chris.

Ela apontou para a mesa da copa, perto da janela. Era uma mesa de pinheiro encerado, com almofadas forradas em tecido florido.

— Sim, claro — respondeu o detetive.

Eles se sentaram, e Chris deu a água a ele.

— Ah, sim, obrigado.

— De nada. O que o senhor estava dizendo?

— Bem, o filme... É adorável, de verdade. Muito emocionante. Mas talvez tenha apenas uma coisinha... Um errinho pequeno, quase minúsculo. E, por favor, sei que sou leigo nesses assuntos. Certo? Sou apenas um espectador. Não sei de nada, não é? No entanto, me pareceu que a trilha sonora estava atrapalhando um pouco certas cenas. Intrusiva demais. — Chris tentou não demonstrar impaciência enquanto o detetive falava sem parar, envolvido no calor do argumento. — Fez com que eu me lembrasse o tempo todo de que aquilo era um filme, sabe? Tantas cenas filmadas em ângulos esquisitos. Distraem muito. Falando nisso, a música... Será que o compositor a roubou de Mendelssohn?

Chris havia começado a tamborilar na mesa, mas conteve-se. *Que detetive era aquele?*, perguntou-se. *E por que não parava de olhar para Karl?*

— Não chamamos isso de roubo, e sim de homenagem — respondeu Chris, sorrindo —, mas fico feliz que tenha gostado do filme. Melhor beber sua água. — Ela apontou para o copo. — Vai perder o gás.

— Sim, claro. Sou tão falastrão. Perdoe-me.

Erguendo o copo num brinde, o detetive virou o conteúdo, com o mindinho levantado.

— Ah, ótimo, isso é ótimo.

Ao pousar o copo na mesa, olhou com carinho para a escultura de pássaro feita por Regan. Ocupava agora o ponto central da mesa, com o bico comprido acima do saleiro e do pimenteiro.

— É muito pitoresco — comentou, sorrindo. — Muito gracioso. — Ele olhou para Chris. — Quem fez?

— Minha filha.

— Muito bom.

— Olha, odeio interromper...

— Sim, sim, eu sei. A senhora está muito ocupada. Olha, só uma ou duas perguntas e irei embora. Na verdade, apenas uma pergunta e, pronto, irei.

Ele olhava para o relógio de pulso como se estivesse ansioso para outro compromisso.

— Como o pobre sr. Dennings realizou as filmagens nesta área, gostaríamos de saber se ele visitou alguém na noite do acidente. Além da senhora, claro, ele tinha outros amigos na região?

— Ah, ele esteve aqui naquela noite — informou Chris.

— Ah, sério? — perguntou o detetive, erguendo as sobrancelhas. — Próximo ao horário do acidente?

— A que horas o acidente ocorreu?

— Às 19h05.

— Sim, creio que sim.

— Ah, isso explica, então. — O detetive assentiu, virando-se na cadeira como se fosse se levantar. — Ele estava embriagado, indo embora, quando caiu da escada. Sim, isso explica. Sem dúvida. Mas, ouça, apenas para registrar, pode me dizer aproximadamente o horário em que ele saiu daqui?

Chris olhou para o detetive com espanto, inclinando a cabeça para o lado. Ele estava tateando a verdade como alguém que escolhe legumes e verduras na feira.

— Não sei — respondeu ela. — Eu não o vi.

O detetive pareceu confuso.

— Não compreendo.

— Bem, ele veio e foi embora enquanto eu estava fora. Eu estava no consultório de um médico, em Rosslyn.

O detetive assentiu.

— Ah, entendo. Sim. Claro. Mas, então, como a senhora sabe que ele esteve aqui?

— Sharon me contou…

— Sharon? — interrompeu ele.

— Sharon Spencer. Minha secretária.

— Ah.

— Ela estava aqui quando Burke chegou. Ela…

— Ele veio para ver *Sharon*?

— Não, ele veio para me ver.

— Sim, continue, por favor. Perdoe a interrupção.

— Minha filha estava doente, e Sharon o deixou aqui enquanto foi à farmácia buscar uns remédios. Quando voltou, Burke já havia saído.

— E a que horas isso aconteceu, por favor? A senhora se lembra?

Chris deu de ombros.

— Talvez 19h15, mais ou menos. Ou 19h30.

— E a que horas a senhora havia saído daqui?

— Às 18h15, por aí.

— E a que horas a srta. Spencer saiu?

— Não sei.

— Entre o momento em que a srta. Spencer saiu e em que a senhora voltou, quem ficou na casa com o sr. Dennings, além de sua filha?

— Ninguém.

— Ninguém? Ele deixou uma criança doente sozinha?

Chris assentiu, inexpressiva.

— Nenhum empregado?
— Não, Willie e Karl estavam…
— Quem são eles?

Chris sentiu o chão sumir repentinamente sob seus pés ao perceber que as perguntas informais haviam se tornado um interrogatório sério.

— Bem, Karl está ali — disse Chris, movimentando a cabeça e fixando o olhar nas costas do empregado enquanto ele continuava a limpar e polir o forno. — E Willie é a esposa dele. São meus empregados.

Polindo. Polindo. Por quê? O forno tinha sido totalmente limpo e polido na noite anterior.

— Eles estavam de folga naquela tarde e, quando cheguei em casa, ainda não tinham retornado. Mas então, Willie…

Chris se interrompeu, com os olhos ainda fixos nas costas de Karl.

— Willie o quê? — perguntou o detetive.

Ela virou-se para ele e deu de ombros.

— Bem, nada.

Chris pegou um cigarro. Kinderman o acendeu.

— Então, somente a sua filha saberia quando Burke Dennings saiu da casa?

— Foi mesmo um acidente?

— Ah, claro. É um procedimento de rotina, sra. MacNeil. Sem dúvida. Seu amigo Dennings não foi roubado, então qual seria a motivação?

— Burke sabia irritar as pessoas — respondeu ela com seriedade. — Talvez alguém o tenha empurrado.

— Esse pássaro tem um nome? Não consigo lembrar. Acho que tem… — disse o detetive, tocando a escultura de Regan. Ao notar o olhar de Chris, afastou a mão, levemente envergonhado. — Perdoe-me, a senhora está ocupada. Bem, só mais um minuto e terminaremos. Sua filha… saberia quando o sr. Dennings partiu?

— Não, não saberia. Estava fortemente sedada.

— Ah, que pena, que pena — disse ele, parecendo preocupado. — É grave?

— Sim, temo que sim.

— Posso perguntar…? — Ele ergueu a mão num gesto delicado.

— Ainda não sabemos.

— Cuidado com as correntes de ar — avisou o detetive, sério. — Uma corrente de ar no inverno, quando a casa está quente, é um tapete mágico para as bactérias. Minha mãe dizia isso. Talvez seja mito. Não sei. Mas, para ser sincero, para mim, um mito é como o cardápio de um restaurante francês de luxo: uma camuflagem glamorosa e complicada de um fato que você não aceitaria de outra forma, como, talvez, as ervilhas que sempre nos servem quando pedimos um filé.

Chris sentiu-se relaxar. A digressão estranha e simpática fez com que ela se acalmasse. O são-bernardo inofensivo estava de volta.

— Aquele é o quarto dela, sra. MacNeil? O de sua filha? — disse o detetive, apontando para o teto. — Aquele com a janela grande com vista para a escadaria?

Chris assentiu.

— Sim, é o quarto da Regan.

— Mantenha a janela fechada e ela vai melhorar.

Tensa um momento antes, Chris teve que se esforçar para não rir.

— Sim, farei isso — afirmou ela. — Na verdade, ela sempre fica fechada e coberta.

— Sim, só uma dica de prevenção. — O detetive enfiou a mão gorducha no bolso de seu sobretudo quando viu Chris tamborilar na mesa de novo. — Ah, sim, a senhora está ocupada. Bem, já terminamos. Era só para deixar registrado... É rotina, já acabou.

Ele tirou do bolso uma programação mimeografada e amassada de uma produção de ensino médio de *Cyrano de Bergerac*, e agora procurava, no bolso de fora, um toco de lápis grafite número 2, amarelo, cuja ponta parecia ter sido feita com uma faca ou tesoura. Alisando o papel sobre a mesa, ele segurou o lápis e disse:

— Só um ou dois nomes, nada mais. Spencer com *c*?

— Sim, com *c*.

— C — repetiu o detetive, escrevendo o nome num canto da folha. — E os empregados? Joseph e Willie...?

— Não. Karl e Willie Engstrom.

— Karl. Sim, isso mesmo. Karl Engstrom — disse, escrevendo os nomes com letra grossa. — Eu me lembro dos horários.

Ele suspirou enquanto virava a folha em busca de espaço em branco.

— Ah, não, espere. Esqueci! Sim, os empregados. A senhora disse que eles chegaram em casa às...?

— Eu não disse. Karl, a que horas você chegou ontem à noite? — perguntou Chris.

O suíço olhou para os dois, inescrutável.

— Cheguei exatamente às 21h30.

— Ah, sim, isso mesmo. Você esqueceu a chave — concordou Chris, voltando a olhar para o detetive. — Eu me lembro de ter olhado o relógio da cozinha quando escutei a campainha tocar.

— Viram um bom filme? — perguntou o detetive. — Eu nunca vou pelas críticas — completou, em voz baixa. — Vou pelo que as *pessoas* pensam, o *público*.

— *Rei Lear*, com Paul Scofield — informou Karl.

— Ah, eu vi esse! Excelente!

— Eu fui ao cinema Gemini — prosseguiu Karl. — Na sessão das 18h. Então, logo depois, peguei o ônibus na própria rua e...

— Por favor, não é necessário — disse o detetive, erguendo a mão com a palma virada para a frente. — Não, não, *por favor*!

— Não me incomodo.

— Se o senhor insiste.

— Desci na esquina da avenida Wisconsin com a rua M. Eram 21h20, acho. Então, caminhei até a casa.

— Olha, o senhor não precisava ter me contado — comentou o detetive —, mas, mesmo assim, obrigado, foi muito gentil de sua parte. A propósito, o senhor gostou do filme?

— Foi bom.

— Sim, também achei. Excepcional. Bem, agora... — disse, virando-se para Chris e para os rabiscos do papel. — Desperdicei seu tempo, mas tenho um trabalho a fazer. É o lado ruim. Existem os dois lados. Bem, só mais um instante e vai terminar. Trágico, trágico — continuou ao fazer anotações nas margens. — Burke Dennings era um homem muito talentoso. E um homem que conhecia as pessoas, tenho certeza, e sabia lidar com elas. Com tantas pessoas que poderiam falar bem ou mal dele, como o cinegrafista, o rapaz do som, o compositor, sem contar, me perdoe, os atores. Por favor, corrija-me se eu estiver enganado, mas parece que, hoje em dia, um diretor de relevância também precisa agir quase como um psicólogo com o elenco. Estou errado?

— Não, não está, porque somos todos inseguros.

— Até mesmo a senhora?

— *Principalmente* eu. Mas Burke era bom nisso, em manter o moral alto — contou Chris, dando de ombros acanhadamente. — No entanto, claro, tinha um gênio difícil.

O detetive mudou a posição do papel.

— Ah, sim, talvez sim, com os astros e estrelas. Pessoas do nível dele. — Ele voltou a rabiscar. — Mas o segredo são as pessoas menores, aquelas que lidam com detalhes menos importantes, porque, se não fizerem as coisas certas, criam grandes problemas. Não concorda?

Chris olhou para as próprias unhas e balançou a cabeça.

— Quando Burke tinha seus acessos — contou ela —, ele não fazia distinção. Mas só ficava mau quando bebia.

— Bem, terminamos. Pronto. — Kinderman estava colocando um último pingo num *i* quando, de repente, lembrou-se de algo. — Ei, espere. Os Engstrom. Eles saíram e voltaram juntos?

— Não, Willie foi ver um filme dos Beatles — respondeu Chris enquanto Karl se virava para responder. — Ela chegou alguns minutos depois de mim.

— Ah, bem, por que perguntei isso? — disse Kinderman. — Não tem nada a ver com nada.

Ele dobrou o papel e o guardou com o lápis no bolso interno do sobretudo.

— Bem, é só isso. — O detetive parecia satisfeito. — Quando eu retornar à delegacia, sem dúvida me lembrarei de algo que deveria ter perguntado. Sim, isso sempre acontece comigo. Bem, que seja. Talvez eu telefone para a senhora, se precisar.

Ele se levantou, e Chris o acompanhou.

— Vou passar algumas semanas fora da cidade — avisou ela.

— Posso esperar — respondeu o detetive. — Posso esperar.

Ele estava olhando para a escultura com carinho, sorrindo.

— Ah, que bonitinho, muito, muito bonitinho.

O homem a pegou e passou o dedo pelo bico, então a devolveu à mesa e se dirigiu para a porta de entrada.

— A senhora encontrou um bom médico para sua filha? — perguntou enquanto Chris o acompanhava até a porta.

— Bem, já consegui vários — respondeu ela. — Vou interná-la numa clínica que é ótima em investigação, como o senhor, mas lá eles investigam vírus.

— Vamos torcer para que eles sejam muito melhores, sra. MacNeil. Essa clínica fica em outra cidade?

— Sim, em Ohio.

— É boa?

— Veremos.

— Mantenha sua filha longe de correntes de ar.

Eles chegaram à porta da frente.

— Bem, eu diria que foi um prazer — disse o detetive de modo sério, segurando o chapéu pela aba com as duas mãos —, mas sob essas circunstâncias… — Ele baixou a cabeça levemente e a balançou, depois voltou a olhar para a frente. — Sinto muitíssimo.

Com os braços cruzados, Chris desviou o olhar e respondeu baixinho:

— Obrigada. Muito obrigada.

Abrindo a porta, o detetive saiu, colocou o chapéu e virou-se para Chris.

— Boa sorte com sua filha.

Chris abriu um sorriso amarelo.

— Boa sorte com o mundo.

O detetive assentiu com simpatia e tristeza, virou-se para a direita e, ofegante, desceu a rua lentamente. Chris observou enquanto ele se dirigiu a uma viatura estacionada perto da esquina. Levou a mão ao chapéu quando uma rajada repentina de vento soprou e levantou a barra de seu sobretudo. Chris olhou para baixo e fechou a porta.

Ao se acomodar no banco do passageiro, Kinderman virou-se de novo para a casa, com a impressão de que vira uma movimentação na janela de Regan, alguém se afastando rapidamente do vidro, tentando ficar fora de vista. Não teve certeza. Havia visto a imagem de esguelha e tão brevemente que logo concluiu que fora apenas impressão. Percebeu que as persianas da janela estavam abertas. Estranho. Chris dissera que elas sempre ficavam fechadas. Durante um tempo, o detetive continuou observando. Ninguém apareceu. Franzindo a testa, ele olhou para baixo e balançou a cabeça, então abriu o porta-luvas da viatura, pegou um canivete e um saco de provas e, com a ajuda da menor lâmina, manteve o polegar dentro do envelope e tirou de debaixo da unha fragmentos microscópicos da argila verde que sorrateiramente raspara da escultura de Regan. Quando terminou, selou o envelope e o guardou no bolso interno do sobretudo.

— Certo — disse ao motorista —, podemos ir.

Eles partiram. Enquanto desciam a rua Prospect, Kinderman notou o trânsito intenso mais à frente e alertou o motorista:

— Vá devagar. — Ele baixou a cabeça, fechou os olhos e passou a mão pelo nariz, suspirando. — Ah, meu Deus, que mundo. Que vida.

Mais tarde naquela noite, enquanto o dr. Klein injetava cinquenta miligramas de Promazina para garantir a tranquilidade de Regan durante a viagem a Dayton, Ohio, Kinderman refletia em seu escritório, com as palmas das mãos pressionadas sobre a mesa enquanto analisava cuidadosamente os intrigantes dados coletados, sem qualquer outra luz na sala além do feixe estreito de uma antiga luminária de mesa que destacava uma série de artigos. Ele acreditava que, daquela forma, conseguia aumentar sua concentração. Sua respiração era ofegante na escuridão; seu olhar ia de um lado a outro. Ele respirou fundo e fechou os olhos. *Limpeza mental!*, instruiu a si mesmo, como sempre fazia quando queria esvaziar a mente para pensar num ponto de vista distinto. *Tudo deve sair!* Ele abriu os olhos e voltou a analisar o relatório do legista sobre Dennings:

> *... lesão da medula espinhal com crânio e pescoço fraturados, além de diversas contusões, lacerações e arranhões; laceração da pele do pescoço; equimose da pele do pescoço; rompimento do platisma, esternomastoide, esplênio, trapézio e diversos músculos menores do pescoço, com fratura da espinha e das vértebras e rompimento dos ligamentos anteriores e posteriores...*

Ele olhou para a escuridão da cidade pela janela. O domo do Capitólio brilhava, num sinal de que o Congresso estava trabalhando até tarde, e, mais uma vez, o detetive fechou os olhos, relembrando a conversa que teve com o legista às 23h55 da noite da morte de Dennings.

"Isso pode ter ocorrido na queda?

"Ah, é muito improvável. Os esternomastoides e o trapézio bastam para impedir algo assim. Além disso, temos também as diversas articulações da coluna cervical e os ligamentos que unem os ossos."

"Ou seja, é possível?"

"Sim. O cara estava embriagado, e esses músculos estavam, de certo modo, relaxados. Talvez, se a força do impacto inicial tivesse sido forte o suficiente…"

"Uma queda de nove ou dez metros antes de atingir o chão?"

"Sim, isso. E se, imediatamente depois do impacto, a cabeça dele tivesse ficado presa em algo. Em outras palavras, se houvesse uma interferência imediata com a rotação normal da cabeça e do corpo juntos, talvez, e eu repito, *talvez*, fosse possível encontrarmos esse resultado."

"Outra pessoa poderia ter feito isso?"

"Sim, mas teria que ser um homem excepcionalmente forte."

Kinderman havia checado o relato de Karl Engstrom a respeito de seu paradeiro no momento da morte de Dennings. Os horários dos filmes batiam, assim como os horários dos ônibus daquela noite. Além disso, o motorista do ônibus em que Karl afirmava ter subido, perto da entrada do cinema, terminou seu trabalho na Wisconsin com a M, onde Karl afirmara ter descido, aproximadamente às 21h20. Nesse período, houve uma troca de turnos, e o motorista dispensado registrara o momento de sua chegada no ponto final: exatamente às 21h18. Sobre a mesa de Kinderman, porém, havia um boletim de ocorrência contra Engstrom, de 27 de agosto de 1963, atestando que ele havia roubado, ao longo de meses, uma quantidade de narcóticos da casa de um médico em Beverly Hills, onde ele e Willie trabalhavam à época.

… nascido a 20 de abril de 1921, em Zurique, Suíça. Casou-se com Willie (nome de solteira: Braun) no dia 7 de setembro de 1941. Filha: Elvira, nascida na cidade de Nova York, em 1943, endereço atual desconhecido. Defensor…

O detetive achou o restante surpreendente.

O médico, cujo testemunho havia sido considerado *sine qua non* para uma acusação formal, repentinamente e sem qualquer explicação, retirou a queixa. *Por que fizera isso?* E o fato de os Engstrom terem sido contratados por Chris MacNeil apenas dois meses depois do caso significava que o médico dera uma referência favorável aos dois.

Por que faria isso?

Engstrom certamente havia furtado as drogas e, apesar disso, as investigações médicas na época da acusação não conseguiram dar indício algum de que o homem era viciado, nem sequer de que era usuário.

Por que não?

Com os olhos ainda fechados, o detetive recitou o início de "Jaguadarte", um poema de Lewis Carroll: "Era briluz. As lesmolisas touvas roldavam e relviam nos gramilvos..." Era outro truque para limpar a mente, e quando terminou de recitar o verso, abriu os olhos e fixou o olhar na rotunda do Capitólio. Tentava manter a mente vazia, ainda que, como sempre, percebesse que seria impossível. Suspirando, encarou o relatório do psicólogo da polícia a respeito das recentes profanações na Santíssima Trindade: "... *estátua... falo... excremento humano... Damien Karras*", ele havia sublinhado de vermelho. Com a respiração audível no silêncio, ele pegou um trabalho acadêmico sobre bruxaria e abriu numa página que marcara com um clipe de papel:

Missa Negra (...) uma forma de adoração ao demônio, e o ritual consiste, principalmente, em (1) exortação (o "sermão") para a prática do mal na comunidade; (2) coito com o demônio (reconhecidamente doloroso, e o pênis do demônio é invariavelmente descrito como "gélido"); e (3) uma variedade de profanações amplamente sexuais por natureza. Por exemplo, hóstias de tamanho incomum eram preparadas (feitas de farinha, fezes, sangue de menstruação e pus), então cortadas e usadas como vaginas artificiais com as quais os padres copulariam ferozmente enquanto alucinavam que estupravam a Virgem Maria ou sodomizavam Cristo. Em outro momento do culto, uma estátua de Cristo era penetrada profundamente na vagina de uma menina, e no ânus era inserida a hóstia, que o padre amassava ao gritar blas-

fêmias e sodomizar a menina. Imagens em tamanho real de Cristo e da Virgem Maria também desempenhavam um papel frequente no ritual. A imagem da Virgem, por exemplo — normalmente pintada de modo a lhe dar uma aparência dissoluta ou vulgar —, tinha seios que os cultores chupavam e também uma vagina dentro da qual o pênis podia ser inserido. As estátuas de Cristo tinham um falo para felação praticada por homens e mulheres, e também para ser inserido nas vaginas das mulheres e nos ânus dos homens. Às vezes, em vez de uma imagem, uma figura humana era presa a uma cruz e passava a fazer as vezes da estátua, e, no momento da ejaculação, o sêmen era coletado num cálice consagrado de forma blasfema e usado na preparação da hóstia, que deveria ser consagrada num altar coberto de excremento. Esse...

Kinderman virou as páginas até encontrar um parágrafo sublinhado a respeito de assassinato ritualístico, e o leu com calma enquanto mordia a ponta de um dos dedos indicadores. Quando terminou, franziu a testa e balançou a cabeça, então olhou para a luminária, pensativo. Apagou a luz e saiu do escritório.

Dirigiu até o necrotério.

O jovem atendente à mesa comia um sanduíche de presunto e queijo no pão de centeio e afastou as migalhas de um jogo de palavras cruzadas quando Kinderman se aproximou.

— Dennings — disse o detetive, com a voz rouca.

O atendente assentiu, terminou de escrever uma palavra de cinco letras na horizontal, levantou-se com seu sanduíche e percorreu o corredor.

— Por aqui — disse ele, lacônico.

Kinderman o seguiu com o chapéu na mão, seguindo o leve aroma de sementes de alcaravia e mostarda até chegar às fileiras de refrigeradores, aquelas gavetas tristes usadas para colocar olhos que não mais viam.

Eles pararam diante da gaveta 32. O atendente a puxou, inexpressivo. Quando mordeu seu sanduíche, um pedaço da casca melada de maionese caiu no lençol. Kinderman encarou o corpo. Lenta e delicadamente, afastou o lençol para expor o que já tinha visto e não conseguia aceitar: a cabeça de Dennings estava totalmente virada para trás.

Capítulo cinco

Cercado por um gramado no campus da Universidade de Georgetown naquele dia morno, Damien Karras corria sozinho na pista oval de asfalto, usando um short cáqui e uma camiseta de algodão molhada de suor. Mais à frente, num outeiro, o domo cor de gelo do observatório astronômico pulsava com a batida de sua passada, e, atrás dele, o departamento de medicina ficava para trás com a terra e as preocupações. Desde que fora dispensado de suas tarefas, ele fazia aquela atividade todos os dias, percorrendo quilômetros e procurando cansar-se para dormir. Quase conseguia, quase suavizava o pesar que oprimia seu coração com a força de uma tatuagem profunda. Ao correr até sentir vontade de cair, exausto, tal força diminuía e, por vezes, desaparecia. Por um tempo.

Vinte voltas.

Sim, melhor. Muito melhor. Mais duas.

Com os músculos fortes da perna irrigados, ardendo e aparentes com uma graça leonina, Karras fez uma curva ao notar que havia alguém sentado num banco, perto de onde ele deixara sua toalha, blusa e calça de moletom. Era um homem corpulento, de meia-idade, com um sobretudo cinza e um chapéu de feltro amassado. Parecia observá-lo. Estaria, de fato? Sim. Não desviava o olhar enquanto Karras passava.

O padre acelerou, completando a última volta com passadas fortes. Então parou e começou a andar, recuperando o fôlego. Passou pelo banco sem olhar para ele, com as duas mãos pressionadas nas têmporas pulsantes. O movimento de seu peito e seus ombros musculosos fazia sua camiseta se esticar, distorcendo a palavra FILÓSOFOS escrita na frente com letras que já tinham sido pretas, mas que ficaram desbotadas depois de várias lavagens.

O homem de sobretudo se levantou e começou a se aproximar dele.

— Padre Karras? — chamou Kinderman com a voz rouca.

O padre se virou e assentiu com seriedade, semicerrando os olhos para a luz do sol enquanto esperava o detetive de homicídios alcançá-lo. Então fez um movimento para que o homem o acompanhasse e voltou a caminhar.

— O senhor se importa? Preciso continuar para não ter cãibras — disse ele, ofegante.

— De jeito nenhum — respondeu o detetive, assentindo sem entusiasmo e com as mãos nos bolsos do sobretudo. A caminhada desde o estacionamento o havia cansado.

— Nós... nos conhecemos? — perguntou o jesuíta.

— Não, padre, não nos conhecemos. Mas me disseram que o senhor se parece com um boxeador. Foi um padre que me contou, eu me esqueci quem — explicou, pegando a carteira. — Sou péssimo com nomes.

— E qual é o seu?

— Tenente William F. Kinderman, padre — respondeu, mostrando a identificação. — Homicídios.

— É mesmo? — disse Karras, observando o distintivo e o cartão de identificação com interesse pueril. Corado e suado, seu rosto trazia um toque de inocência ao se virar ao detetive. — O que houve?

— Ei, sabe de uma coisa, padre? — perguntou Kinderman de repente enquanto observava os traços do jesuíta. — É verdade, o senhor se parece com um boxeador! Com licença, mas essa cicatriz aí, acima de seu olho? — disse, apontando. — Parece a de Marlon Brando em *Sindicato de Ladrões*, padre. Sim, quase *igual* a Marlon Brando! Eles fizeram uma cicatriz nele... — Ele puxou o canto do olho para demonstrar. — Que fez seu olho parecer um pouco fechado, um pouco pensativo naquele filme, um pouco triste. Bem, parece o senhor. Marlon Brando. As pessoas lhe dizem isso, padre?

— As pessoas dizem que o senhor se parece com Paul Newman?

— Sempre. E, pode acreditar, dentro deste corpo, o sr. Newman luta para sair. Está cheio de gente aqui. Clark Gable também.

Sorrindo levemente, Karras balançou a cabeça e desviou o olhar.

— Já praticou boxe? — perguntou o detetive.

— Ah, um pouco.

— Onde? Na faculdade? Aqui na cidade?
— Não, em Nova York.
— Ah, foi o que pensei! Luvas Douradas! É isso mesmo?
— Exato — concordou Karras, com um sorriso tímido. — Bem, em que posso ajudá-lo, detetive?
— Caminhe mais devagar — pediu o detetive, apontando para a própria garganta. — Enfisema.
— Ah, desculpe. Claro.
— O senhor fuma?
— Sim.
— Deveria parar.
— Escute, o que o senhor quer? Podemos ir direto ao ponto, detetive?
— Sim, claro. Estou falando demais. Por acaso, o senhor está ocupado? Não estou interrompendo?

Mais uma vez, Karras relanceou para Kinderman, com um sorriso no olhar.

— Interrompendo o quê?
— Bem, orações mentais, talvez.
— Acho que será promovido a capitão em breve, sabia?
— Me perdoe, padre. Perdi alguma coisa?

Karras balançou a cabeça.

— Duvido que o senhor perca alguma coisa.
— O que quer dizer, padre? O quê?

O detetive parou e se esforçou para parecer confuso, mas, ao ver os olhos perscrutadores do jesuíta, baixou a cabeça e riu.

— Ah, bem, claro... um psiquiatra. Quem quero enganar? Veja, é normal para mim, padre. *Sentimentalismo*, este é o método Kinderman. Bem, vou falar de uma vez sobre o que importa.
— As profanações — sugeriu Karras.
— Pois então, desperdicei meu sentimentalismo — disse o detetive, baixinho.
— Sinto muito.
— Não faz mal, padre, eu mereço. Sim, os acontecimentos na igreja — confirmou ele. — Isso mesmo. Mas outra coisinha também, padre.
— Você está se referindo a um assassinato?

— Acertou de novo, padre Karras.

Karras deu de ombros.

— Bem, se o senhor é da Divisão de Homicídios...

— Tudo bem, Marlon Brando. As pessoas já lhe disseram que, para um padre, o senhor é muito espertalhão?

— *Mea culpa* — murmurou Karras.

Apesar de estar sorrindo, sentiu um arrependimento porque talvez tivesse diminuído a autoestima do detetive. Não fora sua intenção. Animou-se com a oportunidade de parecer perplexo pelo resto da conversa.

— Qual é a relação? — perguntou ele, se certificando de franzir a testa. — Não compreendo.

Kinderman aproximou o rosto do padre.

— Ouça, padre, podemos manter isso apenas entre nós? Confidencial? Como uma confissão, por assim dizer?

— Sim, claro — respondeu Karras. — O que é?

— O senhor conhece o diretor que estava filmando aqui, padre? Burke Dennings?

— Sim, eu o vi por aí.

— O senhor o viu — repetiu o detetive, assentindo. — E já sabe como ele morreu?

Karras deu de ombros.

— Li nos jornais...

— Mas é só parte da história.

— É mesmo?

— Sim, parte. Apenas uma parte. O que o senhor sabe sobre bruxaria?

Karras fez uma careta, confuso.

— *O quê?*

— Tenha paciência. Ouça. Vou chegar onde quero.

— Espero que sim.

— Então, bruxaria... O senhor entende desse assunto? Refiro-me à bruxaria, e não à caça às bruxas.

Karras sorriu.

— Já escrevi um artigo sobre isso. Pelo ângulo psiquiátrico.

— É mesmo? Que ótimo. Excelente! Melhor ainda, padre Brando! O senhor pode me ajudar muito mais do que pensei. Escute... — Ele segurou o braço do jesuíta enquanto faziam uma volta e se aproximavam do banco. — Eu sou leigo e não tenho muito conhecimento. Formalmente, quero dizer, padre. Mas leio bastante. Sei o que dizem sobre os homens que aprendem sozinhos, que são péssimos exemplos de trabalho não qualificado. Mas quanto a mim, falarei com sinceridade, não me sinto tão envergonhado. Nem um pouco, eu... — De repente, ele interrompeu o que dizia e, olhando para baixo, balançou a cabeça. — *Sentimentalismo*. Não consigo evitar. Olha, me perdoe. O senhor está ocupado.

— Sim, estou rezando.

Diante da resposta séria e inexpressiva do jesuíta, o detetive parou de andar.

— Está falando sério? — perguntou Kinderman, em seguida respondeu à própria pergunta: — Não. — Olhou para a frente de novo, e os dois voltaram a caminhar. — Vou direto ao ponto. As profanações. Elas lembram o senhor de algo relacionado à bruxaria?

— Sim, talvez. Alguns rituais realizados na missa negra.

— Nota dez. Agora, Dennings. O senhor leu sobre como ele morreu?

— Sim, numa queda na "Escadaria de Hitchcock".

— Vou lhe contar uma coisa. E, por favor, é *confidencial*!

— Claro.

O detetive pareceu desapontado quando viu que Karras não tinha intenção de se sentar no banco. Ele parou, e o padre parou ao seu lado.

— O senhor se importa? — perguntou ele.

— Com o quê?

— Podemos parar? Talvez nos sentarmos?

— Ah, claro.

Eles começaram a caminhar de volta ao banco.

— Não terá câibras?

— Não, já estou bem.

— Tem certeza?

— Sim, tenho.

Kinderman soltou seu peso no banco com um suspiro profundo de satisfação.

— Ah, sim, bem melhor, bem melhor — disse ele. — A vida não é só sofrimento.

— Certo, agora me diga: Burke Dennings. O que tem ele?

O detetive olhou para os sapatos.

— Ah, sim, Dennings, Burke Dennings, Burke Dennings... — repetiu, olhando para Karras, que secava o suor da testa com uma toalha. — Burke Dennings, caro padre, foi encontrado no fim da escadaria, exatamente às 19h05, com a cabeça totalmente virada para trás.

Gritos pungentes vinham do distante campo de beisebol, onde a equipe universitária treinava. Karras baixou a toalha e olhou para o detetive.

— E isso não aconteceu na queda?

Kinderman deu de ombros.

— É possível — disse ele.

— Mas improvável — concluiu o padre, com seriedade.

— Então, o que vem à sua mente no contexto da bruxaria?

Desviando o olhar de modo pensativo, Karras sentou-se no banco ao lado do detetive.

— Era assim que, supostamente, os demônios quebravam o pescoço das bruxas — contou ele, virando-se para Kinderman. — Pelo menos, é o que diz a lenda.

— É uma lenda?

— Claro, apesar de as pessoas de fato morrerem assim, imagino... Provavelmente membros de um conciliábulo que desertavam ou revelavam segredos — disse, olhando para o lado. — Não sei. É só uma suposição. — Ele voltou a encarar o detetive. — Mas eu sei que era uma marca registrada de assassinos demoníacos.

— Exatamente, padre Karras! Exatamente! Eu me lembro da relação com um assassinato em Londres. E é do presente que estamos falando, padre. Quatro ou cinco anos atrás, apenas. Eu me lembro de ter lido nos jornais.

— Sim, eu também li isso, mas acho que era mentira.

— É, verdade. Mas, nesse caso, pelo menos talvez seja possível ver alguma relação entre isso e as coisas da igreja. Talvez algum maluco, padre, alguém com raiva da igreja. Uma rebelião inconsciente, quem sabe...

Inclinado para a frente, com as mãos unidas, o padre observou o detetive.

— O que o senhor está dizendo? Um padre desequilibrado? É isso?

— Ouça, padre, o senhor é um psiquiatra. *O senhor* me diz.

Karras virou a cabeça, desviando o olhar.

— Sim, claro, as profanações são claramente patológicas — responde ele. — E se Dennings foi assassinado... Bem, acredito que o criminoso seja doente também.

— E quem sabe tivesse conhecimento sobre bruxaria?

Pensativo, Karras assentiu.

— Sim, talvez.

— Então, quem se encaixa no perfil e também mora no bairro e tem acesso à igreja à noite?

Karras virou-se e ficou olhando para Kinderman. Ao escutar o som de um bastão contra uma bola, ele se virou para ver um jogador magricela pegar um lançamento.

— Um padre desequilibrado... Talvez.

— Ouça, padre, isso é difícil para o senhor. Por favor, eu compreendo. Mas para os padres aqui do campus, o senhor é o psiquiatra, certo?

Karras virou-se para ele.

— Não. Mudei de função.

— É mesmo? No meio do ano?

— Essa é a Ordem.

— Ainda assim, o senhor saberia quem estava doente e quem não estava, certo? Esse tipo de doença. O senhor *saberia*.

— Não, não necessariamente, detetive. Não mesmo. Seria apenas uma coincidência, se eu soubesse. Não sou psicanalista. Só aconselho. Além disso, não conheço ninguém que se encaixe nessa descrição.

Kinderman ergueu o queixo.

— Ah, sim — disse ele —, ética médica. Não contaria nem se soubesse.

— Não, talvez não.

— Aliás, e só digo isso por curiosidade, essa ética tem sido considerada ilegal. Não quero aborrecê-lo com bobagens, padre, mas um psiquiatra da Califórnia foi preso por não contar à polícia o que sabia sobre um paciente.

— Isso é uma ameaça?

— Não seja paranoico. Foi só um comentário.

Karras se levantou e olhou para o detetive.

— Eu poderia dizer ao juiz que se tratava de uma confissão — disse ele, sério. E acrescentou: — Por assim dizer.

O detetive olhou para ele, incrédulo.

— Então é assim que vai ser, padre? — perguntou, e olhou para a equipe que treinava no campo de beisebol. — "Padre"? Que "padre"? O senhor é um judeu que está tentando se passar por um, mas vou dizer: passou dos limites.

Afastando-se do banco, Karras riu.

— Sim, ria — disse o detetive ao voltar a olhar para Karras. — Divirta-se, padre. Ria o quanto puder. — Ele sorriu, mostrando-se muito satisfeito consigo mesmo. — Isso me faz lembrar do exame para ser aprovado como policial. Quando o fiz, uma das perguntas era: "O que são rabinos e o que você faria por eles?", e alguém respondeu: "Rabinos são padres judeus, e eu faria qualquer coisa por eles." — disse Kinderman, levantando a mão. — É sério! Aconteceu! Juro por Deus!

Karras sorriu com simpatia.

— Vamos, acompanharei o senhor até seu carro. Está no estacionamento?

O detetive olhou para ele, relutante.

— Então terminamos? — perguntou ele com decepção.

O padre apoiou um pé no banco, inclinando-se com um braço sobre o joelho.

— Olha, não estou escondendo nada. De verdade. Se soubesse de algum padre como esse que o senhor procura, o mínimo que eu faria seria dizer que há um homem assim, ainda que não fornecesse o nome. Acredito que, depois, relataria o caso à Ordem. Mas não sei de ninguém que sequer se aproxime desse perfil.

— Bem — disse Kinderman, olhando para baixo com as mãos dentro dos bolsos do sobretudo. — Não achei que pudesse ser um padre, de qualquer forma. Não mesmo. — Ele olhou para a frente e fez um gesto com a cabeça na direção do estacionamento do campus. — Meu carro está estacionado ali.

O detetive se levantou, e os dois começaram a caminhar por uma trilha até os prédios do campus principal.

— Mas, se eu disse do que suspeito de verdade — continuou ele —, o senhor me acharia maluco. Não sei. Não sei. Há tantos grupos e cultos em que as pessoas matam sem qualquer motivo... Isso me dá ideias.

Para nos mantermos em sintonia com os dias de hoje, parece que temos que ser um pouco malucos. — Ele se dirigiu a Karras. — O que é isso em sua camiseta? — perguntou, apontando para o peito do jesuíta com a cabeça.

— Como assim?

— Na camiseta. A palavra que está escrita. "Filósofos." O que é isso?

— Ah, fiz alguns cursos na faculdade de Woodstock, em Maryland, durante um ano — respondeu Karras. — Joguei num time reserva de beisebol enquanto estava por lá cujo nome era Filósofos.

— Ah, entendi. E qual era o nome do time principal?

— Teólogos.

Sorrindo, o detetive olhou para o chão.

— Teólogos, três; Filósofos, dois — disse ele.

— Não. *Filósofos*, três; *Teólogos*, dois.

— Sim, claro, foi o que quis dizer.

— Claro.

— Coisas estranhas — comentou o detetive, de modo pensativo. — Muito estranhas. Escute, padre. — Ele se virou para Karras. — Escute, *doutor*. Estou louco, ou será que, no momento, pode haver um conciliábulo de bruxas aqui em Washington? Hoje.

— Ah, por favor — disse Karras, jocoso.

— Ahá! Então *pode* existir!

— "Então pode existir." Como assim?

— Tudo bem, padre, *eu* serei o médico — disse o detetive como se desse o bote, erguendo o dedo indicador. — O senhor não negou, mas, em vez disso, tentou ser espertalhão de novo. É uma atitude defensiva. Tem medo de parecer ingênuo, talvez. Um padre supersticioso na frente de Kinderman, o racional, o Iluminismo em carne e osso! Certo, olhe nos meus olhos e diga que estou errado! Vamos, olhe! O senhor não consegue!

Karras virou a cabeça para olhar o detetive com curiosidade e respeito crescentes.

— Bem, isso é muito esperto — admitiu ele. — Muito bem!

— Certo. Então perguntarei de novo: poderia existir um conciliábulo de bruxas?

Karras olhou para o chão, pensativo.

— Não sei — respondeu ele —, mas há cidades na Europa onde são realizadas missas negras.

— Atualmente?

— Sim, atualmente. Na verdade, o centro de adoração a Satã na Europa fica em Turim, na Itália. Estranho.

— Por quê?

— Porque é onde o Santo Sudário de Cristo é mantido.

— O senhor está falando sobre adoração a Satã como no passado, padre? Já li sobre essas coisas, aliás, toda aquela coisa de sexo, de estátuas etc. Não quero enojá-lo, mas eles faziam todas essas coisas? De verdade?

— Não sei.

— Apenas a sua opinião, padre. Fique tranquilo, não estou gravando a conversa.

Karras lançou um sorriso amarelo para o detetive e voltou a olhar para o chão.

— Certo — disse ele. — Acredito que seja verdade, ou digamos que suspeito que seja, e grande parte de minha opinião se baseia na patologia. Ok. Missa negra. Ela existe. Mas quem faz tais coisas é um ser humano bem perturbado, e de um modo muito especial. Existe um nome clínico para esse tipo de perturbação, na verdade. Chama-se satanismo, ou seja, pessoas que não conseguem obter prazer sexual que não esteja ligado a uma atitude blasfema. Então, eu acho...

— O senhor quer dizer "suspeito".

— Sim, eu suspeito que a missa negra fosse usada apenas como justificativa.

— *Seja* usada.

— Fosse e seja.

— Fosse e seja — repetiu o detetive. — E o nome psiquiátrico da doença em que as pessoas precisam ter sempre a última palavra?

— Karrasmania — disse o padre, sorrindo.

— Obrigado. Isso era uma lacuna em meu amplo conhecimento a respeito de coisas estranhas e exóticas. Enquanto isso, por favor, perdoe-me, mas e as coisas com as estátuas de Jesus e Maria?

— O que têm elas?

— São verdadeiras?

— Bem, acho que isso pode lhe interessar, como policial. — Com seu interesse acadêmico em ação, o comportamento do jesuíta tornou-se muito animado. — Nos registros da polícia de Paris ainda consta o caso de alguns monges de um mosteiro próximo... Vejamos... — Ele coçou a nuca enquanto tentava se lembrar. — Sim, talvez um em Crépy — disse por fim, dando de ombros. — Bem, não sei. Em alguma cidade próxima. De qualquer modo, os monges chegaram a um hotel e insistiram por um quarto para três: para os dois e para uma estátua da Virgem Maria em tamanho natural que eles levavam.

— Ah, isso é chocante.

— Sim. Mas é um bom indício de que as coisas que o senhor tem lido se baseiem em fatos.

— Talvez eu consiga entender o sexo. Mas esta é uma história totalmente diferente. Não importa. E quanto aos assassinatos ritualísticos, padre? É verdade? Pelo amor de Deus! Usar sangue de recém-nascidos?

O detetive se referia a outra coisa que lera no livro sobre bruxaria, descrevendo como o padre expulso, às vezes, cortava o pulso de um recém-nascido de modo que o sangue escorresse para dentro de um cálice e mais tarde fosse consagrado e consumido em Comunhão na missa negra.

— São como as histórias que se contavam sobre os judeus — continuou o detetive. — Que eles roubavam os bebês cristãos e bebiam seu sangue. Escute, me perdoe, mas o *seu* povo contava todas essas histórias.

— Se contávamos, perdoe-me.

— Vai e não tornes a pecar. O senhor está absolvido.

A sombra de uma dor breve, de algo obscuro, triste, passou rapidamente pelo olhar inexpressivo do padre. Ele virou a cabeça para a frente.

— Sim, certo.

— O que o senhor estava dizendo?

— Bem, eu realmente não sei sobre assassinatos ritualísticos — explicou Karras. — Sobre isso, não tenho a menor ideia. Mas sei que uma parteira na Suíça, certa vez, confessou ter matado trinta ou quarenta bebês para serem usados na missa negra. Bem, talvez ela tenha sido torturada até dizer isso. — Ele deu de ombros. — Mas certamente contou uma história convincente. Descreveu que escondia uma agulha comprida e fina na manga da blusa de modo que, quando estava realizando o parto, pegava a agulha e a enfiava no topo da cabeça do bebê quando ela começava a aparecer, então voltava a esconder a agulha. Sem marcas. — Ele se virou para Kinderman. — A impressão que dava era a de que o bebê era natimorto. O senhor já ouviu sobre o preconceito que os católicos europeus tinham contra as parteiras? Bem, foi como tudo começou.

— Ah, meu Deus!

— Sim, este século não tem um pingo de sanidade. Mas...

— Espere um pouco, espere! — interrompeu o detetive. — Essas histórias, como o senhor disse, foram contadas por pessoas sob tortura, certo? Então elas não são confiáveis. Elas assinaram as confissões e, mais tarde, os maldosos preencheram as lacunas. Afinal, não havia *habeas corpus* naquela época, certo? Nenhuma ordem judicial de "Deixa ir o meu povo".

— Isso mesmo, mas muitas confissões foram voluntárias.

— Quem seria voluntário para coisas assim?

— Sem dúvida, pessoas com perturbações mentais.

— Ah, *mais* uma fonte confiável!

— Bem, o senhor provavelmente também tem razão em relação a isso, detetive. Só estou sendo o advogado do diabo.

— O senhor faz isso muito bem.

— Veja, uma coisa de que geralmente nos esquecemos é que pessoas psicóticas o bastante para confessar tais coisas também podem ser psicóticas o bastante para tê-las feito. Por exemplo, os mitos sobre lobisomens. Tudo bem, eles são absurdos: ninguém pode se transformar em lobo. Mas e se uma pessoa fosse tão perturbada a ponto de, não apenas *pensar* ser um lobisomem, mas também *agir* como um?

— Isso é teoria, caro padre, ou fato?

— Fato. Havia um homem chamado William Stumpf. Ou talvez seu nome fosse Karl. Não lembro. Foi um alemão no século XVI. Ele acreditava ser um lobisomem e matou por volta de vinte ou trinta crianças.

— O senhor quer dizer que ele, abre aspas, confessou os crimes, fecha aspas?

— Sim, confessou, e creio que a confissão foi válida. Quando foi pego, estava comendo o cérebro de suas duas enteadas.

No campo de beisebol, com a brisa suave e a luz do sol de abril, soaram gritos e o som do taco contra a bola. "Vamos, Price, vamos virar isso, vamos vencer!"

Eles haviam chegado ao estacionamento e, por um breve momento, caminharam em silêncio até, por fim, alcançarem a viatura. O detetive olhou com pesar para o padre.

— Então, o que devo procurar, padre?

— Um maluco viciado, talvez — respondeu Karras.

Olhando para a calçada, o detetive pensou e assentiu.

— Sim, padre. Pode ser. — Ele ergueu a cabeça, com a expressão agradável. — Escute, aonde vai? Quer uma carona?

— Não, obrigado, detetive. É perto.

— Não. Entre, por favor! — insistiu Kinderman, fazendo um sinal para Karras entrar no banco traseiro. — Assim o senhor pode dizer a seus amigos que andou numa viatura da polícia. Assinarei um registro para provar. Eles vão sentir inveja do senhor. Vamos, entre!

— Certo — concordou o padre, assentindo e abrindo um sorriso amarelo.

Ele acomodou-se no banco traseiro enquanto o detetive se sentava ao lado dele, pelo outro lado do carro.

— Muito bem — disse o detetive, levemente sem fôlego. — E a propósito, caro padre, *nenhuma* caminhada é curta. Sim, *nenhuma*! — Ele se virou para o policial ao volante e disse: — *Avanti!*

— Para onde, senhor?

— Rua 36, na altura da Prospect, lado esquerdo da rua.

O motorista assentiu e começou a dar ré para sair do estacionamento. Karras olhou de modo questionador para o detetive.

— Como o senhor sabe onde moro?

— Não é no centro residencial dos jesuítas? O senhor não é um jesuíta?

Karras virou a cabeça e olhou pelo vidro enquanto a viatura seguia lentamente para os portões do campus.

— Sim, verdade — disse ele, baixinho.

Karras havia deixado a morada na Santíssima Trindade para viver no centro residencial alguns dias antes, na esperança de que os homens a quem havia aconselhado continuassem motivados a buscar ajuda com ele.

— O senhor gosta de cinema, padre Karras?
— Sim, gosto.
— Já viu *Rei Lear*, com Paul Scofield?
— Ainda não.
— Eu já vi. Ganhei ingressos.
— Que bom.
— Recebo ingressos para os melhores shows, mas minha esposa se cansa muito cedo e nunca quer ir.
— Que pena.
— Sim, e detesto ir sozinho. Sabe, adoro falar sobre o filme depois. Discutir, criticar.

Calado, Karras assentiu e olhou para as mãos grandes e fortes que mantinha unidas entre as pernas. Momentos se passaram até que o detetive perguntou:

— O senhor gostaria de ir ao cinema comigo? É de graça.
— Sim, eu sei. O senhor ganha ingressos.
— Gostaria de ir?
— Como Elwood P. Dowd diz em *Meu amigo Harvey*: "Quando?"
— Ah, eu ligo para o senhor! — exclamou o detetive, sorrindo.
— Tudo bem, combinado. Eu gostaria de ir.

Eles tinham passado pelos portões do campus, entrado à direita e saído na rua Prospect, chegando ao centro de residência. Quando estacionaram, Karras abriu a porta, olhou para o detetive e disse:

— Obrigado pela carona. — Ele saiu do carro, bateu a porta e, apoiando os braços na janela aberta, continuou: — Sinto muito por não poder ajudar mais.
— Não, o senhor ajudou — garantiu o detetive. — E obrigado. Mais tarde telefonarei para falarmos sobre o cinema.
— Ficarei à espera — respondeu Karras. — Cuide-se.
— Sim, e o senhor também.

O jesuíta se afastou do carro, endireitou as costas, virou-se e já caminhava quando ouviu:

— Padre, *espere*!

Ele se virou e viu Kinderman saindo do carro, gesticulando para que ele se aproximasse de novo. Karras foi ao encontro dele, na calçada.

— Ouça, padre, quase me esqueço — disse o detetive. — Eu me esqueci totalmente do cartão. Sabe, o cartão com as palavras em latim? Aquele que foi encontrado na igreja?

— Sim, a sacra.

— Isso. Você ainda o tem?

— Sim, está no meu quarto. Eu estava conferindo o latim, mas já terminei. O senhor a quer?

— Sim, poderia revelar algo. Pode me dar?

— Claro. Espere, já vou buscá-la.

— Agradeço.

Enquanto Kinderman se recostava na viatura e esperava, o jesuíta dirigiu-se rapidamente a seus aposentos no térreo, encontrou o cartão, colocou-o dentro de um envelope de papel pardo e voltou à rua. Entregou o envelope a Kinderman.

— Aqui está.

— Obrigado, padre — disse o detetive ao observar o envelope. — Creio que possa haver impressões digitais.

Então olhou para Karras de modo surpreso e prosseguiu:

— Ai! O senhor mexeu no cartão, Kirk Douglas, reinterpretando seu papel em *Chaga de Fogo*? Sem luvas? Com as próprias mãos.

— Culpado.

— E sem nenhuma explicação. — Balançando a cabeça e olhando para Karras com desânimo, ele acrescentou: — O senhor não é o Padre Brown. Não importa, ainda podemos encontrar algo. — Ele levantou o envelope. — Disse que analisou este cartão, certo?

Karras assentiu.

— Sim, analisei.

— E qual foi sua conclusão? Aguardo com ansiedade.

— Não sei ao certo — explicou Karras —, só sei que o motivo deve ter sido ódio pelo catolicismo. Quem sabe? Mas é certo que o cara que fez isso é profundamente perturbado.

— Como o senhor sabe que foi um homem?

Karras deu de ombros e desviou o olhar, acompanhando um caminhão de cerveja Gunther que passava pelos paralelepípedos da rua.

— Bem, não sei — disse ele.

— Não poderia ter sido um adolescente?

— Não, não poderia — responde Karras, virando-se para novamente para Kinderman. — É o latim.

— O latim? Ah, sim, está se referindo à sacra.

— Sim. O latim é perfeito, detetive, e, mais do que isso, tem um estilo definido extremamente individual.

— É mesmo?

— Sim. Parece que quem o escreveu consegue *pensar* em latim.

— Os padres conseguem?

— Ah, por favor! — disse Karras.

— Apenas responda à pergunta, por favor, padre Paranoia.

Karras voltou a olhar para Kinderman e, depois de uma pausa, admitiu:

— Tudo bem, sim. Atingimos um momento de nossa formação em que todos conseguimos. Pelo menos os jesuítas, e talvez algumas outras ordens. Na faculdade de Woodstock, nossos cursos de filosofia são *ensinados* em latim.

— E por quê?

— Pela precisão de pensamento. Ele expressa nuances e distinções sutis que não existem no inglês.

— Sim, entendo.

Mostrando-se repentinamente sério, com o olhar intenso, o padre aproximou o rosto do detetive.

— Detetive, posso dizer quem eu *realmente* acho que fez isso?

O detetive franziu as sobrancelhas, interessado.

— Sim, por favor!

— Os dominicanos. Vá encher a paciência deles.

Karras sorriu e, quando se virou e se afastou, o detetive o chamou:

— Eu menti! O senhor se parece com Sal Mineo!

Karras se virou sorrindo, acenou de modo simpático, abriu a porta para o centro de residência e entrou, enquanto, do lado de fora, o detetive continuou imóvel, observando enquanto dizia:

— Ele vibra como um diapasão dentro d'água.

Por mais alguns segundos, ficou olhando a porta do centro de residência. Então, abruptamente, virou-se, abriu a porta da viatura, sentou-se no banco do passageiro, fechou a porta e disse ao motorista:

— Vamos voltar à sede. Depressa. Infrinja as leis.

Os novos aposentos de Karras no centro jesuíta tinham pouca mobília: estantes numa parede, uma cama de solteiro, duas cadeiras confortáveis, além de uma mesa com uma cadeira de madeira de espaldar reto. Sobre a mesa, uma foto antiga de sua mãe, e na parede ao lado da cama, em reprimenda silenciosa, havia um crucifixo de metal cor de bronze. Para Karras, o quarto estreito era um mundo suficiente. Ele não se importava muito com posses, contanto que tudo fosse limpo.

Ele tomou um banho, esfregando o corpo com pressa, vestiu uma camiseta branca e uma calça cáqui e foi jantar no refeitório dos padres. Lá, viu Dyer, de rosto corado, sentado sozinho a uma mesa do canto, vestindo um moletom desbotado do Snoopy. Aproximou-se dele.

— Oi, Damien.

— Oi, Joe.

De pé em frente a sua cadeira, Karras se benzeu e fechou os olhos enquanto murmurava, de modo inaudível, uma prece. Sentou-se à mesa e abriu um guardanapo sobre o colo.

— Como vai o preguiçoso? — perguntou Dyer.

— Como assim? Estou trabalhando.

— Uma aula por semana?

— O mais importante é a qualidade. O que tem para jantar?

— Não está sentindo o cheiro?

Karras fez uma careta.

— Ah, droga, é dia de cão?

Salsicha e chucrute.

— O mais importante é a quantidade — disse Dyer.

Quando Karras pegou uma garrafa de leite, o jovem padre completou, baixinho:

— Eu não faria isso. — E continuou passando manteiga numa fatia de pão integral. — Está vendo as bolhas? Salitre.

— Preciso disso.

Quando Karras inclinou o copo para enchê-lo, ouviu uma cadeira sendo arrastada; alguém havia chegado e se unia a eles à mesa.

— Finalmente li aquele livro — disse o recém-chegado.

Karras olhou para a frente e sentiu um desânimo repentino, o peso leve, porém esmagador, a pressão de chumbo, a pressão de ossos, ao reconhecer o jovem padre que o procurara recentemente em busca de conselhos, aquele que não conseguia fazer amigos.

— Ah, e o que achou? — perguntou Karras, fingindo interesse.

Ele pousou a garrafa de leite na mesa como se fosse o folheto de uma novena.

O jovem padre começou a falar e, meia hora depois, Dyer pulava de mesa em mesa, fazendo piadas, infestando o refeitório com sua risada. Karras olhou para o relógio.

— Quer pegar um casaco e ir para o outro lado da rua? — perguntou ele ao jovem padre. — Gosto de ver o pôr do sol sempre que posso.

Em pouco tempo, eles estavam recostados no alto da escadaria que levava à rua M. Fim do dia. Os raios brilhantes do sol poente flamejavam glória às nuvens do céu do Ocidente antes de se partirem em respingos dourados e vermelhos nas águas cada vez mais escuras do rio. Antigamente, Karras encontrava Deus naquela vista. Muito tempo antes. Como um amante abandonado, ele ainda guardava aquele encontro.

Encantado com o que via, o jovem padre comentou:

— Muito bonito. Mesmo.

— Sim, é bonito.

O relógio da torre do campus marcava dezenove horas.

Às 19h23, o detetive Kinderman examinava uma análise espectrográfica que mostrava que a tinta da escultura de Regan combinava com a tinta da estátua profanada da Virgem Maria; e, às 20h47, num casebre do lado nordeste da cidade, um impassível Karl Engstrom saiu de um prédio residencial infestado de ratos, caminhou por três quarteirões na direção sul e chegou a um ponto de ônibus, onde esperou por um minuto, inexpressivo. Então agarrou-se a um poste, recostando-se nele, e começou a chorar copiosamente.

Naquele momento, o detetive Kinderman estava no cinema.

CAPÍTULO SEIS

Na quarta-feira, 11 de maio, eles voltaram para casa. Colocaram Regan na cama, instalaram uma trava na janela e tiraram todos os espelhos do quarto e do banheiro.

"... cada vez menos momentos lúcidos, e sinto dizer que agora a consciência de Regan fica completamente obliterada durante os acessos. Isso é novo e parece descartar o diagnóstico de histeria. Enquanto isso, um ou dois sintomas na fronteira do que chamamos de fenômeno parapsíquico têm..."

O dr. Klein chegou e Chris o recebeu com Sharon enquanto ele ensinava os procedimentos adequados para administrar doses de Sustagen a Regan durante seus períodos de coma. Ele inseriu a sonda nasogástrica.

— Em primeiro lugar...

Chris forçou-se a observar e ainda assim não ver o rosto da filha; forçou-se a apegar-se às palavras que o médico dizia e afastar outras que ouvira na clínica.

"A senhora disse que 'não tem religião', sra. MacNeil. É isso mesmo? Sua filha não teve nenhuma educação religiosa?"

"Bem, talvez ela tenha conhecimento de 'Deus'. Sabe, de modo geral. Por quê?"

"Bem, em primeiro lugar porque, quando não são bobagens, as coisas que ela diz são relacionadas em grande parte à religião. Onde a senhora acredita que ela possa ter aprendido isso?"

"Hum, preciso de um exemplo."

"Certo: 'Jesus e Maria, 69', por exemplo."

Klein guiou a sonda para o estômago de Regan.

— Em primeiro lugar, a senhora confere se entrou algum fluido nos pulmões — disse ele, apertando a sonda para soltar o fluxo de Sustagen. — Se...

"... síndrome de um tipo de distúrbio que raramente se vê mais, exceto entre culturas primitivas. Era conhecida como 'possessão sonambuliforme'. Para ser sincero, não sabemos muito sobre essa síndrome, apenas que começa com um conflito ou culpa que acaba levando o paciente à ilusão de que seu corpo foi invadido por uma inteligência externa; um espírito, podemos dizer. No passado, quando a crença no mal era relativamente forte, a entidade de possessão era geralmente um demônio. Mas, em casos modernos, é mais comum que seja o espírito de um morto, normalmente alguém que o paciente conheceu ou já viu e que é capaz de imitar de forma inconsciente, na voz e nos trejeitos; até mesmo na fisionomia, nos casos mais raros."

Quando o dr. Klein, melancólico, foi embora, Chris telefonou para seu agente em Beverly Hills e disse, desanimada, que com certeza não poderia dirigir "Esperança". Depois, telefonou para a sra. Perrin, mas ela não estava em casa. Chris desligou o telefone com um receio crescente. Quem poderia ajudá-la?, pensou, desesperada. Havia alguém? Algo? O quê?

"... casos envolvendo espíritos dos mortos são mais fáceis de lidar; não se vê a ira na maioria deles, nem hiperatividade ou excitação motora. No entanto, no outro tipo principal de possessão sonambuliforme, a nova personalidade é sempre má, sempre hostil em relação à primeira. Seu objetivo primário é prejudicar e, às vezes, até matá-la."

Um conjunto de amarras havia sido entregue à casa na rua Prospect, e Chris apenas observou, cansada, enquanto Karl as prendia, primeiro à cama e depois aos pulsos de Regan. Enquanto Chris ajeitava um travesseiro, tentando centralizá-lo em relação à cabeça de Regan, o suíço olhava com piedade para o rosto machucado da criança.

— Ela vai ficar bem? — perguntou ele.

Chris não respondeu. Enquanto Karl falava, ela tirou um objeto de debaixo do travesseiro de Regan e o admirou, incrédula. Então, encarou Karl com seriedade:

— Karl, quem colocou este crucifixo aqui?

"A síndrome é apenas a manifestação de algum conflito, de alguma culpa, então tentamos chegar a ela, descobrir o que é. Bem, o melhor procedimento num caso como este é a hipnoterapia. No entanto, não conseguimos hipnotizá-la. Em seguida nós tentamos a narcossíntese, mas parece que também não deu resultado."

"O que faremos agora?"

"É melhor dar tempo ao tempo. Devemos continuar tentando e esperando que haja uma mudança. Enquanto isso, ela terá que ser hospitalizada."

Chris encontrou Sharon na cozinha, montando sua máquina de escrever sobre a mesa. Ela havia acabado de tirá-la da sala de brinquedos do porão. Willie fatiava cenouras na pia para preparar um ensopado.

Com a voz tensa e embargada, Chris perguntou:

— Foi você quem colocou o crucifixo embaixo do travesseiro dela, Shar?

Sharon ficou confusa.

— Do que você está falando?

— Não colocou?

— Chris, eu nem sei do que você está falando! Já falei isso antes, no avião: tudo o que eu disse a Rags sobre religião foram coisas como "Deus criou o mundo" e talvez outras sobre...

— Tudo bem, Sharon, tudo bem. Acredito em você, mas...

— Não fui eu! — resmungou Willie, de modo defensivo.

— Cacete! *Alguém* colocou! — exclamou Chris de repente. Então ela foi atrás de Karl, que havia entrado na cozinha e aberto a porta da geladeira. — Karl!

— Sim, senhora — respondeu o suíço com calma, sem se virar. Ele estava colocando cubos de gelo numa toalha de rosto.

— Vou perguntar mais uma vez — disse Chris, com raiva, a voz falhando e quase aguda. — Você colocou o maldito crucifixo embaixo do travesseiro da minha filha?

— Não, senhora. Eu, não. Não fiz isso — respondeu Karl, pondo mais um cubo de gelo na toalha.

— A porra do crucifixo não andou até lá, inferno! — gritou, ao se virar para Willie e Sharon. — *Quem está mentindo? Digam!*

Karl parou o que estava fazendo e se virou para observar Chris. Sua raiva repentina assustara a todos. Em seguida, ela desabou numa cadeira, chorando a ponto de soluçar, com as mãos trêmulas.

— Ah, sinto muito. Não sei o que estou fazendo! — disse ela, chorando. — Ah, meu Deus, eu não sei!

Enquanto Willie e Karl observavam em silêncio, Sharon aproximou-se por trás de Chris e começou a massagear seu pescoço e seus ombros com delicadeza.

— Tudo bem, está tudo bem.

Chris secou o rosto com a manga da blusa.

— Bem, acho que quem fez isso — falou ela, encontrando um lenço num bolso e assoando o nariz. — Quem fez isso estava tentando ajudar.

"Ouçam, já disse antes e vou repetir, e é melhor vocês acreditarem: eu não vou colocá-la num hospício!"

"Senhora, não é um…"

"Não me importa como vocês se referem àquele lugar! Não permitirei que ela saia de perto de mim!"

"Sinto muito. Todos nós sentimos muito."

"Sim, claro. Minha nossa, 88 médicos e vocês só me dizem asneiras…!"

Chris rasgou o celofane de um pacote azul de Gauloises Blondes, um cigarro francês importado, tragou profundamente algumas vezes, apagou-o depressa num cinzeiro e subiu a escada para ver Regan. Quando abriu a porta, na escuridão do quarto, viu um homem sentado ao lado da cama da menina, numa cadeira de madeira de espaldar reto, com o braço estendido e a mão sobre a testa de Regan. Chris chegou mais perto. Era Karl. Quando ela se aproximou da cama, ele não olhou para ela nem disse nada, apenas manteve o olhar voltado para o rosto da menina. Segurava algo. O que era? Ela viu que se tratava de uma bolsa de gelo improvisada.

Surpresa e comovida, Chris olhou para o suíço impassível com um olhar carinhoso; quando ele não se moveu nem demonstrou notar sua presença, ela deu meia-volta e saiu do quarto sem fazer barulho. Desceu até a cozinha, sentou-se à mesa da copa, bebeu café e ficou olhando para o nada, até que, de repente, levantou-se e caminhou depressa em direção ao escritório repleto de móveis de cerejeira.

"A possessão tem certa relação com a histeria porque a origem da síndrome é quase sempre autossugestiva. Sua filha deve ter tomado conhecimento da possessão, acreditado nela, e, possivelmente, descoberto alguns dos sintomas, e agora seu subconsciente está produzindo a síndrome. Entende? Se isso puder ser de fato estabelecido, e se a senhora continuar não concordando com a hospitalização, pode ser que queira tentar algo que vou sugerir. A chance de cura é pequena, na minha opinião, mas ainda assim é uma chance."

"Pelo amor de Deus. O que é?"

"A senhora já ouviu falar em exorcismo, sra. MacNeil?"

Chris não conhecia os livros do escritório — eles faziam parte da mobília que já existia na casa — e, nesse momento, ela começou a analisar os títulos com atenção.

"Trata-se de um ritual estilizado bem antigo, em que rabinos e padres tentavam expulsar um espírito do mal de uma pessoa. Apenas os católicos ainda não o descartaram, mas eles mantêm a prática escondida, imagino que por vergonha. Mas, para alguém que realmente se considera possuído, eu diria que o ritual é muito impressionante, e geralmente funciona, na verdade, ainda que não pelo motivo imaginado; apenas pela sugestão. Da mesma maneira que a crença da vítima na possessão ajuda a causá-la, sua crença no poder do exorcismo pode fazer com que ela desapareça. É... estou vendo que a senhora está franzindo a testa. Sim, claro. Sei que é difícil de acreditar. Então, deixe-me dizer algo parecido que sabemos ser verdade. Tem a ver com os aborígenes australianos. Eles acreditam que, se um mago lançar um 'raio da morte' neles a distância, sem dúvida eles morrerão. E a verdade é que morrem *mesmo*! Apenas se deitam e morrem lentamente! E a única coisa que os salva, na maior parte das vezes, é uma forma parecida de sugestão: um 'raio' contraposto por outro mago."

"Está dizendo que devo levar minha filha a um bruxo?"

"Como uma medida desesperada, como um último recurso... Bem, sim. Acredito que esteja dizendo exatamente isso. Leve-a a um padre católico. É um conselho meio bizarro, eu sei, e talvez até um pouco perigoso, a menos que consigamos determinar com certeza se sua filha sabia algo sobre possessão e, principalmente, sobre exorcismo, antes do aparecimento dos sintomas. A senhora acha que ela pode ter lido sobre isso em algum lugar?"

"Não."

"Pode ter visto num filme? Algo no rádio? Na televisão?"

"Não."

"Será que ela leu o Evangelho? O Novo Testamento?"

"Não, não leu. Por que o senhor está perguntando isso?"

"Existem alguns relatos de possessão e de exorcismo realizados por Cristo nesses textos. As descrições dos sintomas, na verdade, são os mesmos da possessão hoje, então…"

"Olha, não adianta. Certo? Esqueça! Era só o que me faltava. Imagine se o pai dela descobrir que eu chamei um…!"

Os dedos de Chris se moviam de livro a livro, procurando, mas nada encontrou até que… *Espere!* Seus olhos se voltaram a um título na prateleira mais baixa. Era o livro sobre bruxaria que Mary Jo Perrin enviara a ela. Chris o pegou e abriu no índice, correndo o dedo pela lista até que, de repente, parou e pensou: *Aqui! Está aqui!* Sentiu uma onda de ansiedade. Será que os médicos da clínica Barringer estavam certos, afinal? Seria isso? Será que Regan havia desenvolvido o distúrbio e seus sintomas por meio da autossugestão das páginas desse livro?

O título de um capítulo era "Estados de possessão".

Chris caminhou até a cozinha, onde Sharon estava sentada lendo suas anotações de um bloquinho enquanto datilografava uma carta. Chris ergueu o livro.

— Você leu isto, Shar?

Ainda datilografando, Sharon perguntou:

— Li o quê?

— Este livro sobre bruxaria.

Sharon parou, olhou para Chris e para o livro e respondeu:

— Não, não li.

E voltou a trabalhar.

— Nunca o viu? Nunca o colocou numa estante no escritório?

— Não.

— Onde está Willie?

— No mercado.

Chris assentiu e permaneceu pensativa, em silêncio, então subiu ao quarto de Regan, onde Karl ainda mantinha vigília à menina, ao lado da cama.

— Karl!

— Sim, senhora.

Chris mostrou o livro.

— Você por acaso encontrou este livro pela casa e o colocou junto com os outros livros do escritório?

O empregado se virou para Chris, inexpressivo, olhou para o livro e de volta para ela.
— Não, senhora — disse ele. — Eu, não.
E voltou a olhar para Regan.
Certo, então talvez Willie.
Chris voltou para a cozinha, sentou-se à mesa e, abrindo o livro no capítulo sobre possessão, começou a procurar algo relevante, qualquer coisa que os médicos da clínica Barringer acreditassem que podia ter causado os sintomas de Regan.
E encontrou.

Diretamente derivado da crença prevalente em demônios, o fenômeno conhecido como possessão era um estado no qual muitos indivíduos acreditavam que suas funções físicas e mentais tinham sido invadidas e estavam sendo controladas por um demônio (mais comum no período discutido) ou pelo espírito de um morto. Não existe período na história ou localidade no mundo em que esse fenômeno não tenha sido relatado, e em termos razoavelmente constantes, mas, mesmo assim, ele ainda carece de uma explicação adequada. Desde o estudo conclusivo de Traugott Oesterreich, publicado pela primeira vez em 1921, pouco foi acrescentado ao que se sabe, apesar dos avanços da psiquiatria.

Chris franziu a testa. Ainda não tinha sido totalmente explicado? Ela tivera uma impressão diferente dos médicos da Barringer.

O que se sabe é que diversos indivíduos, em diversas épocas, passaram por transformações enormes e tão completas que as pessoas ao redor deles sentiam como se estivessem lidando com outra pessoa. Não apenas a voz, os trejeitos, as expressões faciais e os movimentos característicos são, por vezes, alterados, mas o indivíduo acredita ser totalmente diferente da pessoa que era e acredita ter um nome — humano ou demoníaco — e uma história à parte, diferente da sua. No arquipélago malaio, onde a possessão é, até hoje, uma ocorrência comum e corriqueira, o espírito do morto geralmente faz com que o possuído imite seus gestos, voz e trejeitos de modo tão parecido que os parentes dos falecidos acabam em prantos. Mas além da famosa quase possessão — os casos que podem ser atribuídos à mentira, à paranoia e à histeria —, o problema tem sido interpretar o fenômeno, e a interpretação mais antiga é a espírita, uma impressão que tem chance de ser fortalecida pelo fato de que a personalidade invasora pode ter habilidades bem diferentes da primeira. Na forma demoníaca da possessão, por exemplo, o "demônio" pode falar em línguas desconhecidas pelo possuído.

Isso! As coisas ditas por Regan! Seria uma tentativa de falar outro idioma?

Chris leu rapidamente:

... ou manifesta diversos fenômenos parapsíquicos, como telecinesia, por exemplo: a movimentação de objetos sem aplicação de força física.

As batidas? A cama chacoalhando?

... Nos casos de possessão por mortos, ocorrem manifestações, como o relato de Oesterreich a respeito de um monge que, repentinamente, enquanto possuído, tornou-se um talentoso e brilhante dançarino, apesar de nunca ter dançado antes da possessão. Essas manifestações são por vezes tão impressionantes que Jung, o psiquiatra, depois de estudar um caso em primeira mão, conseguiu oferecer apenas uma explicação parcial para o que ele tinha certeza de que "não podia ser uma fraude"...

Chris franziu a testa. O tom do texto era preocupante.

... e William James, o psicólogo mais importante dos Estados Unidos, propôs "a plausibilidade da interpretação espírita do fenômeno", depois de estudar a famosa "Watseka Wonder", uma adolescente de Watseka, Illinois, que tornou-se indistinguível, em personalidade, de uma menina chamada Mary Roff, que morrera num manicômio estadual doze anos antes da possessão...

Distraída, Chris não ouviu a campainha tocar, nem Sharon parar de datilografar e ir atender à porta.

Acredita-se que a forma demoníaca de possessão teve origem no início do cristianismo; mas, na verdade, tanto a possessão quanto o exorcismo nasceram antes da era de Cristo. Os egípcios antigos, e também as primeiras civilizações do rio Tigre e Eufrates, acreditavam que os distúrbios físicos e espirituais eram causados pela invasão de demônios. A fórmula a seguir, por exemplo, serve para o exorcismo contra doenças de crianças no Egito Antigo: "Vais embora, tu que vens em escuridão, cujo nariz está virado ao contrário, cujo rosto está de cabeça para baixo. Tens que vir beijar essa criança? Não permitirei..."

— Chris?
— Shar, estou ocupada.
— Um detetive quer falar com você.
— Ah, meu Deus, Sharon, diga a ele para... — Chris parou abruptamente, olhou para a frente e completou: — Ah, sim, claro, Sharon. Peça a ele que entre.

Quando a secretária saiu, Chris olhou para as páginas do livro, sem ler, tomada por um mau pressentimento difuso e crescente. Ouviu a porta se fechando. Ouviu passos vindo em sua direção. Uma sensação de espera. *Espera? Pelo quê?* Como um sonho vívido de que nunca se lembra, Chris sentiu uma ansiedade que parecia conhecida e, ainda assim, indefinida.

Com o chapéu amassado nas mãos, ele entrou com Sharon, ofegante e respeitoso.

— Sinto muito — disse o detetive ao se aproximar. — Sim, a senhora está ocupada. Dá para ver. Estou atrapalhando.
— Como está o mundo? — perguntou Chris.
— Muito ruim. E como está sua filha?
— Nenhuma mudança.
— Sinto muito. — Respirando com dificuldade, Kinderman parou ao lado da mesa, com os olhos de cachorro pidão parecendo preocupados. — Veja, não gostaria de atrapalhar. Sei que sua filha é uma preocupação

no momento. Só Deus sabe, quando minha pequena Julie pegou… O que mesmo? Qual era a doença? Não lembro. Era…

— Sente-se — interrompeu Chris.

— Ah, sim, muito obrigado — disse o detetive enquanto se sentava numa cadeira diante de Sharon, que, aparentando indiferença, continuou a datilografar.

— Desculpe. O que o senhor estava dizendo? — perguntou Chris.

— Bem, minha filha, ela… Bem, não. Não importa. Lá vou eu, contando toda a história da minha vida; talvez fosse possível fazer um filme com ela. É sério! É incrível! Se a senhora soubesse *metade* das coisas que aconteceram na minha família, iria… Não, não importa. Certo, só *uma*! Contarei *uma*! Toda sexta-feira, minha mãe preparava peixe recheado, certo? Mas durante a semana toda, *a semana toda*, ninguém conseguia tomar banho porque minha mãe mantinha a carpa na banheira, nadando de um lado a outro, para lá e para cá, porque acreditava que isso tirava o veneno do peixe. Imagine só! Quem via aquela carpa o tempo todo pensava coisas terríveis e maldosas, vingativas! Bem, já chega. Sério. Só uma risada de vez em quando para não chorarmos.

Chris o observou. E esperou.

— Ah, a senhora está lendo! — O detetive olhou para o livro sobre bruxaria. — Para um filme?

— Não, só estou me distraindo.

— É bom?

— Acabei de começar.

— Bruxaria — murmurou Kinderman, com a cabeça inclinada enquanto lia o título no topo de uma página.

— Então, o que houve? — perguntou Chris.

— Sim, sinto muito. A senhora está ocupada. Vou concluir. Como disse, eu não a perturbaria, a menos que…

— A menos que o quê?

Aparentando repentina seriedade, o detetive uniu as mãos sobre a mesa.

— Bem, parece que Burke…

— Droga! — exclamou Sharon com irritação ao tirar uma carta do rolo da máquina de datilografar, amassá-la e jogá-la numa lixeira aos pés de Kinderman.

O papel caiu no chão. Chris e ele viraram a cabeça para olhá-la, e, quando a secretária os viu, disse:

— Ah, sinto muito. Não percebi que estavam aqui!

— É a srta. Fenster? — perguntou Kinderman.

— Spencer — corrigiu Sharon, arrastando a cadeira para trás e se levantando para pegar a carta amassada do chão, murmurando: — Eu nunca disse que era Julius Erving.

— Não importa, não importa — falou o detetive ao abaixar-se e pegar o papel amassado.

— Ah, obrigada.

Sharon voltou à cadeira.

— Com licença... A senhorita é a secretária? — perguntou Kinderman.

— Sharon, este é... — Chris virou-se para Kinderman. — Desculpe. Qual é o seu nome mesmo?

— Kinderman. William F. Kinderman.

— Esta é Sharon. Sharon Spencer.

Com um movimento cortês de cabeça, o detetive disse a Sharon:

— É um prazer conhecê-la.

Ela agora estava inclinada para a frente, olhando para ele com curiosidade, o queixo apoiado sobre os braços dobrados em cima da máquina de datilografar.

— E talvez a senhorita possa me ajudar...

Com os braços ainda dobrados, Sharon ergueu a cabeça.

— Eu?

— Sim, talvez. Na noite do falecimento do sr. Dennings, a senhorita foi a uma farmácia e o deixou sozinho na casa, certo?

— Bem, não exatamente. Regan estava aqui.

— É minha filha — explicou Chris.

— Soletre o nome dela, por favor.

— R-e-g-a-n.

— Lindo nome.

— Obrigada.

O detetive se dirigiu a Sharon.

— Dennings veio aqui naquela noite para ver a sra. MacNeil?

— Sim, isso mesmo.

— Ele pensou que ela voltaria em pouco tempo?

— Sim, eu disse a ele que acreditava que ela voltaria logo.
— Muito bem. E a senhorita saiu a que horas? Consegue lembrar?
— Vejamos... Eu estava assistindo ao noticiário, então acho que... Ah, não, espere. Sim, isso mesmo. Eu me lembro de ter ficado irritada porque o farmacêutico disse que o menino da entrega havia ido para casa. E eu disse: "Ah, não acredito", ou algo a respeito de serem apenas 18h30. Burke chegou dez, talvez vinte minutos depois.
— Então — concluiu o detetive —, ele chegou aqui aproximadamente às 18h45. Certo?
— Do que se trata tudo isso? — perguntou Chris.
A tensão que ela sentira havia aumentado.
— Bem, isso levanta uma pergunta, sra. MacNeil. Para chegar aqui às, digamos, 18h45, e sair apenas vinte minutos depois...
Chris deu de ombros.
— Bem, era Burke — disse ela. — Ele era assim.
— Ele também frequentava os bares da rua M? — perguntou Kinderman.
— Não. De jeito nenhum. Não que eu saiba.
— É, eu logo pensei que não. Conferi. Então ele não teria um motivo para estar no topo daquela escadaria ao lado de sua casa depois de sair daqui naquela noite. E ele também não andava de táxi? Não chamava um táxi para ir embora de sua casa?
— Sim, chamava. Sempre chamou.
— Então, é de se perguntar por que ou como ele foi parar na escadaria aquela noite. E é de se perguntar também por que as empresas de táxi não mostram nenhum registro de ligações desta casa, exceto aquela realizada pela srta. Spencer para sair daqui, exatamente às 18h47.
Sem entusiasmo, Chris respondeu:
— Não sei.
— É, duvidei que a senhora soubesse. Nesse meio-tempo, a questão se tornou um tanto séria.
Chris ofegou.
— De que modo?
— O relatório do legista parece mostrar que a possibilidade de a morte de Dennings ter sido um acidente ainda é grande. Mas...

— Você está dizendo que ele foi assassinado?
— Bem, parece que a posição... — Kinderman hesitou. — Sinto muito, isto será difícil.
— Vá em frente.
— A posição da cabeça de Dennings e um corte nos músculos do pescoço sugerem...

Fechando os olhos, Chris retraiu-se e exclamou:
— Ah, meu Deus!
— Sim, como disse, é difícil. Sinto muito. De verdade. Mas, veja, essa situação... Acho que podemos pular os detalhes, talvez. Isso não teria acontecido se o sr. Dennings não tivesse caído de certa altura antes de bater nos degraus. Por exemplo, talvez de seis ou nove metros antes de rolar até a base. Então, uma clara possibilidade, falando de modo simples, é que talvez... — Kinderman se virou para Sharon. Com os braços cruzados, ela prestava atenção, assustada e de olhos arregalados. — Bem, deixe-me perguntar algo, srta. Spencer. Quando a senhorita saiu, onde estava o sr. Dennings? Com a menina?
— Não, ele estava aqui embaixo, no escritório, preparando um drinque.
— Será que sua filha pode se lembrar? — perguntou, virando-se para Chris. — Se o sr. Dennings esteve no quarto dela naquela noite?
— Por que pergunta?
— Sua filha poderia se lembrar?
— De que forma? Como eu disse, ela estava muito sedada e...
— Sim, sim, a senhora me contou, é verdade, eu me lembro. Talvez ela tenha acordado.
— Não, ela não acordou — garantiu Chris.
— Ela também estava sedada quando nos falamos pela última vez?
— Sim, estava...
— Acredito a ter visto na janela aquele dia.
— Bem, o senhor está enganado.
— Pode ser. Talvez. Não tenho certeza.
— Escuta, por que está perguntando tudo isso?
— Bem, uma clara possibilidade, como estava dizendo, é que talvez o falecido estivesse tão bêbado que tenha caído da janela do quarto de sua filha. Entende?

— De jeito nenhum. Em primeiro lugar, aquela janela fica fechada e, além disso, Burke *sempre* estava bêbado, mas nunca deixou de ser safo. Ele *trabalhava* embriagado. Como cairia de uma janela?

— A senhora estava esperando mais alguém naquela noite?

— Mais alguém? Não, não estava.

— Amigos que aparecem sem avisar?

— Só Burke.

O detetive baixou a cabeça e a balançou.

— Que estranho — disse ele, suspirando. — Confuso. — Então, olhou para Chris. — O falecido vem visitar, fica apenas vinte minutos sem sequer vê-la e deixa uma menina sozinha em casa? Para ser sincero, como a senhora disse, não é possível que ele tenha caído da janela. Além disso, uma queda não faria o que vimos com o pescoço dele; talvez um caso a cada mil. — Ele indicou o livro de bruxaria com a cabeça. — A senhora leu neste livro algo sobre assassinatos ritualísticos?

Com a ansiedade aumentando, Chris respondeu:

— Não.

— Talvez não neste livro — continuou Kinderman. — No entanto... Perdoe-me. Digo isso apenas para que a senhora pense um pouco mais... O pobre sr. Dennings foi encontrado com o pescoço virado da mesma maneira que ocorre nos assassinatos ritualísticos supostamente cometidos por demônios, sra. MacNeil.

O rosto de Chris tornou-se extremamente pálido.

— Algum maluco matou o sr. Dennings e... — Kinderman parou. — Alguma coisa errada?

Ele notara a tensão nos olhos dela, a palidez repentina.

— Não, nada de errado. Continue.

— Obrigado. Não disse nada no começo para poupá-la. Além disso, tecnicamente, ainda poderia ser um acidente. Mas eu não acho que tenha sido. Quer minha opinião? Acredito que ele foi atacado por um homem forte: primeiro ponto. Segundo: a fratura de seu crânio, além das várias coisas que mencionei, tornaria muito provável... provável, não certo... que seu diretor tenha sido assassinado e *depois* empurrado da janela de sua filha. Mas não havia ninguém aqui além de sua filha. Então, como pode ser? Bem, poderia ser desta forma: alguém entrou na casa entre o momento em que a srta. Spencer saiu e o momento em que a senhora voltou. Não seria possível? Agora, pergunto: quem pode ter vindo?

Chris baixou a cabeça.

— Meu Deus, espere um pouco!

— Sim, sinto muito. É doloroso. E talvez eu esteja totalmente enganado. Mas a senhora pode pensar em quem poderia ter entrado aqui, por favor?

Com a cabeça ainda abaixada, Chris franziu a testa por um momento e olhou para a frente.

— Não, sinto muito. Não consigo pensar em ninguém.

Kinderman olhou para Sharon.

— Talvez a senhorita, então? Alguém vem aqui para vê-la?

— Ah, não, ninguém.

— O cavaleiro sabe onde você trabalha? — perguntou Chris.

Kinderman ergueu as sobrancelhas.

— O cavaleiro?

— É o namorado de Sharon.

Ela balançou a cabeça.

— Ele nunca veio aqui. Além disso, estava em Boston naquela noite, numa convenção.

— Ele é um vendedor? — perguntou Kinderman.

— Advogado.

— Ah. — O detetive se virou para Chris. — Os empregados? Eles recebem visitas?

— Não, nunca. Jamais.

— A senhora esperava uma encomenda naquele dia? Alguma entrega?

— Por quê?

— O sr. Dennings era, e não quero falar mal do falecido, mas como a senhora mesma disse, ele era meio... Bem, impulsivo, enervante, capaz de provocar discussão e discórdia, e, nesse caso, talvez até possa ter tido problemas com algum entregador. A senhora esperava alguma coisa? A lavanderia, talvez? Mercado? Uma encomenda?

— Não sei. Karl cuida de tudo isso.

— Ah, claro.

— Quer conversar com ele? Fique à vontade.

O detetive deu um longo suspiro. Afastando-se da mesa, enfiou as mãos nos bolsos do sobretudo enquanto olhava o livro de bruxaria.

— Deixa pra lá, deixa pra lá. Sua filha está muito doente e... Bem, já chega. — disse, balançando a mão. — Pronto. Fim da reunião. — Ele se levantou. — Obrigado por me receber, sra. MacNeil. Foi um prazer conhecê-la, srta. Spencer.

— O prazer foi meu — respondeu Sharon, distraída e com o olhar distante.

— Estranho — comentou Kinderman, balançando a cabeça. — Que estranho, muito estranho.

Estava concentrado em algum pensamento. Olhou para Chris quando ela se levantou e falou:

— Bem, sinto muito. Eu a perturbei em vão.

— Por aqui, vou acompanhá-lo à porta — ofereceu Chris.

A expressão e a voz dela estavam sérias.

— Ah, por favor, não se incomode!

— Incômodo algum.

— Já que insiste... Ah, por acaso — disse o detetive enquanto ele e Chris saíam da cozinha —, só uma chance em um milhão, mas se por acaso sua filha... A senhora poderia perguntar se ela viu o sr. Dennings no quarto aquela noite?

— Olha, para começo de conversa, ele não teria um bom motivo para estar lá em cima.

— Sim, eu sei disso. Sei que é verdade, mas, se determinados médicos britânicos nunca tivessem perguntado "O que é este fungo?", não teríamos descoberto a penicilina. Não é verdade? Por favor, pergunte. A senhora pode perguntar?

— Quando ela estiver bem, perguntarei.

— Mal não vai fazer.

Eles pararam na porta da frente.

— Enquanto isso... — Ele hesitou e, levando dois dedos aos lábios, completou com seriedade: — Odeio pedir isto, por favor, me perdoe.

Esperando um novo choque, Chris ficou tensa e voltou a sentir um ardor na corrente sanguínea.

— O quê? — perguntou ela.

— Para a minha filha... A senhora poderia me dar um autógrafo?

O rosto do detetive ficou corado.

Depois de um momento de surpresa, Chris quase riu de alívio: de si mesma, do desespero e da situação.

— Ah, claro! Tem uma caneta?

— Aqui está! — respondeu Kinderman no mesmo instante, entregando uma caneta enquanto enfiava a outra mão no bolso do sobretudo e, dali, tirava um cartão telefônico. Ele os entregou a Chris. — Ela vai adorar.

— Qual é o nome dela? — perguntou Chris, pressionando o papel contra a porta enquanto segurava a caneta.

Ela hesitou quando ouviu um suspiro atrás de si. Virou-se e, nos olhos de Kinderman e em suas faces coradas, ela viu a tensão de um grande conflito interno.

— Eu menti — admitiu, enfim, com os olhos desesperados e desafiadores. — O autógrafo é para mim. Escreva "Para William", William F. Kinderman; está escrito na parte de trás.

Chris olhou para ele com inesperada afeição, checou a grafia de seu nome e escreveu: "Para William F. Kinderman, com amor! Chris MacNeil", e lhe entregou o cartão, que ele guardou no bolso sem olhar.

— A senhora é muito gentil — disse ele, timidamente.

— Obrigada. O senhor também é muito gentil.

Ele pareceu corar ainda mais.

— Não, não sou. Sou inconveniente. — Ele já estava abrindo a porta. — Não se preocupe com o que eu disse hoje. Esqueça. Pense apenas em sua filha. Sua *filha*!

Chris assentiu, sentindo o desânimo voltar quando Kinderman passou pelo portão baixo e amplo de ferro forjado. Ele se virou, e, à luz do dia, conseguiu ver com mais clareza as olheiras da atriz. Colocou o chapéu.

— Mas pode perguntar a ela? — perguntou ele.

— Perguntarei. Prometo.

— Bem, adeus, então. E cuide-se.

— O senhor também.

Chris fechou a porta e recostou-se nela, fechando os olhos, então os abriu quase instantaneamente ao ouvir o toque da campainha. Ela se virou e abriu a porta, dando de cara com Kinderman. Ele sorriu, como se pedisse desculpas.

— Sou um chato. Sinto muito. Mas esqueci minha caneta.

Chris olhou para baixo e viu a caneta ainda em sua mão. Ela sorriu sem graça e a entregou ao detetive.

— Mais uma coisa — falou ele. — Sim, não faz sentido, eu sei. Mas não vou conseguir dormir esta noite, pensando que pode haver um maluco ou um drogado à solta se eu não cuidar de todos os detalhes. A senhora acha que eu poderia... Não, não, é tolice, é... Não, perdoe-me, mas acho que eu realmente deveria... Acha que posso dar uma palavrinha com o sr. Engstrom? É para falar sobre as entregas.

Chris abriu a porta ainda mais.

— Claro, entre. Pode conversar com ele no escritório.

— Não, a senhora está ocupada. É muito gentil, mas já basta. Posso conversar com ele aqui. Aqui está bom.

Ele havia se inclinado para trás e se recostado no portão de ferro.

— Se o senhor insiste — respondeu Chris, sorrindo discretamente. — Acho que ele está lá em cima com Regan. Pedirei para descer.

— Agradeço.

Chris fechou a porta e, pouco tempo depois, Karl a abriu. Ele desceu o degrau da entrada com a mão na maçaneta, deixando a porta entreaberta. Com as costas retas, encarou Kinderman com os olhos claros e calmos.

— Pois não?

— O senhor tem direito a permanecer em silêncio — disse Kinderman, com o olhar intenso nos olhos de Karl. — Se abrir mão de seu direito ao silêncio, qualquer coisa que disser poderá ser usada contra o senhor num tribunal. O senhor tem direito a falar com um advogado e a ter a presença deste durante o interrogatório. Se assim desejar, e não puder contratar um profissional, um advogado lhe será designado gratuitamente. O senhor compreende cada um dos direitos que expliquei?

Os pássaros assobiavam nos galhos da árvore antiga ao lado da casa enquanto os sons do trânsito na rua M chegavam a eles baixinhos, como o zunir de abelhas num campo distante.

— Sim — disse Karl, sem desviar o olhar.

— O senhor deseja abrir mão de seu direito de permanecer em silêncio?

— Sim.

— O senhor deseja abrir mão de conversar com um advogado para que ele esteja presente durante o interrogatório?

— Sim.

— O senhor disse, anteriormente, que no dia 28 de abril, na noite da morte do diretor inglês Burke Dennings, assistiu a um filme exibido no cinema Belas Artes?

— Sim.

— E a que horas o senhor entrou no cinema?

— Não lembro.

— O senhor afirmou, anteriormente, que compareceu à sessão das dezoito horas. Isso o ajuda a se lembrar?

— Sim, o filme das dezoito horas. Estou lembrando.

— E o senhor assistiu ao filme desde o começo?

— Sim.

— E saiu quando o filme terminou?

— Sim.

— Não saiu antes?

— Não, assisti ao filme todo.

— E, ao sair do cinema, o senhor entrou no ônibus da D.C. Transit na frente do cinema e saltou na esquina da rua M com a avenida Wisconsin às 21h20?

— Sim.

— E caminhou até a casa?

— Caminhei até a casa.

— E o senhor chegou a esta residência aproximadamente às 21h30?

— Cheguei *exatamente* às 21h30 — respondeu Karl.

— O senhor tem certeza?

— Sim, olhei meu relógio. Tenho certeza.

— E o senhor viu o filme até o fim?

— Sim, foi o que disse.

— Suas respostas estão sendo gravadas, sr. Engstrom. Quero que tenha absoluta certeza a respeito do que responde.

— Eu tenho.

— O senhor sabe da briga que ocorreu entre o porteiro e um cliente embriagado nos últimos cinco minutos do filme?

— Sim, eu lembro.

— Pode me dizer a causa da briga?

— O homem estava embriagado e causando problemas.

— E o que fizeram com ele?
— Eles o colocaram para fora.
— Isso não aconteceu. O senhor também sabia que, durante a sessão das dezoito horas, um problema técnico, que durou cerca de quinze minutos, causou uma interrupção na exibição do filme?
— Não sabia.
— O senhor se lembra de a plateia ter vaiado?
— Não, não me lembro de nada, de nenhuma interrupção.
— Tem certeza?
— Não aconteceu nada disso.
— Fui informado, conforme ficou atestado no registro do projetista, de que o filme não terminou às 20h40 naquela noite, mas sim aproximadamente às 20h55, o que significa que o primeiro ônibus a sair do cinema deixaria o senhor na esquina da rua M com a avenida Wisconsin não às 21h20, mas sim às 21h45, e que, desse modo, o senhor não poderia ter chegado em casa antes das 21h55. Mas chegou às 21h30, como também foi relatado pela sra. MacNeil. O senhor poderia fazer a gentileza de comentar essa discrepância intrigante?

Karl não perdeu a compostura. Continuou calmo ao responder:
— Não, não poderia.

O detetive olhou para ele em silêncio, suspirou e olhou para baixo ao desligar o gravador que mantinha no bolso do casaco. Ele manteve os olhos voltados para o chão por um momento, depois olhou para Karl.
— Sr. Engstrom... — começou, num tom de voz carregado de compreensão. — Um crime sério pode ter sido cometido. O senhor está sob suspeita. O sr. Dennings o agrediu. Eu soube disso por meio de outras fontes. E, ao que parece, o senhor mentiu sobre seu paradeiro no momento da morte dele. Acontece que... somos seres humanos, certo? Às vezes, um homem casado vai a um local onde diz não ter ido. O senhor percebeu que cuidei para que conversássemos a sós? Longe dos outros? Longe de sua esposa? Não estou gravando a conversa agora. O senhor pode confiar em mim. Se aconteceu de o senhor estar com outra mulher, que não fosse sua esposa, naquela noite, pode me contar, eu averiguarei, o senhor ficará livre de suspeita e sua esposa não saberá. Agora, diga-me, onde o senhor estava quando Dennings morreu?

Um brilho discreto surgiu nos olhos de Karl, mas desapareceu assim que ele disse, quase sem abrir os lábios:

— No cinema!

O detetive olhou para ele com firmeza, imóvel, sem emitir qualquer som além de sua respiração conforme os segundos passaram.

— Vai me prender? — perguntou Karl com uma voz levemente trêmula.

O detetive não respondeu, mas continuou a olhar para ele, sem piscar, e, quando Karl parecia prestes a falar de novo, Kinderman se afastou do portão, andando na direção de sua viatura, sem pressa, com as mãos nos bolsos, olhando para a direita e para a esquerda como um turista interessado na cidade. Da porta, Karl observou, com traços firmes e imperturbáveis, enquanto Kinderman abria a porta da viatura, pegava uma caixa de lenços de papel no painel, tirava um lenço e assoava o nariz, olhando para o outro lado do rio como se estivesse decidindo se almoçaria no Marriott Hot Shoppe ou não. Então, entrou na viatura sem olhar para trás.

Quando o carro se afastou e dobrou a esquina na rua 35, Karl olhou para a mão que não estava na maçaneta.

Ela tremia.

Quando ouviu a porta da frente bater, Chris estava no bar de seu escritório, servindo-se de uma dose de vodca com gelo. Passos. Karl subindo a escada. Chris pegou o copo, deu um gole e voltou devagar para a cozinha, com o olhar distraído enquanto mexia a bebida com o indicador. Havia algo muito errado. Como a luz que vaza por baixo da porta em direção a um corredor escuro em algum lugar perdido, o brilho do medo vindouro se embrenhara ainda mais profundamente em sua consciência. O que havia atrás da porta?

Ela estava com medo de abrir e olhar.

Entrou na cozinha, sentou-se à mesa, bebericou sua vodca e lembrou-se de modo pensativo: "Acredito que ele tenha sido atacado por um homem forte." Ela olhou para o livro sobre bruxaria. Havia algo sobre ele ou nele. O quê? Ouviu passos trôpegos descendo a escada; era Sharon voltando do quarto de Regan. Sentou-se à mesa e colocou uma folha nova no rolo da máquina de escrever.

— Muito assustador — murmurou ela, com as pontas dos dedos levemente repousadas no teclado e os olhos atentos às anotações ao lado.

Olhando para o nada, Chris bebeu sua vodca com distração, pousou o copo no balcão e voltou a olhar para a capa do livro.

Uma sensação de intranquilidade pairava no ar.

Ainda de olho nas anotações, Sharon rompeu o silêncio com a voz baixa e embargada.

— Há muitas espeluncas hippies pela rua M e pela avenida Wisconsin. Muitos maconheiros, ocultistas e coisas assim. A polícia os chama de baderneiros. Será que o Burke pode...

— Ah, pelo amor de Deus, Shar! — gritou Chris de repente. — Esqueça tudo isso, ok? Já estou preocupada demais com Rags. Você se *importa*?

Fez-se uma pausa, e Sharon começou a datilografar muito depressa enquanto Chris apoiava os cotovelos na mesa e cobria o rosto com as mãos. Abruptamente, a secretária afastou a cadeira fazendo barulho no piso, levantou-se e saiu da cozinha.

— Chris, vou sair para dar uma volta! — avisou ela, com frieza.

— Ótimo! E mantenha distância da rua M! — respondeu Chris, ainda com as mãos no rosto.

— Pode deixar!

— E da N também!

Chris ouviu a porta da frente sendo aberta e fechada, e, suspirando, baixou as mãos e olhou para o teto. Sentiu uma onda de arrependimento. A explosão emocional havia liberado a tensão. Mas não toda: apesar de ter ficado mais fraca, continuava ali, espreitando sua mente. *Acabe com isso!* Chris respirou fundo e tentou se concentrar no livro. Conseguiu se controlar e, cada vez mais impaciente, começou a virar as páginas rapidamente, analisando e procurando descrições específicas que combinassem com os sintomas de Regan. "... Síndrome da possessão demoníaca... caso de uma menina de 8 anos... anormal... quatro homens fortes para prendê-la..."

Após virar uma página, Chris ficou paralisada.

Então, sons: Willie entrava na cozinha com as compras.

— Willie? — chamou Chris, com os olhos grudados no livro.

— Sim, senhora? Estou aqui.

Ela estava colocando as sacolas de compra em cima de um balcão de azulejos brancos. Distraída e inexpressiva, com a voz calma e os dedos um pouco trêmulos marcando a página, Chris ergueu o livro parcialmente fechado e perguntou:

— Willie, foi você que colocou este livro no escritório?

Willie deu alguns passos adiante, olhou para o livro, assentiu brevemente e, enquanto se virava e começava a caminhar de volta para onde estavam as compras, respondeu:

— Sim, senhora. Sim. Sim, eu o guardei.

— Willie, onde você o encontrou? — perguntou Chris, com a voz séria.

— No quarto — respondeu a empregada ao começar a passar os produtos do interior das sacolas para o balcão da cozinha.

Chris olhou fixamente para as páginas do livro, que agora estava de novo sobre a mesa.

— *Qual* quarto, Willie?

— O quarto da srta. Regan, senhora. Eu o encontrei embaixo da cama enquanto fazia a limpeza.

Com a voz séria, os olhos arregalados e observadores, ela olhou para a frente e perguntou:

— *Quando* você o encontrou?

— Quando todos foram ao hospital, senhora. Enquanto eu passava aspirador.

— Willie, você tem certeza?

— Tenho.

Chris olhou para as páginas do livro e, por um tempo, não se mexeu, não piscou e não respirou enquanto a imagem da janela escancarada no quarto de Regan na noite da morte de Dennings se fincava em sua mente como as garras de uma ave de rapina; enquanto reconhecia uma imagem familiar; enquanto olhava para a página do lado direito do livro aberto e notava que uma tira estreita tinha sido arrancada.

Chris ergueu a cabeça. Alvoroço no quarto de Regan: batidas, altas e rápidas, com um eco horroroso e muito forte e, de certo modo, abafado, como uma marreta batendo numa parede de calcário dentro de uma tumba antiga.

Regan gritando angustiada, aterrorizada, implorando!

Karl gritando com Regan, com raiva e com medo.

Chris saiu correndo da cozinha.

Santo Deus! O que está acontecendo? O quê?

Assustada, Chris correu para a escada e subiu até o segundo andar; na direção do quarto de Regan, ouviu uma pancada, alguém gritando, alguém caindo no chão e sua filha chorando.

— Não! Ah, não, *não*! *Por favor*, não!

Karl urrava! Não! Não era Karl! Era outra pessoa com uma voz grave, ameaçadora e irada!

Chris atravessou o corredor, adentrou o quarto e ficou paralisada pelo choque enquanto as batidas soavam fortes, chacoalhando as paredes. Karl estava inconsciente no chão perto da cômoda, e Regan, com as pernas erguidas e abertas na cama que balançava e tremia com força, os olhos arregalados de medo, o rosto manchado com o sangue que escorria de seu nariz, de onde a sonda nasogástrica havia sido arrancada com violência, olhava para um crucifixo branco, que segurava e mirava diretamente na vagina.

— Ah, *por favor*! Ah, não, por favor!

Ela gritava enquanto suas mãos aproximavam o crucifixo ao mesmo tempo em que pareciam fazer força na direção oposta.

— Você fará o que *eu* mandar, sua imunda! Você *fará*!

O grito ameaçador e as palavras vinham de Regan, com a voz rouca, gutural e cheia de veneno, e, de repente, sua expressão e seus traços se transformaram, de modo aterrorizante, nos da personalidade demoníaca que apareceu durante hipnose, e Chris observou, assustada, os dois rostos e as duas vozes se intercalando rapidamente:

— *Não!*

— Você vai me obedecer!

— *Não!* Por favor, *não*!

— Você *vai*, sua putinha, ou vou matá-la!

Por fim, Regan retornou, com os olhos arregalados e o rosto tomado pelo medo, como se um fim terrível se aproximasse, gritando com a boca bem aberta até a personalidade demoníaca possuí-la por completo, preenchê-la mais uma vez, empesteando o quarto com um odor fétido, com um frio gélido que parecia vir das paredes. As batidas cessaram, e o grito apavorado e estridente de Regan se transformou em uma risada gutural de triunfo malevolente enquanto ela enfiava o crucifixo na vagina várias vezes seguidas, masturbando-se de modo feroz, urrando com a voz grave, rouca, ensurdecedora.

— Agora você é *minha*, sua vagabunda, sua puta nojenta! Isso, deixe Jesus *foder* você, *foder* você, *foder* você!

Chris estava plantada no chão, horrorizada, pressionando as bochechas com as mãos enquanto a risada alta e demoníaca explodia com satisfação mais uma vez e o sangue escorria da vagina de Regan, sujando os lençóis brancos. De repente, com um grito alto e grave, Chris correu em direção à cama e agarrou o crucifixo. Regan, furiosa e com os traços totalmente desfigurados, agarrou os cabelos de Chris e puxou a cabeça dela para baixo, pressionando o rosto da mãe contra sua vagina, manchando-o de sangue enquanto remexia a pelve.

— Ah, mamãe porca! — exclamou Regan com uma voz lasciva e gutural. — Me *lambe*, me *lambe*, me *lambe*! Ahhhhh!

Regan afastou a mão que segurava a cabeça de Chris e, com a outra, aplicou-lhe um golpe no peito, que a fez voar para o outro lado do quarto, onde bateu numa parede com um estrondo enquanto Regan ria de desdém.

Chris se encolheu no chão, desnorteada de pavor, num redemoinho de imagens e sons, sua visão embaçada, sem foco, os ouvidos assaltados por distorções caóticas, enquanto, sem forças, ela tentava se levantar, empurrando o chão com as mãos. Trôpega, ela olhou na direção da cama, para a filha, que estava de costas para ela, enfiando o crucifixo de modo delicado e sensual na vagina, para dentro e para fora, com a voz grossa e grave cantarolando:

— Ahhh, essa é a minha porquinha, sim, minha doce porquinha, minha...

Chris começou a engatinhar com dificuldade em direção à cama, com o rosto sujo de sangue, a visão ainda sem foco, os membros doloridos. Então retraiu-se, encolhendo-se de pavor ao acreditar ter visto, naquela confusão, como se através de névoa cerrada, a cabeça da filha virando para trás lenta e inexoravelmente, uma volta completa, enquanto seu torso se mantinha imóvel, até que, por fim, Chris olhava diretamente para os olhos maliciosos e irados de Burke Dennings.

— Você sabe o que a desgraçada da sua filha *fez*?

Chris gritou até desmaiar.

Parte III

O ABISMO

Perguntaram eles: "Que milagre fazes tu, para que o vejamos e creiamos em ti?"

— João 6:30

Vós me vedes e não credes...

— João 6:36

CAPÍTULO UM

Ela estava parada na passagem de pedestres da ponte Key, com os braços apoiados no parapeito, remexendo as mãos, esperando, enquanto o trânsito em direção aos bairros seguia intenso, com carros buzinando em fila como acontecia todos os dias, com a indiferença de sempre. Ela havia telefonado para Mary Jo. E contado mentiras.

"Regan está bem. A propósito, tenho pensado em fazer outro jantar aqui. Qual era mesmo o nome daquele psiquiatra jesuíta? Pensei em convidá-lo também..."

Risos ressoavam abaixo: um jovem casal de calça jeans numa canoa alugada. Com um gesto rápido e nervoso, ela bateu as cinzas do cigarro, o último do maço, e olhou para a frente, em direção a Washington. Alguém vinha apressado em sua direção: calça cáqui e casaco azul. Não era um padre, não era ele. Ela voltou a olhar para o rio, para sua impotência remoinhando após a passagem da canoa vermelha. Conseguiu ler o nome na lateral da embarcação: *Caprice*.

Passos: o homem se aproximava, diminuindo o passo ao chegar perto dela. De soslaio, ela o viu apoiar um dos braços no parapeito e rapidamente desviou o olhar na direção de Virginia. Mais um fã querendo autógrafo? Ou pior?

— Chris MacNeil?

Jogando a bituca de cigarro no rio, Chris respondeu, com frieza:

— Vá embora, ou juro que chamo a polícia!

— Sra. MacNeil? Sou o padre Karras.

Chris se assustou e corou, virando-se de repente para o padre de rosto franzido.

— Ah, meu Deus! Me desculpe! — disse, tirando os óculos escuros, assustada, e voltando a colocá-los ao notar os olhos escuros e tristes do padre a examinando.

— Eu deveria ter avisado que não estaria de batina — disse ele.

A voz era consoladora, suavizando o pesar de Chris. O padre unira as mãos no parapeito, suas veias como as das estátuas de Michelangelo, sensíveis e grandes.

— Pensei que seria muito menos óbvio — continuou ele. — A senhorita parecia muito preocupada em manter tudo em segredo.

— Acredito que eu deveria ter me preocupado em não fazer papel de idiota — respondeu Chris. — Pensei que o senhor fosse...

— Humano? — completou Karras, com um sorriso discreto.

Chris olhou para ele e, sorrindo, respondeu:

— Sim, sim. Eu soube disso assim que o vi.

— Quando foi isso?

— No campus, durante um dia de filmagem. O senhor tem um cigarro, padre?

Karras procurou dentro do bolso da camisa.

— Pode ser um sem filtro?

— Eu fumaria até um pedaço de corda neste momento.

— Com o que eu ganho, é o que geralmente faço.

Com um sorriso tenso, Chris assentiu.

— Sim, claro. O voto de pobreza — murmurou ela ao tirar um cigarro do maço oferecido pelo padre.

Karras procurou um fósforo no bolso da calça.

— Um voto de pobreza tem lá suas vantagens — comentou ele.

— É mesmo? Qual, por exemplo?

— Deixa a corda com um gosto melhor.

Mais uma vez, ele abriu um sorriso contido ao observar a mão de Chris, tremendo tanto que chegava a sacodir o cigarro. Ele o tirou dos dedos dela, levou-o à boca, acendeu-o com as mãos ao redor do fósforo, tragou e entregou-o a Chris, dizendo:

— Esses carros estão fazendo muito vento.

Chris olhou para ele com simpatia, gratidão e até esperança. Sabia o que ele havia feito.

— Obrigada, padre — agradeceu ela.

Observou enquanto ele acendia um Camel para si, se esquecendo de proteger o fósforo com as mãos. Ao soltar a fumaça, os dois apoiaram um cotovelo no parapeito.

— De onde o senhor é, padre Karras?
— Nova York — respondeu ele.
— Eu também. Mas nunca mais voltaria para lá. E o senhor?
Karras engoliu o nó na garganta.
— Não, não voltaria. — Ele forçou um leve sorriso. — Mas não preciso tomar essas decisões.
Chris balançou a cabeça e desviou o olhar.
— Meu Deus, como sou tola — disse ela. — O senhor é um padre. Precisa ir aonde mandam.
— Isso mesmo.
— Como um psiquiatra se torna um padre?
Karras estava ansioso para saber qual era a questão urgente que ela mencionara ao telefonar para ele em sua residência. Ela estava analisando o terreno, ele percebeu, mas para quê? Ele não deveria apressá-la. Em breve, ela falaria.
— Foi o contrário — disse ele, corrigindo-a com delicadeza. — A Companhia...
— Quem?
— A Companhia de Jesus. *Jesuíta* significa isso.
— Ah, entendo.
— A Companhia quis que eu estudasse medicina e me especializasse em psiquiatria.
— Onde?
— Em Harvard, no hospital Johns Hopkins. Lugares assim.
De repente, ele percebeu que queria impressioná-la. Por quê?, perguntou a si mesmo. E imediatamente encontrou a resposta na penúria de sua adolescência; nos assentos dos cinemas do Lower East Side. O jovem Dimmy com uma estrela de cinema.
Chris assentiu, aprovando.
— Nada mal.
— Não fazemos votos de pobreza *intelectual*.
Ela percebeu certa irritação, deu de ombros e virou-se para o rio.
— Veja bem, é que não conheço o senhor, e... — Ela tragou, longa e profundamente, e soltou a fumaça, apagando a bituca no parapeito. — O senhor é amigo do padre Dyer, certo?

— Sim, sou.
— Íntimo?
— Íntimo.
— Ele falou sobre a festa?
— Que ocorreu na sua residência?
— Isso.
— Sim, ele disse que a senhorita parecia humana.

Ela não ouviu, ou ignorou.

— Ele falou sobre minha filha?
— Não sabia que tinha uma filha.
— Ela tem 12 anos. Ele não a mencionou?
— Não.
— Não contou o que ela fez?
— Não disse nada sobre ela.
— Os padres são muito reservados, não é?
— Depende — respondeu Karras.
— Depende do quê?
— Do padre.

O jesuíta se lembrou de um alerta a respeito de mulheres que sentiam uma atração neurótica por padres, mulheres que desejavam, inconscientemente e sob o disfarce de algum outro problema, seduzir o inalcançável.

— Estava me referindo a confissões. O senhor não pode revelar o que foi dito em confissão, certo?

— Sim, certo.

— E fora da confissão? — perguntou ela. — Quero dizer, e se... — Suas mãos estavam agitadas. — Estou curiosa. Eu... Eu gostaria muito de saber. Quero dizer, e se alguém fosse, digamos, um criminoso, talvez um assassino ou coisa assim, sabe? Se essa pessoa o procurasse para obter ajuda, o senhor a denunciaria?

Ela queria orientação? Estaria esclarecendo dúvidas a respeito de conversão? Havia pessoas, Karras sabia, que se aproximavam da salvação como se estivessem à beira de uma ponte, pairando sobre um abismo.

— Se ela procurasse ajuda espiritual, não — respondeu ele.

— O senhor não a denunciaria?

— Não, não denunciaria. Mas tentaria convencê-la a se entregar.

— E qual é a sua opinião sobre exorcismo?

Fez-se uma pausa enquanto o padre Karras a observava.

— Desculpe, o quê? — perguntou, por fim.

— Se uma pessoa estiver possuída por um demônio, como o senhor faz para conseguir um exorcismo?

Karras desviou o olhar, respirou fundo e voltou a encará-la.

— Bem, em primeiro lugar, a senhorita precisaria pôr essa pessoa numa máquina do tempo e enviá-la de volta ao século XVI.

Chris franziu a testa, confusa.

— Como assim?

— É que essas coisas não acontecem mais.

— É mesmo? Desde quando?

— Desde quando? Desde que aprendemos sobre as doenças mentais e sobre a esquizofrenia e o transtorno de múltiplas personalidades. O tipo de coisa que aprendemos em Harvard.

— O senhor está zombando de mim?

A voz de Chris estava embargada, parecendo impotente, confusa, e Karras se arrependeu da indelicadeza. De onde aquilo viera?, tentou entender. Ele havia falado sem pensar.

— Muitos católicos estudados — continuou ele com um tom mais gentil — não acreditam mais no Diabo. E no que tange à possessão, desde o dia em que me uni aos jesuítas, nunca vi um padre que já tenha realizado um exorcismo. Nenhum.

— Ah, o senhor é mesmo um padre ou um charlatão? — perguntou Chris com repentina amargura, decepcionada. — O que me diz sobre todas aquelas teorias na Bíblia sobre Jesus expulsar os demônios?

— Veja, se Jesus tivesse dito que aquelas pessoas supostamente possuídas tinham esquizofrenia, e eu imagino que fosse o caso, é provável que ele tivesse sido crucificado três anos antes — respondeu Karras, de modo espontâneo e nervoso.

— É mesmo? — Chris levou a mão trêmula aos óculos, engrossando a voz num esforço para se controlar. — Bem, acontece, padre Karras, que alguém muito próximo a mim provavelmente está possuído e precisa de um exorcismo. O senhor pode realizá-lo?

De repente, toda aquela situação pareceu surreal: a ponte Key, os carros, o Hot Shoppe com milk-shakes do outro lado do rio e, ao lado dele, uma estrela de cinema pedindo um exorcismo. Enquanto olhava para Chris, pensando numa resposta, ela tirou os óculos escuros enormes, e Karras ficou chocado ao ver os olhos dela tão vermelhos e cansados, seu apelo desesperado. E, de repente, percebeu que aquela mulher estava falando sério.

— Padre Karras, é a minha filha — declarou ela. — Minha *filha*!

— Então é mais um motivo para deixar o exorcismo de lado e...

— Por quê? — perguntou Chris, de repente, com uma voz estridente, desesperada e irritada. — Diga *por quê*! Meu Deus, não consigo entender!

Karras segurou seu braço com o intuito de acalmá-la.

— Em primeiro lugar — respondeu ele —, isso poderia piorar as coisas.

Chris franziu o rosto, incrédula.

— Piorar?

— Sim, piorar. Isso mesmo. Porque o ritual de exorcismo é perigosamente sugestivo. Poderia implantar a ideia de possessão onde antes não havia, ou torná-la mais forte, caso já exista.

— Mas...

— E, em segundo lugar — continuou Karras —, antes de a Igreja Católica aprovar um exorcismo, ela realiza uma investigação para saber se é verdade, e isso demora. Enquanto isso, a sua...

— O senhor não poderia fazer tudo sozinho? — O lábio inferior de Chris tremia suavemente, e seus olhos estavam marejados.

— Veja, todo padre tem o poder de exorcizar, mas precisa da aprovação da Igreja e, para ser sincero, ela raramente é dada, então...

— O senhor não pode nem mesmo *olhar* ela?

— Bem, como psiquiatra, sim, poderia, mas...

— Ela precisa de um *padre*! — gritou Chris, com o rosto contorcido de raiva e medo. — Eu já a levei a todos os malditos médicos e psiquiatras da porra do mundo, e eles me mandaram para *o senhor*. Agora o senhor quer me mandar de volta para *eles*?

— Mas sua...

— Jesus Cristo, ninguém pode me *ajudar*?!

O grito estridente ressoou acima do rio, fazendo com que bandos sobressaltados de aves voassem das margens, num estardalhaço de asas.

— Ai, meu Deus, alguém me ajude! — exclamou Chris, gemendo e soluçando sem parar, encolhida contra o peito de Karras. — Ah, por favor, me ajude! Por favor! Por favor, me ajude!

O jesuíta olhou para a mulher e acariciou sua cabeça enquanto motoristas dentro de carros presos no trânsito os observavam sem interesse.

— Está tudo bem — disse Karras. Ele só queria acalmá-la, diminuir sua histeria. *"Minha filha?"* Não, era *Chris* que precisava de ajuda psiquiátrica, na sua opinião. — Tudo bem, vou vê-la. Vou vê-la agora mesmo. Vamos.

Com a sensação de irrealidade ainda no ar, Karras a acompanhou até sua casa em silêncio, pensando na aula do dia seguinte na faculdade de medicina em Georgetown. Ainda tinha que preparar suas observações.

Enquanto subiam os degraus da entrada, Karras olhou para o relógio. Eram 17h50. Olhou para a rua, em direção ao centro de residência jesuíta, se dando conta de que perderia o jantar.

— Padre Karras?

Ele se virou para olhar para Chris. Prestes a virar a chave na fechadura, ela hesitou e olhou para ele.

— O senhor acha que deveria estar vestindo a batina?

Karras olhou para ela com pena, mas tentou disfarçar. Havia algo de infantil em seu rosto e sua voz.

— Seria perigoso demais — respondeu ele.

— Tudo bem.

Chris virou-se e destrancou a porta, e foi então que Karras sentiu: um mau pressentimento forte e arrepiante. Passou por sua corrente sanguínea como pedacinhos de gelo.

— Padre Karras?

Ele olhou para a frente. Chris havia entrado.

Por um momento de hesitação, ele permaneceu parado. Então, lenta e conscientemente, como se tivesse tomado a decisão, deu um passo à frente, entrando na casa com uma estranha sensação de finalidade.

Karras ouviu uma algazarra vinda do andar de cima. Uma voz grave e reverberante gritava obscenidades, ameaçando com ira, ódio e frustração. Assustado, ele olhou para Chris. Ela o encarou em silêncio. E continuou avançando. Ele a seguiu escada acima e pelo corredor até onde Karl estava, com os braços cruzados e a cabeça baixa, de frente para a porta de Regan. Ali, tão perto, a voz que ressoava do quarto era tão alta que quase parecia eletronicamente amplificada. Karl ergueu a cabeça, e o padre percebeu medo e desespero nos olhos do empregado enquanto ele dizia a Chris, com a voz extenuada, pasma:

— Não quer as amarras.

Chris encarou Karras e anunciou:

— Volto já.

Eram palavras de uma alma esgotada. Karras observou enquanto ela se virava e atravessava o corredor até seu quarto. Deixou a porta aberta. O jesuíta olhou para Karl, encarando-o intensamente.

— O senhor é padre? — perguntou ele.

Karras assentiu e relanceou para a porta do quarto de Regan. A voz irada fora abruptamente substituída pelo berro estridente de um animal, que poderia ser um bezerro. Karras sentiu algo na mão. Olhou para baixo.

— Esta é minha filha. Seu nome é Regan — disse Chris, oferecendo a ele uma foto.

Karras a pegou. Era uma menina muito bonita, de sorriso doce.

— Essa foto foi tirada há quatro meses — continuou Chris, pegando o papel de volta e indicando a porta do quarto com a cabeça. — Agora, vá dar uma olhada nela.

A mulher se recostou na parede ao lado de Karl e, olhando para baixo com os braços cruzados, disse em tom desanimado:

— Vou esperar aqui.

— Quem está lá dentro com ela? — perguntou Karras.

Chris olhou para ele, inexpressiva.

— Ninguém.

O padre a olhou por alguns instantes, então virou-se, franzindo a testa para a porta do quarto. Quando segurou a maçaneta, os sons lá dentro cessaram abruptamente. No silêncio, Karras hesitou antes de adentrar o quarto devagar, quase se retraindo com o fedor pungente de excremento que invadiu suas narinas como um golpe. Enojado, ele fechou a porta e, assombrado, viu o que era Regan, a criatura deitada de barriga para cima na cama, com a cabeça recostada no travesseiro, os olhos arregalados e fundos nas órbitas, um brilho de loucura e inteligência, interesse e ódio, fixo nele, observando-o com atenção, ardentes no rosto que parecia uma máscara esquelética de maldade inestimável. Karras olhou para os cabelos desgrenhados e úmidos, para as pernas e os braços feridos, a barriga protuberante num formato grotesco; observou os olhos, que o esquadrinhavam... analisavam... acompanhavam seu movimento enquanto ele se dirigia a uma mesa e cadeira perto da ampla janela. Karras procurou parecer calmo, até caloroso e amigável.

— Olá, Regan. — Ele pegou a cadeira e levou-a para perto da cama. — Sou um amigo de sua mãe, e ela me disse que você está muito, muito doente. — Karras se sentou. — Que tal você me dizer o que houve? Gostaria de ajudá-la.

Os olhos de Regan brilhavam, sem piscar, e uma saliva amarelada escorria de um canto da boca até o queixo enquanto seus lábios se esticavam num sorriso ferino de desprezo.

— Ora, ora, ora — disse ela com sarcasmo, e Karras sentiu os pelos da nuca se eriçarem ao ouvir aquela voz rouca e grave, tomada de ameaça e poder. — Então, é você... Eles mandaram *você*! — continuou, como se estivesse satisfeita. — Bem, não precisamos temê-lo.

— Sim, é verdade — concordou Karras. — Sou seu amigo e gostaria de ajudá-la.

— Solte as amarras, então — pediu Regan, mostrando os pulsos para que Karras visse que estavam amarrados com dois conjuntos de amarras de couro.

— Elas estão desconfortáveis?

— Extremamente. São um incômodo. Um incômodo *infernal*.

Seus olhos brilhavam maliciosamente com uma diversão secreta.

Karras viu os arranhões no rosto de Regan; os cortes em seus lábios aparentemente mordidos.

— Receio que você possa se ferir, Regan.

— Eu não sou Regan — resmungou ela, ainda com o sorriso assustador que Karras desconfiava ser sua expressão permanente.

O aparelho ortodôntico em seus dentes não parecia nada coerente, pensou ele.

— Ah, entendo — respondeu ele, assentindo. — Bem, então talvez devamos nos apresentar. Sou Damien Karras. Quem é você?

— Eu sou o Diabo!

— Ah, ótimo — disse Karras, assentindo com aprovação. — Agora podemos conversar.

— Quer bater papo?

— Se você quiser.

— Sim, eu quero — disse Regan, babando um pouco pelo canto da boca. — Mas você verá que não consigo conversar livremente preso a estas amarras. Como sabe, passei grande parte do meu tempo em Roma e estou acostumado a gesticular. Agora, faça a gentileza de me soltar.

Tamanha precocidade de linguagem e pensamento, pensou Karras. Ele se inclinou para a frente na cadeira com uma mistura de surpresa e interesse profissional.

— Você disse que é o Diabo? — perguntou ele.

— Eu garanto que sou.

— Então por que não faz as amarras desaparecerem?

— Veja, seria uma demonstração vulgar demais de minha força. Afinal, eu sou um príncipe! "O príncipe deste mundo", como uma pessoa muito esquisita se referiu a mim certa vez. Não lembro bem quem foi. — Uma risada baixa. — Prefiro a persuasão, Karras; a união, o envolvimento comunitário. Além disso, se eu soltar as amarras sozinho, eu lhe nego a oportunidade de realizar um ato caridoso.

Incrível!, pensou Karras. E respondeu:

— Mas um ato caridoso é uma virtude, e é isto que o Diabo tentaria evitar. Então, na verdade, eu estaria *ajudando* você agora se não soltasse as amarras. A menos, claro... — continuou Karras, dando de ombros —, a menos que você *não* seja o demônio, e, nesse caso, eu, provavelmente, *soltaria* as amarras.

— Você é tão esperto quanto uma raposa, Karras. Se meu querido Herodes estivesse aqui, adoraria conhecê-lo.

Karras olhou para ela com olhos semicerrados e até com mais interesse. "Ela quis aludir a Cristo ao chamar Herodes de raposa?"

— Que Herodes? — perguntou ele. — Há dois. Está falando do rei da Judeia?

— Não, estou falando do tetrarca da Galileia! — gritou Regan, com a voz alterada para atingi-lo com seu desprezo. De repente, ela voltou a sorrir e disse com aquela voz baixa e sinistra: — Viu como essas amarras odiosas me afetaram? Solte-me. Solte-me, e eu lhe contarei seu futuro.

— Muito tentador.

— Meu forte.

— Mas como saber se você realmente *consegue* ver o futuro?

— Porque sou o Diabo, porra!

— Sim, você diz isso, mas não me dá provas.

— Você não tem fé.

Karras ficou tenso.

— Não tenho fé em *quê*?

— Em *mim*, meu caro Karras, em *mim*! — Algo malicioso se escondia naqueles olhos. — Todas essas provas, todos os sinais no céu!

Karras tentou se recompor ao responder:

— Bem, algo muito simples pode resolver a questão. Por exemplo, o Diabo sabe de tudo, certo?

— Não, na verdade, eu sei de *quase* tudo, Karras. Viu? Eles dizem que sou orgulhoso. Não sou. E agora o que pretende, raposinha? Diga!

— Bem, pensei que pudéssemos testar o alcance de seu conhecimento.

— Muito bem, então. Como é? O maior lago da América do Sul — disse a coisa em forma de Regan, com os olhos arregalados — é o lago Titicaca, no Peru! Isso basta?

— Não, preciso perguntar algo que apenas o Diabo saberia.

— Ah, entendo. Como o quê?

— Onde está Regan?

— Ela está aqui.

— Onde é "aqui"?

— No chiqueiro.

— Quero vê-la.

— Por quê, Karras? Você quer fodê-la? Solte essas amarras e eu deixo você fazer isso!

— Quero ver se está me dizendo a verdade. Deixe-me vê-la.

— Uma boceta muito suculenta — continuou Regan, remexendo-se, passando a língua grossa nos lábios secos e rachados. — Mas ela não é de conversar, meu amigo. Recomendo que continue falando comigo.

— Bem, está claro que você não sabe onde ela está — retrucou Karras, dando de ombros —, então, ao que parece, você não é o Diabo.

— Eu *sou*! — vociferou a menina, dando um solavanco para a frente com o rosto retorcido de ódio. Karras estremeceu quando a voz assustadora reverberou nas paredes do quarto. — Eu *sou*!

— Bem, então me deixe ver Regan. Assim, você pode provar.

— Existem maneiras muito melhores! Vou mostrar! Vou ler sua mente! — disse a criatura Regan, sibilando furiosamente. — Pense num número entre um e cem!

— Não, isso não provaria nada. Eu preciso ver Regan.

Ela riu de repente, recostando-se na cabeceira da cama.

— Não, nada provaria qualquer coisa a você, Karras. É por isso que adoro todos os homens razoáveis. Que esplêndido! Muito esplêndido mesmo! Enquanto isso, podemos tentar iludi-lo. Afinal, nós não gostaríamos de perdê-lo agora.

— "Nós" quem? — perguntou Karras, com interesse e atenção.

— Há um grupo de bom tamanho aqui no chiqueiro — respondeu ela. — Ah, sim, tem bastante gente. Mais tarde, posso pensar nas apresentações. Enquanto isso, estou sentindo uma coceira enlouquecedora que não consigo alcançar. Pode soltar uma das amarras por um instante? Só uma?

— Não, diga-me onde coça e posso ajudá-la.

— Ah, que esperto! Muito esperto!

— Mostre-me Regan e talvez eu solte uma das amarras — prometeu Karras. — Contanto que ela...

Bruscamente, o padre se retraiu em choque ao ver olhos repletos de terror e uma boca escancarada num grito mudo por socorro. No entanto, em pouco tempo, a identidade de Regan desapareceu numa nova transformação.

— Por caridade, retire essas malditas amarras — pediu uma voz aduladora com um forte sotaque britânico, um pouco antes de a personalidade demoníaca reaparecer num piscar de olhos. — Será que você poderia ajudar um ex-coroinha, padre?

Então a criatura jogou a cabeça para trás, rindo de modo estridente e descontrolado.

Assustado, Karras se retraiu, sentindo mãos gélidas em sua nuca outra vez, mais palpáveis agora, mais nítidas do que uma mera impressão.

A criatura parou de rir e olhou para ele com olhos assustadores.

— Está sentindo as mãos geladas? Ah, sim, sua mãe está aqui conosco, Karras. Gostaria de deixar um recado? Cuidarei para que ela o receba.

Risos de escárnio. De repente, Karras saltou da cadeira para desviar de um jato de vômito lançado em sua direção. Sujou uma parte de seu casaco e uma de suas mãos.

Pálido, o padre olhou para a cama e para Regan, que ria enquanto vômito pingava da mão dele para o tapete.

— Se isso for verdade — disse ele —, você deve saber o nome de minha mãe.

— Ah, eu sei.

— E qual é?

A criatura silvou para ele, com os olhos brilhando de loucura e a cabeça se mexendo de um lado para o outro, como uma cobra.

— Qual é o nome dela? — repetiu Karras.

Com os olhos se revirando nas órbitas, Regan gritou como um bezerro, um urro irado que reverberou no vidro das janelas amplas. Durante um momento, Karras observou; depois, olhou para a própria mão e saiu do quarto.

Chris se afastou rapidamente da parede ao ver, assustada, o casaco do jesuíta.

— O que aconteceu? Ela vomitou?

— Tem uma toalha? — perguntou Karras.

— Tem um banheiro aqui! — respondeu Chris depressa, apontando para uma porta do corredor. — Karl, entre e dê uma olhada nela! — disse, olhando para trás enquanto seguia o padre para dentro do banheiro. — Sinto muito!

O jesuíta caminhou até a pia.

— A senhorita a mantém sob o efeito de tranquilizantes?

Chris abriu a torneira e respondeu:

— Sim, Librium. Tire o casaco e lave-o aqui.

— Qual é a dosagem? — perguntou Karras, ao tirar o casaco com a mão esquerda, que estava limpa.

— Vou ajudá-lo. — Chris puxou a parte inferior do casaco para cima. — Bem, hoje ela tomou quatrocentos miligramas, padre.

— *Quatrocentos?*

Chris ergueu o casaco até o peito dele.

— Sim, foi assim que conseguimos amarrá-la. Todos nós juntos tivemos que...

— A senhorita deu quatrocentos miligramas *de uma vez*?

— Minha filha é muito resistente. Levante os braços, padre.

— Certo.

Quando ele obedeceu, Chris tirou o casaco, abriu a cortina do chuveiro e o jogou na banheira.

— Pedirei a Willie para lavar, padre. — Ela se sentou à beira da banheira e pegou uma toalha cor-de-rosa de um suporte, cobrindo com a mão, sem querer, a palavra *Regan* bordada em azul-marinho. — Peço desculpas.

— Não tem problema. Não precisa se desculpar — disse Karras ao desabotoar a manga direita da camisa branca e enrolá-la, expondo um braço musculoso com pelos castanhos. — Ela tem se alimentado?

Ele colocou a mão embaixo do jato de água quente para limpar o vômito.

— Não, padre. Apenas Sustagen quando está dormindo. Mas ela arrancou a sonda.

— Arrancou? Quando?

— Hoje.

Atordoado, Karras lavou as mãos com sabonete e, após uma pausa, disse com seriedade:

— Sua filha precisa ser internada num hospital.

Chris baixou a cabeça.

— Não posso fazer isso, padre — disse ela, baixinho.

— Por que não?

— Não posso — sussurrou Chris. — Ela... Ela fez uma coisa, padre, e não posso correr o risco de mais alguém descobrir. Nem um médico... Nem uma enfermeira... Ninguém.

Franzindo a testa, Karras fechou a torneira. "E se alguém, digamos, fosse um criminoso." Perturbado, ele olhou para a pia, segurando as bordas.

— Quem tem dado Sustagen a ela? E o Librium? Os remédios?

— Nós mesmos. O médico dela nos ensinou.
— Vocês precisam de prescrições.
— Bem, o senhor pode resolver isso, não é?

Com a cabeça rodando, Karras virou-se para ela com as mãos erguidas e viu seu olhar assustado. Ele gesticulou para as toalhas que ela segurava e disse:

— Por favor.

Chris olhou para ele de modo inexpressivo.

— O quê?

— A toalha, por favor — pediu ele, baixinho.

— Ah, desculpe! — Chris entregou a toalha a ele rapidamente. Enquanto o jesuíta secava as mãos, ela perguntou com curiosidade e ansiedade: — Então, padre, como ela está? O senhor acredita que esteja possuída?

— O que a senhorita sabe sobre possessão?

— Apenas o pouco que li e algumas coisas que os médicos me disseram.

— Quais médicos?

— Da clínica Barringer.

— Entendo — disse Karras, assentindo. Ele dobrou a toalha e a colocou com cuidado no suporte. — A senhorita é católica?

— Não, não sou.

— E sua filha?

— Também não é.

— Qual religião, então?

— Nenhuma.

Karras olhou para a mulher com atenção.

— Por que me procurou, então?

— Porque estou desesperada! — respondeu ela, com a voz trêmula.

— Pensei que os psiquiatras tivessem aconselhado a senhorita a me procurar.

— Ah, eu não sei *o que* eu estava dizendo! Estou ficando maluca!

Karras se virou e, cruzando os braços e recostando-se no balcão de mármore branco da pia, olhou para Chris.

— Veja, a única coisa com que me preocupo é fazer o melhor para sua filha. Mas direi desde já que, se está procurando um exorcismo como uma forma de cura autossugestiva, seria melhor se tivesse recorrido a charlatães, srta. MacNeil, porque as autoridades da Igreja Católica não acreditarão, e a senhorita terá perdido um tempo precioso.

Karras sentiu as mãos tremerem levemente.

O que há de errado comigo?, pensou ele. *O que está acontecendo?*

— Na verdade, é sra. MacNeil — corrigiu Chris com rispidez.

Karras suavizou o tom.

— Sinto muito. Mas, seja um demônio ou um problema mental, farei o possível para ajudar sua filha. Mas preciso saber a verdade, toda a verdade. É importante. É importante para Regan. Sra. MacNeil, estou perdido. Estou totalmente apavorado com o que acabei de ver e ouvir no quarto de sua filha. Podemos sair do banheiro e conversar lá embaixo? — Com um breve sorriso, Karras estendeu a mão para ajudar Chris a se levantar. — Eu aceitaria uma xícara de café.

— Eu aceitaria um drinque.

Enquanto Karl e Sharon cuidavam de Regan, Karras e Chris foram para o escritório. Ela sentou-se no sofá, e Karras, numa cadeira ao lado da lareira. Chris contou a história da doença de Regan, mas teve o cuidado de não mencionar o fenômeno relacionado a Dennings. O padre escutou, com poucos comentários. Fez apenas algumas perguntas, assentindo ou franzindo a testa enquanto Chris admitia que, a princípio, considerou um exorcismo como um tratamento de choque.

— Mas, agora, não sei — concluiu ela, olhando para o padre. — O que *o senhor* acha, padre Karras?

Baixando a cabeça, o padre respirou fundo, balançou a cabeça e respondeu em voz baixa:

— Também não sei. Comportamento compulsivo causado pela culpa, talvez intensificado pelo transtorno de múltiplas personalidades.

— O quê? — Chris parecia abismada. — Padre, como pode afirmar isso depois do que viu lá em cima?

Karras a encarou.

— Se a senhora tivesse visto tantos pacientes de alas psiquiátricas quanto eu, poderia afirmar isso com muita facilidade. Afinal, possuída por demônios? Certo, ouça: digamos que seja verdade e que isso aconteça às vezes. O problema é que sua filha não fala que é um demônio, ela alega ser o próprio Diabo. É a mesma coisa que a senhora dizer que é Napoleão Bonaparte!

— Então explique as batidas e as outras coisas.

— Eu não as ouvi.

— Bem, ouviram na clínica Barringer, padre, então não foi apenas aqui em casa.

— Talvez sim, mas não precisaríamos de um demônio para explicá-las.

— Então explique!

— Bem, talvez seja psicocinese.

— *O quê?*

— A senhora já ouviu falar do evento chamado poltergeist, certo?

— Fantasmas que jogam pratos e agem como babacas?

— Não é tão incomum e costuma acontecer próximo a adolescentes emocionalmente perturbados. Acredita-se que uma forte tensão interna da mente possa acionar uma energia desconhecida que parece mover objetos a distância. Mas não há nada de sobrenatural nisso. A mesma coisa ocorre com a força anormal de Regan. Na patologia, é comum. Pode dizer que é a mente controlando a matéria, se quiser, mas, de qualquer modo, acontece fora da possessão.

Chris desviou o olhar, balançando a cabeça suavemente.

— Nossa! Que cena linda — disse ela com ironia. — Eu sou uma ateia e o senhor é um padre, e...

— A melhor explicação para qualquer fenômeno — interrompeu Karras gentilmente — é sempre a mais simples que acomode todos os fatos.

— É mesmo? — respondeu Chris com os olhos vermelhos, cheios de desespero e confusão. — Bem, talvez eu seja burra, padre Karras, mas dizer que um ser dentro da mente de alguém joga pratos contra a parede me parece uma burrice maior! Então, o que *é*? Pode me dizer o que é? E o que são "múltiplas personalidades", afinal? Explique. O que *é*? Será que sou tão burra assim? Pode me dizer o que é de um modo que eu finalmente consiga entender?

— Veja, ninguém finge compreender isso. Tudo o que sabemos é que acontece, e qualquer coisa além do fenômeno em si é pura especulação. Mas pense dessa maneira, se quiser.

— Sim, vá em frente.

— O cérebro humano contém cerca de 17 bilhões de células, e, quando nós as analisamos, vemos que elas lidam com um milhão de sensações que bombardeiam o nosso cérebro a cada segundo. O cérebro, além de interpretar todas as mensagens, faz isso com eficácia, sem falhas ou interceptações. Mas como seria possível que isso acontecesse sem um tipo de comunicação? Bem, não seria possível, então cada uma dessas células aparentemente tem uma consciência, talvez própria. Está entendendo?

— Sim, um pouco — disse Chris, assentindo.

— Ótimo. Agora, imagine que o corpo humano é um navio enorme, e que todos os neurônios são a tripulação. Um desses está na ponte. Ele é o capitão. Mas ele nunca sabe exatamente o que os outros estão fazendo; só sabe que o navio continua navegando sem problemas e que o trabalho está sendo realizado. Agora, o capitão é a senhora... É sua consciência desperta. E o que acontece no transtorno de múltiplas personalidades, *supostamente*, é que um desses neurônios da tripulação sobe na ponte e toma o comando do navio. Em outras palavras, um motim. Isso ajuda a senhora a entender?

Chris olhava para ele, incrédula, sem piscar.

— Padre, isso é tão maluco que acho mais fácil acreditar na droga do Diabo!

— Eu...

— Veja, não sei sobre todas essas teorias — interrompeu Chris com a voz firme e baixa —, mas direi algo, padre: se o senhor me mostrasse uma gêmea idêntica de Regan, com o mesmo rosto, a mesma voz, o mesmo cheiro, o mesmo tudo, até a maneira como ela faz o pingo no *i*, eu ainda assim saberia que não era ela! Eu simplesmente saberia, dentro de mim, e estou dizendo ao senhor que *aquela coisa lá em cima não é minha filha!* Agora, diga-me o que fazer — pediu ela, com a voz ficando mais alta e trêmula de emoção. — Diga com convicção que não há nada de errado com a minha filha além de sua mente; que o senhor tem certeza *absoluta* de que ela não precisa de um exorcismo, de que isso não a ajudaria! Vá em frente. Diga isso, padre. *Diga!*

A última parte saiu quase como um grito.

Karras desviou o olhar e, por longos segundos, permaneceu calado. Então, olhou para Chris.

— Regan tem a voz estridente? — perguntou ele. — Quero dizer, em situações normais?

— Não. Na verdade, eu diria que é bem suave.

— A senhora a consideraria precoce?

— Nem um pouco.

— E o QI dela?

— Na média.

— Costuma ler?

— Nancy Drew e quadrinhos, na maior parte do tempo.

— E sua maneira de falar agora? Está muito diferente do que a senhora consideraria normal?

— Completamente. Ela nunca tinha falado nem metade daquelas palavras.

— Não me refiro ao *conteúdo*. Eu me refiro ao *estilo*.

— Estilo?

— A maneira como ela forma as frases.

Chris franziu a testa.

— Ainda não entendi muito bem o que quer dizer.

— A senhora tem cartas que ela escreveu? Composições? Gravações com a voz dela poderiam...

— Sim. Tem uma fita na qual ela está falando com o pai. Ela a estava preparando para enviar como carta, mas não chegou a terminar. Quer ouvi-la?

— Sim, quero. Também vou precisar dos registros médicos dela, principalmente dos relatórios da clínica Barringer.

Chris desviou o olhar e balançou a cabeça.

— Ah, padre, eu já vi tudo isso e...

— Sim, sim, eu sei, mas eu preciso ver os relatórios.

— Então ainda está se opondo ao exorcismo?

— Não, só estou me opondo ao risco de fazer mais mal do que bem à sua filha.

— Mas agora o senhor está falando estritamente como psiquiatra, certo?

— Não, estou falando também como padre. Se eu for à Ordem, ou aonde tiver que ir para conseguir permissão para um exorcismo, a primeira coisa que eu precisaria ter seria um forte indício de que o problema de sua filha não é apenas psiquiátrico, além de provas que a Igreja aceitasse como sinais de possessão.

— Tipo o quê?

— Não sei. Terei que descobrir.

— Está brincando? Pensei que fosse um especialista.

— Não *existem* especialistas. A senhora provavelmente sabe mais sobre possessão demoníaca do que a maioria dos padres. Quando poderá me mostrar os relatórios feitos na Barringer?

— Fretarei um avião, se precisar!

— E a fita?

Chris se levantou.

— Verei se consigo encontrá-la.

— Só mais uma coisa.

— O quê?

— Aquele livro que a senhora mencionou com a seção sobre possessão. Você consegue se lembrar se Regan o leu *antes* da doença?

Olhando para baixo, Chris se concentrou.

— Nossa, acho que me lembro de ter visto Regan lendo *alguma* coisa um dia antes de a mer... do problema começar, mas não tenho certeza. Mas acredito que ela o leu, sim. Ou melhor, tenho certeza. *Bastante certeza.*

— Gostaria de vê-lo.

Chris começou a se afastar.

— Claro, vou buscá-lo para o senhor, padre. E a fita também. Está no porão, acho. Vou até lá para ver.

Karras assentiu de modo distraído, observando a estampa no tapete oriental. Depois de vários minutos, levantou-se e caminhou lentamente até a porta de entrada, onde, com as mãos nos bolsos da calça, permaneceu imóvel no escuro, como se estivesse em outra dimensão, ouvindo os grunhidos de porcos no andar de cima e o uivo de um chacal, seguido por silvos parecidos com os de serpentes.

— Ah, o senhor está aqui. Fui procurar no escritório.

Karras se virou e viu Chris sob as luzes do corredor.

— Está indo embora? — perguntou, ao se aproximar com o livro de bruxaria e a fita gravada para o pai.

— Sim, preciso ir. Tenho que preparar uma aula para amanhã.
— É mesmo? Onde o senhor leciona?
— Na faculdade de medicina — respondeu Karras, pegando o livro e a fita das mãos de Chris. — Tentarei passar aqui amanhã na parte da tarde ou à noite. Enquanto isso, se alguma coisa urgente acontecer, telefone para mim, não importa o horário. Avisarei os atendentes para me passarem sua ligação. Vocês precisam de remédios?
— Estamos bem. Temos as receitas.
— Não vai telefonar ao médico de novo?
A atriz baixou a cabeça.
— Não posso — disse ela num sussurro. — Simplesmente não posso.
— Entenda, não sou clínico geral — explicou Karras.
— Tudo bem.
Chris ainda olhava para baixo, e o padre a analisou com atenção e preocupação. A ansiedade emanava dela em ondas.
— Bem, mais cedo ou mais tarde, terei que contar a um de meus superiores o que ando fazendo, sobretudo se começar a vir aqui em horários incomuns, durante a noite — disse ele, com delicadeza.
Chris olhou para ele, franzindo a testa de preocupação.
— Precisa fazer isso? Contar aos superiores?
— Bem, se não fizer, não acha que será um pouco estranho?
Chris baixou o olhar de novo, assentindo.
— Sim, entendo o que está dizendo.
— A senhora se importa? Direi apenas o que for necessário. E não se preocupe, a notícia não vai se espalhar.
Ela ergueu o rosto desamparado e atormentado para os olhos fortes e tristes do padre. Viu a força. Viu a dor.
— Tudo bem — respondeu ela.
Confiava na dor.
— Vamos manter contato — disse Karras.
Ele fez menção de sair, mas se deteve à porta, com a cabeça baixa e o dorso de uma das mãos encostado nos lábios, como se refletisse. A seguir, olhou para Chris.
— Sua filha sabia que um padre viria esta noite?
— Não, ninguém sabia, só eu.

— A senhora sabia que minha mãe morreu recentemente?
— Sim, sinto muito.
— Regan sabia?
— Por quê?
— Ela sabia?
— Não, de jeito nenhum. Por que pergunta?
Karras deu de ombros.
— Não importa. Eu só estava pensando. — Ele observou o rosto de Chris com o rosto franzido de preocupação. — A senhora tem dormido?
— Bem, um pouco.
— Tome calmantes, então. Está tomando Librium?
— Sim.
— Qual dose?
— Dez miligramas, duas vezes por dia.
— Aumente para vinte. Enquanto isso, tente se manter afastada de sua filha. Quanto mais a senhora se expuser ao comportamento atual dela, maior a chance de seus sentimentos por ela serem afetados. Mantenha-se distante. E tente ficar calma. A senhora não ajudará Regan em nada se tiver um colapso nervoso.

Com a cabeça e os olhos baixos, Chris assentiu.
— Agora, vá para a cama — sugeriu ele. — Pode se deitar agora?
— Sim, posso — disse ela, baixinho. — Prometo que farei isso.
Ela olhou para ele com simpatia e um leve sorriso.
— Boa noite, padre Karras. E obrigada. Muito obrigada.
Por um momento, ele a observou com atenção, então respondeu:
— Certo, boa noite.

Ele se virou e se afastou depressa. Chris permaneceu à porta. Enquanto o padre atravessava a rua, pensou que ele perdera o jantar e se preocupou que estivesse com frio; estava desenrolando a manga da camisa. Enquanto passava pelo 1789 Restaurant, ele derrubou algo, provavelmente a fita com a gravação feita por Regan, ou o livro de bruxaria. Ele se abaixou para pegá-lo e, na esquina da rua 36 com a P, dobrou à esquerda e desapareceu de vista. Chris sentiu certo alívio.

Ela não viu Kinderman sentado sozinho num carro à paisana.

Meia hora depois, Damien Karras retornou apressado ao seu quarto no centro de residência jesuíta com vários livros e publicações que pegara na biblioteca da Universidade de Georgetown. Ele os colocou sobre uma mesa e abriu as gavetas à procura de um maço de cigarro; encontrou um Camel pela metade, acendeu um, tragou profundamente e prendeu a fumaça nos pulmões enquanto pensava em Regan. Histeria, pensou, só podia ser isso. Soltou a fumaça, enfiou os polegares nos passadores de cinto e olhou para os livros. Pegara os títulos: *Possessão*, de Oesterreich; *Os demônios de Loudun*, de Huxley; *The Parapraxis in the Haizmann Case of Sigmund Freud*, de Vandendriessche; *Demon Possession and Exorcism in Early Christianity in the Light of Modern Views of Mental Illness*, de McCasland; e trechos de publicações psiquiátricas de Freud intituladas "Uma neurose demoníaca do século XVII" e "The Demonology of Modern Psychiatry".

"Será que poderia ajudar um ex-coroinha, padre?"

O jesuíta passou a mão pela sobrancelha e olhou para o suor nos dedos. Notou que deixara a porta aberta. Atravessou o quarto, fechou a porta e caminhou até a estante para pegar sua cópia de capa vermelha de *O ritual romano*, um compêndio de ritos e orações. Prendendo o cigarro entre os lábios, olhou através da fumaça enquanto procurava as "Regras gerais" para exorcistas, querendo descobrir os sinais de possessão demoníaca. Passou os olhos rapidamente pelas páginas, então começou a ler com mais cuidado:

... O exorcista não deve acreditar prontamente que uma pessoa está possuída por um espírito do mal, mas deve se certificar dos sinais pelos quais uma pessoa possuída pode ser distinguida de outra que esteja sofrendo de alguma doença, principalmente de natureza psicológica. Alguns sinais de possessão são: a habilidade de falar com certa facilidade num idioma desconhecido ou compreendê-lo quando falado por outra pessoa; a capacidade de divulgar acontecimentos futuros e desconhecidos; a demonstração de poderes que estão além da idade do sujeito e de sua condição natural; e diversas outras condições que, reunidas, constroem a evidência.

Karras pensou um pouco, depois recostou-se na estante e leu o que restava das instruções. Quando terminou, voltou para a oitava:

Alguns revelam um crime que foi cometido.

Bateram suavemente à porta.
— Damien?
Karras tirou os olhos do livro e disse:
— Entre.
Era Dyer.
— Oi. Chris MacNeil está tentando falar com você — anunciou ao entrar no quarto. — Você já falou com ela?
— Quando? Agora à noite?
— Não, no começo da tarde.
— Ah, sim, Joe. Obrigado. Já falei com ela.
— Ótimo. Só queria ter certeza de que recebera o recado.
O padre baixinho olhava ao redor como se procurasse algo.
— Do que você precisa, Joe? — perguntou Karras.
— Tem alguma bala de limão? Já olhei no corredor, mas ninguém tem e, *nossa!*, como eu queria uma ou duas — respondeu Dyer, ainda observando. — Certa vez, passei um ano ouvindo confissões de crianças e acabei adorando balas de limão. Os danadinhos exalam aquele hálito, e acho que me viciei.
Dyer ergueu a tampa do umidor de charuto, que estava cheio de pistaches.
— O que é isto? — perguntou ele. — Feijões mágicos mexicanos secos?
Karras virou-se para as estantes, procurando um livro.
— Olha, Joe, estou meio ocupado no momento e…
— Ei, aquela Chris é muito legal, não é? — perguntou Dyer, deitando-se na cama de Karras e esticando-se com as mãos confortavelmente apoiadas atrás da cabeça. — Uma mulher muito gentil. Você a conheceu? Pessoalmente?
— Nós conversamos — respondeu Karras ao pegar um livro de capa verde com o título *Satã*, uma coleção de textos e artigos católicos escritos por diversos teólogos franceses. Ele o levou em direção à mesa. — Agora…

— Simples. Pé no chão. Sem frescuras — continuou Dyer, encarando o teto do quarto. — Ela pode nos ajudar com meu plano quando nós largarmos o sacerdócio.

Karras olhou para Dyer.

— *Quem* vai largar o sacerdócio?

— Os gays. Aos montes. O preto básico saiu de moda.

Karras balançou a cabeça com desaprovação, porém achando graça, e colocou os livros na mesa.

— Ah, vamos, Joe — disse ele —, vá procurar o que fazer. Vamos, suma! Tenho uma aula para preparar para amanhã.

— Primeiro, vamos falar com Chris MacNeil sobre essa ideia que eu tenho para um roteiro baseado na vida de Santo Inácio de Loyola, que, por enquanto, intitulei *Jesuítas Corajosos em Marcha*.

Apagando o cigarro num cinzeiro, Karras levantou a cabeça e olhou para Dyer, franzindo a testa.

— Pode ir embora, Joe? Tenho bastante trabalho a fazer.

— Quem o está impedindo?

— Você! — respondeu Karras, começando a desabotoar a camisa. — Vou tomar um banho e, quando sair, espero não encontrá-lo aqui.

— Ah, tudo bem — resmungou Dyer com relutância ao se sentar e escorregar as pernas para fora da cama. — Não vi você no jantar. Onde comeu?

— Não comi.

— Que bobagem. Para que fazer dieta se você só veste túnicas?

— Tem algum gravador por aqui?

— Não tem sequer uma bala de limão por aqui. Vá ao laboratório de idiomas.

— Quem tem a chave? O padre Presidente?

— Não, o padre Zelador. Precisa dela hoje?

— Sim, preciso — respondeu Karras ao pendurar a camisa nas costas da cadeira. — Onde posso encontrá-lo?

— Quer que eu busque para você, Damien?

— Você poderia, Joe? Estou realmente precisando.

Dyer se levantou.

— Sem problema!

Karras tomou um banho e vestiu uma camiseta e uma calça. Sentando-se à mesa, viu um maço de Camel sem filtro e, ao lado, uma chave cuja etiqueta dizia LABORATÓRIO DE IDIOMAS e outra na qual estava escrito GELADEIRA DO REFEITÓRIO. Preso à etiqueta, havia um bilhete: *Antes você do que os ratos e os gatunos dominicanos.* Karras sorriu ao ver a assinatura: *O rapaz da bala de limão.* Deixou o bilhete de lado, tirou o relógio e colocou-o diante de si, sobre a mesa. Eram 22h58.

Ele leu. Primeiro, Freud; depois, McCasland; partes de *Satã*; partes do amplo estudo de Oesterreich. Pouco depois das quatro, terminou e esfregou o rosto e os olhos, que latejavam. A fumaça pairava densa no ar e, no cinzeiro sobre a mesa, havia cinzas e um monte de bitucas de cigarro. Ele se levantou e caminhou até a janela. Abriu-a, sentiu uma rajada do vento frio da madrugada, e ficou ali, pensando em Regan. Sim, ela tinha a síndrome física da possessão. Não havia dúvidas. Caso após caso, independentemente da localidade ou do momento histórico, os sintomas da possessão eram constantes. Alguns deles, Regan ainda não evidenciara: estigmas, desejo por alimentos repugnantes, insensibilidade à dor, além de soluços frequentemente altos e incontidos; mas ela havia manifestado claramente alguns outros: agitação motora involuntária, hálito ruim, língua inchada, transformação corporal, barriga distendida, irritações da pele e da membrana mucosa. Mais presentes ainda eram os sintomas básicos dos casos pesados que Oesterreich caracterizou como possessão "verdadeira": a extrema mudança na voz e na fisionomia, além da manifestação de uma nova personalidade.

Pela janela, Karras olhou para a rua. Por entre os galhos das árvores, conseguiu ver a casa de MacNeil e a enorme janela do quarto de Regan. Com suas leituras, ele aprendeu que, quando a possessão é voluntária, assim como acontece com os médiuns, a nova personalidade é geralmente benigna. *Como aconteceu com Tia*, pensou Karras, o espírito de uma mulher que havia possuído um homem, um escultor, algumas vezes e por cerca de apenas uma hora por episódio, até um amigo do escultor se apaixonar perdidamente por Tia e implorar ao escultor que permitisse que ela ficasse em posse de seu corpo em definitivo. *Mas, no caso de Regan, não é uma Tia,* refletiu, pois a suposta "personalidade invasora" era maldosa e típica de casos de possessão demoníaca nos quais a nova personalidade tentava destruir o corpo do hospedeiro.

E conseguia, na maior parte das vezes.

Irritado, o jesuíta caminhou até a mesa, pegou o maço de cigarros e acendeu um deles. *Pois bem, ela tem a síndrome física da possessão demoníaca. Mas como curá-la?* Ele sacou um fósforo. *Depende do que causou o problema.* Ele se sentou à beira da mesa e pensou no caso das freiras do convento de Lille, na França, no início do século XVII. Supostamente possuídas, elas "confessaram" a seus exorcistas que, durante o estado impotente de possessão, iam com frequência a orgias satânicas nas quais realizavam um amplo repertório erótico: às segundas e terças, copulação heterossexual; às quintas, sodomia, felação e cunilíngua com parceiras homossexuais; aos sábados, bestialidade com animais domésticos e dragões. *E dragões?* O jesuíta balançou a cabeça, pesaroso. Como em Lille, ele acreditava que as causas de muitas possessões eram uma mistura de fraude e mitomania, e ainda outras causadas por doença mental: paranoia, esquizofrenia, neurastenia, psicastenia. E por esse motivo a Igreja havia, por muitos anos, recomendado que o exorcista atuasse com um psiquiatra ou com um neurologista presente durante o rito. Mas nem toda possessão tinha uma causa tão clara. Muitas haviam levado Oesterreich a caracterizar a possessão como um distúrbio à parte; a rejeitar o conceito de "múltiplas personalidades" da psiquiatria, considerando-o nada além de uma substituição igualmente oculta para os conceitos de "demônio" e de "espírito dos mortos".

Karras esfregou um dedo indicador na lateral do nariz. A sugestão da clínica Barringer, segundo Chris, era que o distúrbio de Regan teria sido causado por sugestão; por algo relacionado, de certo modo, à histeria. E Karras também acreditava nessa possibilidade. Acreditava que, em sua maioria, os casos que estudara tinham sido causados exatamente por esses dois fatores. *Em primeiro lugar, ele atinge principalmente as mulheres. Em segundo, após um surto, a possessão se espalha como uma epidemia. Então, aqueles exorcistas...* Karras franziu a testa. Os próprios exorcistas, às vezes, se tornavam vítimas de possessão, como acontecera em 1634, no convento ursulino de freiras em Loudun, na França. Dos quatro exorcistas jesuítas que tinham sido mandados para lidar com uma epidemia de possessão, três deles — os padres Lucas, Lactance e Tranquille —, além de serem possuídos, morreram logo depois, vítimas de um aparente ataque cardíaco causado por hiperatividade psicomotora ininterrupta: os xingamentos e gritos de ódio constantes, os golpes na cama. O quarto padre, Père Surin, que na época das possessões tinha 33 anos e era um dos principais intelectuais da Europa, enlouqueceu e foi internado numa instituição para doentes mentais pelos 25 anos seguintes até falecer. Karras assentiu, abstraído. Se o problema de Regan estivesse ligado à histeria e o início dos sintomas de possessão tivesse sido causado por sugestão, a única fonte possível seria o capítulo sobre possessão no livro de bruxaria. Ele observou as páginas. Será que Regan o lera? Havia fortes semelhanças entre os detalhes descritos e o comportamento de Regan? Ele encontrou algumas correlações:

O caso de uma menina de 8 anos que, de acordo com a descrição dada no capítulo, "berrava como um touro, com uma voz grave e arrebatadora". *Regan gritando como um bezerro.*

O caso de Helene Smith, que foi tratada pelo grande médico Flournoy. A descrição dada por ele sobre a mudança da voz e dos traços dela com "rapidez intensa", transformando-se em diversas personalidades. *Ela fez isso comigo. A personalidade que falava com sotaque inglês. Mudança rápida. Instantânea.*

Um caso na África do Sul, relatado em primeira mão pelo famoso etnologista Junod. A descrição que ele fez de uma mulher que desapareceu de sua casa certa noite e foi encontrada na manhã seguinte "amarrada ao topo" de uma árvore muito alta, por "cipós finos", e que, depois, "desceu da árvore, de cabeça para baixo, silvando e remexendo a língua com rapidez, como uma serpente. Permanecera ali, pendurada, durante um tempo, então começou a falar num idioma que ninguém conhecia." *Regan rastejando como uma cobra quando seguiu Sharon. As coisas sem sentido que dizia. Uma tentativa de falar um "idioma desconhecido"?*

O caso de Joseph e Thiebaut Burner, de 8 e 10 anos. Uma descrição dos dois "deitados de costas e girando com extrema rapidez". *Parece totalmente inventado ou bem exagerado, mas é muito próximo a Regan rodopiando como um pião.*

Havia outras semelhanças, mais motivos para se suspeitar da sugestão. Uma menção à força anormal e à obscenidade no discurso, além dos relatos de possessão no Evangelho, que talvez fossem a base, como Karras imaginava, do conteúdo curiosamente religioso que Regan gritara na clínica Barringer. Além disso, no capítulo, havia menção ao início da possessão em estágios: "O primeiro, a infestação, consiste num ataque por meio do ambiente da vítima: barulhos, odores, o deslocar de objetos sem uma causa visível; o segundo, a obsessão, é um ataque pessoal à vítima, para causar terror por meio do tipo de lesão que uma pessoa pode infligir à outra com socos e chutes". *As batidas. O ato de atirar coisas. Os ataques realizados pelo capitão Howdy.*

Certo, talvez... Talvez ela tenha lido, pensou Karras. Mas não estava convencido. *Não, de jeito nenhum!* Até Chris. Ela se mostrara muito incerta sobre isso.

Karras voltou para a janela. *Qual é a resposta, então? Possessão, de fato? Um demônio?* Ele olhou para baixo e balançou a cabeça. *Ah, caramba! Não é possível!* Acontecimentos paranormais, então? *Claro. Por que não?* Muitos estudiosos competentes os haviam mencionado. Médicos. Psiquiatras. Homens como Junod. *Mas o problema é como* interpretar *o fenômeno*. Ele se lembrou de quando Oesterreich comentou sobre um xamã do Altai, na Sibéria, que aceitara a possessão como uma forma de realizar um "ato mágico". Examinado numa clínica pouco antes de realizar o ato de levitação, sua pulsação havia aumentado para cem batidas por minuto; depois, para incríveis duzentas, enquanto, ao mesmo tempo, ocorreram mudanças em sua temperatura corporal e respiração. *Sua ação paranormal estava ligada à fisiologia! Foi causada por uma energia ou força corporal!* Mas Karras já aprendera que, como prova de possessão, a Igreja pedia fenômenos claros, exteriores e comprováveis que sugeriam... Ele se esqueceu das palavras, mas ao passar um dedo pela página do livro *Satã*, que estava sobre sua mesa, Karras as encontrou: "... fenômenos exteriores comprováveis que sugiram a ideia de que eles ocorreram devido à intervenção extraordinária de uma causa inteligente, não humana." Seria este o caso do xamã? *Não, não necessariamente. Seria o de Regan? Seria o caso dela?*

Karras leu um trecho que sublinhara a lápis em seu exemplar de *O ritual romano*: "O exorcista deve tomar cuidado para que nenhuma das manifestações do paciente passe sem explicação." Karras assentiu, pensativo. *Certo, vamos ver.* Caminhando, ele pensou nas manifestações de Regan, juntamente com as possíveis explicações. Foi eliminando uma a uma:

A assustadora mudança na fisionomia de Regan.

Em parte, por causa de sua doença e, em parte, pela subnutrição, mas acima de tudo porque a fisionomia é uma expressão da constituição física de alguém, concluiu ele.

A assustadora mudança na voz de Regan.

Ele ainda precisava ouvir a voz dela "de verdade", pensou Karras. E ainda que fosse suave antes, como dissera a mãe, os gritos constantes engrossariam as cordas vocais e a voz se tornaria mais grave. O único problema seria o volume, inexplicável, pois, mesmo com o engrossamento das cordas, o alcance da voz parecia fisiologicamente impossível. Ainda assim, pensou, em estados de ansiedade ou patologia, demonstrações de força paranormal do potencial muscular eram comuns. Será que as cordas vocais e a laringe não poderiam ser sujeitas ao mesmo efeito misterioso?

O vocabulário e conhecimento de Regan, ampliados de uma hora para outra.

Criptomnésia: lembranças ocultas de palavras e dados aos quais ela já tinha sido exposta, mesmo na infância, talvez. Nos sonâmbulos — e muitas vezes nas pessoas à beira da morte —, os dados ocultos geralmente surgiam com fidelidade quase fotográfica.

O fato de Regan saber que ele era um padre.

Ela adivinhou. Se tivesse realmente lido o capítulo sobre possessão, poderia esperar que receberia a visita de um padre. E, de acordo com Jung, o inconsciente e a sensibilidade de pacientes histéricos às vezes podiam ser cinquenta vezes maiores do que o normal, o que ele acreditava ser explicado por "leituras de pensamentos" aparentemente verdadeiras realizadas por médiuns por meio de batidas em mesas, nas quais o que o inconsciente do médium "lia" de fato eram as vibrações e os tremores criados pelas mãos da pessoa cujos pensamentos estavam sendo supostamente lidos. Os tremores formavam um padrão de letras e números. Assim, Regan pode ter "lido" sua identidade apenas pelas suas atitudes ou até pelo cheiro de óleo em suas mãos.

O fato de Regan saber sobre a morte de sua mãe.
Mais uma vez, ela adivinhou. Ele já tinha 46 anos.
"Será que você poderia ajudar um ex-coroinha, padre?"
Os manuais usados nos seminários católicos aceitavam a telepatia tanto como uma realidade quanto como um fenômeno natural.
A precocidade intelectual de Regan.
Esse era, de longe, o fato mais difícil de explicar. Mas, observando um caso de personalidades múltiplas envolvendo fenômenos supostamente ocultos, o psiquiatra Jung havia concluído que, em estados de sonambulismo histérico, as percepções inconscientes dos sentidos se tornavam mais fortes, assim como o funcionamento do intelecto, pois a nova personalidade em questão parecia claramente mais inteligente do que a primeira. Mas a simples descrição do fenômeno servia para explicá-lo?

Ele parou de andar de repente e se aproximou da mesa, percebendo que o fato de Regan ter citado Herodes era ainda mais complexo do que parecera, pois quando os fariseus contaram a Cristo sobre as ameaças de Herodes, ele respondera: "Ide dizer a essa raposa: eis que expulso demônios!"

Karras olhou para a fita da gravação de Regan, sentou-se à mesa, onde acendeu mais um cigarro e soprou uma fumaça cinza-azulada enquanto pensava mais uma vez nos irmãos Burner e no caso da menina de 8 anos que manifestara sintomas de possessão completa. Qual livro *aquela* menina havia lido para permitir que sua mente inconsciente simulasse os sintomas de possessão com tamanha perfeição? E como o inconsciente de vítimas na China comunicava os sintomas às diversas mentes inconscientes de pessoas possuídas na Sibéria, na Alemanha, na África e em todas as outras partes, em todas as culturas e eras, de modo que os sintomas fossem sempre os mesmos?

"Por acaso, sua mãe está aqui conosco, Karras."

O jesuíta olhava para a frente, sem foco, e a fumaça do cigarro que ele segurava entre os dedos subia à vida e morria instantaneamente, como uma percepção equivocada ou a lembrança de um sonho. Ele olhou para a gaveta inferior à esquerda em sua mesa, ficou quieto e imóvel por um tempo, até que se inclinou, abriu-a e tirou um livro gasto de exercícios em inglês para um curso de educação de jovens e adultos. Era de sua mãe. Ele o colocou sobre a mesa, esperou e folheou as páginas com muito cuidado. A princípio, letras do alfabeto, sem parar. Depois, exercícios simples:

LIÇÃO VI
MEU ENDEREÇO COMPLETO

Entre as páginas, o esboço de uma carta:

*Querido Dimmy,
Tenho esperado*

Mais um começo. Incompleto. Ele desviou o olhar. Viu os olhos dela na janela… esperando…
"*Domine, non sum dignus.*"
Os olhos se tornaram os de Regan.
"Dizei uma só palavra…"
Karras olhou de novo para a fita de Regan.
Ele pegou-a e saiu do quarto em direção ao laboratório de idiomas do campus, encontrou um gravador e se sentou; encaixou a fita no compartimento, colocou o fone de ouvido e ligou o aparelho. Exausto e atento, inclinou-se e escutou. Por um tempo, apenas o zunido da fita. O mecanismo em funcionamento. De repente, um som mais forte do início da fita. Ruídos. "Oi?" Um zunido agudo. Chris MacNeil sussurrando ao fundo: "Não tão perto do microfone, querida. Afaste-se." "Assim?" "Não, mais." "Assim?" "Sim, isso mesmo. Agora comece a falar." Risos. O microfone bateu na mesa. A voz meiga e nítida de Regan MacNeil:
"Oi? Pai? Sou eu. Hum…" Risos e um sussurro: "Mãe, eu não sei o que dizer!" "Ah, diga a ele como você está, querida. Conte o que tem feito." Mais risos. "Hum, pai, olha… Bom, espero que consiga me ouvir direito, e… Tá, deixa eu ver. Hum, primeiro a gente… Não, calma! Então, a gente está em Washington, sabia, pai? É onde o presidente mora, e essa casa… Sabe? É… Puxa! Pai, calma. É melhor eu recomeçar. Pai, tem…"

Karras ouviu o restante da gravação com certo distanciamento e distração, como se escutasse tudo em meio à pulsação sanguínea em seus ouvidos. Como se o fato de ele estar ali trouxesse uma forte intuição:

A coisa que vi naquele quarto não era Regan!

Karras voltou ao centro de residência jesuíta, onde encontrou um cubículo desocupado e rezou antes das tarefas matinais. Ao erguer a hóstia em consagração, ela tremeu em seus dedos com uma esperança que ele ousava não ter, contra a qual lutava com toda a força.

— Isto... é... o meu corpo — disse ele com intensidade, num sussurro.

Não, é pão! Não passa de um pão!

Ele não ousava amar de novo e perder. Aquela perda era grande demais; a dor, forte demais. A causa de seu ceticismo e de suas dúvidas, de suas tentativas de eliminar as causas naturais no caso de possessão de Regan, era a ardente intensidade de seu desejo de acreditar. Ele baixou a cabeça e levou a hóstia consagrada à boca, onde, em pouco tempo, ela grudaria na secura de sua garganta. E de sua fé.

Depois da missa, pulou o café da manhã, fez anotações para a aula e cumprimentou os alunos da sua classe na faculdade de medicina da Universidade de Georgetown, onde conseguiu, com esforço e rouquidão, dar a aula mal preparada: "... E, ao analisar os sintomas dos distúrbios maníacos de humor, vocês devem..."

Pai, sou eu... Sou eu...

Mas quem era "eu"?

Karras dispensou os alunos mais cedo e voltou ao seu quarto, onde se sentou à mesa imediatamente e analisou de novo, com atenção, a posição da Igreja a respeito dos sinais paranormais de possessão demoníaca. *Será que eu estava sendo muito teimoso?*, pensou. Analisou os pontos principais do livro *Satã*: "Telepatia... fenômeno natural... até telecinese, o movimento de objetos a distância... nossos antepassados... a ciência... hoje em dia devemos ser mais cautelosos, apesar da aparente evidência paranormal." Ao passar desse trecho, Karras diminuiu o ritmo de leitura. "Todas as conversas com o paciente devem ser cuidadosamente analisadas, porque, se apresentarem o mesmo sistema de associação de ideias e de hábitos lógico-gramaticais que demonstra no estado normal, deve-se questionar a possessão."

Karras balançou a cabeça devagar. *Não explica.* Ele olhou para a página à sua frente. Um demônio. Leu a legenda: "Pazuzu." Karras fechou os olhos e imaginou a morte do exorcista, do padre Tranquille, as agonias dos últimos momentos: os gritos, os sibilos e o vômito, os tombos da cama para o chão causados por seus "demônios", que estavam enfurecidos porque ele logo morreria e se livraria do sofrimento. *Então Lucas! Meu Deus! O padre Lucas!* Lucas ajoelhado ao lado do leito de morte de Tranquille, rezando e, no momento de sua morte, assumindo instantaneamente a identidade dos demônios de Tranquille e chutando sem parar o cadáver ainda quente, o corpo destruído recendendo fortemente a excremento e a vômito, enquanto quatro homens fortes tentavam prendê-lo, porque ele só parou, segundo relatos, quando o corpo foi levado do quarto. Poderia ser verdade?, perguntou-se Karras. Será que a única esperança para Regan seria o ritual de exorcismo? Será que ele deveria mexer naquele vespeiro? Não poderia esquecer aquilo, tampouco deixar de tomar providências. Deveria saber. Mas como? Karras abriu os olhos. "Todas as conversas com o paciente devem ser cuidadosamente…" Sim. Sim, por que não? Se descobrisse que os padrões de fala de Regan e do "demônio" eram muito diferentes, a possessão seria uma possibilidade, mas, se os padrões fossem os mesmos, ela seria descartada.

Karras se levantou e andou de um lado para o outro do quarto. *O que mais? O que mais? Algo rápido. Ela… Espere!* Karras parou, olhando para baixo, pensativo. *Aquele capítulo do livro de bruxaria. Ele havia mencionado…? Sim! Havia, sim!* O texto afirmara que os demônios, invariavelmente, reagiam com fúria diante da hóstia consagrada ou de objetos religiosos sagrados ou mesmo… Karras ergueu a cabeça e olhou para a frente, com uma ideia súbita: *Água benta! Isso! Isso poderia tirar a dúvida!* Rapidamente, ele vasculhou sua maleta preta em busca do frasco de água benta.

Willie abriu a porta para ele, e, na entrada, ele olhou para cima, na direção do quarto de Regan. Gritos. Obscenidades. Mas não com a voz grave e reverberante do demônio. Muito mais leve. Rouca. Um forte sotaque britânico… *Sim!* Era a manifestação que aparecera brevemente durante sua última visita a Regan.

Karras olhou para Willie. A empregada encarou, confusa, o colarinho clerical e os trajes do padre.

— Onde está a sra. MacNeil, por favor?

Willie apontou para o andar superior da casa.

— Obrigado.

Karras se aproximou da escada. Subiu. Viu Chris no corredor. Ela estava sentada numa cadeira perto do quarto de Regan, com a cabeça baixa, os braços cruzados diante do peito. Quando o jesuíta se aproximou, ela ouviu o resvalar dos tecidos e levantou-se assim que o viu.

— Olá, padre.

Karras franziu a testa. Havia olheiras escuras sob os olhos dela.

— Você dormiu? — perguntou ele, preocupado.

— Ah, um pouco.

Karras balançou a cabeça.

— Chris.

— Bem, não consegui — explicou ela, sinalizando com a cabeça em direção ao quarto de Regan. — Ela passou a noite toda fazendo isso.

— Ela vomitou?

— Não — respondeu Chris, segurando a manga de sua túnica como se quisesse levá-lo dali. — Venha, vamos descer para podermos...

— Não, eu gostaria de vê-la — disse Karras com firmeza.

— Agora?

Tem alguma coisa errada, pensou Karras. Chris parecia tensa. Temerosa.

— Por que não? — perguntou ele.

Ela lançou um olhar furtivo para a porta do quarto da filha. A voz rouca e irada, com sotaque britânico, vinha lá de dentro:

— Maldito nazista! Porco nazista!

Chris olhou para baixo e disse:

— Vá em frente. Pode entrar.

— Você tem um gravador? Daqueles pequenos e portáteis?

Chris olhou para Karras.

— Sim, tenho, padre. Por quê?

— Pode trazê-lo para o quarto com uma fita virgem, por favor?

Chris franziu a testa de repente, assustada.

— Para quê? Ei, espere um pouco. Você quer gravar Regan?

— É importante.

— De jeito nenhum, padre. Não mesmo!

— Olha, preciso fazer comparações entre os padrões de fala — disse Karras. — Isso poderia provar às autoridades da Igreja que sua filha está realmente possuída!

Os dois se viraram ao ouvir a série de obscenidades dirigidas a Karl quando o empregado abriu a porta do quarto e saiu com uma trouxa de roupas de cama sujas e fraldas. Pálido, o suíço fechou a porta, abafando os palavrões.

— Trocou as roupas de cama, Karl? — perguntou Chris.

O empregado lançou um olhar assustado para Karras e Chris.

— Sim — respondeu ele com seriedade antes de se virar e atravessar o corredor rapidamente em direção à escada.

Chris ouviu os passos apressados e, quando tudo se silenciou, virou-se para Karras. Com os ombros encolhidos, parecendo desanimada, falou de modo submisso:

— Certo, padre. Providenciarei o gravador e a fita.

E afastou-se rapidamente pelo corredor.

Karras a observou. O que estava escondendo?, pensou. Alguma coisa. Notando o repentino silêncio dentro do quarto, aproximou-se da porta, abriu-a, entrou, fechou-a em silêncio e virou-se. Observou, horrorizado, a criatura abatida e esquelética na cama, que o observava com olhos repletos de sarcasmo e de ódio e, o mais assustador, com ar de autoridade.

Karras se aproximou devagar do pé da cama, onde parou e ouviu o som de fezes sendo expelidas na fralda.

— Olá, Karras — disse Regan em tom cordial.

— Olá — respondeu o padre com calma. — Como está se sentindo hoje?

— No momento, muito feliz por vê-lo. Sim. Muito contente — disse.

Uma língua comprida e pilosa saiu da boca da criatura enquanto ela observava Karras com clara insolência.

— Está disposto, pelo que posso ver. Muito bem — continuou, defecando mais. — Você não se importa com um pouco de mau cheiro, não é?

— Nem um pouco.

— Mentiroso!

— Você não gosta de mentiras?

— Não muito.

— Mas o Diabo *gosta* de mentirosos.

— Apenas dos bons, meu caro Karras. Apenas dos bons. Além disso, quem lhe disse que sou o Diabo?

— Não foi você mesmo?

— Ah, posso ter dito isso. Posso, sim. Não estou bem. A propósito, você acreditou em mim?

— Ah, acreditei, sim.

— Então, peço desculpas por confundi-lo. Na verdade, sou apenas um pobre demônio. *Um* demônio. Uma distinção sutil, mas que Nosso Pai do Inferno percebe. Que termo ruim, este: inferno. Sempre falo que devemos pensar em trocá-lo por Dimensão Escocesa, mas ele não parece me dar atenção. Não mencione meu deslize a ele, Karras, certo? Hein? Quando encontrá-lo, digo.

— Quando encontrá-lo? Ele está aqui?

— No chiqueiro? Não tenho essa sorte. Somos apenas uma pobre família de almas perdidas. Aliás, você não nos culpa por estarmos aqui, certo? Afinal, não temos para onde ir. Não temos casa.

— E quanto tempo pretendem ficar?

Retorcendo o rosto numa ira repentina, Regan ergueu-se do travesseiro e gritou furiosa:

— *Até a porquinha morrer!* — E, de modo igualmente repentino, voltou a se recostar nos travesseiros com um sorriso afetado, a baba escorrendo pelo queixo. — Que dia excelente para um exorcismo, aliás.

O livro! Ela deve ter lido isso no livro!

Olhos sarcásticos o encararam.

— Faça isso logo, Karras. Logo.

— Você quer?

— Intensamente.

— Mas isso não o tiraria de dentro de Regan?

— Isso nos uniria.

— Você e Regan?

— Você e *nós*, seu idiota. Você e *nós*.

Karras observou. Sentiu um frio intenso na nuca e um toque suave. De repente, a sensação desapareceu. Seria medo?, pensou ele. Mas medo do *quê*?

— Sim, você fará parte de nossa pequena família — continuou Regan. — Sabe, o problema com os sinais no céu é que, depois de vê-los, a pessoa não tem mais desculpa. Já notou como ouvimos falar de poucos milagres nos últimos tempos? Não é *nossa* culpa, Karras. *Nós tentamos!*

Karras virou a cabeça ao ouvir uma batida alta, repentina. Uma gaveta do criado-mudo se abrira completamente, e o padre sentiu uma emoção crescente ao vê-la se fechando de forma abrupta. *Pronto! Um acontecimento paranormal que podia ser usado como prova!* Com a mesma rapidez, a emoção se desfez como uma casca apodrecida caindo de uma árvore velha, quando o padre se lembrou da psicocinese e de suas diversas explicações naturais. Ao ouvir uma risada baixa e contida, ele se virou para a menina. Ela estava sorrindo.

— Muito bom conversar com você, Karras — disse com a voz gutural. — Eu me sinto livre. Como uma devassa, abro minhas grandes asas. Na verdade, posso dizer que isto servirá apenas para aumentar seu sofrimento, caro doutor, meu caro e inglório médico.

— Você fez aquilo? Fez a gaveta do criado-mudo se abrir agora?

Mas a criatura não estava ouvindo. Ela havia voltado o olhar para a porta ao ouvir o barulho de alguém se aproximando depressa pelo corredor, e os traços voltaram a se transformar nos da personalidade anterior.

— Maldito idiota assassino! — gritou ela com voz rouca e sotaque britânico. — *Nazista* fodido!

Karl entrou depressa, segurando o gravador. Sem olhar para a cama, ele o entregou a Karras e, com o rosto pálido, saiu do quarto.

— *Para fora*, Himmler! Suma da minha frente! Vá visitar sua filha coxa! Leve chucrute a ela! Chucrute e *heroína*, Thorndike! Ela vai *adorar*! Com certeza!

Quando Karl fechou a porta, a criatura dentro de Regan abruptamente se tornou cordial.

— Ah, sim, oi, olá, olá. O que foi? — disse alegremente enquanto observava Karras pousar o gravador sobre uma mesinha redonda ao lado da cama. — Vamos gravar alguma coisa, padre? Que divertido! Nossa, *adoro* essa brincadeira, sabe? Sim, imensamente!

— Que bom! — respondeu Karras, apertando o botão vermelho de gravar com o indicador e acendendo uma luzinha vermelha. — Sou Damien Karras, a propósito. E quem é você?

— Está pedindo meu histórico agora, amigo? — perguntou a criatura, rindo. — Bem, eu interpretei Puck numa peça de teatro da escola. — Olhou ao redor. — Será que posso beber alguma coisa? Estou com sede.

— Se me disser seu nome, posso providenciar.

— Sim, claro — disse, rindo de novo. — Então vai beber sozinho, suponho.

— Por que não me diz seu nome? — perguntou Karras.

— Ladrão fodido!

Com isso, a identidade com sotaque britânico desapareceu e foi instantaneamente substituída pela Regan demoníaca.

— O que faremos agora, Karras? Ah, já sei. Estamos gravando. Que esquisito.

Karras aproximou uma cadeira da cama e se sentou.

— Você se importa? — perguntou ele.

— Nem um pouco. Leia seu Milton e verá que *gosto* de mecanismos infernais. Bloqueiam todas as malditas mensagens "dele".

— "Dele" quem?

A criatura riu alto.

— Aqui está sua resposta.

De repente, um fedor forte envolveu Karras. Era um odor parecido com...

— Chucrute, Karras? Você notou?

Sinto mesmo cheiro de chucrute, pensou o jesuíta, impressionado. Parecia estar vindo da cama, do corpo de Regan, em seguida desapareceu, substituído pelo fedor anterior. Karras franziu a testa. *Eu imaginei isso? Foi autossugestão?*

— Com quem eu estava falando antes? — perguntou Karras.

— Apenas alguém da família.

— Um demônio?

— Até parece. Sabia que a palavra *demon* significa "sábio"? E aquele homem é um idiota.

O jesuíta ficou alerta.

— É mesmo? Em qual idioma *demon* significa "sábio"?
— Em grego.
— Você fala grego?
— Fluentemente.

Um dos sinais!, pensou Karras com animação. *Falar num idioma desconhecido.* Era mais do que ele esperara.

— *Pos egnokas hoti piesbyteros eimi?* — perguntou o padre em grego clássico.
— Não estou a fim agora, Karras.
— Ah, entendo. Então não sabe...
— *Eu disse que não estou a fim*!

Karras desviou o olhar e perguntou de modo delicado:
— Foi você que abriu a gaveta?
— Ah, pode apostar.

O padre assentiu.
— Que impressionante. Você deve ser um demônio muito poderoso.
— Sou, sim, meu caro. Sou. A propósito, você sabia que eu, às vezes, falo como meu irmão mais velho, Maldanado? — disse a criatura, soltando uma risada longa e estridente.

Karras esperou o riso diminuir para responder:
— Sim, muito interessante, mas vamos falar do truque da gaveta.
— O que tem ele?
— É incrível. Queria que você fizesse de novo.
— Na hora certa.
— Por que não agora?
— Bem, porque quero que você duvide *um pouco*! Sim, apenas o suficiente para assegurar o resultado final. — A personalidade demoníaca riu com malícia. — Ah, que coisa mais diferente atacar por meio da verdade! Sim, "surpreso de alegria", de fato!

Karras ficou encarando, voltando a sentir dedos frios tocarem sua nuca. *Por que sentia aquele medo de novo?*, pensou ele. *Por quê?*

Sorrindo de modo assustador, Regan disse:
— Por minha causa.

O padre olhou para ela, surpreso mais uma vez, e rapidamente afastou o pensamento: *Nesse estado, ela deve estar telepática.*

— Pode dizer o que estou pensando agora, demônio?
— Meu caro Karras, seus pensamentos são chatos demais para entreter.
— Ah, então você não consegue ler minha mente. É o que está dizendo?

Regan desviou o olhar, segurando distraidamente o lençol, levantando-o e abaixando-o.

— Pode pensar o que quiser — disse ela, desanimada —, o que quiser.

Silêncio. Karras escutou o barulho do mecanismo do gravador, a respiração pesada e ruidosa. Pensando que precisava de mais de uma amostra da fala da menina naquele estado, ele se inclinou para a frente como se estivesse bastante interessado.

— Você é fascinante — disse ele, com simpatia.

Regan virou-se para ele e respondeu com desdém:

— Mentiroso!
— Ah, não, é verdade. Adoraria saber mais de seu passado. Você nunca me disse quem é, por exemplo.
— Você é *surdo*? Eu já disse! Sou um demônio!
— Sim, eu sei, mas qual demônio? Qual é o seu nome?
— Ah, por que você liga tanto para nomes, Karras? Mas, tudo bem, pode me chamar de Howdy, se isso te deixar mais confortável.
— Ah, claro! Você é o capitão Howdy, amigo de Regan!
— Um amigo *muito* íntimo, Karras.
— É mesmo? Então por que a atormenta?
— *Porque* sou amigo dela! A porquinha gosta!
— Isso não faz o menor sentido, capitão Howdy. Por que Regan gostaria de ser atormentada?
— Pergunte a *ela*!
— Você permitiria que ela respondesse?
— Não!
— Bem, então de que serviria perguntar?
— De nada! — disse, e os olhos brilharam com desprezo.
— Quem é a pessoa com quem eu falei antes? — perguntou Karras.
— Vamos lá, você já me perguntou isso.
— Eu sei, mas você não respondeu.
— É só outro bom amigo da porquinha.
— Posso falar com essa pessoa?

— Não. Ele está ocupado com sua mãe. Ela está chupando o pau dele até o *fim*, Karras! Até o *talo!* — Uma risada grave e baixa. — Uma língua de primeira. Lábios macios.

Karras sentiu a ira tomando conta de si e percebeu que o sentimento não era direcionado a Regan, mas sim ao demônio. O *demônio!* Tentou se controlar, respirou fundo e, levantando-se, pegou um frasco fino de vidro de um dos bolsos e o abriu.

Regan olhou para ele com cautela.

— O que é isso? — perguntou, afastando-se de modo tenso, o olhar apreensivo.

— Você não sabe? É água benta, demônio! — respondeu Karras, e, quando Regan começou a gritar e lutar para se soltar das amarras, ele lançou gotas da água sobre ela.

— Ai, isso queima! Isso queima! — gritou Regan, enquanto se remexia, uivando de terror e de dor. — Pare, pare, padre maldito! Paaaaare!

Com os olhos inexpressivos, tanto o corpo quanto a alma de Karras começaram a se vergar. Ele parou de espirrar a água e baixou lentamente a mão que segurava o frasco. *Histeria. Sugestão. Ela realmente leu o livro!* Ele olhou para o gravador, baixou-o e balançou a cabeça. *Por que se dar ao trabalho?* Então notou o silêncio, tão abafado, tão intenso, e olhou para Regan, franzindo a testa com perplexidade. *O que é isso? O que está havendo?*, pensou. A personalidade demoníaca havia desaparecido e, em seu lugar, outras características sugiram; parecidas, mas, ainda assim, diferentes, com olhos revirando nas órbitas de modo a revelar apenas as partes brancas. Os lábios se moviam. Um tagarelar intenso. Karras se aproximou mais da cama e se inclinou para ouvir. *Não é nada, apenas sílabas sem sentido*, pensou, *mas, ainda assim, tem cadência, como um idioma. Seria possível?* Esperou. Sentiu uma agitação no peito. Controlou-se rapidamente. Imobilizou a sensação. *Vamos lá, não seja um idiota, Damien!*

Mesmo assim...

Ele conferiu o volume do gravador, girou o botão de amplificação e escutou com atenção, mantendo o ouvido perto dos lábios de Regan até o tagarelar cessar e ser substituído por uma respiração pesada, profunda e rouca. Algo novo. Não. *Alguém* novo. Karras se levantou e olhou para Regan, surpreso. Olhos revirando. Pálpebras em movimento.

— Quem é você? — perguntou ele.

— Meugninuosue — respondeu a voz num sussurro sofrido, como se estivesse com dor. — Meugninuosue. Meugninuosue.

A voz sussurrada parecia vir de longe, de algum espaço escuro e fechado à beira dos mundos, além do tempo, além da esperança, além até do conforto da resignação e do desespero.

Karras franziu a testa.

— Esse é o seu nome?

Os lábios se mexeram. Sílabas intensas. Lentas. Ininteligíveis.

De modo brusco, o falatório cessou.

— Você consegue me entender? — perguntou Karras.

Silêncio. Apenas respiração profunda. O som do sono num respirador de hospital. Karras esperou. Queria mais.

Nada foi dito.

Karras pegou o gravador, observou Regan pela última vez, saiu do quarto e desceu a escada.

Encontrou Chris na cozinha, séria, sentada à mesa com uma xícara de café, conversando com Sharon. Quando o viram, as duas mulheres olharam para ele com ansiedade, curiosas.

— Melhor você dar uma olhada em Regan — disse Chris à assistente.

— Sim, claro.

Sharon tomou um último gole de café, sorriu brevemente para Karras e saiu. O padre a observou e, quando ela se afastou, sentou-se à mesa. Chris o olhou nos olhos, ansiosa.

— Como foi?

Karras estava prestes a responder, mas hesitou quando Karl entrou silenciosamente e caminhou até a pia para arear as panelas.

— Não tem problema — afirmou Chris. — Pode falar, padre Karras. O que aconteceu lá em cima? O que você acha?

O padre uniu as mãos sobre a mesa.

— Conversei com duas personalidades — disse ele. — Uma que nunca vi e outra que já posso ter visto. Um homem adulto. Britânico. É alguém que você conheça?

— Isso é importante?

Mais uma vez, Karras notou certa tensão no rosto de Chris.

— Sim, creio que sim — respondeu ele. — É muito importante.

Chris olhou para a xícara de porcelana azul sobre a mesa.

— Sim, eu o conhecia.

— Conhecia?

Chris olhou para ele e falou baixinho:

— Burke Dennings.

— O diretor?

— Sim.

— O diretor que...

— Sim.

Pensando na resposta, Karras olhou para as mãos dela. O dedo indicador esquerdo de Chris tremia levemente.

— Tem certeza de que não quer café ou qualquer outra coisa, padre?

Karras voltou a olhar para ela.

— Não, não quero. Obrigado. — Apoiando os braços cruzados sobre a mesa, ele se inclinou para a frente. — Regan o conhecia?

— Burke?

— Sim. Dennings.

— Bem...

Um barulho repentino, alto. Assustada, Chris se retraiu e viu que Karl havia derrubado uma travessa no chão. Ao se abaixar para pegá-la, ele voltou a derrubá-la.

— Meu Deus, Karl!

— Perdão, senhora! Perdão!

— Vá, saia daqui, Karl! Vá descansar! Vá ao cinema ou algo assim!

— Não, senhora, talvez seja melhor se...

— Karl, estou falando sério! — insistiu Chris com rispidez. — Saia! Saia da casa por um tempo! Todos nós precisamos começar a sair daqui. Vá!

— Sim, vá! — repetiu Willie ao entrar na cozinha e tirar a travessa da mão do marido. Ela o empurrou com irritação em direção à despensa.

Karl olhou brevemente para Karras e Chris antes de sair.

— Sinto muito, padre — murmurou Chris, pegando um cigarro. — Ele tem passado por coisas horríveis ultimamente.

— Você está certa — disse Karras com gentileza, pegando uma caixa de fósforos. — Vocês todos devem fazer um esforço para sair de casa.

Ele acendeu o cigarro dela, balançou o fósforo e o colocou num cinzeiro, concluindo:
— Você também.
— Sim, eu sei. Então, a criatura Burke, ou seja lá o que for, o que ela disse? — perguntou Chris, observando o padre com atenção.
Karras deu de ombros.
— Só obscenidades.
— Só isso?
O padre percebeu o medo discreto na voz dela.
— Basicamente. — E passou a falar mais baixo: — Por acaso, Karl tem uma filha?
— Uma filha? Não. Não que eu saiba. Se ele tem, nunca me contou.
— Tem certeza?
Chris virou-se para Willie, que esfregava a pia.
— Willie, vocês não têm uma filha, certo?
Sem tirar os olhos da pia, ela respondeu:
— Tivemos, senhora, mas ela morreu há muito tempo.
— Ah, sinto muito, Willie.
— Obrigada.
Chris virou-se para Karras.
— É a primeira vez que escuto isso. Por que pergunta? Como sabia?
— Regan comentou.
Chris olhou para ele, incrédula, e sussurrou:
— *O quê?*
— Ela comentou. Ela nunca demonstrou sinais de... bem... percepção extrassensorial?
— Percepção extrassensorial, padre?
— Sim.
Hesitante, Chris desviou o olhar e franziu a testa.
— Não sei. Não tenho certeza. Bem, muitas vezes ela parecia estar pensando as mesmas coisas que eu, mas isso acontece com pessoas próximas, não é?
Karras assentiu.
— Sim, sim, acontece. Mas há essa outra personalidade, a terceira... Foi esta que apareceu quando ela foi hipnotizada?

— A que fala coisas sem sentido?
— Exato. Quem é?
— Não sei.
— Não é nem um pouco familiar?
— Não, nem um pouco.
— Você providenciou os relatórios médicos de Regan?
— Vão chegar hoje à tarde. Estão vindo diretamente para você, padre. Só assim consegui liberá-los, e mesmo assim precisei brigar.
— Sim, pensei que fosse haver problemas.
— Houve. Mas estão chegando.
— Ótimo.

Cruzando os braços, Chris se recostou na cadeira e olhou para Karras com seriedade.

— Certo, padre, como está a situação agora? Qual é a conclusão?
— Bem, sua filha…
— Não, você sabe o que quero dizer — interrompeu Chris. — Estou falando sobre a permissão para realizar o exorcismo.

Karras olhou para baixo e balançou a cabeça devagar.

— Não tenho muita esperança de conseguir convencer o bispo.
— O que quer dizer com "não tenho muita esperança"? Por quê?

Karras enfiou a mão no bolso, tirou um frasco de água benta e o mostrou a Chris.

— Está vendo isto? — perguntou ele.
— O que tem?
— Eu disse à Regan que era água benta — explicou Karras delicadamente —, e quando comecei a espirrar nela, ela reagiu de modo muito violento.
— Ah, padre. Isso é bom, não é?
— Não. Não se trata de água benta. É apenas água da torneira.
— E daí? Qual é a diferença, padre?
— A água benta é abençoada.
— Bem, fico feliz, padre! De verdade! — respondeu Chris, com frustração e irritação crescentes. — Então talvez alguns demônios sejam burros!
— Você realmente acredita que haja um demônio dentro dela?

— Acredito que exista algo dentro dela tentando matá-la, e o fato de ele discernir ou não mijo de refrigerante não tem nada a ver com a história. Não acha, padre Karras? Desculpe, mas você pediu a minha opinião! — Chris apagou o cigarro no cinzeiro com irritação. — Então, o que está me dizendo agora... Não haverá exorcismo?

— Veja, comecei a estudar o caso agora — respondeu ele, o tom irritado se igualando ao de Chris. — Mas a Igreja tem critérios que precisam ser satisfeitos, e por motivos muito bons, como para não fazer mais mal do que bem, e também para tentar afastar o lixo supersticioso que as pessoas têm jogado em nós, ano após ano! Posso citar os "padres que levitam", por exemplo, e as estátuas da Virgem Maria que supostamente choram sangue nas sextas-feiras santas e nos dias santos. Acho que consigo viver sem contribuir para isso!

— Aceita um pouco de Librium, padre?

— Desculpe, mas você pediu minha opinião.

— Acho que entendi.

Karras pegou o maço de cigarros.

— Também quero um — disse Chris.

Karras ofereceu o maço à atriz, que pegou um cigarro. O padre acendeu os dois e, juntos, ambos tragaram e soltaram a fumaça com sopros audíveis de alívio pela volta da calma e da tranquilidade.

— Sinto muito — disse Karras, olhando para a mesa.

— Sim, esses cigarros sem filtro vão matá-lo.

Depois disso, fez-se silêncio; Chris olhou para o lado e, através de uma janela que ia do chão ao teto, viu o trânsito na ponte Key. Ouviram o som de batidas suave e ritmadas. Chris virou-se e viu Karras olhando para o maço de cigarro enquanto o girava sobre a mesa. De repente, ele olhou para a frente e viu os olhos úmidos e exigentes da mulher.

— Certo, ouça — disse ele. — Direi os sinais que a Igreja pode aceitar para autorizar um rito formal de exorcismo.

— Sim, ótimo. Quero saber.

— Um deles é falar num idioma que a pessoa não conhecia antes, que nunca tenha estudado. Estou analisando esse sinal. Veremos. Depois, temos a clarividência, ainda que hoje em dia talvez seja descartada como telepatia ou percepção extrassensorial.

— Você *acredita* nessas coisas?

Karras observou sua careta de descrença, sua testa franzida. Ela estava falando sério, concluiu ele.

— É inegável hoje em dia — declarou ele —, mas, como eu disse, não é tão sobrenatural assim.

— Por favor!

— Bem, você tem um lado cético.

— Quais são os outros sintomas?

— Bem, o maior que a Igreja pode aceitar é, como eles dizem, "poderes além da habilidade e da idade dela". É uma descrição bem abrangente. Significa qualquer coisa inexplicavelmente paranormal ou oculta.

— É mesmo? Bem, então o que me diz daquelas batidas na parede e da maneira como ela se debatia na cama?

— Isso, por si só, não significa nada.

— Certo, e aquelas coisas na pele dela, então?

— Que coisas?

— Não te contei?

— Contou o quê?

— Bem, aconteceu na clínica Barringer — explicou Chris. — Havia... bem... — Ela passou um dedo no peito. — Alguns escritos. Letras. Elas apareciam no peito e desapareciam de repente.

Karras franziu a testa.

— Você disse "letras". Não palavras?

— Não, não palavras. Apenas um *M* uma ou duas vezes. E um *L*.

— E você *viu* isso? — perguntou Karras.

— Bem, não, mas me contaram.

— *Quem* contou?

— Os médicos da clínica, merda! — respondeu Chris, irritada. — Enfim, desculpe. Você verá nos registros. É verdade.

— Mas isso também poderia ser um fenômeno natural.

— Onde? Na Transilvânia? — perguntou Chris, alterando-se de novo, incrédula.

Karras balançou a cabeça.

— Veja, já encontrei casos assim em publicações, e o bispo pode usar isso contra nós. Houve um, eu me lembro, no qual um psiquiatra alegou que um dos pacientes internados conseguia entrar em estado autoinduzido de transe e fazer os símbolos do zodíaco em sua pele. — Ele fez um gesto no próprio peito. — Fazia a pele subir.

— Caramba, você não acredita mesmo em milagres, não é?

— O que posso dizer? Fizeram um experimento no qual a pessoa foi hipnotizada e colocada em transe. Incisões cirúrgicas foram feitas nos dois braços. Disseram à pessoa que o braço esquerdo iria sangrar, mas o direito, não. Bem, o braço esquerdo sangrou, e o direito, não.

— Uau!

— Sim, uau! A mente controlou o fluxo de sangue. Como? Não se sabe. Mas acontece. Em casos de estigmas, como aquele do paciente que mencionei, ou talvez até de Regan, a mente inconsciente controla o diferencial de fluxo de sangue para a pele, enviando mais às partes que quer levantar. Então, formam-se letras, ou imagens, talvez até palavras. É misterioso, mas não sobrenatural.

— Você é um sujeito muito complicado, padre Karras, sabia disso?

— Não sou eu quem determina as regras.

— Bem, mas você se dedica a reforçá-las.

Pensativo, o padre baixou a cabeça e tocou os lábios com a ponta do polegar. Em seguida afastou a mão e olhou para Chris.

— Ouça, talvez isso a ajude a entender. A igreja, não eu, *a Igreja*, certa vez, publicou um aviso a possíveis exorcistas. Eu o li ontem à noite. Dizia que a maioria das pessoas que pensam estar possuídas ou que *outros* consideram possuídas, e agora direi tal como está escrito, "precisa muito mais de um médico do que de um padre". A senhora consegue adivinhar quando esse alerta foi publicado?

— Não. Quando?

— Em 1583.

Chris olhou para ele surpresa, mas desviou o olhar.

— Sim, esse ano foi bem infernal...

Ela ouviu o padre se levantando da cadeira.

— Vou esperar para conferir os relatórios da clínica — afirmou ele —, e, enquanto isso, levarei a carta de Regan ao pai e a fita que acabei de gravar para o Instituto de Idiomas e Linguística da Universidade de Georgetown. Pode ser que aquelas palavras sejam um idioma. Duvido.

Mas podem ser. Enquanto isso, há muito material para comparar o padrão de fala de Regan em estado normal com o que acabei de gravar. Se forem idênticos, saberemos com certeza que ela não está possuída.

— E depois disso? — perguntou Chris.

O padre encarou a atriz. *Meu Deus*, pensou Karras, *ela está com medo de a filha não estar possuída!* A sensação enervante de que havia um problema ainda mais profundo, algo escondido, retornou:

— Posso pegar seu carro emprestado por um tempo? — perguntou ele.

Chris desviou o olhar de maneira inexpressiva.

— Você poderia pegar minha *vida* emprestada por um tempo. Devolva-o até quinta-feira. Nunca se sabe. Pode ser que eu precise.

Com pesar, Karras olhou para sua cabeça baixa e indefesa. Desejou poder segurar a mão de Chris e dizer que tudo ficaria bem. Mas não podia. Não acreditava que as coisas ficariam bem.

— Vou buscar as chaves — anunciou ela, levantando-se.

E se afastou, desanimada.

Karras foi andando para seu quarto no centro de residência, onde deixou o gravador de Chris, pegou a fita com a gravação de Regan e voltou para a rua, que atravessou até chegar ao carro, estacionado no meio-fio. Quando se acomodava no banco do motorista, ouviu Karl Engstrom chamando da porta da casa:

— Padre Karras!

O padre olhou. Karl corria em sua direção. Vestia uma jaqueta preta de couro e acenava.

— Padre Karras, só um momento, por favor! — exclamou ele enquanto avançava até o carro de Chris.

Karras se inclinou e abriu o vidro do lado do passageiro, onde Karl se debruçou para olhar o padre e perguntar:

— Em que direção vai, padre Karras?

— Para DuPont Circle.

— Ah, sim, que bom! Pode me deixar lá, padre? O senhor se importaria?

— Fico feliz em ajudar, Karl. Entre.

— Obrigado, padre!

Karl entrou e fechou a porta. Karras ligou o carro.

— A sra. MacNeil está certa, Karl — disse ele. — Você faz bem em sair.
— Sim, acho que sim. Vou ver um filme, padre.
— Perfeito.

Karras engatou a primeira marcha e acelerou.

Durante um tempo, os dois permaneceram em silêncio. O padre estava preocupado, procurando respostas. *Possessão? Impossível! A água benta! Ainda assim...*

— Karl, você conhecia o sr. Dennings muito bem?

Com as costas eretas e sem desviar os olhos do para-brisa, ele respondeu:

— Sim, eu o conhecia.

— Quando Regan... Quero dizer, quando ela parece ser Dennings... Você tem a impressão de que ela realmente é ele?

Silêncio desconfortável.

Então, uma resposta simples e inexpressiva:

— Tenho.

— Entendo — murmurou Karras, assentindo.

Depois disso, eles ficaram em silêncio até chegarem a DuPont Circle, onde pararam num semáforo. Karl abriu a porta.

— Fico aqui, padre Karras.

— É mesmo? Aqui?

— Sim, daqui pego o ônibus. — Ele saiu do carro e, segurando a porta com uma das mãos, disse: — Obrigado, padre Karras. Muito obrigado.

— Tem certeza de que não quer que eu o leve até lá? Tenho tempo.

— Não, não, padre. Aqui está bom! Muito bom!

— Tudo bem, então. Bom filme.

— Obrigado, padre!

Karl fechou a porta e ficou parado na calçada, esperando o sinal abrir. Quando o Jaguar vermelho se afastou, ele ficou observando-o até desaparecer na avenida Massachusetts. Karl olhou para o semáforo, agora vermelho, e correu em direção a um ônibus que partia do ponto. Ele o pegou, trocou de ônibus depois de um tempo e, por fim, saltou num ponto a nordeste da cidade, onde caminhou por mais três quarteirões e entrou num prédio antigo. No começo de uma escada escura, ele parou, sentindo aromas acres vindo de cozinhas e ouvindo o choro baixo de um bebê vindo de algum andar acima enquanto uma barata saía correndo em zigue-zague de um rodapé. Naquele momento, o corpo do corajoso empregado pareceu se retrair e perder o vigor. Recompondo-se, ele avançou pela escada, apoiou a mão no corrimão e lentamente começou a subir os degraus de madeira, velhos e ruidosos. Para ele, cada passada tinha o som de uma repreensão.

No segundo andar, Karl caminhou até uma porta num corredor soturno e se deteve ali por um momento, com a mão no batente. Olhou para a janela: tinta descascada, pichações; *Petey e Charlotte* num garrancho feito a lápis e, abaixo dele, uma data e o desenho de um coração dividido por uma linha fina e torta de gesso rachado. Karl apertou a campainha e esperou, de cabeça baixa. De dentro do apartamento, ele ouviu o rangido de molas do colchão. Murmúrios. Alguém se aproximou com um som irregular — o arrastar de uma bota ortopédica. De repente, a porta se entreabriu, a corrente da trava de segurança se esticou, e uma mulher com uma camisola rosa manchada espiou pela abertura, com um cigarro pendurado no canto da boca.

— Ah, é você — disse ela com a voz rouca, soltando a corrente.

Karl olhou para seus olhos sérios, poços de dor e culpa. Analisou os lábios tortos e dissolutos e o rosto cansado, com a juventude e a beleza enterradas em milhares de quartos de motel, em milhares de noites mal dormidas, das quais se acordava com um grito abafado diante da graça rememorada.

— Vai, diz prele se mandar!

A voz rouca de um homem veio de dentro do apartamento.

A língua enrolada. O namorado.

A garota virou a cabeça para dentro do apartamento.

— Cala a boca, idiota, é o meu pai! — repreendeu ela, então se virou de novo para Karl. — Olha, ele está bêbado. É melhor você não entrar.

Karl assentiu.

Os olhos fundos da garota se voltaram para a mão dele quando Karl pegou a carteira no bolso traseiro da calça.

— Como está minha mãe? — perguntou ela, tragando o cigarro, com os olhos fixos na carteira, nas mãos que contavam as notas de dez dólares.

— Ela está bem — respondeu Karl, assentindo, tenso. — Sua mãe está bem.

Quando entregou o dinheiro a ela, a menina começou a tossir sem parar. Levou uma das mãos à frente da boca.

— Cigarros de merda! — reclamou ela. — Preciso parar, droga!

Karl olhou para as marcas de agulha em seu braço e sentiu as notas escorregarem de seus dedos.

— Valeu, pai.

— Meu Deus, termina logo isso! — gritou o namorado lá de dentro.

— Olha, pai, melhor encerrarmos por aqui, tá? Você sabe como ele fica de vez em quando.

— Elvira...!

Karl enfiou a mão pela abertura da porta de repente e segurou o braço dela.

— Agora tem uma clínica em Nova York! — continuou ele, num sussurro, implorando a ela, que fazia uma careta e se esforçava para se soltar.

— Pai, solta!

— Vou mandar você para lá! Eles vão ajudar você! Você não vai para a prisão! É...

— *Caramba*, pai! — gritou Elvira ao se livrar.

— Não, não, por favor!

A filha bateu a porta.

Parado, quieto e imóvel naquela tumba úmida e toda pichada de suas esperanças, o suíço manteve o olhar perdido durante longos minutos, até lentamente baixar a cabeça, pesaroso.

De dentro do apartamento, ele conseguiu ouvir uma conversa abafada que terminava com uma risada cínica e ressoante de uma mulher, seguida por um acesso de tosse. Karl deu as costas.

E tomou um susto.

— Talvez possamos conversar agora — disse Kinderman, sem fôlego, com as mãos nos bolsos do casaco e os olhos tristes. — Sim, acho que podemos conversar agora.

Capítulo dois

Karras colocou uma fita num compartimento vazio do aparelho sobre a mesa do escritório de Frank Miranda, o diretor rechonchudo e de cabelos grisalhos do Instituto de Idiomas e Linguística. Depois de editar partes das duas fitas, Karras ligou o gravador, e os dois escutaram com fones de ouvido a voz irada vociferando coisas sem sentido. Quando terminou, o padre deslizou o fone para os ombros e perguntou:

— Frank, o que é isto? Poderia ser um idioma?

Também sem o fone, Miranda estava sentado à beira de sua mesa, com os braços cruzados, olhando para o chão e franzindo a testa numa expressão confusa.

— Não sei — disse, balançando a cabeça. — Muito estranho. — Ele olhou para Karras. — Onde conseguiu isso?

— Estou trabalhando num caso de múltiplas personalidades.

— Está brincando?! Um padre?

— Não posso contar.

— Sim, claro. Entendo.

— Bem, e quanto a isso, Frank? O que você acha?

Olhando para o teto, Miranda tirou os óculos de leitura de aros grossos, fechou-os distraidamente e guardou-os no bolso da lapela do blazer.

— Não, não é um idioma que *eu* conheça — disse ele. — Mas…

Ele franziu a testa levemente e olhou para Karras.

— Pode tocar de novo?

Karras rebobinou a fita, tocou-a de novo, desligou o aparelho e perguntou:

— Alguma ideia?

— Bem, devo dizer que tem cadência.

O jesuíta sentiu uma pontada de esperança, o que iluminou seus olhos por um instante. O brilho se reduziu em seguida quando ele sufocou a própria esperança.

— Mas não reconheço, padre — disse ele. — É antigo ou moderno?

— Não sei.

— Bem, por que não deixa isso comigo? Posso conferir com mais cuidado com alguns dos rapazes. Talvez um deles saiba do que se trata.

— Poderia, por gentileza, fazer uma cópia dela, Frank? Gostaria de manter o original.

— Ah, sim, claro.

— Enquanto isso, tenho outra fita. Você tem tempo?

— Sim, claro. Uma fita de quê?

— Deixe-me perguntar algo antes.

— Claro. O que é?

— Frank, se eu lhe desse amostras de discursos comuns de duas pessoas aparentemente diferentes, você poderia me dizer, por meio de uma análise semântica, se a mesma pessoa seria capaz de realizar os dois modos de discurso?

— Ah, acho que sim. Sim, com certeza. Uma avaliação "tipo-símbolo" seria uma boa maneira de descobrir isso, e, com amostras de mil palavras ou mais, seria possível conferir apenas a frequência da ocorrência das diversas partes do discurso.

— E a análise seria conclusiva?

— Sim. Veja, esse tipo de teste descartaria qualquer mudança no vocabulário básico. Não são as palavras que importam, mas a *expressão* das palavras, o estilo. Nós chamamos isso de "índice de diversidade". Muito confuso para leigos, o que, claro, é o que desejamos. — O diretor deu um sorriso seco. Em seguida, assentiu em direção à fita nas mãos de Karras. — Então, a voz dessa outra pessoa está nessa fita?

— Não exatamente.

— Não exatamente?

— As vozes e as palavras das duas fitas foram ditas pela mesma pessoa.

O diretor ergueu as sobrancelhas.

— Pela *mesma* pessoa?

— Sim. Como falei, é um caso de múltiplas personalidades. Pode compará-las para mim, Frank? Quer dizer, as vozes parecem totalmente diferentes, mas ainda gostaria de ver o que uma análise comparativa pode mostrar.

O diretor se mostrou intrigado, até satisfeito.

— Fascinante! Sim. Sim, faremos a análise. Estou pensando em dar essa tarefa ao Paul, meu principal instrutor. Uma mente brilhante. Acredito que ele sonhe em "códigos" indígenas.

— Mais um favor. Muito importante.

— Qual?

— Preferiria que você mesmo fizesse a comparação.

— É mesmo?

— Sim. E o quanto antes. É possível?

O diretor percebeu a urgência na voz e nos olhos de Karras.

— Tudo bem — respondeu ele, assentindo. — Vou cuidar disso.

Ao voltar para seu quarto no centro de residência jesuíta, Karras encontrou uma mensagem deixada embaixo da porta: os relatórios de Regan, feitos pela clínica Barringer, haviam chegado. Karras foi até a recepção, assinou para pegar a encomenda e voltou ao quarto, onde sentou-se à mesa e começou a ler sem parar. No fim, quando chegou à conclusão da equipe psiquiátrica da clínica, sua ansiedade e esperança haviam se transformando em decepção e derrota: "... indícios de obsessão pela culpa resultando em sonambulismo histérico..." Sentindo que não precisava continuar a leitura, parou, apoiou os cotovelos na mesa e, suspirando, cobriu o rosto com as mãos. *Não desista. Há espaço para dúvida. Interpretação.* Mas quanto aos estigmas na pele de Regan que, de acordo com os relatórios, tinham ocorrido várias vezes durante sua internação na clínica, o resumo da análise afirmava que a paciente tinha a pele hiper-reativa e poderia, sozinha, ter produzido as letras misteriosas riscando-as na pele pouco antes do aparecimento delas, por meio de um processo conhecido como dermografia. A teoria suportada pelo fato de que, assim que suas mãos foram imobilizadas, o fenômeno misterioso parou de acontecer.

Karras ergueu a cabeça e olhou para o telefone. Frank. Será que havia, de fato, necessidade de realizar uma comparação entre as vozes nas fitas? Deveria telefonar e cancelar tudo? *Sim, eu deveria*, concluiu o padre.

Pegou o telefone. Discou. Ninguém atendeu. Deixou um recado para que o diretor do instituto telefonasse e, exausto, levantou-se e caminhou lentamente até o banheiro, onde jogou água fria no rosto. "O exorcista deve tomar cuidado para que nenhuma das manifestações do paciente passe sem explicação." Karras olhou para o próprio rosto no espelho, preocupado. Havia deixado algo escapar? *O quê? O cheiro de chucrute?* Virou-se, puxou uma toalha do porta-toalhas e secou o rosto. Não, a autossugestão justificaria isso, ele se lembrou, assim como os relatórios que expunham que, em certos momentos, os doentes mentais pareciam capazes de manipular o corpo de modo inconsciente para emitir uma variedade de odores.

Karras secou as mãos. As batidas. A gaveta se abrindo e fechando. Isso seria a psicocinese? De verdade? "Você acredita nessas coisas?" De súbito, consciente de que não estava pensando com clareza, Karras voltou a pendurar a toalha. Cansado. Cansado demais. Mas seu ser recusava-se a desistir, a entregar aquela criança a teorias e a especulações tortuosas, à história sangrenta de traições da mente humana.

Ele saiu do centro de residência e subiu rapidamente a rua Prospect até os muros de pedra da biblioteca Lauinger da Universidade de Georgetown. Entrou no recinto e pesquisou o *Guia de literatura periódica*, correndo um dedo por assuntos começados com a letra *P*. Quando encontrou o que procurava, sentou-se a uma mesa comprida de carvalho com uma publicação científica que continha um artigo a respeito do fenômeno poltergeist, escrito pelo famoso psiquiatra alemão dr. Hans Bender. *Sem dúvida*, concluiu o jesuíta ao final da leitura, *depois de anos sendo documentado, filmado e observado em clínicas psiquiátricas, o fenômeno psicocinético era real.* Mas havia um porém! Nenhum dos casos relatados no artigo tinha uma conexão com a possessão demoníaca. Em vez disso, a hipótese favorita para explicar o fenômeno era a "energia direcionada pela mente", produzida de forma inconsciente e, em geral — e de modo significativo, percebeu Karras —, por adolescentes em estágios de "tensão, ira e frustração internas extremamente altas".

Karras esfregou os olhos úmidos e cansados, e, ainda achando que deixara algo importante de lado, repassou os sintomas de Regan, tocando em cada um deles como um menino derrubando dominós, um a um. Karras queria saber qual sintoma havia deixado de abordar.

Nenhum, concluiu ele com desânimo.

Ele caminhou de volta à casa de Chris MacNeil, onde Willie o atendeu e permitiu sua entrada até o escritório, que estava fechado. A funcionária bateu à porta.

— É o padre Karras — disse ela, e de lá de dentro Karras escutou um abafado "Entre".

O padre entrou e fechou a porta. De costas para ele, Chris mantinha o cotovelo sobre o balcão e a testa sobre a mão. Sem se virar, ela o cumprimentou:

— Olá, padre. — Sua voz era rouca, porém baixa e desesperada.

Preocupado, ele se aproximou.

— Você está bem?

— Sim. Estou, sim.

Karras franziu a testa, cada vez mais apreensivo: a voz de Chris estava tensa, e a mão que cobria o rosto tremia. Abaixando o braço, ela se virou e olhou para o padre, revelando um rosto banhado em lágrimas e olhos vermelhos.

— Como estão as coisas? — perguntou ela. — Quais são as novidades?

Karras a observou antes de responder.

— Bem, a última notícia é que analisei os registros da clínica Barringer e...

— Sim? — perguntou Chris, tensa.

— Bem, eu acredito...

— Em que acredita, padre Karras? Em quê?

— Bem, minha opinião sincera neste momento é que Regan se beneficiaria mais de um intenso cuidado psiquiátrico.

Chris olhou para Karras em silêncio e com os olhos um pouco mais arregalados enquanto balançava a cabeça, recusando-se a aceitar.

— De jeito nenhum!

— Onde está o pai dela? — perguntou Karras.

— Na Europa.

— A senhora contou a ele o que está acontecendo?

— Não.

— Bem, talvez a presença dele aqui ajudasse.

— Ouça, nada vai ajudar, a menos que seja algo *diferente*! — respondeu Chris com a voz alta e vacilante.

— Acredito que você deveria chamá-lo.

— Por quê?
— Seria...
— Pedi ao senhor para exorcizar um demônio, caramba, não para *trazer* um! — gritou Chris com os traços contorcidos pela angústia. — O que houve com o exorcismo de uma hora para a outra?
— Veja...
— O que diabos eu posso querer com *Howard*?
— Podemos falar sobre isso mais tarde, quando...
— Vamos conversar *agora*! Que diabos a presença de *Howard* faria?
— Bem, existe uma grande probabilidade de que o distúrbio de Regan tenha raízes em sua culpa por...
— Culpa pelo *quê*? — gritou, com os olhos selvagens.
— Poderia...
— Pelo *divórcio*? Toda aquela *palhaçada* psiquiátrica?
— Veja bem...
— Regan sente culpa porque *matou Burke Dennings*! — vociferou Chris, pressionando as têmporas com os punhos. — Ela o matou! Ela o matou e será internada. Ela será internada! Ah, meu Deus, ah, meu...

Karras a abraçou quando ela se encolheu, soluçando, e a levou até o sofá.

— Está tudo bem — dizia ele, baixinho —, está tudo bem.
— Não, eles vão... interná-la. — Chris não parava de soluçar. — Eles vão... vão...!
— Está tudo bem.

Karras acalmou a mulher e a ajudou a se deitar no sofá, então se sentou na beirada e segurou sua mão. Os pensamentos não paravam. Ele pensou em Kinderman. Em Dennings. Em Chris soluçando. Em como nada daquilo parecia real.

— Está tudo bem... Está tudo bem... Calma... Vai ficar tudo bem...

Em pouco tempo, o choro diminuiu e ele a ajudou a se sentar. Pegou água e uma caixa de lenços que encontrara numa estante atrás do bar e se posicionou ao lado dela.

— Ah, estou feliz — disse Chris, assoando o nariz.
— Você está *feliz*?
— Sim, estou feliz por ter colocado isso para fora.

— Ah, bem, sim. Sim, sim, isso é bom.

E agora, mais uma vez, o peso recaía nos ombros do jesuíta. *Chega! Não diga mais nada!*, tentou alertar a si mesmo. No entanto, perguntou a Chris:

— Quer dizer mais alguma coisa?

Chris assentiu.

— Sim, sim, quero — respondeu ela, desanimada.

Secou um dos olhos e começou a falar de modo entrecortado, em espasmos: a respeito de Kinderman; a respeito das tiras rasgadas das bordas do livro de bruxaria e da certeza de que Dennings estivera no quarto de Regan na noite de sua morte; da força anormal da menina e do fato de Chris acreditar ter visto a personalidade de Dennings quando a filha girou completamente a cabeça para trás. Ao terminar, exausta, ela esperou pela reação de Karras, e, quando estava prestes a dizer o que pensava, ele olhou para a expressão suplicante nos olhos da mulher.

— Você não pode ter *certeza* de que ela fez isso — afirmou ele.

— Mas e a cabeça virada, como a de Burke? E as coisas que ela diz?

— Você tinha acabado de bater a cabeça com força na parede — argumentou Karras. — Estava em choque. Deve ter imaginado isso.

Mantendo o olhar inexpressivo em Karras, Chris retrucou baixinho:

— Não. Foi Burke que disse que ela fez isso. Ela o empurrou da janela e o matou.

Abalado, o padre apenas a observou por um momento, então voltou a se recompor.

— A mente de sua filha está perturbada — explicou ele —, por isso as frases dela não significam nada.

Chris baixou a cabeça e a balançou.

— Não sei — disse ela, quase inaudível. — Não sei se estou fazendo a coisa certa. Acredito que ela fez isso e que seria capaz de matar mais alguém. Não sei. — Ela encarou Karras com tristeza e, num sussurro rouco, perguntou: — O que devo fazer?

Ele se retraiu por dentro. O peso se moldara às suas costas como concreto depois de secar.

— Você já fez o que deveria fazer — respondeu ele. — Já contou a alguém, Chris. Já contou para *mim*. Então deixe que eu decida qual é a melhor solução. Pode fazer isso, por favor? Deixe comigo.

Secando um dos olhos com as costas da mão, ela assentiu.

— Sim, sim, claro. Isso seria o melhor. — Tentando sorrir, disse, sem ânimo: — Obrigada, padre. Muito obrigada.

— Está se sentindo melhor?

— Sim.

— Pode me fazer um favor?

— Claro, qualquer coisa. O que é?

— Saia de casa e vá ver um filme.

Por um momento, Chris olhou para ele sem qualquer expressão, depois sorriu e balançou a cabeça.

— Detesto filmes.

— Então vá visitar um amigo.

Chris o observou com ternura.

— Tenho um amigo bem aqui.

— Pode apostar. Descanse um pouco. Promete?

— Sim, prometo.

Karras pensou em algo, outra pergunta:

— Você acha que Dennings levou o livro para o andar de cima ou que o volume já estava lá?

— Acredito que já estivesse lá.

Olhando para o lado, Karras assentiu.

— Entendo — disse, antes de se levantar abruptamente. — Bem, certo. Você precisa do carro de volta?

— Não, pode ficar com ele.

— Ok. Voltarei mais tarde.

Baixando a cabeça, Chris respondeu:

— Tudo bem.

Karras saiu da casa e foi para a rua com os pensamentos em turbilhão. Regan matara Dennings? Que loucura! Ele a imaginou lançando-o pela janela do quarto na escadaria comprida e íngreme, rolando, caindo sem parar até que seu mundo chegasse a um fim repentino. *Impossível! Não!* E, ainda assim, Chris parecia convicta de que isso acontecera. Histeria! *É exatamente o que é!*, tentou se convencer. *Não passa de imaginação histérica!* E ainda assim...

Karras perseguiu certezas como se fossem folhas caídas numa ventania.

Enquanto passava pela escadaria ao lado da casa, Karras ouviu um som vindo de baixo, perto do rio. Ele parou e olhou na direção do Canal C&O. Uma gaita. Alguém tocando "Red River Valley", a canção favorita do jesuíta desde que era jovem. Ele parou e ficou ouvindo até o semáforo ficar verde e a melodia melancólica ser abafada pelo barulho do tráfego recomeçando na rua M, estilhaçada rudemente por um mundo que estava, naquele momento, em meio à tormenta, pingando sangue na fumaça dos escapamentos enquanto gritava por socorro. Olhando para a escada, Karras enfiou as mãos nos bolsos, pensando mais uma vez no dilema de Chris MacNeil e Regan e em Lucas chutando o cadáver de Tranquille. Devia fazer algo. O quê? Podia tentar fazer melhor do que os médicos na Barringer? "Ah, o senhor é mesmo um padre ou um charlatão?" Karras assentiu de modo distraído, lembrando-se do caso de possessão de um francês chamado Achille, que, assim como Regan, alegara ser um demônio. Da mesma forma que Regan, seu distúrbio estava ligado à culpa; no caso dele, ao remorso por ter sido infiel no casamento. A grande psicóloga Janet havia realizado uma cura sugerindo, de modo hipnótico, a presença da esposa, que apareceu diante dos olhos alucinados de Achille e o perdoou solenemente. Karras assentiu. Sim, a sugestão poderia funcionar para Regan. Mas não por meio da hipnose. Eles haviam tentado a hipnose na Barringer. A sugestão para a menina, acreditava ele, era aquela na qual Chris insistira desde o começo. O ritual de exorcismo. Regan sabia o que era e qual era seu efeito desejado. *Sua reação à água benta. Ela lera a respeito naquele capítulo do livro e, na passagem em questão, também havia descrições de exorcismos bem-sucedidos. Poderia funcionar! Poderia mesmo!* Mas como conseguir permissão da Ordem? Como montar um caso sem mencionar Dennings? Karras não podia mentir para o bispo. Mas que fatos ele poderia usar para convencê-lo? Suas têmporas começaram a latejar, e Karras levou a mão à testa. Sabia que precisava dormir. Mas não conseguiria. Não naquele momento. *Quais eram os fatos?* As fitas do Instituto? O que Frank descobriria? Havia alguma coisa que ele pudesse descobrir? Não. Mas quem tinha certeza? Regan não diferenciava água benta de água da torneira. *Claro. Mas, se ela supostamente consegue ler minha mente, por que não soube a diferença entre elas?* Karras, mais uma vez, levou a mão à testa. A dor de cabeça. Confusão. *Vamos, rapaz! Tem alguém morrendo! Acorde!*

De volta a seu quarto, Karras telefonou para o Instituto. Não encontrou Frank. Pensativo, ele desligou. *Água benta. Água da torneira. Alguma coisa.* Abriu o Ritual para ver "Instruções para exorcistas": "...espíritos do mal... respostas enganosas... de modo a parecer que a vítima não está possuída de modo algum." *Seria aquilo?*, pensou Karras. Instantaneamente, deixou de lado aquela ideia. *De que diabos você está falando? Que "espírito do mal"?*

Ele fechou o livro e releu os registros médicos, analisando-os com pressa e ansiedade em busca de qualquer coisa que pudesse ajudá-lo a criar um caso justificável para o exorcismo. *Aqui. Não há histórico de histeria. É um argumento. Mas é fraco. Também há outra coisa aqui*, pensou, *uma discrepância.* O que seria? Então se lembrou. *Não é muito. Mas, ainda assim, é relevante.* Ele telefonou para Chris MacNeil. Ela parecia grogue.

— Olá, padre.

— Você estava dormindo? Sinto muito.

— Não, tudo bem. O que houve?

— Chris, onde posso encontrar... — disse Karras, correndo um dedo pelos registros. Parou. — O dr. Klein. Samuel Klein.

— O dr. Klein? Ah, do outro lado da ponte. Em Rosslyn.

— No prédio de consultórios?

— Sim, isso mesmo. Qual é o problema?

— Por favor, telefone para ele e avise que o dr. Karras vai visitá-lo e gostaria de dar uma olhada no eletroencefalograma da Regan. Diga a ele o meu nome.

— Entendi.

Quando desligou o telefone, Karras soltou o botão da gola, tirou a batina e rapidamente vestiu uma calça cáqui e um moletom, seguido de um sobretudo preto. Observando-se no espelho, Karras franziu a testa e pensou: *Padres e policiais!* Eles tinham auras identificáveis que não podiam disfarçar. Tirou o capote e os sapatos e calçou seus únicos que não eram pretos, um par de tênis Tretorn brancos de lona surrados.

No carro de Chris, ele dirigiu para Rosslyn. Enquanto esperava o sinal da ponte Key abrir na rua M, olhou para a esquerda e viu Karl saindo de um sedã preto estacionado na frente da Dixie Liquor Store.

O motorista do carro era Kinderman.

O semáforo ficou verde. Karras avançou com o carro, entrou na ponte e olhou pelo espelho retrovisor. Será que eles o tinham visto? Achava que não. Mas o que os dois estavam fazendo juntos? Teria algo a ver com Regan? Com Regan e...?

Esqueça isso! Uma coisa de cada vez!

Ele estacionou e subiu a escada até o consultório do dr. Klein. O médico estava ocupado, mas uma enfermeira entregou o eletroencefalograma a Karras, e, em pouco tempo, ele estava dentro de uma baia estreita analisando um papel repleto de gráficos.

Klein entrou apressado, olhando brevemente para a roupa do padre.

— O senhor é o dr. Karras?

— Sim.

— Sam Klein. Prazer em conhecê-lo.

Enquanto trocavam um aperto de mãos, Klein perguntou:

— Como está a menina?

— Melhorando.

— Fico feliz em saber.

Karras voltou a olhar para o gráfico, e Klein se aproximou dele para observar, passando os dedos por cima das ondas.

— Aqui, está vendo? É muito regular. Não há flutuações — observou Klein.

— Sim, estou. É curioso.

— Curioso? De que modo?

— Bem, se levarmos em conta que estamos lidando com um caso de histeria.

— Como assim?

— Não acho que seja muito difundido — respondeu Karras, enquanto continuava a folhear o resultado dos exames —, mas um belga chamado Iteka descobriu que a histeria parecia causar um tipo de flutuação estranha no gráfico, um padrão muito pequeno, mas sempre idêntico. Estou procurando aqui e não encontro.

— Entendo — disse Klein, entre dentes.

Karras olhou para o outro médico.

— Ela certamente estava alterada quando vocês realizaram este exame, certo?

— Eu diria que sim. Estava alterada, sim.

— Nesse caso, não é curioso que o resultado tenha sido tão perfeito? Até indivíduos com a mente sã podem influenciar as ondas cerebrais, pelo menos no âmbito da frequência normal, e, como Regan estava alterada na época, deveria haver alguma flutuação. Se...

— Doutor, a sra. Simmons está ficando impaciente — disse uma enfermeira, interrompendo-os.

— Tudo bem, estou indo — avisou Klein.

Quando a enfermeira se afastou, ele deu um passo em direção ao corredor, mas então se virou, segurando a porta.

— Por falar em histeria... — comentou ele, seco. — Sinto muito, preciso ir.

Ele fechou a porta. Karras ouviu seus passos se distanciando pelo corredor, uma porta sendo aberta e o médico dizendo: "Bem, como a senhora está se sentindo hoje..." A porta fechada abafou o resto. Karras voltou a analisar o gráfico, e, quando terminou, dobrou-o, fechou o envelope e voltou para a recepção. *Algo.* Era algo que ele poderia usar para convencer o bispo de que Regan não era histérica e, por isso, poderia estar possuída. Ainda assim, o eletroencefalograma criara mais um mistério: por que não havia alteração?

Karras dirigia de volta à casa de Chris, quando, ao parar num semáforo na esquina das ruas Prospect e 35, viu: sentado ao volante de um carro estacionado perto do centro de residência jesuíta estava Kinderman, com o braço para fora da janela e o olhar fixo à frente. O padre dobrou à direita antes que o detetive o visse. Logo encontrou uma vaga, estacionou e deu a volta na esquina, como se fosse em direção ao centro de residência. *Será que ele está vigiando a casa?*, pensou Karras. O espectro de Dennings mais uma vez o assombrou. Seria possível que Kinderman acreditasse que Regan havia...?

Calma, rapaz! Devagar!

Ele se aproximou da lateral do carro e enfiou a cabeça pela janela do passageiro.

— Olá, detetive! — disse, com simpatia. — Veio me visitar ou está apenas relaxando um pouco?

O detetive se virou depressa, surpreso, e abriu um sorriso enorme.

— Olá, padre Karras! Aqui está o senhor! Muito bom revê-lo!

Disfarçando, pensou Karras. *O que ele está aprontando? Não deixe que saiba que você está preocupado! Fique calmo!*

— Vai acabar recebendo uma multa — avisou Karras, apontando para uma placa. — Não é permitido estacionar entre 16h e 18h durante a semana.

— Não tem problema. Estou conversando com um padre. Todos os guardas de trânsito em Georgetown são católicos.

— Como o senhor está?

— Para ser sincero, padre Karras, não tão bem. E o senhor?

— Não posso reclamar. Solucionou aquele caso?

— Qual?

— Aquele do diretor de filmes?

— Ah, aquele. — O detetive balançou a mão. — Nem me fale! Ei, o que vai fazer esta noite? Está ocupado? Tenho ingressos para *Otelo*, no Biograph.

— Depende do elenco.

— O elenco? John Wayne é Otelo e Doris Day interpreta Desdêmona. Está satisfeito? É de graça, padre "Irritantemente Parecido com Marlon Brando"! É uma obra de William Shakespeare. Não importa quem está ou não no elenco. O senhor vai?

— Sinto muito, mas terei que recusar. Estou um pouco ocupado.

— Dá para ver — disse o detetive, observando o rosto do jesuíta. — O senhor está trabalhando até tarde? Está com uma aparência péssima.

— Eu estou *sempre* com uma aparência péssima.

— Mas hoje está pior do que o normal. Vamos! Saia apenas uma noite! Vai ser bom!

Karras decidiu testá-lo, tocar num ponto fraco.

— Tem certeza de que é este filme que está passando? — perguntou ele, com o olhar firme no do detetive. — Eu poderia jurar que um filme de Chris MacNeil estava sendo exibido no Biograph.

O homem hesitou.

— Não, o senhor está enganado. Está passando *Otelo*.

— Ah. E o que trouxe você aqui?

— O senhor! Eu vim para convidá-lo para um filme!

— Bem, acho que é mais fácil dirigir do que usar o telefone, não é?

O detetive ergueu as sobrancelhas numa tentativa bem fajuta de parecer inocente.

— Seu telefone estava ocupado.

O jesuíta olhou para ele, quieto e sério.

— O que foi? — perguntou Kinderman. — O quê?

Karras enfiou a mão dentro do carro, levantou uma das pálpebras de Kinderman e analisou seu olho.

— Não sei — disse ele, franzindo a testa. — O senhor está péssimo. Talvez tenha sido acometido por um caso de mitomania.

— Não sei o que isso significa. É sério?

— Sim, mas não fatal.

— O que é? O suspense está me enlouquecendo!

— Pesquise — disse Karras.

— Ora, não seja tão presunçoso. De vez em quando, é preciso dar a César o que é de César. Sou a lei. Eu poderia mandar deportá-lo, sabia?

— Por quê?

— Um psiquiatra não deveria irritar as pessoas. Além disso, os gentios, para ser sincero, adorariam isso. O senhor os incomoda, padre. É sério, o senhor os envergonha. Quem precisa de um padre que usa moletom e tênis!

Abrindo um sorriso amarelo, Karras assentiu.

— Preciso ir. Cuide-se — disse, batendo a mão na janela duas vezes em despedida, antes de caminhar lentamente em direção à entrada do centro de residência.

— Procure um analista! — exclamou o detetive com a voz rouca.

Depois o observou com grande preocupação. Virou-se para a frente, ligou o carro e subiu a rua. Ao passar por Karras, buzinou e acenou. O padre retribuiu o gesto e, ao ver o carro de Kinderman dobrar a esquina na rua 36, parou onde estava por um tempo, passando a mão trêmula na testa. Será que ela poderia realmente ter feito isso? Será que Regan poderia ter matado Burke Dennings de modo tão horrível? Com o olhar intenso, Karras se virou e olhou para a janela de Regan, pensando, *Pelo amor de Deus, o que aconteceu naquela casa?* E quanto tempo vai demorar até Kinderman exigir ver Regan? Até perceber nela a personalidade de Dennings? Ouvi-la? Quanto tempo demoraria até Regan ser internada? Ou morrer?

Ele precisava levar o caso de exorcismo à Ordem.

Karras atravessou a rua depressa até a casa de Chris MacNeil, tocou a campainha e esperou Willie deixá-lo entrar.

— A senhora está cochilando agora — avisou ela.

Karras assentiu.

— Ótimo.

Ele passou por ela e subiu a escada até o quarto de Regan. Precisava assimilar algo.

Quando entrou, viu Karl sentado numa cadeira perto da janela. Silencioso e presente como uma árvore grande e escura, o suíço mantinha os braços cruzados e os olhos fixos em Regan.

Karras se aproximou da cama. A parte branca dos olhos dela parecia uma névoa leitosa; os murmúrios, feitiços de outro mundo. Karras se inclinou lentamente e começou a soltar as amarras.

— *Não, padre! Não!*

Karl correu até a cama e agarrou o braço do jesuíta.

— Péssima ideia, padre! Forte! Muito forte!

Nos olhos de Karl havia um medo real. Nesse momento, Karras soube que a força de Regan era real. Ela poderia ter feito aquilo, poderia ter torcido o pescoço de Dennings. *Vamos, Karras! Depressa! Encontre uma evidência! Pense!*

Ele ouviu uma voz vinda de baixo. Da cama.

— *Ich möchte Sie etwas fragen, Herr Engstrom!*

Com surpresa e esperança, Karras olhou para a cama e viu o rosto demoníaco de Regan olhando para Karl.

— *Tanzt Ihre Tochter gern?* — perguntou ela, e começou a rir de modo sarcástico.

Alemão. Ela havia perguntado se a filha coxa de Karl gostava de dançar! Exaltado, Karras virou-se para Karl e viu que seu rosto estava muito vermelho. Com as mãos em punhos, ele lançava um olhar furioso para Regan enquanto ela continuava a rir.

— Karl, é melhor você sair — disse Karras.

O suíço balançou a cabeça.

— Não, vou ficar!

— Saia, por favor! — pediu o jesuíta com firmeza, olhando implacavelmente para ele.

Depois de um momento de resistência, o empregado se virou e saiu correndo do quarto. Quando a porta se fechou, a risada parou de forma abrupta e foi substituída pelo silêncio.

Karras olhou para a cama. O demônio o observava. Parecia satisfeito.

— Ah, você voltou. Estou surpreso. Pensei que o embaraço com a água benta pudesse ter feito você mudar de ideia e não voltar mais. Mas eu tinha esquecido que um padre não tem vergonha.

Karras respirou fundo algumas vezes para se forçar a se concentrar, a pensar com clareza. Ele sabia que o exame de línguas para comprovar a possessão exigia uma conversa inteligente como prova de que as falas não estivessem ligadas a lembranças linguísticas escondidas. *Sossega! Vai com calma! Lembra daquela menina?* Uma empregada parisiense, supostamente possuída, havia balbuciado, enquanto delirava, num idioma que acabou sendo reconhecido como sírio. Karras forçou-se a pensar na comoção que isso havia causado e em como finalmente se descobriu que ela havia trabalhado numa pensão na qual um dos moradores era estudante de teologia e, nas vésperas das provas, ele costumava caminhar pelo quarto e descer e subir as escadas enquanto repassava, em voz alta, sua lição em sírio. E ela o ouvira.

Calma. Não se precipite.

— *Sprechen Sie deutsch?* — perguntou Karras.

"Mais brincadeiras?"

— *Sprechen Sie deutsch?* — repetiu o jesuíta, com o coração acelerado.

— *Natürlich* — respondeu o demônio, olhando-o com malícia. — *Mirabile dictu*, não acha?

O jesuíta sentiu o coração disparar. Ele falava não apenas alemão, mas também latim! E dentro do contexto!

— *Quod nomen mihi est?* — "Qual é o meu nome?"

— Karras.

O padre se animou.

— *Ubi sum?* — "Onde estou?"

— *In cubiculo.* — "Num quarto."

— *Et ubi est cubiculum?* — "E onde fica o quarto?"

— *In domo.* — "Numa casa."

— *Ubi est Burke Dennings?* — "Onde está Burke Dennings?"

— *Mortuus.* — "Morto."

— *Quomodo mortuus est?* — "Como ele morreu?"
— *Inventus est capite reverso.* — "Ele foi encontrado com a cabeça virada."
— *Quis occidit eum?* — "Quem o matou?"
— Regan.
— *Quomodo ea occidit ilium? Dic mihi exacte!* — "Como ela o matou? Conte os detalhes!"
— Bem, chega de emoção por enquanto — disse o demônio, sorrindo. — Sim, acho que já basta. Mas creio que você certamente vai perceber, sendo você, que, enquanto fazia as perguntas em latim, também estava formulando as respostas mentalmente. — O demônio riu. — Tudo inconsciente, claro. Sim, o que faríamos sem o inconsciente, Karras? Está entendendo aonde quero chegar? Não sei falar nada de latim! Eu li sua mente! Simplesmente arranquei as respostas de sua mente!

Karras ficou desanimado diante da incerteza. Sentiu-se atormentado e frustrado pela dúvida perturbadora que foi plantada em sua mente.

O demônio riu.

— Sim, eu sabia que isso aconteceria, Karras. É por isso que gosto tanto de você, meu caro. Sim, é por isso que adoro todos os homens razoáveis.

O demônio jogou a cabeça para trás e gargalhou.

A mente do jesuíta estava desesperada, formulando perguntas para as quais não havia uma resposta correta, mas muitas. *Mas talvez eu fosse pensar em todas elas!*, percebeu ele. *Então faça uma pergunta cuja resposta você não sabe!* Ele poderia conferir a resposta mais tarde para ver se estava correta.

Esperou o riso diminuir e falou:

— *Quam profundus est imus Oceanus Indicus?* — "Qual é a profundidade do oceano Índico?"

Os olhos do demônio brilharam.

— *La plume de ma tante.*
— *Responde Latine.*
— *Bon jour! Bonne nuit!*
— *Quam...*

Karras parou quando os olhos se reviraram dentro das órbitas e a entidade dos balbucios ininteligíveis apareceu. Impaciente e frustrado, Karras exigiu:

— Deixe-me falar com o demônio de novo!
Nenhuma resposta. Apenas a respiração de um lugar desconhecido.
— *Quis es tu?* — perguntou ele com a voz rouca.
Apenas silêncio. A respiração.
— Deixe-me falar com Burke Dennings!
Um soluço. Uma respiração forte. Um soluço.
— Deixe-me falar com Burke Dennings!
O soluço, constante e forte, continuou. Karras baixou a cabeça, balançou-a e caminhou até uma poltrona acolchoada, onde se sentou. Recostou-se e fechou os olhos. Tenso. Atormentado. Esperou...
O tempo passou. Karras cochilou. Então ergueu a cabeça. *Fique acordado!* Piscando, com as pálpebras pesadas, olhou para Regan. Não soluçava mais. Olhos fechados. Estaria dormindo?
Ele se levantou, caminhou até a cama, abaixou-se e sentiu sua pulsação. Inclinando-se para a frente, examinou seus lábios. Estavam ressecados. Ele se endireitou e esperou um pouco, até que finalmente saiu do quarto e foi até a cozinha em busca de Sharon. Encontrou-a à mesa, tomando sopa e comendo um sanduíche.
— Gostaria de comer alguma coisa, padre Karras? — perguntou ela. — O senhor deve estar faminto.
— Não, não estou — respondeu ele. — Obrigado.
Sentando-se, ele pegou um lápis e um bloquinho de anotações que estavam ao lado da máquina de escrever de Sharon.
— Ela está soluçando — disse ele. — Vocês têm Compazina?
— Sim, temos um pouco.
Ele escreveu no bloco.
— Dê a ela metade de um frasco de 25 miligramas essa noite.
— Tudo bem.
— Ela está começando a desidratar — continuou Karras —, então é necessário começar com a alimentação intravenosa. Logo pela manhã, ligue para uma empresa de equipamentos médicos e peça a eles para entregarem tudo desta lista. — Ele deslizou o bloco sobre a mesa até Sharon. — Ela está dormindo agora, então pode começar a alimentá-la com Sustagen.
Sharon assentiu.
— Sim, pode deixar.

Pegando uma colherada de sopa, ela virou o bloco e olhou a lista. Karras a observou. Ele franziu a testa, concentrado, e perguntou:
— Você é a professora dela?
— Sim, isso mesmo.
— Ensinou latim a ela?
— Latim? Não, não sei nada de latim. Por quê?
— E alemão?
— Apenas francês.
— Que nível? *La plume de ma tante?*
— Basicamente.
— Mas não ensinou latim nem alemão?
— Não.
— Os Engstrom... Eles conversam em alemão às vezes?
— Ah, sim, certamente.
— Perto da Regan?

Sharon se levantou e deu de ombros.
— Bem, às vezes, acho que sim. — Ela começou a caminhar para a pia da cozinha levando os pratos, então completou: — Na verdade, tenho certeza.
— Você já estudou latim? — perguntou Karras.

Sharon riu.
— Eu? Latim? Não, nunca.
— Mas reconheceria os sons?
— Sim, creio que sim.

Ela enxaguou a tigela de sopa e colocou-a no escorredor.
— Ela já falou latim com você?
— Regan?
— Sim. Desde que adoeceu.
— Não, nunca.
— Algum outro idioma?

Sharon fechou a torneira, pensativa.
— Bem, acho que posso ter imaginado, mas...
— Mas o quê?
— Bem, eu acho... — disse Sharon, franzindo a testa. — Bem, podia jurar que eu a ouvi falando russo, certa vez.

Karras a encarou com a garganta seca.

— Você fala russo? — perguntou ele.
— Mais ou menos. Fiz dois anos na faculdade.

Karras ficou desanimado. *Regan pegou o latim do meu cérebro!* Olhando para a frente, inexpressivo, ele levou a mão à testa, em dúvida. *A telepatia é mais comum em estados de grande tensão; falar sempre num idioma conhecido por alguém no ambiente; "... pensa as mesmas coisas que estou pensando...", "Bon jour...", "La plume de ma tante...", "Bonne nuit..."* Com esses pensamentos, Karras observou com tristeza o sangue voltando a ser apenas vinho.

O que fazer? *Dormir um pouco. Voltar e tentar de novo... tentar de novo...* Ele se levantou e olhou para a secretária. Ela estava recostada na pia, com os braços cruzados enquanto o observava com uma expressão pensativa e curiosa.

— Vou voltar para o centro de residência — anunciou ele. — Assim que Regan acordar, gostaria que me avisasse.

— Sim, pode deixar.

— E a Compazina, está bem? Não vai se esquecer?

Ela balançou a cabeça.

— Não, vou cuidar disso agora mesmo.

Karras assentiu e, com as mãos nos bolsos, olhou para baixo, tentando se lembrar do que poderia ter se esquecido de dizer a Sharon. Sempre havia algo a ser feito; sempre havia algo de que se esquecia quando tudo já tinha sido feito.

— Padre, o que está acontecendo? — Ele ouviu a secretária perguntar. — O que de fato está acontecendo com a Rags?

Karras olhou para a frente com os olhos assombrados.

— Não sei — respondeu ele. — Não sei mesmo.

Então se virou e saiu da cozinha.

Enquanto seguia pelo corredor, ouviu passos apressados às suas costas.

— Padre Karras!

Karras se virou e viu Karl com sua blusa.

— Sinto muito — disse o empregado, entregando a peça. — Pensei que terminaria muito antes. Mas esqueci.

As manchas de vômito haviam desaparecido e o cheiro estava agradável.

— Muito gentil de sua parte, Karl — disse o padre com delicadeza.
— Obrigado.

— Eu é que agradeço, padre Karras — respondeu Karl, com a voz trêmula e os olhos marejados. — Obrigado por ajudar a srta. Regan.

Então, desviando o olhar, o funcionário se afastou rapidamente.

Enquanto o observava, Karras se lembrou do homem no carro de Kinderman. Por quê? Mais mistério agora; mais confusão. Cansado, Karras abriu a porta. Estava escuro lá fora. Era noite. Aflito, ele saiu da escuridão para a escuridão.

Atravessou a rua até o centro de residência, com sono, mas decidiu parar no quarto de Dyer. Bateu à porta, ouviu um "Entre e será convertido!" e, ao obedecer, encontrou Dyer datilografando em sua máquina IBM Selectric. Karras sentou-se na beira da cama enquanto o jesuíta mais jovem continuava a trabalhar.

— Oi, Joe!
— Sim, estou ouvindo. O que foi?
— Você conhece alguém que tenha feito um exorcismo formal?
— Joe Louis, Max Schmeling, em 22 de junho de 1938.
— Joe, é sério.
— Não, *você* precisa falar sério. Exorcismo? Está de brincadeira?

Karras não respondeu e, durante alguns momentos, observou Dyer datilografar, inexpressivo, até se levantar e caminhar até a porta.

— Sim, Joe — disse ele. — Eu estava brincando.
— Foi o que pensei.
— Nos vemos por aí.
— E volte com piadas mais engraçadas.

Karras atravessou o corredor e, ao entrar em seu quarto, olhou para o chão e encontrou uma mensagem num papel cor-de-rosa. Era de Frank. Um número de telefone. "Por favor, telefone para…"

Karras pegou o telefone e solicitou que uma chamada fosse feita ao número do diretor do Instituto, e, enquanto esperava, olhou para a mão livre, à direita. Estava tremendo de ansiedade.

— Alô? — Uma voz estridente. Um menininho.
— Posso falar com seu pai, por favor?
— Sim, só um minuto. — O garoto pousou o telefone sobre alguma superfície. Então voltou a pegá-lo. — Quem é?

— O padre Karras.
— Padre Karits?
— Karras. Padre Karras.
O telefone foi pousado de novo.
Karras ergueu a mão trêmula e tocou a testa com a ponta dos dedos. Barulho na linha.
— Padre Karras?
— Sim, alô, Frank. Estou tentando falar com você.
— Ah, sinto muito. Tenho trabalhado com suas fitas aqui em casa.
— Já terminou?
— Sim, terminei. A propósito, o conteúdo é bem esquisito.
— Sim, eu sei — concordou Karras, enquanto se esforçava para tranquilizar a voz. — Como estamos até agora? O que descobrimos?
— Bem, esse primeiro tipo-símbolo...
— Sim?
— A amostra não era grande o suficiente para eu ter certeza, mas diria que está bem perto, ou, pelo menos, o mais perto do que conseguimos chegar. Bem, de qualquer modo, eu diria que provavelmente as duas vozes nas fitas são de personalidades distintas.
— Provavelmente?
— Bem, eu não juraria no tribunal, porque a variação é de fato muito pequena.
— Pequena... — repetiu Karras. *Bem, fim de jogo.* — E o falatório? É algum idioma?
Frank riu.
— Qual é a graça? — perguntou o jesuíta, impaciente.
— Isso foi um exame psicológico disfarçado, padre?
— Como assim?
— Bem, acho que você confundiu as fitas ou algo assim. É...
— Frank, é um idioma ou não?
— Ah, eu diria que é um idioma, sim.
Karras ficou tenso de surpresa.
— Está brincando?
— Não, não estou.
— Qual é o idioma?

— O mesmo que o nosso.

Karras ficou perplexo por um momento, e, quando voltou a falar, estava mais irritado.

— Frank, acho que não estamos nos entendendo muito bem. Ou quer me contar qual é a piada?

— Você está com seu gravador aí?

Estava na mesa.

— Sim, estou.

— Tem a função de tocar de modo reverso?

— Por quê?

— Tem ou não?

— Só um segundo. — Irritado, Karras soltou o telefone e abriu a tampa do gravador. — Sim, tem. Frank, por que a pergunta?

— Toque a fita ao contrário.

— O quê?

— É isso mesmo — garantiu Frank, rindo com bom humor. — Olha, toque ao contrário e nos falamos amanhã. Boa noite, padre.

— Boa noite, Frank.

— Divirta-se.

— Sim, claro.

Karras desligou. Estava estupefato. Pegou a fita com o falatório e a colocou no tocador. Primeiro, ele a tocou normalmente e assentiu. Nenhum engano. Eram apenas resmungos desconexos.

Ele deixou que ela fosse até o fim, depois tocou-a ao contrário. Ouviu sua voz falando de trás para frente. Então a voz de demônio de Regan: *Merrin merrin karras deixe-nos em paz deixe-nos...*

Português! Sem sentido! Mas, ainda assim, português!

Como ela conseguiu fazer isso?, perguntou-se Karras.

Ouviu até o final, rebobinou a fita e tocou de novo. E mais uma vez. Então percebeu que a ordem do discurso estava invertida. Parou a fita, rebobinou e, com um lápis e um bloco na mão, sentou-se à mesa e começou a tocar a fita do começo, esforçando-se para transcrever as palavras, com diversas pausas e retomadas no processo. Quando finalmente terminou, fez mais uma transcrição numa segunda folha de papel e trocou a ordem das palavras. Então, recostou-se e leu:

... perigo. Ainda não. [ininteligível] morrerá. Pouco tempo. Agora o [ininteligível]. Deixe-a morrer. Não, não, deliciosa! Corpo delicioso! Eu sinto! Há [ininteligível]. Melhor [ininteligível] do que o vazio. Temo o padre. Dê-nos tempo. Temo o padre! Ele é [ininteligível]. Não, não este: o [ininteligível], aquele que [ininteligível]. Ele está doente. Ah, o sangue, sinta o sangue, como ele [canta?].

Karras perguntou na gravação: "Quem é você?" E a resposta:

"Eu sou ninguém. Eu sou ninguém."

Então, Karras: "Este é seu nome?" E a resposta:

"Não tenho nome. Eu sou ninguém. Muitos. Deixe-nos em paz. Deixe-nos quentes no corpo. Não [ininteligível] do corpo no vazio, no [ininteligível]. Deixe-nos. Deixe-nos. Deixe-nos em paz. Karras. Merrin. Merrin."

Karras releu a transcrição muitas vezes, assombrado pelo tom, pela sensação de que mais de uma pessoa falava, até finalmente a repetição em si mesclar as palavras e o padre largar o texto e esfregar o rosto, os olhos, os pensamentos. Não era um idioma desconhecido. E escrever de trás para a frente não era paranormal nem mesmo incomum. Mas *falar* de trás para a frente, ajustar e alterar a fonética de modo que, ao serem ouvidas dessa forma, as palavras fossem inteligíveis; tal ato não estava além do alcance até mesmo de um intelecto superestimulado, do inconsciente acelerado ao qual Jung se referiu? Não, havia algo mais... Ele se lembrou. Caminhou até as estantes para pegar um livro: *Psicologia e patologia dos fenômenos ditos ocultos*, de Jung. Há algo parecido aqui, pensava ele enquanto folheava rapidamente as páginas do livro. O que era?

E encontrou: um relato de uma experiência com escrita automática em que o inconsciente do indivíduo parecia capaz de responder perguntas com anagramas. *Anagramas!*

Ele abriu o livro sobre a mesa, inclinou-se para a frente e leu um relato de uma parte do experimento:

TERCEIRO DIA

O que é homem? *Noé sem dia cava paz.*
É um anagrama? *Sim.*
Quantas palavras tem? *Cinco.*
Qual é a primeira palavra? *Ver.*
Qual é a segunda palavra? *Eeeee.*
Ver? Posso interpretá-la como quiser? *Tente!*

O indivíduo encontrou esta solução: "A vida é menos capaz". Ficou estupefato com esse pronunciamento intelectual, que parecia provar a existência de uma inteligência independente da dele. Por este motivo, continuou a perguntar:

Quem é você? *Clelia.*
É uma mulher? *Sim.*
Você viveu na Terra? *Não.*
Você ganhará vida? *Sim.*
Quando? *Em seis anos.*
Por que está conversando comigo? *Unito Clelia es.*

O indivíduo interpretou essa resposta como um anagrama para "Eu, Clelia, sinto".

QUARTO DIA

Sou eu quem responde às perguntas? *Sim.*
Clelia está aqui? *Não.*
Quem está, então? *Ninguém.*
Clelia existe? *Não.*
Então, com quem eu estava conversando ontem? *Ninguém.*

Karras parou de ler e balançou a cabeça. Não havia nada de paranormal ali, pensou, apenas prova das habilidades ilimitadas da mente. Ele pegou um cigarro, sentou-se e o acendeu. "Eu sou ninguém. Muitos." De onde vinha aquilo, perguntou-se Karras, aquele conteúdo misterioso do discurso de Regan? Do mesmo lugar de onde vinha Clelia? Personalidades emergentes?

"Merrin... Merrin..." "Ah, o sangue..." "Ele está doente..."

Assustado, Karras olhou para seu exemplar de *Satã* e folheou o livro até a inscrição inicial. "Que o dragão não seja meu líder..." Fechando os olhos ao exalar a fumaça, Karras levou a mão à boca e tossiu; percebendo que a garganta estava dolorida e inflamada, apagou o cigarro no cinzeiro. Exausto, lenta e desajeitadamente, ele se levantou, apagou a luz do quarto, fechou as cortinas, tirou os sapatos e deitou-se de bruços na cama estreita. Cenas intensas e fragmentadas tomaram sua mente: Regan. Kinderman. Dennings. O que fazer? Ele precisava ajudar! Tinha que ajudar! Mas como? Tentar convencer o bispo com o pouco que tinha? Não acreditava que devesse. Nunca conseguiria convencê-lo do caso.

Pensou em se despir, em se enfiar embaixo das cobertas.

Cansado demais. Que fardo. Ele queria se libertar.

"... Deixe-nos em paz!"

Na lenta passagem para um sono pesado, os lábios de Karras se mexerem quase imperceptivelmente, formando as palavras "Deixe-me em paz". De repente, ele levantou a cabeça, desperto por uma respiração ofegante e pelo som suave de celofane sendo amassado, e, ao abrir os olhos, viu um estranho em seu quarto, um padre um pouco acima do peso, de meia-idade e com o rosto coberto por sardas, com mechas finas de cabelos ruivos penteados para trás na cabeça calva. Sentado numa poltrona estofada no canto do quarto, ele observava Karras e rasgava a embalagem de um pacote de cigarros Gauloises. O padre sorriu.

— Ah, olá.

Karras se sentou na cama.

— Olá e adeus — resmungou Karras. — Quem é você e que merda está fazendo no meu quarto?

— Olha, me desculpe, mas bati e você não respondeu. Então vi que a porta estava destrancada e pensei que seria melhor entrar e esperar. E aqui está você! — O padre apontou para duas muletas encostadas na parede perto da cadeira. — Eu não poderia esperar muito tempo no corredor, sabe? Posso ficar de pé por um tempo, mas logo preciso me sentar. Espero que me perdoe. Sou Ed Lucas, a propósito. O presidente sugeriu que eu viesse falar com você.

Franzindo a testa, Karras inclinou a cabeça.

— Você disse "Lucas"?

— Sim, Lucas é o meu nome — confirmou o padre, abrindo um sorriso de dentes compridos e manchados de nicotina. Ele havia tirado um cigarro do maço e procurava um isqueiro no bolso. — Você se importa se eu fumar?

— Não, vá em frente. Eu também fumo.

— Ah, sim. — Lucas observou as bitucas de cigarro num cinzeiro sobre a mesa de canto ao lado da poltrona. O padre ofereceu o maço a Karras. — Quer um Gauloise?

— Não, obrigado. Você disse que Tom Bermingham o mandou aqui?

— O velho Tom. Sim, somos "camaradas". Éramos da mesma turma de ensino médio na Regis, e depois disso estudamos juntos na St. Andrews, em Hudson. Sim, Tom recomendou que eu viesse, então peguei um ônibus em Nova York. Estou em Fordham.

Karras ficou mais animado de repente.

— Ah, Nova York! Tem a ver com meu pedido de transferência?

— Transferência? Não, não sei nada sobre isso. É um assunto pessoal — explicou o padre.

Os ombros de Karras murcharam junto com suas esperanças.

— Ah, entendi — disse ele num tom mais contido.

Karras se levantou, caminhou até uma cadeira de madeira de espaldar reto, virou-a, sentou-se e começou a observar Lucas com atenção. Mais de perto, notou que o terno preto do padre estava amassado e largo, até surrado. Havia caspa nos ombros. O padre tirara um cigarro do maço e o estava acendendo com uma chama grande de um isqueiro Zippo, que tirou do bolso tão discretamente que pareceu um truque de mágica. Ele soltou uma fumaça cinza-azulada e observou-a com o que parecia ser uma profunda satisfação enquanto dizia:

— Ah, nada como um Gauloise para os nervos!

— Está nervoso, Ed?

— Um pouco.

— Bem, relaxe. Vá em frente e conte tudo. Como posso ajudá-lo?

Lucas observou Karras com um olhar preocupado.

— Você parece exausto — comentou ele. — Talvez fosse melhor a gente se encontrar amanhã. O que me diz? — Em seguida acrescentou: — Sim, sim, com certeza amanhã! Pode me passar as muletas, por favor?

Ele estendeu o braço em direção às muletas.

— Não, não, não! — disse Karras. — Estou bem, Ed. Muito bem!

Inclinando-se para a frente com as mãos unidas entre os joelhos, Karras observou o rosto do padre e concluiu:

— A procrastinação é o que chamamos de "resistência".

Lucas ergueu uma das sobrancelhas, com um olhar levemente intrigado.

— Ah, é mesmo?

— Sim, é mesmo.

Karras olhou para as pernas de Lucas.

— Isso o deprime? — perguntou ele.

— Como assim? Ah, minhas pernas! Ah, às vezes, acho.

— Congênito?

— Não, não. Aconteceu num acidente.

Por um momento, Karras observou o rosto do visitante. Aquele sorriso leve e secreto. Será que já o vira?

— Que pena — comentou Karras, de modo solidário.

— Bem, é o mundo que herdamos, certo? — respondeu Lucas, com o Gauloise ainda pendurado no canto da boca. Ele o tirou dos lábios com dois dedos e soltou um lamento em meio à nuvem de fumaça. — Ai, ai...

— Certo, Ed, vamos ao ponto. Está bem? Você certamente não saiu de Nova York para vir aqui à toa, então vamos abrir o jogo. Diga tudo. Certo? Cartas na mesa.

Lucas balançou a cabeça devagar.

— Bem, é uma longa história — começou ele, mas precisou levar a mão à boca para conter um novo acesso de tosse.

— Quer beber alguma coisa? — perguntou Karras.

Com os olhos marejados, o padre negou, balançando a cabeça.

— Não, não, tudo bem — respondeu, meio engasgado. — De verdade!

Os espasmos foram diminuindo. Ele olhou para baixo e espanou as cinzas do cigarro do seu blazer.

— Vício nojento! — resmungou, enquanto Karras notava o que parecia uma mancha de gema de ovo na camisa preta por baixo do blazer.

— Certo, o que houve? — perguntou Karras.

Lucas olhou para ele.

— Você.

Karras hesitou.

— Eu?

— Sim, Damien, você. Tom está muitíssimo preocupado com você.

Karras encarou Lucas, começando a entender as coisas; por que havia uma profunda compaixão em seus olhos e seu tom de voz.

— Ed, o que você faz em Fordham? — perguntou Karras.

— Eu aconselho — respondeu o padre.

— Aconselha.

— Sim, Damien. Sou psiquiatra.

Karras o encarou.

— Psiquiatra — repetiu, inexpressivo.

Lucas desviou o olhar.

— Bem, por onde começo? — Ele suspirou de modo relutante. — Não sei bem. É tão complicado. Muito complicado. Bem, deixe-me ver o que podemos fazer — disse baixinho, inclinando-se para a frente e batendo as cinzas no cinzeiro. — Mas você é especialista — continuou, olhando para a frente —, e às vezes é melhor colocar as cartas na mesa de uma vez. — O padre voltou a tossir, levando a mão à boca. — Droga! Mil desculpas!

Quando a tosse parou, Lucas olhou para Karras com seriedade e concluiu:

— Olha, é essa confusão com você e as MacNeil.

Karras reagiu com surpresa.

— MacNeil? — perguntou ele. — Como pode saber disso? Não haveria como Tom lhe contar isso. Não, de jeito nenhum. Seria prejudicial à família.

— Tenho minhas fontes.

— Que fontes? Como quem? Como o quê?

— Isso importa? — perguntou o padre. — Não, nem um pouco. Tudo o que importa é sua saúde e estabilidade emocional. Ambas estão claramente em risco, e essa história com as MacNeil só vai piorar a situação, então a Ordem exige que você se afaste. Afaste-se pelo seu bem, Karras, e também pelo bem da Ordem! — exclamou o padre, franzindo as sobrancelhas volumosas, que quase se tocavam, e baixando a cabeça de modo que seu olhar parecesse ameaçador. — Afaste-se! Antes que ocorra uma catástrofe maior, antes que as coisas fiquem piores, *muito* piores! Não queremos mais profanações, certo, Damien?

Karras olhou para o homem, chocado.

— Profanações? Ed, do que está falando? O que minha saúde mental tem a ver com *elas*?

Lucas se recostou na cadeira.

— Ah, vamos! — disse, sarcástico. — Você se une aos jesuítas e deixa sua pobre mãe morrer sozinha em meio à pobreza? O que odiaria inconscientemente por isso senão a Igreja Católica?

O padre voltou a se inclinar para a frente, curvando-se ao sussurrar:

— Não seja obtuso! *Fique longe das MacNeil!*

Com os olhos semicerrados e a cabeça inclinada, Karras se levantou e olhou para o padre, perguntando com a voz rascante:

— Quem diabos é você, amigo? *Quem é você?*

O toque baixo do telefone na mesa de Karras atraiu o olhar assustado do padre Lucas.

— Cuidado com Sharon! — exclamou, num alerta.

De repente, o telefone começou a tocar alto e acordou Karras, que percebeu que estivera sonhando. Sonolento, ele se levantou da cama, acendeu a luz, caminhou até a mesa e pegou o telefone. Era Sharon. Que horas eram?, perguntou a ela. Três e pouco da manhã. Ela perguntou se ele podia ir até a casa naquele momento. *Ah, Deus!*, resmungou Karras por dentro, mas respondeu que poderia. Sim. Iria. E, mais uma vez, ele se sentiu preso; sufocado; enredado.

Entrou no banheiro de azulejos brancos para lavar o rosto com água, e, ao se secar, lembrou do padre Lucas e do sonho. Qual seria o significado? Talvez nenhum. Ele pensaria melhor mais tarde. Quando estava prestes a sair do quarto, parou na porta, virou-se e voltou para pegar uma blusa de lã preta; ao ajeitá-la no corpo, parou abruptamente, olhando para a mesa de canto. Respirando fundo e dando um passo adiante, ele se abaixou na direção do cinzeiro, pegou uma bituca e ficou imóvel por um momento, estupefato. Era um Gauloise. Pensamentos a toda. Suposições. Um arrepio. Então, um alerta: "Cuidado com Sharon!" Karras deixou a bituca no cinzeiro, saiu do quarto, atravessou o corredor e chegou à rua Prospect, onde o ar estava ralo, parado e úmido. Passou pela escada, atravessou diagonalmente até o outro lado e encontrou Sharon observando e esperando por ele na porta da casa das MacNeil. Parecendo assustada e perplexa, ela segurava uma lanterna com uma das mãos e apertava um cobertor ao redor do pescoço com a outra.

— Sinto muito, padre — disse ela quando o jesuíta entrou na casa —, mas acho que o senhor precisa ver isto.

— Ver o quê?

Sharon fechou a porta sem fazer barulho.

— Preciso mostrar ao senhor — sussurrou ela. — Mas faça silêncio. Não quero acordar Chris, não quero que ela veja.

Ela fez um sinal para que Karras a seguisse, subindo as escadas até o quarto de Regan na ponta dos pés. Ao entrar, o jesuíta sentiu frio. O quarto estava gelado. Franzindo a testa, ele olhou para Sharon de forma questionadora, e ela assentiu.

— Sim, padre. O aquecedor está ligado.

Eles se viraram e olharam para Regan, para as partes brancas de seus olhos que brilhavam assustadoramente à luz fraca da luminária. Ela parecia em coma. Respiração pesada. Imóvel. A sonda nasogástrica levava o Sustagen lentamente para seu estômago.

Sharon caminhou em silêncio até a cama. Karras a seguiu, ainda surpreso com o frio. Quando chegaram ao lado da menina, ele notou gotas de suor na testa dela; ao relancear para baixo, viu seus braços presos pelas amarras de couro. Sharon inclinou-se sobre a cama e abriu a parte superior do pijama branco e rosa de Regan. Karras se compadeceu profundamente ao ver o peito magro, as costelas aparentes sinalizando que aquelas seriam suas últimas semanas ou dias de vida. Sentiu o olhar assustado de Sharon.

— Não sei se já parou — sussurrou ela. — Mas veja: fique olhando para o peito dela.

Sharon acendeu a lanterna e mirou o feixe no tórax nu da menina; o jesuíta, confuso, seguiu o olhar dela. Então, silêncio. A respiração levemente sibilante de Regan. Atenção. O frio. O jesuíta franziu a testa ao ver algo surgindo: uma vermelhidão fraca, mas definida. Analisou mais de perto.

— Aqui, está aparecendo! — sussurrou Sharon.

O arrepio abrupto nos braços de Karras não foi causado pelo frio, mas pelo que ele estava vendo no peito da menina; letras em alto relevo, explícitas, cor de sangue. Duas palavras:

me ajuda

Com os olhos arregalados fixos nas palavras, Sharon soltou um vapor gélido ao murmurar:

— É a letra dela, padre.

Às nove da manhã, Karras procurou o presidente da Universidade de Georgetown e pediu permissão para solicitar um exorcismo. Conseguiu, e imediatamente procurou o bispo da diocese, que ouviu com muita atenção tudo o que Karras tinha a dizer.

— Tem certeza de que é real? — perguntou o bispo, por fim.

— Bem, fiz uma avaliação prudente e percebi que condiz com todas as condições estabelecidas no *Ritual* — respondeu Karras, evasivo.

Ainda não ousava acreditar. Seu coração, e não sua mente, o guiara àquele momento: pena e esperança de cura por meio da sugestão.

— Gostaria de realizar o exorcismo sozinho?

Karras sentiu júbilo. Viu uma porta se abrindo, uma oportunidade de se libertar do peso do cuidado, de não precisar lidar a cada anoitecer com o fantasma de sua fé. Ainda assim, respondeu:

— Sim, Vossa Excelência.

— Como está sua saúde?

— Minha saúde está bem, Vossa Excelência.

— Já esteve envolvido com esse tipo de coisa antes?

— Não, nunca.

— Bem, veremos. Seria melhor ter alguém com experiência. Não existem muitos por aí hoje em dia, mas talvez alguém de missões estrangeiras. Vou ver quem está disponível. Enquanto isso, espere. Telefonarei assim que souber de alguma coisa.

Quando Karras partiu, o bispo entrou em contato com o presidente da Universidade de Georgetown, e os dois conversaram sobre Karras pela segunda vez naquele dia.

— Bem, ele conhece o caso a fundo — declarou o presidente em determinado ponto da conversa. — Duvido que exista algum risco em deixá-lo acompanhar. De qualquer modo, deve haver um psiquiatra presente.

— E o exorcista? Alguma ideia? Não consigo pensar em ninguém.

— Bem, Lankester Merrin está no país.

— Merrin? Pensei que estivesse no Iraque. Que estivesse trabalhando numa escavação perto de Nínive.

— Sim, perto de Mossul. Isso mesmo. Mas ele terminou e voltou há cerca de três ou quatro meses, Mike. Está na faculdade de Woodstock.
— Lecionando?
— Não, escrevendo outro livro.
— Deus nos ajude! Você não acha que ele é velho demais? Como está de saúde?
— Olha, deve estar bem. Do contrário, não estaria por aí escavando tumbas, não acha?
— Sim, creio que sim.
— Além disso, ele tem experiência.
— Não sabia.
— Bem, é o que dizem.
— E quando foi isso? Essa experiência?
— Ah, talvez há dez ou doze anos, acho, na África. Parece que o exorcismo durou meses. Ouvi dizer que quase o matou.
— Bem, nesse caso, duvido que ele vá querer realizar outro.
— Aqui nós fazemos o que nos mandam, Mike. Todos os rebeldes estão por aí com os mundanos.
— Obrigado por lembrar.
— Então, o que acha?
— Bem, terei que deixar essa decisão a você e à Ordem.

No começo daquela noite plácida, um jovem estudioso que se preparava para o sacerdócio percorria a propriedade da faculdade de Woodstock, em Maryland. Ele procurava um jesuíta magro de cabelos grisalhos. Encontrou-o numa das trilhas, passeando pelo bosque. Entregou-lhe um telegrama. Com serenidade, o velho padre agradeceu e se virou para continuar a contemplação, para continuar caminhando pela natureza que amava. Às vezes, ele fazia uma pausa a fim de ouvir o canto de um pintarroxo ou observar uma borboleta colorida num galho. Não leu o telegrama, sequer o abriu. Sabia do que se tratava. Ele o lera na poeira dos templos de Nínive. Estava pronto.

E prosseguiu com suas despedidas.

Parte IV

"E que chegue até Vós o meu clamor..."

Deus é amor, e quem permanece no amor permanece em Deus, e Deus nele.

— São João

Capítulo um

Na penumbra de seu escritório silencioso, Kinderman ruminava, sentado à mesa. Ajustou o feixe de luz da luminária. À sua frente havia registros, transcrições, fotos, arquivos da polícia, relatórios de crimes, anotações. De modo pensativo, ele os organizara numa colagem em formato de rosa, como se quisesse desmentir a horrenda conclusão à qual havia chegado e na qual não conseguia aceitar.

Engstrom era inocente. No momento da morte de Dennings, ele estava visitando a filha para lhe entregar dinheiro para comprar drogas. Ele havia mentido a respeito de onde estava naquela noite para proteger a filha e a esposa, que acreditava que Elvira estava morta e livre de todo o mal e toda a degradação.

O detetive não tomou conhecimento disso por meio de Karl. Na noite em que se encontraram no corredor do prédio de Elvira, o suíço se manteve calado. Foi só quando Kinderman alertou a filha a respeito do envolvimento do pai no caso de Dennings que ela decidiu revelar a verdade. Havia testemunhas para confirmar. Engstrom era inocente. Inocente e discreto quando o assunto envolvia as MacNeil.

Kinderman franziu a testa diante da colagem: havia algo de errado na composição. Ele mudou a ponta de uma pétala — o canto de uma deposição — um pouco mais para baixo e para a direita.

Rosas. Elvira. Ele a alertara com seriedade de que, se ela não se internasse numa clínica em duas semanas, ele ficaria em seu encalço até ter provas para justificar sua prisão. Ainda assim, não acreditava que ela iria. Havia momentos em que o detetive olhava para a lei sem piscar, como fazia com o sol do meio-dia, na esperança de que o cegasse temporariamente, dando tempo de uma presa escapar. Engstrom era inocente. O que restava? O detetive se espreguiçou, suspirando, e fechou os olhos, imaginando que entrava numa banheira de água quente. *Liquidação de suposições!*, disse a si mesmo: *Agora é a hora de chegar a novas conclusões! Vale tudo!* Então acrescentou com seriedade: *Definitivamente!* E abriu os olhos, voltando a observar os dados desnorteadores.

Fato: A morte do diretor Burke Dennings parecia estar ligada às profanações da Santíssima Trindade. Ambos envolviam bruxaria, e o profanador desconhecido podia muito bem ser o assassino de Dennings.

Fato: Um padre jesuíta com especialidade em bruxaria estava visitando a casa das MacNeil com frequência.

Fato: A folha datilografada com o texto religioso repleto de blasfêmias descoberto na Santíssima Trindade havia sido investigada para a identificação de impressões digitais. E elas foram encontradas dos dois lados. Algumas pertenciam a Damien Karras. Mas outro grupo de digitais foi encontrado e, pelo tamanho, acreditava-se pertencer a uma pessoa com mãos bem pequenas, possivelmente uma criança.

Fato: A datilografia do cartão tinha sido analisada e comparada às impressões datilografadas na carta não terminada que Sharon Spencer tirara da máquina de escrever, amassara e jogara num cesto de lixo, não o acertando, enquanto Kinderman fazia perguntas a Chris. Ele pegou o papel e o enfiou no bolso. A datilografia da carta e a do texto religioso tinham sido feitas na mesma máquina. Mas, de acordo com o relatório, o toque dos datilógrafos era diferente. A pessoa que datilografara o texto blasfemo tinha um toque bem mais pesado do que o de Sharon Spencer. A datilografia desta pessoa, no entanto, não era de quem ficava pescando letras no teclado, mas sim de alguém bastante competente, o que sugeria que o datilógrafo desconhecido do texto religioso era muito forte.

Fato: Se a morte de Burke Dennings não tiver sido um acidente, ele foi atacado por uma pessoa muito forte.

Fato: Engstrom não era mais um suspeito.

Fato: Uma averiguação das reservas de voos domésticos revelou que Chris MacNeil levara a filha a Dayton, Ohio. Kinderman sabia que a menina estava doente e tinha sido levada a uma clínica. A clínica em Dayton só podia ser a Barringer. O detetive havia checado, e a clínica confirmou que a menina fora internada lá, mas se recusou a explicar a natureza da doença, apesar de ter ficado claro se tratar de um distúrbio mental.

Fato: Distúrbios mentais graves às vezes causam força fora do comum. Kinderman suspirou, fechou os olhos e balançou a cabeça. Voltara à mesma conclusão. Então, abriu os olhos e olhou para o centro da rosa de papel: uma cópia antiga e gasta de uma revista. Na capa, estavam Chris e Regan. Ele analisou a menina: o rosto meigo e cheio de sardinhas, as marias-chiquinhas presas com fitas, o dente da frente ausente. Ele olhou para a escuridão do outro lado da janela, onde uma chuva constante caía.

O detetive foi à garagem, entrou no sedã preto e dirigiu pelas ruas molhadas e reluzentes até Georgetown, onde estacionou do lado leste da rua Prospect e passou vários minutos olhando em silêncio para a janela de Regan. Deveria bater à porta e exigir vê-la? Ele baixou a cabeça e esfregou a testa. *William F. Kinderman, você é doente!*, pensou. *Você está doente! Vá para casa! Tome um remédio! Durma! Melhore!* Olhou a janela de novo e balançou a cabeça. Aquele era o lugar aonde suas conclusões o levaram. Ele notou quando um táxi parou perto da casa e ligou o motor, acionando os limpadores de para-brisa a tempo de ver um senhor alto saindo do táxi. Ele pagou ao motorista, virou-se e ficou parado sob a luz fraca do poste, olhando para uma janela da casa como um viajante melancólico paralisado no tempo. Quando o táxi se afastou e dobrou a esquina da rua 36, Kinderman rapidamente o seguiu. Ao virar a esquina, piscou as lanternas, sinalizando para que o carro parasse; do lado de dentro, na casa das MacNeil, Karras e Karl seguravam os braços emaciados de Regan enquanto Sharon injetava Librium, chegando ao total de quatrocentos miligramas nas duas últimas horas. Uma dosagem perigosa, Karras sabia, mas, depois de horas de torpor, a personalidade demoníaca havia acordado num acesso de fúria tão grande que o organismo debilitado de Regan não toleraria por muito tempo.

O jesuíta estava exausto. Após sua visita ao Escritório da Ordem naquela manhã, ele voltou para a casa de Chris a fim de contar a ela o que havia acontecido, e, depois de inserir o cateter para a alimentação intravenosa em Regan, voltara para seu quarto no centro de residência, onde caiu de imediato num sono profundo assim que se deitou na cama. Depois de apenas duas horas, o toque estridente do telefone o despertou. Sharon. Regan ainda estava inconsciente, e sua pulsação vinha diminuindo gradualmente. O padre correu para a casa das MacNeil com a maleta de médico e beliscou o tendão de Aquiles de Regan em busca de reação à dor. Não houve nenhuma. Apertou uma de suas unhas. Mais uma vez, nenhuma reação. Ele ficou mais preocupado: apesar de saber que na histeria e em certos estados de transe pode haver insensibilidade à dor, temia o coma, um estado no qual Regan poderia evoluir para o óbito com facilidade. Ele conferiu a pressão sanguínea: nove por seis; depois, a frequência cardíaca: sessenta. Ficou esperando no quarto, conferindo os sinais vitais a cada quinze minutos durante uma hora e meia antes de ter certeza de que a pressão sanguínea e a frequência cardíaca tinham se estabilizado, sinal de que Regan não estava em choque, mas num estado de torpor. Sharon foi instruída a continuar a checar o pulso de Regan a cada hora. Karras voltou ao quarto e dormiu. Mas novamente, um telefone o acordou. O exorcista, segundo o Escritório da Ordem, seria Lankester Merrin, e Karras o auxiliaria.

Ficou espantado com a notícia. Merrin! O paleontólogo-filósofo! Um intelectual conhecido! Seus livros tinham causado alvoroço na Igreja, pois interpretava sua fé como matéria em desenvolvimento destinada a se tornar espírito, que, no fim dos tempos, se uniria a Cristo, o "Ponto Ômega".

Karras telefonara imediatamente para Chris a fim de dar a notícia, mas descobriu que o bispo já dissera a ela que Merrin chegaria no dia seguinte.

— Eu disse que ele poderia ficar aqui em casa — contou Chris. — Vão ser apenas um ou dois dias, certo?

Antes de responder, Karras hesitou, então disse baixinho:

— Não sei. — Outra pausa. — Você não deve esperar muito.

— Se funcionar, o senhor quer dizer — disse Chris, desanimada.

— Eu não quis dizer que não funcionaria — retrucou o padre. — Só que o processo pode demorar.

— Quanto tempo?

— Varia de caso a caso.

Karras sabia que um exorcismo levava semanas, às vezes meses; sabia que, com frequência, dava muito errado. Acreditava que esse daria errado. Acreditava que o fardo, exceto pela cura por meio da sugestão, cairia mais uma vez e, por fim, sobre ele.

— Pode demorar dias ou semanas.

— Quanto tempo ela tem, padre Karras? — respondeu Chris, soando exausta.

Quando desligou o telefone, o jesuíta sentia-se pesado e atormentado. Deitado na cama, pensou em Merrin. *Merrin!* Sentiu o ânimo e a esperança tomarem conta dele, apesar de seguidos por uma sensação de tristeza. Ele próprio era a escolha natural para o exorcismo, mas, ainda assim, o bispo o rejeitara. Por quê? Porque Merrin tinha experiência? Ao fechar os olhos, ele se lembrou de que os exorcistas eram escolhidos com base na "devoção" e nos "altos valores morais"; uma passagem no Evangelho de Mateus relatava que Cristo, ao ser indagado pelos discípulos do motivo pelo qual haviam fracassado numa tentativa de exorcismo, respondera: "Pela vossa falta de fé." A Ordem tomara conhecimento de seu problema, assim como Tom Bermingham, o presidente da Universidade de Georgetown. Será que um deles o relatara ao bispo?

Karras se revirava na cama, desanimado; sentia-se um pouco indigno, incompetente, rejeitado. Doía. De modo irracional, doía. Por fim, o sono preencheu seu vazio, preencheu os espaços e as trincas de seu coração.

Mais uma vez, o telefone tocou: era Chris informando sobre o ataque repentino de Regan. De volta à casa, checou o pulso de Regan. Estava forte. Administrou Librium uma, duas vezes. Três. Por fim, foi até a cozinha e sentou-se à mesa com Chris. Ela estava lendo um livro, um que Merrin havia comprado e mandado entregar em sua casa.

— Muito além da minha capacidade — disse ela a Karras, com suavidade; ainda assim, parecia comovida e profundamente emocionada. — Mas alguns trechos são muito bonitos… Maravilhosos. — Ela voltou a uma página marcada e empurrou o livro na direção de Karras. — Veja, dê uma olhada. Já leu esse livro?

— Não sei. Deixe-me ver.

Karras pegou a obra e começou a lê-la:

Temos experiências familiares da ordem, da constância, da renovação perpétua do mundo material que nos cerca. Por mais frágeis e transitórias que sejam todas as partes, por mais incansáveis e migratórios que sejam seus elementos, ainda assim ele segue. Está unido por uma lei de permanência e, apesar de estar sempre morrendo, está sempre ganhando vida de novo. A dissolução apenas dá à luz modos novos de organização, e uma morte é a mãe de mil vidas. Cada hora, como vem, não passa de uma prova do quão efêmero (apesar de seguro e certo) é o todo. É como uma imagem refletida nas águas, que é sempre a mesma, apesar de as águas continuarem fluindo. O sol se põe, mas nasce de novo; o dia é engolido pela noite escura e volta a brotar dela, tão novo como se nunca tivesse sido extinto. A primavera se transforma em verão; ela atravessa o verão e o outono, e vira inverno, então volta mais certa, em um grande retorno, triunfando sobre a sepultura, apesar de seguir a passos apressados e firmes em direção à morte desde o início dos tempos. Lamentamos os desabrochares de maio porque as flores vão secar e morrer; mas sabemos que maio, um dia, vai se vingar de novembro com a revolução daquele ciclo solene que nunca para — que nos ensina em nosso ápice de esperança a sermos sempre sóbrios, e, na profundeza da desolação, a nunca nos desesperarmos.

— Sim, é bonito — disse Karras baixinho enquanto se servia de uma xícara de café e ouvia os berros do demônio no andar de cima aumentarem.

— *Desgraçado... escória... beato hipócrita!*

— Ela deixava uma rosa no meu prato todas as manhãs... antes de eu ir trabalhar — comentou Chris de modo distante.

Karras olhou para ela com um olhar questionador, e Chris explicou:

— Regan. — Olhou para baixo. — Sim, certo. Eu me esqueci.

— Do que se esqueceu?

— De que não a conheceu. — Ela assoou o nariz e secou os olhos. — Quer um pouco de conhaque no café?

— Não, obrigado.

— O café está fraco — sussurrou Chris, trêmula. — Acho que vou pegar um pouco de conhaque. Com licença.

Ela se levantou e saiu da cozinha.

Karras ficou sozinho e bebericou o café. Sentiu-se aquecido com a blusa que vestia sob a batina; sentiu-se fraco por não conseguir confortar Chris. Então, uma lembrança da infância surgiu com tristeza, uma lembrança de Reggie, seu cachorro vira-lata, que ficou esquelético e febril numa caixa no apartamento alugado e dilapidado. Reggie tremia e vomitava enquanto Karras tentava cobri-lo com toalhas, tentava fazer com que bebesse um pouco de leite morno, até que um vizinho passou, observou Reggie e comentou, balançando a cabeça: "Seu cachorro tem cinomose. Ele precisa de injeções agora mesmo." Então, numa tarde depois da escola... na rua... no poste da esquina... sua mãe ali para encontrá-lo... de forma inesperada... com o semblante triste... entregou a ele uma moeda de cinquenta centavos... alegria... tanto dinheiro!... então, a voz dela, suave e delicada: "Reggie morreu..."

Ele olhou para o líquido quente e amargo em sua xícara e sentiu as mãos desprovidas de conforto e de cura.

— ... *desgraçado hipócrita!*

O demônio. Ainda vociferando.

"Seu cachorro precisa de injeções agora mesmo."

Karras se levantou, voltou para o quarto de Regan e a segurou enquanto Sharon aplicava uma injeção de Librium, que totalizou uma dosagem de quinhentos miligramas. Enquanto a secretária limpava o local perfurado pela seringa com um cotonete, preparando-se para colocar um curativo, Karras olhou para Regan, confuso. As obscenidades que lhe escapam da boca não pareciam direcionadas a ninguém no quarto, mas sim a alguém invisível, ou que não estava presente.

Ele ignorou essa sensação.

— Volto já — disse para Sharon.

Preocupado com Chris, desceu até a cozinha, onde, mais uma vez, a encontrou sentada à mesa. Despejava conhaque no café.

— Tem certeza de que não quer um pouco, padre? — perguntou ela.

Balançando a cabeça, ele se aproximou e se sentou à mesa, cobrindo o rosto com as mãos, apoiado nos cotovelos; ouviu o tilintar de uma colher batendo na xícara de porcelana enquanto mexia o café.

— Você conversou com o pai dela?

— Sim, ele telefonou — respondeu Chris. — Queria falar com a Rags.

— E o que você disse a ele?

— Que ela estava numa festa.

Silêncio. Karras parou de ouvir o tilintar da colher. Olhou para a frente e viu que Chris encarava o teto. Então notou que os gritos obscenos no andar de cima haviam cessado.

— Acho que o Librium fez efeito — disse ele, aliviado.

A campainha tocou. Karras virou-se na direção do som e depois para Chris, que olhou para ele com surpresa e dúvida, erguendo uma das sobrancelhas de modo apreensivo. Kinderman?

Segundos se passaram enquanto eles permaneceram ali, escutando. Ninguém foi atender; Willie já havia se recolhido ao quarto para dormir, e Sharon e Karl ainda estavam no andar de cima. Tensa, Chris levantou-se abruptamente da mesa e foi para a sala de jantar, onde, ajoelhada no sofá, entreabriu a cortina e espiou pela janela para ver quem estava à porta. Não, não era Kinderman. *Graças a Deus!* Era um senhor alto com um sobretudo preto puído e um chapéu de feltro da mesma cor, segurando uma maleta preta enquanto aguardava pacientemente com a cabeça baixa sob a chuva. Por um instante, uma fivela prateada brilhou sob a luz do poste enquanto ele ajeitava a maleta. *Quem será este homem?*

A campainha soou novamente.

Intrigada, Chris saiu do sofá e caminhou até a entrada. Entreabriu a porta da frente, espiando na escuridão enquanto a fina cortina de chuva cobria seus olhos. A aba do chapéu encobria o rosto do homem.

— Olá, posso ajudá-lo?

— Sra. MacNeil? — disse a voz nas sombras, delicada e educada, mas volumosa como uma colheita.

Chris assentiu. Quando o estranho levou a mão à cabeça para tirar o chapéu, ela viu olhos que a surpreenderam: brilhavam com inteligência e gentil compreensão, e a serenidade que saía deles fluía para dentro dela como as águas de um rio quente e purificante cuja nascente jazia nele e, de algum modo, além dele; cujo fluxo era contido e, ainda assim, precipitado e infinito.

— Sou o padre Lankester Merrin.

Por um momento, Chris olhou confusa para o rosto magro e ascético, para as faces esculpidas como pedra-sabão. Mas logo abriu a porta.

— Ah, meu Deus, por favor, entre! *Entre!* Puxa, eu... *Que coisa!* Não sei onde está minha...

Ele entrou, e ela fechou a porta.

— Eu pensei que o senhor só viesse amanhã! — continuou ela.

— Sim, eu sei.

Quando a atriz se virou para ele, viu que estava parado com a cabeça inclinada para o lado, olhando para cima, como se tentasse escutar — não, como se tentasse *sentir*, pensou ela — alguma presença invisível; alguma vibração distante, conhecida e familiar. Confusa, Chris o observou. Sua pele parecia curtida por um sol que brilhava em outro lugar, algum lugar distante no tempo e no espaço.

O que ele está fazendo?

— Posso pegar sua bolsa, padre?

— Não precisa... — Ele ainda tentava sentir. Ainda tentava perceber. — Ela é como uma parte de meu braço: muito velha... muito usada. — Ele olhou para baixo com olhos simpáticos e cansados. — Estou acostumado com o peso. O padre Karras está aqui?

— Sim, está. Na cozinha. O senhor jantou, padre Merrin?

Merrin não respondeu. Apenas olhou para cima ao escutar uma porta sendo aberta.

— Sim, comi alguma coisa no trem.

— Tem certeza de que não quer mais nada?

Nenhuma resposta. O som da porta sendo fechada. Merrin voltou a olhar para Chris.

— Não, obrigado. A senhora é muito gentil.

Ainda surpresa, Chris disse:

— Puxa! Que chuva! Se eu soubesse que o senhor viria hoje, poderia tê-lo buscado na estação.

— Não tem problema.

— O senhor teve que esperar muito por um táxi?

— Alguns minutos.

— Deixe-me pegar isso, padre!

Karl. Ele desceu a escada rapidamente, pegou a bolsa das mãos do padre e a levou para o corredor.

— Preparamos uma cama no escritório para o senhor — explicou Chris. — É muito confortável, e imaginei que fosse gostar da privacidade. Mostrarei onde fica. — Ela começou a andar, mas parou. — Ou o senhor quer conversar com o padre Karras?

— Eu gostaria de ver sua filha.

— Agora, padre? — perguntou Chris, em dúvida.

Merrin olhou para cima de novo com um ar de atenção.

— Sim. Agora.

— Puxa, tenho certeza de que ela está dormindo.

— Acho que não.

— Bem, se...

De repente, Chris se retraiu com o som vindo do andar de cima, com a voz do demônio. Reverberante e, ainda assim, abafada, rouca, como se estivesse soterrada, a voz chamou: "Merriiinnnnn!", seguido por um uivo alto e um som semelhante a um golpe de marreta contra a parede do quarto, fazendo a casa inteira tremer.

— Deus Todo-Poderoso! — gritou Chris ao levar a mão pálida ao peito.

Ela olhou para Merrin, assustada. O padre não reagira. Ainda olhava para cima de forma intensa, porém serena, e em seu olhar não havia qualquer sinal de surpresa. Era como se a situação lhe fosse familiar, pensou Chris.

Mais um golpe fez as paredes tremerem.

— *Merriiinnnnnnnn!*

O jesuíta começou a caminhar, alheio a Chris, que estava boquiaberta; a Karl, que saiu incrédulo do escritório; a Karras, que saía perplexo da cozinha enquanto as batidas e os roncos assustadores continuavam. Merrin subiu a escada calmamente, com a mão magra e pálida deslizando corrimão acima. Karras se aproximou de Chris e, juntos, eles observaram Merrin entrar no quarto de Regan e fechar a porta. Por um momento, fez-se silêncio. De repente, o demônio riu de modo assustador. Merrin saiu do quarto, fechou a porta e atravessou o corredor rapidamente enquanto, atrás dele, a porta do quarto se abriu de novo e Sharon colocou a cabeça para fora, olhando para ele com uma expressão estranha.

O padre desceu a escada rapidamente e pousou a mão no ombro de Karras.

— Padre Karras!

— Olá, padre.

Merrin segurou a mão de Karras com as suas e a apertou, analisando o rosto do padre mais jovem com seriedade e preocupação, enquanto, no andar de cima, a risada assustadora transformou-se em obscenidades direcionadas a Merrin.

— O senhor parece exausto — comentou Merrin. — Está cansado?
— Não.
— Que bom. Tem uma capa de chuva?
— Não, não tenho.
— Bem, pegue a minha — disse o jesuíta de cabelos grisalhos, desabotoando a capa respingada. — Gostaria que você fosse ao centro de residência, Damien, e pegasse uma batina para mim, duas sobrepelizes, uma estola roxa, um pouco de água benta e duas cópias de *O ritual romano*, o grande. — Entregou a capa de chuva a Karras, que parecia confuso. — Creio que podemos começar.

Karras franziu a testa.
— O senhor quer dizer agora? Agora mesmo?
— Sim, creio que sim.
— Não quer conhecer o histórico do caso antes?
— Por quê?

Karras se deu conta de que não tinha uma resposta. Desviou o olhar daqueles olhos desconcertantes.
— Certo, padre — disse ele, vestindo a capa de chuva. — Vou buscá-los.

Karl atravessou a sala, caminhou na frente de Karras e abriu a porta da frente para ele. Os dois trocaram um olhar rápido antes do padre sair na chuva. Merrin olhou para Chris.
— Eu deveria ter perguntado: a senhora se importa se começarmos agora?

Ela estava observando, aliviada com a atitude decidida e direcionada que entrava na casa como um dia ensolarado.
— Não, fico contente — respondeu ela com gratidão. — Mas o senhor deve estar muito cansado, padre Merrin.

O velho padre viu que ela olhava com ansiedade para cima, na direção dos gritos do demônio.
— Quer uma xícara de café? — perguntou ela, com a voz insistente e levemente suplicante. — Está quente, foi feito agora mesmo. Aceita um pouco?

Merrin observou as mãos dela se abrindo e fechando; os olhos afundados.

— Sim, aceito — respondeu ele com simpatia. — Obrigado.

Algo pesado fora deixado de lado de forma gentil para que esperasse.

— Se não for dar trabalho.

Chris o levou para a cozinha, e logo ele estava recostado ao fogão com uma xícara de café puro nas mãos. Chris pegou uma garrafa de conhaque.

— Quer um pouco de conhaque, padre?

Merrin baixou a cabeça e olhou de modo inexpressivo para dentro da xícara.

— Bem, os médicos dizem que eu não deveria — explicou ele —, mas, graças a Deus, minha vontade é fraca.

Chris hesitou e olhou para ele sem saber como agir, até ver a expressão risonha do padre ao erguer o olhar e a xícara.

— Sim, obrigado, aceito.

Sorrindo, ela serviu a bebida.

— Que belo nome você tem — comentou Merrin. — Chris MacNeil. Não é nome artístico?

Despejando conhaque no próprio café, Chris balançou a cabeça.

— Não, meu nome não é Sadie Glutz.

— Agradeça a Deus por *isso* — disse Merrin, olhando para baixo.

Com um sorriso simpático, Chris sentou-se.

— E o nome Lankester, padre? Tão incomum. O senhor foi batizado em homenagem a alguém?

— Acho que talvez a um navio de carga — respondeu Merrin, encarando a parede. Levando a xícara aos lábios, ele bebericou o café, refletiu e disse: — Ou uma ponte. Sim, creio que foi uma ponte. — Sua expressão era de diversão ao olhar para Chris. —Agora, "Damien"... Como eu queria ter um nome assim. Tão lindo.

— De onde vem esse nome, padre?

— De um padre que dedicou a vida a cuidar dos leprosos na ilha de Molokai. Ele acabou contraindo a doença. — Merrin olhou para o lado. — Lindo nome — repetiu. — Acredito que, com um nome como Damien, eu ficaria até feliz se o sobrenome fosse Glutz.

Chris riu. Sentiu-se mais leve, mais tranquila. Durante alguns minutos, ela e Merrin trocaram amenidades. Por fim, Sharon apareceu na cozinha, e Merrin se levantou para sair. Parecia que ele esperava pela chegada dela, pois imediatamente levou a xícara à pia, lavou-a e a colocou no escorredor com cuidado.

— Estava ótimo, exatamente o que eu precisava — disse ele.

— Levarei o senhor a seu quarto — declarou Chris, levantando-se.

Merrin agradeceu e a acompanhou à porta do escritório, onde ela lhe falou:

— Se precisar de qualquer coisa, é só dizer, padre.

Ele colocou a mão no ombro dela e apertou com suavidade, e Chris sentiu um calor, uma força adentrando seu corpo, além de uma sensação de paz e de algo parecido com... *O quê?*, perguntou-se. *Segurança? Sim, algo assim.*

— O senhor é muito gentil.

— Obrigado — respondeu ele, com os olhos brilhando.

Afastou a mão e, enquanto a observava se afastar, fez uma careta de dor. Entrou no escritório e fechou a porta. De um dos bolsos da calça, tirou uma latinha na qual se lia *Aspirina*, abriu-a, pegou um comprimido de nitroglicerina e o colocou cuidadosamente sob a língua.

Ao entrar na cozinha, Chris parou na porta e olhou para Sharon, que estava perto do fogão, com a palma da mão contra o batente enquanto esperava o café esquentar de novo. Parecia confusa e perdida em pensamento. Preocupada, Chris perguntou:

— Querida, por que não descansa um pouco?

Por um momento, não houve resposta. De repente, Sharon virou-se e olhou inexpressivamente para Chris.

— Desculpe. O que você disse?

Chris observou a seriedade em seu rosto, o olhar distante.

— O que aconteceu lá em cima, Sharon? — perguntou ela.

— Onde?

— Quando o padre Merrin entrou no quarto de Regan.

— Ah, sim... — Franzindo a testa levemente, Sharon pareceu dividida entre a dúvida e a lembrança. — É. Foi engraçado.

— Engraçado?

— Estranho. Eles apenas... — Ela hesitou. — Eles apenas se entreolharam por um momento, e Regan, aquela coisa, disse...

— O quê?

— "Desta vez, você vai perder."
Chris olhou para ela, esperando.
— Então?
— Foi isso — respondeu Sharon. — Ele se virou e saiu do quarto.
— E como ele estava?
— Com uma cara engraçada.
— Ah, pelo amor de Deus, Sharon, pense em outra palavra! — exclamou Chris.

Estava prestes a dizer outra coisa quando percebeu que Sharon havia inclinado a cabeça um pouco para o lado, distraída, como se escutasse. Seguindo seu olhar, Chris também ouviu: o silêncio; a pausa nas vociferações do demônio; mas algo mais... algo além... que crescia.

As mulheres se entreolharam.
— Está sentindo também? — perguntou Sharon.

Chris assentiu. Algo na casa. Uma tensão. Um pulsar gradual e o peso no ar, como energias opostas crescendo lentamente. O toque da campainha pareceu surreal.

Sharon virou-se.
— Vou atender.

Ela caminhou pelo corredor e abriu a porta. Era Karras. Ele carregava uma caixa de papelão.
— Padre Merrin está no escritório — avisou Sharon.
— Obrigado.

Ele caminhou apressadamente ao escritório, bateu de leve à porta e entrou com a caixa.
— Sinto muito, padre. Eu tive um pequeno...

Karras parou. Merrin, de calça e camiseta, estava ajoelhado, rezando ao lado da cama, com as mãos na testa, e por um momento Karras ficou parado, como se, de repente, tivesse encontrado a si mesmo na infância, com uma roupa de coroinha pendurada no braço, passando por ele com pressa e sem qualquer sinal de reconhecimento.

Ele olhou para a caixa aberta, para as gotas molhadas no papelão. Caminhou até o sofá, onde, sem qualquer barulho, deixou o conteúdo da caixa. Tirou a capa de chuva e a pôs com cuidado em cima de uma cadeira. Olhando para Merrin, ele viu o padre se benzendo e rapidamente desviou o olhar. Pegou a sobrepeliz maior, de algodão branco, e começou a colocá-la sobre a batina quando ouviu Merrin se levantando e caminhando em sua direção. Ajeitando a veste, Karras virou-se para olhá-lo quando o velho padre parou diante do sofá, observando com os itens da caixa com afeto.

Karras pegou uma blusa.

— Trouxe isto para o senhor vestir por baixo da batina, padre — disse ele ao entregar a peça. — O quarto dela fica muito frio às vezes.

Merrin olhou para a blusa e tocou-a com os dedos.

— Muito gentil de sua parte, Damien. Obrigado.

Karras pegou a batina de Merrin do sofá e o observou vestir a blusa. Muito repentinamente, ao ver este gesto prosaico e trivial, sentiu o imenso impacto do homem, do momento, da pesada calma na casa, pesando sobre ele, sufocando sua respiração e sua impressão de que o mundo era sólido e real. Voltou à realidade ao sentir a batina sendo tirada de suas mãos. Merrin. Ele a vestiu.

— Conhece as leis do exorcismo, Damien?

— Sim.

Merrin começou a abotoar a batina.

— É extremamente importante que evite conversar com o demônio.

O demônio!, pensou Karras.

Ele dissera aquilo de modo tão banal que o abalou.

— Podemos perguntar o que for relevante — continuou Merrin. — Mas ir além é perigoso... Muito perigoso. — Ele pegou a sobrepeliz das mãos de Karras e começou a vesti-la sobre a batina. — Acima de tudo, não dê ouvidos a nada do que ele disser. O demônio é um mentiroso. Vai mentir para nos confundir, mas também misturará mentiras e verdades para nos atacar. O ataque é psicológico, Damien. E poderoso. Não dê ouvidos. Lembre-se disso. Não dê ouvidos.

Enquanto Karras entregava a estola, o exorcista acrescentou:

— Tem alguma dúvida, Damien?

Karras balançou a cabeça.

— Não, mas creio que seria útil se eu desse ao senhor informações sobre as diferentes personalidades que Regan tem manifestado. Até agora, parece que são três.

Ao colocar a estola sobre os ombros, Merrin retrucou baixinho:

— Só há uma. — Em seguida, pegou os exemplares de *O ritual romano* e entregou um deles a Karras. — Pularemos a Ladainha de Todos os Santos. Você está com a água benta, Damien?

Karras tirou o frasco de dentro do bolso. Merrin o pegou e assentiu em direção à porta.

— Vá na frente, por favor, Damien.

No andar de cima, perto da porta do quarto de Regan, Sharon e Chris aguardavam. Tensas. Agasalhadas com blusas e casacos grossos, elas se viraram ao ouvir a porta do escritório se abrir e olharam para baixo, para Karras e Merrin aproximando-se da escada com lentidão e seriedade. Os dois tinham uma aparência muito impressionante, pensou Chris; Merrin tão alto e Karras com o rosto marcado contrastando com o branco inocente e puro da sobrepeliz. Ela os observou subindo os degraus, e, ainda que a razão lhe dissesse que eles não tinham poderes, ela se sentiu profunda e estranhamente emocionada quando algo em sua alma lhe sussurrou que talvez eles os tivessem, sim. Sentiu o coração começar a bater com mais força.

À porta do quarto, os jesuítas pararam. Karras franziu a testa ao ver a blusa e o casaco de Chris.

— Você vai entrar?

— Acha que eu não deveria?

— Por favor, não entre — pediu Karras. — Não faça isso. Seria um erro.

Chris virou-se para Merrin, confusa.

— O padre Karras sabe o que diz — afirmou o exorcista, de modo discreto.

Chris voltou a olhar para Karras. Baixou a cabeça.

— Tudo bem — disse ela, com desânimo, recostando-se na parede. — Esperarei aqui fora.

— Qual é o segundo nome de sua filha? — perguntou Merrin.

— Teresa.

— É um lindo nome — disse o padre, de modo afetuoso.

Ele olhou para Chris por um momento de modo a confortá-la, e, quando virou a cabeça para encarar a porta do quarto de Regan, ela sentiu aquela tensão, a escuridão pesando do outro lado. Dentro do quarto.

Além daquela porta.

Merrin assentiu.

— Certo — disse com suavidade.

Karras abriu a porta, e quase caiu para trás com o fedor e o frio que sentiu ao entrar. Num canto do quarto, abrigado numa jaqueta grossa de pelo de carneiro, Karl estava encolhido numa cadeira. Ele se virou com uma expressão ansiosa para Karras, que rapidamente olhara para o demônio na cama. Os olhos brilhantes estavam voltados na direção do corredor. Fixos em Merrin.

Karras foi até o pé da cama enquanto Merrin, com a coluna ereta, encaminhou-se lentamente para a lateral, onde encarou o ódio nos olhos do demônio. Um silêncio pesado tomava conta do quarto. Regan passou a língua escura pelos lábios rachados e inchados. O som parecia o de uma mão alisando um pergaminho amassado.

— Pois bem, escória orgulhosa! — vociferou a voz demoníaca. — Finalmente! Você veio!

O velho padre ergueu a mão, fez o sinal da cruz acima da cama e repetiu o gesto na direção de todos no quarto. Virando-se, tirou a rolha do frasco de água benta.

— Ah, sim! Está na hora da urina benta! — exclamou a voz demoníaca. — O sêmen dos santos!

Merrin ergueu o frasco, e a face tornou-se lívida e contorcida enquanto dizia:

— Ah, vai fazer isso, desgraçado? *Vai?*

Merrin começou a lançar gotas de água benta, e o demônio ergueu a cabeça, com os músculos da boca e do pescoço tremendo de ódio.

— Sim, espirre! Espirre, Merrin! Molhe-nos! Afogue-nos em seu suor! Seu suor é santificado, são Merrin! Incline-se e peide nuvens de incenso! Incline-se e mostre a sua bunda sagrada para que todos possamos adorar, Merrin! *Beijar!* Faça...

— *Cale-se!*

As palavras retumbaram como um trovão. Karras se retraiu e, surpreso, encarou Merrin, que encarava Regan implacavelmente. O demônio ficou calado. Olhava para o padre.

Mas os olhos estavam hesitantes. Piscavam. Temerosos.

Merrin tampou o frasco de água benta e o devolveu a Karras. O psiquiatra o guardou no bolso e o observou ajoelhar-se ao lado da cama, fechar os olhos e murmurar uma oração:

— "Pai nosso..." — começou ele.

Regan cuspiu e acertou um monte de muco amarelo no rosto de Merrin. A gosma escorreu devagar pelo rosto do exorcista.

— "... venha a nós o Vosso reino..." — Com a cabeça ainda baixa, Merrin continuou a rezar enquanto enfiava a mão no bolso para pegar um lenço e limpar, sem pressa, o catarro. — "... e não nos deixeis cair em tentação."

— "Mas livrai-nos do mal" — concluiu Karras.

Ele relanceou para a frente. Os olhos de Regan rolavam para dentro das órbitas até revelarem a esclera. Karras ficou nervoso. Sentiu algo no quarto se solidificar. Voltou à oração com Merrin:

— "Senhor Deus, pai de nosso Senhor Jesus Cristo, intercedo a vós, a seu santo nome, e imploro por sua bondade, que o Senhor me conceda ajuda contra o espírito impuro que agora atormenta Sua serva; por Cristo, nosso Senhor."

— Amém — respondeu Karras.

Merrin se levantou e continuou rezando.

— "Deus, Criador e Defensor da raça humana, olhai com piedade para esta serva, Regan Teresa MacNeil, agora presa nas garras do velho inimigo do homem, inimigo de nossa raça, que..."

Karras olhou para a frente ao ouvir Regan silvando. Ela estava sentada com os olhos revirados enquanto a língua saía de sua boca com rapidez, remexendo a cabeça lentamente como uma cobra, e, mais uma vez, o padre sentiu a inquietação familiar. Olhou para seu livro.

— "Salve sua serva" — rezou Merrin, lendo o *Ritual*.

— "Que em Ti crê, meu Deus" — respondeu Karras.

— "Deixe-a encontrar no Senhor uma torre fortificada."

— "Na face do inimigo."

Enquanto Merrin seguia pela linha seguinte — "Não permita que o inimigo tenha poder sobre ela" —, Karras ouviu Sharon arquejar atrás dele e, virando-se depressa, viu seu rosto estupefato. Confuso, ele voltou a olhar para a cama, e tomou um susto.

A parte da frente estava se erguendo do chão!

Karras olhou para a cama, incrédulo e atordoado. Dez centímetros. Quinze. Trinta. As pernas de trás começaram a subir.

— *Gott in Himmel!* — sussurrou Karl, amedrontado.

Mas Karras não o ouviu nem viu quando ele fez o sinal da cruz no momento em que a parte de trás da cama se nivelou com a da frente.

Isso não está acontecendo!, pensou ele.

A cama se ergueu mais trinta centímetros e ali permaneceu, balançando de leve como se fosse um barco num lago calmo.

— Padre Karras?

Regan ondulava e silvava.

— Padre Karras?

Karras virou-se. O exorcista olhava para ele com serenidade, e assentiu em direção ao exemplar de *O ritual romano* nas mãos do padre.

— A resposta, por favor, Damien.

Karras estava inexpressivo e parecia não compreender, sem perceber que Sharon saíra correndo do quarto.

— "Não permita que o inimigo tenha poder sobre ela" — repetiu Merrin.

Rapidamente, Karras voltou a olhar para o texto e, com o coração acelerado, leu a resposta:

— "E que o filho da iniquidade seja impotente para prejudicá-la."

— "Senhor, ouça minha prece."

— "E que meu apelo chegue a Ti."

— "Que o Senhor esteja contigo."

— "E com seu espírito."

Merrin deu início a uma oração comprida, e Karras mais uma vez se concentrou na cama, na esperança que tinha em seu Deus e no movimento sobrenatural do móvel pairando no ar. Sentiu uma emoção tomar seu ser. *Está ali! Bem ali! Bem na minha frente!* Olhou para trás de repente ao ouvir a porta se abrir. Sharon entrou com Chris, que parou, sem acreditar, e exclamou:

— *Jesus Cristo!*

— "Pai poderoso, Deus eterno..."

O exorcista levantou a mão com naturalidade e fez um breve sinal da cruz três vezes diante do rosto de Regan, enquanto continuava a ler o texto do *Ritual*:

— "... que enviou Vosso amado Filho ao mundo para destruir o leão que ruge..."

Os silvos cessaram e, da boca de Regan, bem aberta, foi emitido um grunhido.

— "... livre da destruição e das garras do demônio esse ser humano feito à Vossa imagem, e..."

O grunhido ficou mais alto, rasgando a carne e estremecendo os ossos.

— "Deus e Senhor de toda a criação..." — Merrin levantou a mão e pressionou uma parte da estola contra o pescoço de Regan enquanto continuava a rezar: — "... por quem Satanás caiu do céu como um raio, afaste a fera que agora devasta vossa vinha..."

O grunhido parou e, a princípio, um silêncio pesado tomou conta; em seguida, um vômito denso, fedorento e verde começou a sair da boca de Regan em rajadas lentas e regulares, escorrendo por seus lábios em ondas para as mãos de Merrin. Mas ele não se limpou.

— "Permita que Vossa mão poderosa retire esse demônio cruel de Regan Teresa MacNeil, que..."

Karras notou a porta sendo aberta e Chris saindo correndo do quarto.

— "Expulse esse perseguidor de inocentes..."

A cama começou a balançar devagar, deu algumas batidas e, de repente, sacolejou com violência. Com o vômito ainda saindo da boca de Regan, Merrin fez ajustes com calma e manteve a estola firme em seu pescoço.

— "Dê a Vossos servos coragem para lutar contra o dragão que humilha aqueles que em Ti confiam, e..."

De repente, os movimentos diminuíram e, enquanto Karras observava assustado, a cama abaixou-se como uma pluma, com leveza em direção ao chão, onde pousou sobre o tapete com um som abafado.

— Senhor, dê a esta...

Atordoado, Karras desviou o olhar. A mão de Merrin. Não conseguiu vê-la, pois estava coberta de vômito verde e quente.

— Damien?

Karras olhou para a frente.

— "Senhor, escutai a minha prece" — disse gentilmente o exorcista.

Karras completou:

— "E que meu apelo chegue a Ti."

Merrin levantou a estola, deu um passo para trás e gritou, ordenando:

— "Eu o expulso, espírito imundo, juntamente com todos os poderes do inimigo. Todas as sombras do inferno! Todo companheiro do mal!" — A mão de Merrin pingava vômito no tapete. — "É Cristo quem ordena, aquele que criou o vento, o mar e a tempestade! Que..."

Regan parou de vomitar e ficou sentada, calada e imóvel, com a esclera voltada para Merrin. Aos pés da cama, Karras a observava com atenção enquanto seu choque e excitação começavam a rarear e sua mente se agitava sem parar, revirando compulsivamente os recôncavos da dúvida lógica: poltergeists, ação psicocinética, tensões adolescentes e força direcionada à mente. Ele franziu a testa quando se lembrou de algo. Caminhou até a lateral da cama, inclinou-se para a frente, segurou o pulso de Regan. Era como temia. Como o xamã na Sibéria, o pulso de Regan batia a uma velocidade inacreditável. A constatação deixou-o desanimado e, olhando para o relógio, Karras contou os batimentos cardíacos, como argumentos contra sua vida.

— "É Ele que o obriga, Ele que o expulsou do alto do paraíso!"

As palavras reverberantes de Merrin atingiram a consciência de Karras com golpes ressoantes e inexoráveis conforme a pulsação de Regan aumentava. E aumentava. Karras analisou a menina. Ainda calada. Imóvel. Sob o ar gelado, névoas de condensação se elevavam do vômito como uma oferenda de mau cheiro. Os pelos dos braços de Karras começaram a se arrepiar com lentidão assustadora, um pouco por vez, enquanto a cabeça de Regan girava como a de uma boneca, emitindo o som de um mecanismo enferrujado, até que aqueles olhos assustadores se fixaram nos dele.

— "E, assim, trema de medo agora, Satanás..."

A cabeça virou-se lentamente de volta para Merrin.

— "Seu corruptor da justiça! Pai da morte! Traidor das nações! Ladrão da vida! Seu..."

Karras olhou ao redor com cautela quando as luzes do quarto começaram a piscar, seu brilho diminuindo e se tornando mais amarelado e sombrio. Karras estremeceu. O ambiente ficou ainda mais frio.

— "... Você, príncipe dos assassinos! Inventor de todas as obscenidades! Inimigo da raça humana! Você..."

Um baque abafado tomou o quarto. Depois, mais um. As paredes começaram a estremecer, pelo chão, pelo teto, rachando e batendo de modo constante, como a batida de um coração grande e doente.

— "Desapareça, monstro! Seu lugar é na solidão! Sua moradia é num ninho de víboras! Abaixe-se e rasteje como elas! É o próprio Deus quem o obriga! O sangue de..."

As batidas se tornaram mais fortes e mais rápidas.

— "Eu exijo, velha serpente..."

E mais rápidas...

— "... pelo juiz dos mortos e dos vivos, por seu Criador, pelo Criador de todo o universo, para..."

Sharon gritou, pressionando as mãos contra os ouvidos conforme as batidas se tornavam ensurdecedoras e, de repente, aceleravam-se a um ritmo aterrorizante.

A pulsação de Regan estava extremamente alta, rápida demais para acompanhar. Do outro lado da cama, Merrin estendeu o braço com calma e, com o polegar, traçou o sinal da cruz no peito coberto de vômito da menina. As palavras da oração foram encobertas pelas batidas.

Karras sentiu a pulsação cair de repente, e, enquanto Merrin rezava e fazia o sinal da cruz na testa da menina, as batidas pararam repentinamente.

— "Ó Deus do céu e da terra, Deus dos anjos e dos arcanjos..."

Karras ouvia a oração de Merrin conforme a pulsação continuava caindo, caindo...

— Desgraçado orgulhoso, Merrin! Escória! Você vai perder! Ela vai morrer! *A porca vai morrer!*

As luzes se tornaram gradualmente mais claras, e o demônio voltou a se dirigir com ódio a Merrin.

— Maldito sem-vergonha! Herege velho que ousa acreditar que o universo um dia se tornará Cristo! Eu ordeno que olhe para mim! Sim, olhe para mim, desgraçado! — O demônio se lançou para a frente e cuspiu no rosto de Merrin, vociferando: — E *assim* seu mestre cura os cegos!

— "Deus e Senhor de toda criação" — rezou Merrin, pegando o lenço com calma para limpar o cuspe.

— Siga os ensinamentos dele, Merrin! Faça isso! Coloque seu pau santificado na boca da porca e *purifique-a, esfregue* sua relíquia enrugada nela e ela será *curada*, são Merrin! Sim, um *milagre*! Um...

— "... ajude esta serva..."

— *Hipócrita!* Você não se importa nem um pouco com a porca. Não se importa *nada*! Você a tornou *uma disputa entre nós dois*!

— "Eu, humildemente..."

— Mentiroso! Mentiroso desgraçado! Diga onde está sua humildade, Merrin? No deserto? Nas ruínas? Nas tumbas para onde você escapou para fugir dos seus irmãos e irmãs? Para fugir de seus inferiores, dos doentes da cabeça? Você fala com *homens*, seu nojento?

— "... ajude..."

— Seu lar é num ninho de pavões, Merrin! Seu lugar é dentro de si mesmo! Volte para o topo da montanha e converse com seu único semelhante!

Merrin seguiu com as orações, inabalável, enquanto as ofensas continuavam.

— Está com fome, são Merrin? Aqui, dou a você néctar e ambrosia, dou a você o pão de cada dia do seu Deus! — O demônio gritava de modo sarcástico enquanto a menina defecava. — Porque *este* é meu corpo! Agora, abençoe *isso*, são Merrin!

Enojado, Karras voltou sua atenção para o texto enquanto Merrin lia uma passagem de são Lucas:

— "Jesus perguntou-lhe: Qual é o teu nome? Ele respondeu: Legião! Porque eram muitos os demônios que nele se ocultavam. E pediam-lhe que não os mandasse para o abismo. Ora, andava ali pastando no monte uma grande manada de porcos; rogaram-lhe os demônios que lhes permitisse entrar neles. Ele permitiu. Saíram, pois, os demônios do homem e entraram nos porcos; e a manada de porcos precipitou-se pelo despenhadeiro, entrou no lago e afogou-se. Quando..."

— Willie, tenho boas notícias! — vociferou o demônio.

Karras olhou para a frente e a viu perto da porta, com os braços cheios de toalhas e lençóis.

— Trago a você notícias de redenção! — continuou ele. — Elvira está *viva*! Ela *vive*! Ela...

Willie parecia chocada, e Karl virou-se e gritou para ela:

— Não, Willie! Não!

— ... Uma *drogada*, Willie, uma perdida...
— Willie, não ouça! — gritou Karl.
— Devo dizer onde ela mora?
— Não ouça! *Não ouça!* — exclamou Karl, empurrando a esposa para fora do quarto.
— Vá visitá-la no Dia das Mães, Willie! Faça uma surpresa! Vá e...
De repente, o demônio parou e olhou para Karras. Mais uma vez, ele conferiu a pulsação de Regan e, ao ver que estava forte o bastante para lhe dar mais Librium, ele se dirigiu a Sharon para instruí-la a preparar mais uma injeção.
— Karras, você a quer? — perguntou o demônio, malicioso. — Ela é sua! Sim, a vaca é sua! Pode montá-la o quanto quiser! Sabe, ela pensa em você todas as noites! Sim, em você e no seu pau grande e grosso!
Sharon corou e não olhou para Karras enquanto o padre lhe dizia que era seguro administrar Librium a Regan.
— E um supositório de Compazina, para o caso de ela vomitar mais.
Olhando para o chão, Sharon assentiu e se afastou. Ao passar pela cama, com a cabeça ainda baixa, Regan gritou para ela:
— *Vagabunda!*
Ela sentou-se e acertou seu rosto com um jato de vômito, e, enquanto Sharon permanecia paralisada, em choque, a personalidade de Dennings apareceu, vociferando:
— Piranha! Puta!
Sharon saiu correndo do quarto.
A personalidade de Dennings fez uma careta de raiva, olhou ao redor e perguntou:
— Alguém pode abrir uma *janela*, por favor? Está *fedendo* aqui dentro. Totalmente... Não, não, não abra! Não, pelo amor de *Deus*, não abram, ou *mais alguém* pode acabar morrendo!
Ele riu, fazendo uma careta monstruosa a Karras, e desapareceu.
— "É Ele quem lhe expulsa..."
— É mesmo, Merrin? Ele expulsa?
A entidade demoníaca havia retornado, e Merrin seguiu com as adjurações, a aplicação da estola e o traçar do sinal da cruz enquanto a entidade o atacava de modo obsceno.

Tempo demais, pensou Karras; o acesso estava demorando tempo demais.

— Agora, aqui está a leitoa! A mãe da porquinha!

Karras virou-se e viu Chris caminhando na direção dele com um chumaço de algodão e uma seringa descartável. Ela manteve a cabeça baixa enquanto o demônio gritava, e Karras se aproximou, franzindo a testa.

— Sharon está trocando de roupa — explicou Chris —, e Karl...

— Tudo bem — disse Karras, interrompendo-a de modo brusco.

Juntos, eles se aproximaram da cama.

— Ah, sim, venha ver seu trabalho, leitoa! Venha!

Chris tentou não ouvir, não olhar, enquanto Karras segurava os braços flácidos de Regan.

— Veja o vômito! Veja a puta assassina! — gritou o demônio. — Está feliz? Foi *você* quem fez isso! Sim, *você*, que sempre coloca a carreira na frente de qualquer coisa, a carreira antes do *marido*, antes da *filha*, antes...

Karras olhou ao redor. Chris ficou paralisada.

— Continue! — disse ele com firmeza. — Não dê ouvidos! Continue!

— ...de seu *divórcio*! Procurou padres, não foi? Padres não vão resolver! A porca está *louca*! Você entendeu? Você a levou à loucura e ao assassinato e...

— *Não consigo!* — Com o rosto contorcido, Chris olhava para a seringa na mão trêmula. Balançou a cabeça. — Não consigo fazer isso!

Karras arrancou a seringa de sua mão.

— Tudo bem! Passe o algodão! Passe! Ali!

— ...ao próprio *caixão*, sua piranha, ao...

— Não dê ouvidos! — aconselhou Karras.

A entidade demoníaca virou a cabeça, com os olhos vermelhos cheios de fúria.

— E você, Karras! Sim! *Você!*

Chris passou o algodão no braço de Regan.

— Agora, saia! — ordenou Karras, enfiando a seringa na pele ferida da menina.

Chris correu para fora do quarto.

— Sim, todos nós sabemos de sua gentileza com as *mães*, Karras! — urrou o demônio.

O jesuíta empalideceu e não se mexeu por um instante. Então, lentamente, tirou a agulha e olhou para as partes brancas dos olhos de Regan enquanto de sua boca saía um canto baixo, lento, com uma voz doce e clara, como a de um menino de coral.

— *"Tantum ergo sacramentum veneremur cernui..."*

Era um hino entoado na missa católica. Karras continuou pálido. Estranho e assustador, o hino era um vácuo dentro do qual o padre sentiu o horror da noite ganhando uma forte claridade. Ele olhou para a frente e viu Merrin com uma toalha nas mãos. Com movimentos cansados, ele limpou o vômito do rosto e do pescoço de Regan.

— *"... et antiquum documentum..."*

O hino. *De quem era a voz?*, pensou Karras. Então, fragmentos: *Dennings... a janela...* Esgotado, viu Sharon voltar para o quarto e pegar a toalha das mãos de Merrin.

— Vou terminar isso, padre — anunciou ela. — Estou bem agora. Gostaria de trocar a roupa dela e limpá-la antes de administrar a Compazina. Tudo bem? Vocês dois podem esperar lá fora um pouco?

Os padres saíram do quarto para o calor e a claridade do corredor, onde se recostaram na parede, com a cabeça baixa e os braços cruzados enquanto escutavam o canto assustador e abafado lá dentro. Foi Karras quem interrompeu o silêncio.

— Padre, o senhor disse mais cedo que estávamos lidando apenas com uma personalidade.

— Sim.

Os tons de voz sussurrantes, a cabeça baixa, eram confessionais.

— Todas as outras são formas de ataque — explicou Merrin. — Há uma... só uma. É um demônio.

Fez-se silêncio. Então ele concluiu simplesmente:

— Sei que você duvida, mas já encontrei esse demônio antes. E ele é forte, Damien. Poderoso.

Silêncio. Karras voltou a falar:

— Dizemos que o demônio não pode mudar a vontade da vítima.

— Sim, é isso mesmo. Não existe pecado.

— Então, qual seria o *propósito* da possessão? Qual é o sentido?

— Como saber? — respondeu Merrin. — Quem pode saber? E ainda acho que o alvo do demônio não é o possuído. Somos nós... que observamos... Todas as pessoas desta casa. E acho... Acredito que o objetivo seja fazer com que nos desesperemos, que rejeitemos nossa humanidade, Damien, que vejamos a nós mesmos como bestas, maus e podres; deploráveis, horrorosos e indignos. E talvez aí esteja o cerne da questão: na indignidade. Porque acho que a crença em Deus não é uma questão de razão. Acredito que seja, no fundo, uma questão de amor, de aceitarmos a possibilidade de Deus nos amar.

Merrin fez uma pausa e prosseguiu mais lentamente, com um ar de introspecção:

— Mas quem sabe? Está claro, pelo menos para mim, que o demônio conhece nossos pontos fracos. Ah, sim, ele sabe. Há muito tempo, eu me desesperava por não amar o próximo. Certas pessoas... me repeliam. Então, como eu poderia amá-las?, pensava. Isso me atormentava, Damien, me levava a perder as esperanças em relação a mim mesmo e, em pouco tempo, em relação a Deus. Minha fé foi destruída.

Surpreso, Karras virou-se e olhou para Merrin com interesse.

— E o que aconteceu? — perguntou ele.

— Ah, bem... No fim, percebi que Deus nunca me pediria algo para o qual eu soubesse ser psicologicamente incapaz; que o amor que Ele pedia estava na minha *vontade* e não devia ser sentido como emoção. Não. De jeito nenhum. Ele queria que eu *agisse* com amor; que eu *fizesse* pelos outros; e que eu devia fazer isso com quem me repelia, creio, pois seria um ato maior de amor do que qualquer outro. — Merrin baixou a cabeça e reduziu ainda mais a voz: — Sei que tudo isso deve parecer muito óbvio para você, Damien, eu sei. Mas, na época, não conseguia perceber. Uma cegueira estranha. Quantos maridos e esposas devem ter acreditado que não se amavam mais porque seus corações não mais batiam acelerados quando viam seus amados. Ah, santo Deus! — Ele balançou a cabeça, então assentiu. — Acho que é aí que está, Damien... A possessão. Não nas guerras, como algumas pessoas acreditam. E muito raramente em intervenções extraordinárias como esta aqui... Esta menina... Esta pobre criança. Não, costumo ver a possessão nas coisas pequenas, Damien. Nas picuinhas e nos desentendimentos; na palavra cruel e cortante que salta livre à língua entre amigos. Entre namorados. Entre marido e mulher. Temos muito disso e não precisamos de Satanás para criar nossas guerras. Conseguimos criá-las sozinhos... Sozinhos.

O hino no quarto ainda podia ser ouvido, e Merrin observou a porta com o olhar distante.

— E mesmo disto, do mal, finalmente virá o bem de alguma maneira. De alguma maneira que nunca poderemos entender ou até mesmo ver. — Merrin fez uma pausa. — Talvez o mal seja a provação da bondade. E talvez até mesmo o Satanás sirva, de certa forma, para testar a vontade de Deus.

Merrin não disse mais nada e, por um tempo, permaneceu em silêncio enquanto o outro refletia, até que mais uma objeção lhe ocorreu.

— Quando o demônio for expulso — perguntou Karras —, o que o impedirá de voltar?

— Não sei — respondeu Merrin. — Mas, de todo modo, nunca acontece. Não, nunca.

Ele levou a mão ao rosto, apertando os cantos dos olhos.

— Damien... Que nome lindo — murmurou.

Karras percebeu a exaustão em sua voz. E mais alguma coisa. Ansiedade. Algo como dor reprimida.

De repente, Merrin se afastou da parede e, com o rosto ainda coberto pelas mãos, pediu licença e atravessou o corredor até o banheiro. O que havia de errado?, pensou Karras. Ele sentiu inveja e admiração repentinas pela fé forte e simples do exorcista. Então, virou-se para a porta. O hino. Havia parado. Será que a noite finalmente chegara ao fim?

Alguns minutos depois, Sharon saiu do quarto com um monte de roupas e lençóis sujos.

— Ela está dormindo — avisou, desviando o olhar rapidamente e se afastando.

Karras respirou fundo e voltou a entrar no recinto. Sentiu o frio e o fedor. Caminhou devagar até o lado da cama. Regan. Adormecida. Finalmente. E, finalmente, pensou Karras, ele poderia descansar. Esticou a mão, segurou seu pulso fino e, erguendo o outro braço, observou seu relógio, o ponteiro dos segundos.

— Por que faz isso comigo, Dimmy?

O coração do jesuíta parou.

— Por que faz isso?

Karras não se mexeu, não respirou, não ousou olhar na direção da voz pesarosa para ver se aqueles olhos realmente estavam ali. Olhos de acusação. Olhos solitários. Os olhos de sua mãe. De sua *mãe*!

— Você me abandonou para ser padre, Dimmy, me mandou para um asilo...

Não olhe!

— E agora me expulsa?

Não é ela!

— Por que faz isso?

Com a cabeça latejando, o coração na garganta, Karras fechou os olhos com força enquanto a voz ficava mais suplicante, assustada e chorosa.

— Você sempre foi um bom menino, Dimmy. Por favor! Eu tenho medo! Por favor, não me expulse, Dimmy! *Por favor!*

Você não é a minha mãe!

— Lá fora não tem *nada*! Só escuridão, Dimmy! Solidão!

— Você não é a minha mãe — sussurrou Karras com firmeza.

— Dimmy, *por favor*!

— *Você não é a minha mãe!*

— Ah, pelo amor de Deus, Karras!

A personalidade de Dennings aparecera.

— Olha, não é justo nos tirarem daqui! — disse ele. — A meu ver, eu tenho o direito de estar aqui. Essa piranha destruiu meu corpo, então nada mais justo do que eu ficar no dela, não acha? Ah, pelo amor de *Deus*, olhe para mim, Karras, por favor? Vamos! Nem sempre consigo falar! Vire-se. Não vou morder, vomitar, nem nada dessas coisas nojentas. Sou eu agora.

Karras abriu os olhos e viu a personalidade de Dennings.

— Isso, bem melhor. Olha, ela me matou. Não a nossa anfitriã, Karras... *Ela!* Ah, sim. — Ele assentia. — Ela! Eu estava no meu canto, no bar, sabe? Ouvi uns gemidos no andar de cima, vindos do quarto dela. Precisei ver o que ela tinha, então eu subi e, veja só, ela me pegou pela droga da *garganta*, essa escrotinha! — A voz estava resmungando agora, ridícula. — Deus, nunca tinha visto alguém tão forte! Começou a gritar que eu estava pegando a mãe dela ou coisa assim ou que eu causei o divórcio. Não ficou claro. Mas, olha, querido, *ela me jogou da maldita janela!* — A voz tornou-se esganiçada e estridente. — Ela me matou, porra! Entendeu? Agora, você acha justo me tirar dela? Sinceramente, Karras! Você acha?

O padre hesitou, então falou com rouquidão:

— Bem, se você é realmente Burke Dennings...

— Estou dizendo que sou! Você é *surdo*, porra?
— Bem, se isso é verdade, conte como sua cabeça foi virada.
— Jesuíta desgraçado! — xingou, baixinho.
— O que disse?
Ele olhou ao redor de modo evasivo.
— Bem, a cabeça. Assustador, não é? Sim. Bem assustador.
— Como aconteceu?
Ele desviou o olhar.
— Bem, francamente, quem se importa? Para a frente ou para trás são apenas detalhes, sabe? Besteira.
Olhando para baixo, Karras segurou o braço de Regan de novo e olhou para o relógio enquanto analisava a pulsação.
— Dimmy, por favor! Não me deixe sozinha!
Sua mãe.
— Se você fosse médico em vez de padre, Dimmy, eu viveria numa casa boa. Não com baratas, não sozinha naquele apartamento horrível!
Olhando para o relógio, o padre se esforçou para bloquear todo o resto, quando mais uma vez ouviu som de choro.
— Dimmy, *por favor*!
— Você não é a minha mãe!
— Ah, não vai encarar a verdade? — Era o demônio. Irado. — Você acredita no que Merrin disse, seu tolo? Acredita que ele é santo e bom? Mas *não* é! Ele é orgulhoso e indigno! Vou provar a você, Karras. Vou provar *matando a porquinha*! Ela vai morrer, e nem você nem o Deus de Merrin vão salvá-la! Ela vai morrer por causa do orgulho dele e por sua incompetência! *Incompetente! Não deveria ter dado Librium a ela!*
Assustado, Karras olhou para a frente, para olhos que brilhavam triunfantes e raivosos, depois voltou a checar o relógio de pulso.
— Está checando a pulsação dela, Karras? Está?
Ele franziu a testa, preocupado. A pulsação estava rápida e...
— Fraca? — perguntou o demônio. — Ah, sim. Por enquanto, só um pouco. Só uma coisinha de nada.
Karras soltou o braço de Regan, levou sua maleta depressa até a cama, tirou o estetoscópio e pressionou a peça auscultatória contra o peito do demônio, que exclamou:

— Ouça, Karras! Ouça! Ouça com atenção!

Ele ouviu e ficou ainda mais aflito. As batidas do coração de Regan soavam distantes e ineficientes.

— *Não permitirei que ela durma!*

Aterrorizado, Karras olhou para o demônio.

— Sim, Karras! Ela não vai dormir! Está me ouvindo? Não permitirei que a porquinha durma!

Ele observou, impassível, enquanto o demônio jogava a cabeça para trás e ria. Só percebeu que Merrin voltara ao quarto quando o exorcista se colocou ao lado dele e observou o rosto de Regan com cuidado e preocupação.

— O que foi? — perguntou ele.

— O demônio — respondeu Karras — disse que não permitiria que ela dormisse. — Ele olhou para Merrin. — O coração dela está muito fraco, padre. Se não descansar em breve, morrerá de insuficiência cardíaca.

Merrin franziu a testa, com a expressão séria.

— Não podemos administrar algum remédio? Algo que a faça dormir?

— Não, seria perigoso. Ela pode entrar em coma. — Karras olhou para Regan, que cacarejava como uma galinha. — Se a pressão sanguínea cair mais...

O padre hesitou.

— O que podemos fazer? — perguntou Merrin.

— Nada — respondeu. — Nada. — Ele olhou para Merrin com ansiedade. — Não sei. Não tenho certeza. Talvez tenha havido algum avanço recente. Vou telefonar para um cardiologista!

— Sim, seria bom — respondeu Merrin, assentindo. Ele observou enquanto Karras fechava a porta e completou baixinho: — E eu vou rezar.

Karras encontrou Chris de vigília na cozinha. Ouviu Willie soluçando na despensa e a voz de Karl tentando consolá-la. Explicou a necessidade urgente de consultar um médico e tomar o cuidado de não mencionar a situação de Regan em detalhes. Chris deu permissão, e Karras telefonou para um amigo, um especialista da escola de medicina da Universidade de Georgetown, a quem acordou.

— Já estou a caminho — disse o médico.

Em menos de meia hora, ele chegou à casa, e, no quarto de Regan, reagiu ao frio, ao fedor e à situação com susto, horror e compaixão. Quando entrou no quarto, a menina estava dizendo palavrões em voz baixa, e, enquanto ele a examinava, ela alternou músicas e ruídos animalescos. Dennings apareceu.

— Ah, que terrível — resmungou ao cardiologista. — Que horror! Espero que você possa fazer alguma coisa! Há uma solução? Porque, caso contrário, não teremos aonde ir, e tudo porque... Ah, que se *dane* o demônio teimoso!

Enquanto o especialista arregalava os olhos e checava a pressão de Regan, Dennings olhou para Karras e reclamou:

— Que diabos você está fazendo?! Não vê que a putinha precisa ser internada? O lugar dela é num hospício, Karras! Você *sabe* disso! Minha nossa, por que não para com essa enrolação? Se ela morrer, sabe, a culpa será sua! Sim, toda sua! Afinal, não é porque o autonomeado segundo filho de Deus está sendo teimoso que você tem que se comportar como um idiota! Você é médico! Precisa ser sensato! Agora, vamos, seja bondoso, tenha compaixão. Há uma escassez *terrível* de moradias atualmente!

E o demônio voltou, uivando como um lobo. Inexpressivo, o especialista tirou o medidor de pressão e, assustado, assentiu para Karras. Terminara o exame.

Eles foram até o corredor, onde o cardiologista olhou da porta do quarto para Karras e perguntou:

— O que diabos está acontecendo aqui, padre?

O jesuíta desviou o olhar.

— Não posso contar — disse ele, baixinho.

— Não pode ou não quer?

Karras olhou para ele.

— Talvez as duas coisas. Como está o coração dela?

A resposta foi séria.

— Ela precisa descansar. Precisa dormir... Antes que a pressão caia.

— Há alguma coisa que *eu* possa fazer, Mike?

— Rezar.

Quando o cardiologista se afastou, Karras o observou. Todo o seu corpo implorava por descanso, esperança, milagres, apesar de ele ter certeza de que não teria nada disso. Fechando os olhos, fez uma careta ao se lembrar de "Não deveria ter dado Librium a ela!". Levou o punho cerrado à boca enquanto soluçava de arrependimento e culpa. Respirou fundo uma, duas vezes, então abriu os olhos e caminhou para a frente, abrindo a porta do quarto de Regan com a mão menos pesada do que sua alma.

Merrin estava ao lado da cama, observando enquanto Regan relinchava como um cavalo. Ouviu Karras entrar e virou-se para ele, que apenas balançou a cabeça. Merrin assentiu. Havia tristeza em seu rosto; em seguida, aceitação; quando se virou de novo para Regan, assumiu uma sombria expressão de determinação.

Merrin ajoelhou-se ao lado da cama.

— Pai nosso... — começou ele.

Regan cuspiu bile escura e fétida em seu rosto e rosnou:

— Você vai *perder*! Ela vai *morrer*! Ela vai *morrer*!

Karras pegou seu exemplar de *O ritual romano*. Abriu o livro. Olhou para a frente, manteve o olhar fixo em Regan.

— "Salve sua serva" — rezou Merrin.

— "Diante do inimigo."

Durma, Regan! Durma!, gritou a alma de Karras.

Mas Regan não dormiu.

Nem durante a madrugada.

Nem na hora do almoço.

Nem à noite.

Nem no domingo, quando sua pulsação estava a 140 e ainda mais fraca, enquanto os acessos continuavam sem parar. Karras e Merrin repetiam o ritual, sem dormir. Karras procurava meios de amenizar a situação: um lençol para amarrar os membros de Regan de modo que ela se mexesse o mínimo possível; manter todos fora do quarto por um tempo para ver se a falta de provocação podia pôr fim aos ataques. Nenhum método funcionou. Os gritos de Regan eram tão debilitantes para seu corpo quanto os movimentos. Ainda assim, a pressão sanguínea não caía. *Mas por quanto tempo?*, pensou Karras. *Deus, não permita que ela morra!* A oração fervorosa de sua mente foi repetida diversas vezes, quase como uma litania.

Não permita que ela morra! Deixe-a dormir! Deixe-a dormir!

Aproximadamente às dezenove horas daquele domingo, Karras sentou-se em silêncio ao lado de Merrin no quarto, exausto e esgotado pelos ataques do demônio, por sua falta de fé, por sua incompetência como médico, por ter abandonado a mãe em busca de status. E Regan! Regan! Era culpa *dele*!

"Não deveria ter dado Librium a ela!"

Os padres tinham acabado um ciclo do ritual e estavam descansando, ouvindo Regan cantar "Panis Angelicus" com uma voz doce de querubim. Eles raramente saíam do quarto; Karras saiu uma vez, para trocar de roupa e tomar banho. Mas era mais fácil permanecer desperto no frio, mesmo em meio ao fedor, que desde cedo se tornara mais semelhante ao cheiro de carne podre.

Olhando intensamente para Regan com olhos vermelhos, Karras acreditou ter ouvido um barulho. Algo rangendo. Acontecia sempre que ele piscava. Karras percebeu que o som era de suas pálpebras cheias de crostas. Virou a cabeça para olhar para Merrin. Ao longo das horas, o exorcista mais velho falara pouco; alguma história de sua infância, de vez em quando. Lembranças. Coisinhas. Um caso sobre um pato que ele tinha, Clancy. Karras estava profundamente preocupado com ele. Por sua idade. Pela falta de descanso. Pelos ataques verbais do demônio. Quando Merrin fechou os olhos e encostou o queixo no peito, Karras olhou para Regan, levantou-se e caminhou até a cama, onde conferiu a pulsação dela e começou a aferir a pressão. Ao envolver seu braço com a faixa preta do medidor, piscou diversas vezes para afastar a visão borrada.

— Hoje é Dia das Mães, Dimmy.

Por um momento, o padre ficou imóvel, sentindo o coração sendo arrancado do peito. Lentamente, muito lentamente, fitou olhos que não mais pareciam ser de Regan; olhos que o repreendiam com tristeza. Os olhos de sua mãe.

— Não sou boa para você? Por que me deixou sozinha para morrer, Dimmy? Por que você...

— *Damien!* — Merrin segurou com força o braço de Karras. — Vá descansar um pouco, Damien.

— Dimmy, *por favor*!

— Não ouça, Damien! Vá! Vá agora!

Com um nó crescendo na garganta, Karras virou-se e saiu do quarto. Por um momento, deteve-se no corredor, fraco e irresoluto. Café? Queria beber um pouco. Mas queria um banho, acima de tudo. Saiu da casa das MacNeil e voltou para seus aposentos no centro de residência, e só precisou olhar para a cama para mudar de ideia. *Esqueça o banho!*

Dormir! Meia hora! Ia pedir para que a recepção o despertasse quando o telefone tocou.
— Alô — atendeu com a voz rouca.
— Tem alguém aqui para vê-lo, padre Karras. É o sr. Kinderman.
Karras prendeu a respiração por um momento antes de soltar o ar com resignação.
— Certo, diga que o encontrarei num minuto — respondeu, sem forças.
Quando desligou o telefone, Karras viu um maço de cigarros Camel sem filtro em sua mesa. Havia um bilhete de Dyer preso.

Uma chave para o Playboy Club foi encontrada nos genuflexórios da capela, diante das velas de sete dias. É sua? Pode buscá-la na recepção.

Joe

Com expressão carinhosa, Karras colocou o bilhete na mesa, trocou de roupa e saiu do quarto em direção à recepção, onde Kinderman estava ao balcão do telefone, cuidadosamente organizando um vaso cheio de flores. Quando se virou e viu Karras, estava segurando o caule de uma camélia cor-de-rosa.
— Ah, padre Karras!
Kinderman o recebeu com alegria, mas assumiu rapidamente uma expressão de preocupação ao ver o cansaço no rosto do jesuíta. Devolveu a camélia ao vaso e caminhou até ele.
— Você está péssimo! O que houve? É isso o que acontece depois de correr tanto na pista? Pare com isso, padre, você vai morrer de todo jeito. Vamos!
Ele segurou o cotovelo de Karras e o levou adiante, em direção à saída.
— Tem um minuto? — perguntou, enquanto passavam pela porta.
— Só um minuto — respondeu Karras. — O que houve?
— Queria conversar um pouco. Preciso de um conselho, nada mais. Apenas um conselho.
— Sobre o quê?
— Só um minuto. Por enquanto, vamos apenas conversar. Tomar um ar. Vamos aproveitar. — Ele deu o braço para o jesuíta e o guiou para o outro lado da rua. — Ah, sim, veja só! Que lindo! Maravilhoso!

Ele apontava para o sol que se punha no rio Potomac, e, no silêncio, um riso repentino soou; o falatório de muitos alunos da Georgetown na frente de um bar perto da esquina da rua 36. Eles trocavam socos falsos, e dois começaram a travar uma luta de brincadeira.

— Ah, a faculdade... — disse Kinderman ao olhar para os jovens reunidos. — Não frequentei, mas gostaria... — Olhando para o padre, ele franziu a testa com preocupação. — É sério, você parece péssimo. O que houve? Andou doente?

Quando Kinderman vai dizer o que quer, afinal?, pensou Karras.

— Não, apenas ando ocupado — respondeu o jesuíta.

— Precisa pegar mais leve — sugeriu Kinderman. — Bem mais leve. Por sinal, o senhor viu o Balé Bolshoi, no Watergate?

— Não.

— É, eu também não. Mas gostaria. São tão graciosos... Tão bonitos!

Eles estavam na frente do muro baixo do Car Barn, onde havia uma vista livre para o pôr do sol. Karras apoiou o braço no muro e desviou o olhar do sol poente para Kinderman.

— O que está pensando? — perguntou Karras.

— Ah, bem, padre — respondeu Kinderman, suspirando. Ele se virou, apoiando as mãos no muro enquanto observava a outra margem do rio. — Infelizmente, tenho um problema.

— Profissional?

— Em parte. Apenas em parte.

— O que foi?

— Bem, é que... — Kinderman hesitou. — Bem, padre Karras, podemos dizer que em grande parte é algo relacionado à ética. Uma pergunta... — Sua voz falhou. O detetive virou-se e, recostando-se no muro, admirou a calçada e franziu a testa. — É que não tenho ninguém com quem falar sobre isso. Não posso falar com meu chefe, sabe? Não poderia. Não poderia contar a ele. Então pensei... — Os olhos do detetive brilharam abruptamente. — Tenho uma tia... O senhor precisa ouvir, é engraçado. Ela morria de medo, morria mesmo, do meu tio. A coitada nunca ousava dizer algo a ele, *nunca!* Muito menos levantar a voz. Sempre que se irritava com ele por algum motivo, ela saía correndo, entrava no armário de seu quarto e ali, no escuro... O senhor não vai acreditar! No escuro, sozinha, com todas as roupas penduradas e as traças, ela xingava meu tio e dizia tudo o que pensava dele durante uns vinte minutos! É sério! Ela *gritava*! Então saía, sentindo-se melhor, e o beijava no rosto. O que acha, padre Karras? É uma boa terapia?

— É muito boa — respondeu Karras com um sorriso fraco. — E agora sou seu armário? É isso o que senhor quer dizer?

— De certo modo — respondeu o detetive, sério. — Só que mais sério. E o armário deve falar.

— Tem um cigarro?

Kinderman olhou para Karras com incredulidade.

— Acha que tenho um problema como o meu e ainda *fumo*?

— Não, não fuma — falou Karras, virando-se para o rio e apoiando as mãos no muro. Queria que elas parassem de tremer.

— Que médico, hein? Deus me livre de eu estar doente em alguma floresta e, em vez de Albert Schweitzer, eu me ver dependendo de você! Ainda cura verrugas com sapos, dr. Karras?

— Com pererecas — respondeu ele, desanimado.

Kinderman franziu a testa.

— Você não está sorrindo com alegria hoje, padre Karras. Tem alguma coisa errada. O que é? Vamos, conte.

Karras baixou a cabeça e ficou em silêncio por um tempo.

— Tudo bem — disse, baixinho. — Pergunte ao armário o que quiser.

Suspirando, o detetive olhou para o rio.

— Eu estava dizendo... — Ele coçou a testa com a unha do polegar. — Eu estava dizendo... Bem, digamos que eu esteja trabalhando num caso, padre Karras. Um homicídio.

— Dennings?

— Não, o senhor não conhece, padre. É totalmente hipotético.

— Entendi.

— Envolve um ritual de assassinato, de bruxaria, ao que parece — continuou o detetive, escolhendo as palavras lenta e cuidadosamente. — E digamos que nesta casa, a casa hipotética, morem cinco pessoas, e que uma é o assassino. — Ele gesticulava para enfatizar. — Eu *sei* disso. Tenho certeza.

Ele parou, soltando o ar lentamente antes de continuar:

— Mas o problema é que todas as evidências apontam para uma criança, padre Karras. Uma menininha de uns 10 ou 12 anos... Uma criança. Talvez ela pudesse ser minha filha. Sim, eu sei. Parece impossível, ridículo... Mas é verdade. Mas aí, um padre católico famoso vai até essa casa, e como se trata de um caso totalmente hipotético, fico sabendo por meio de meu talento igualmente hipotético que esse padre já havia curado um tipo de doença muito específico. Uma doença mental, a propósito, um fato que menciono muito por acaso para que tome conhecimento.

Karras baixou a cabeça com tristeza e assentiu.

— Sim, continue. O que mais?

— O que mais? Há muito mais. Parece que há... Bem, satanismo envolvido nessa doença, além de força... Sim, uma força incrível. E essa... menina hipotética, digamos, conseguiu virar a cabeça de um homem para trás. — Com a cabeça baixa, o detetive assentiu. — Sim... Sim, ela conseguiu. Então vem a pergunta... — O detetive fez uma careta. — Veja... A menina não é responsável, padre. Ela é louca, totalmente problemática, e é apenas uma criança! *Uma criança!* Mas, ainda assim, a doença que ela tem... pode ser perigosa. Pode acabar matando mais alguém. Quem sabe? — Mais uma vez, o detetive virou-se e olhou para o rio, continuando com a voz baixa e lenta: — É um problema. O que fazer? Hipoteticamente, quero dizer. Apenas esquecer tudo? Esquecer e torcer para que ela... — Kinderman fez uma pausa — ... para que ela melhore? — Ele pegou um lenço e assoou o nariz. — Bem, não sei. Não sei. É uma decisão horrorosa — afirmou, enquanto procurava uma parte limpa do lenço. — Sim, terrível. Péssima. Horrorosa. E detesto ser a pessoa a fazê-la.

Ele voltou a assoar o nariz e a guardar o lenço no bolso antes de concluir:

— Padre, qual seria a coisa certa a se fazer em tal caso? Hipoteticamente, quero dizer. O que o senhor faria?

Por um instante, Karras teve vontade de se revoltar, sentindo a raiva intensa aumentando o peso sobre seus ombros. Deixou que ela se transformasse em calma e, olhando para o detetive com firmeza, respondeu:

— Eu deixaria o caso nas mãos de uma autoridade superior.

— Acredito que ele esteja lá neste momento.

— Sim, e eu deixaria as coisas como estão, detetive.

Por alguns momentos, os dois se encararam. Então Kinderman assentiu e respondeu:

— Sim, padre. Sim, sim. Pensei que diria isso. — Ele se virou para observar o pôr do sol de novo. — Que lindo. O que nos faz pensar que tal cenário tem beleza, e a Torre de Pisa, não? A mesma coisa com lagartos e tatus. Outro mistério. — Ele puxou a manga para checar o relógio de pulso. — Ah, preciso ir. A qualquer momento, a sra. K. vai gritar que o jantar está ficando frio. — Ele se virou para Karras. — Obrigado, padre. Eu me sinto melhor... Bem melhor. Ah, por acaso poderia me fazer um favor? Pode mandar um recado? Se porventura encontrar um homem cujo sobrenome é Engstrom, diga a ele... Bem, apenas diga que Elvira está numa clínica. Ela vai ficar bem. Ele vai entender. Poderia fazer isso? Digo, se por acaso encontrá-lo.

Um pouco confuso, Karras respondeu:

— Farei isso.

— Que tal irmos ao cinema qualquer dia desses, padre?

Karras olhou para o chão e murmurou, assentindo:

— Em breve.

— Você parece um rabino falando da chegada do Messias: sempre "em breve". Ouça, faça-me mais um favor, sim? — Erguendo o olhar, Karras viu que o detetive parecia muito preocupado. — Pare de correr por um tempo. Apenas caminhe. Está bem? Vá com calma. Pode fazer isso por mim, por favor?

Karras sorriu levemente.

— Pode deixar.

Com as mãos no bolso do casaco, o detetive olhou para a calçada com resignação.

— Sim, eu sei — disse ele, assentindo. — Em breve, sempre em breve. — Quando começou a se afastar, parou, colocou a mão no ombro do jesuíta e apertou, dizendo: — Elia Kazan, seu diretor, manda lembranças.

Por um momento, Karras observou enquanto o outro homem descia a rua. Admirou com afeto e surpresa as idas e vindas labirínticas e as redenções improváveis do coração. Olhou para cima, para as nuvens rosadas sobre o rio, e além do oeste, onde elas se misturavam na beira do mundo, brilhando suavemente como uma promessa. Houvera um tempo em que ele via Deus em tais vistas, sentia a respiração Dele na cor das nuvens, e agora os versos de um poema que ele passara a amar voltavam para assombrá-lo:

Glória a Deus pelas coisas de cor variada...
Céu pintalgado como novilha malhada;
Pintas-rosa salpicando a truta que nada;
Castanhas que caem como carvões em brasa; asa de pintassilgo (...)
Aquele cuja beleza é imutável os cria:
Louvai-o.

Karras pressionou a lateral do punho nos lábios e olhou para baixo contra a tristeza e o luto que inchavam sua garganta em direção aos cantos dos olhos enquanto pensava numa frase de um dos Salmos que antes o enchia de alegria.

— Ah, Senhor — relembrou ele —, amo a habitação de Vossa casa.

Karras esperou. Não arriscou olhar o pôr do sol de novo.

Em vez disso, observou a janela de Regan.

Sharon abriu a porta para ele e disse que nada mudara. Ela carregava um monte de roupas fedorentas. Pediu licença para se retirar.

— Preciso colocar isso na máquina de lavar.

Karras a observou. Pensou em tomar um café. Mas ouviu o demônio vociferando para Merrin. Caminhou em direção à escada, então lembrou-se do recado que devia dar a Karl. Onde ele poderia estar? Virou-se para perguntar a Sharon e viu que ela descia a escada para o porão. Procurou o empregado na cozinha. Não encontrou. Em vez disso, Chris estava lá, sozinha. Com os cotovelos apoiados na mesa e as mãos nas têmporas, ela olhava para... O que era aquilo? Karras aproximou-se em silêncio. Parou. Um álbum de fotos. Pedaços de papel. Fotos coladas. Chris não o notou.

— Com licença — chamou Karras com delicadeza. — Karl está aqui?

Ela o olhou e balançou a cabeça.

— Ele precisou sair para fazer um serviço — respondeu de modo rápido e suave, suspirando. — Tem café aqui, padre. Deve estar quase pronto.

Quando Karras olhou para a frente, para a luz da cafeteira, ouviu Chris levantando-se da mesa. Ao se virar, viu-a passando rapidamente por ele com o rosto para o outro lado. Ouviu um trêmulo "Com licença" e, num minuto, ela havia deixado a cozinha. O padre olhou para o álbum de fotografias. Fotos espontâneas. Uma menina. Muito bonita. Com uma pontada de dor, Karras percebeu que tratava-se de Regan: assoprando as velas de um bolo de aniversário coberto por chantili; sentada diante do lago de short e camiseta, acenando alegremente para a câmera. Havia algo escrito em sua camiseta: ACAMPAMENTO... Não conseguiu ler o resto. Na página ao lado, uma folha de papel pautado trazia a caligrafia de uma criança:

Se em vez de massinha
Eu pudesse reunir todas as coisas mais lindas
Como um arco-íris,
Ou nuvens, ou o canto dos pássaros,
Talvez então, querida mamãe,
Se eu reunisse tudo
Eu poderia fazer uma escultura sua.

Embaixo do poema: EU TE AMO! FELIZ DIA DAS MÃES! A assinatura, a lápis, era *Rags*.

Karras fechou os olhos. Não conseguia lidar com o que acabara de ver. Virou-se desanimado e esperou que o café ficasse pronto. Com a cabeça baixa, apoiou-se no balcão e voltou a fechar os olhos. *Esqueça!*, pensou. *Esqueça tudo!* Mas não conseguiu. Enquanto ouvia o barulho e o borbulhar da água fervendo, suas mãos começaram a tremer de novo ao mesmo tempo em que a compaixão crescia de repente e se transformava em ódio pela doença e pela dor, pelo sofrimento de crianças e pela fragilidade do corpo e da corrupção monstruosa e absurda da morte.

"Se em vez de massinha..."

A ira se transformou em pena e frustração.

"... todas as coisas mais lindas..."

Não conseguiu esperar pelo café. Precisava ir. Devia fazer algo. Ajudar alguém. Tentar. Saiu da cozinha e, quando chegou à sala de estar, olhou pela porta aberta e viu Chris no sofá, soluçando convulsivamente, enquanto Sharon tentava consolá-la. Ele desviou o olhar e subiu a escada, escutando o demônio vociferar a Merrin.

— ... Teria *perdido*! Você teria *perdido* e sabe disso! Seu *desgraçado*! *Maldito!* Volte! Venha e...

Karras bloqueou tudo.

"...ou o canto dos pássaros."

Quando entrou no quarto de Regan, Karras notou que se esquecera de vestir o casaco. Tremendo de frio, encarou a menina. A cabeça dela estava inclinada e a voz demoníaca vociferava.

Caminhou lentamente até sua cadeira, pegou um cobertor e, apenas naquele momento, em sua exaustão, notou a ausência de Merrin. Momentos depois, lembrando-se de que precisava conferir a pressão de Regan, levantou-se de novo e cambaleou até a cama, onde parou, chocado. Imóvel e desconjuntado, Merrin estava caído de bruços no chão. Karras ajoelhou-se, virou o padre e, ao notar o tom azulado de seu rosto, apressou-se em tentar sentir seu pulso. Num momento forte e pungente de angústia, percebeu que Merrin estava morto.

— Santíssima flatulência! *Morreu*, né? *Morreu*? Karras, *cure-o*! — vociferou o demônio. — Traga-o de volta e permita que terminemos, permita que...

Parada cardíaca. Artéria coronária.

— Ah, meu Deus! — sussurrou Karras. — Por Deus, não!

Ele fechou os olhos e balançou a cabeça com incredulidade e desespero. Abruptamente, com uma onda de pesar, apertou forte o pulso pálido de Merrin com o polegar, como se pudesse fazer a vida voltar a fluir.

— ... hipócrita...

Karras se recostou e respirou fundo. Viu as pequenas pílulas espalhadas pelo chão. Pegou uma delas e, com pesar, notou que Merrin sabia. Nitroglicerina. Ele sabia. Com os olhos vermelhos, Karras olhou para o rosto de Merrin.

"... Vá descansar um pouco, Damien."

— Nem mesmo *minhocas* vão comer seu cadáver, sua...!

Ao ouvir as palavras do demônio, Karras olhou para a frente e começou a tremer visivelmente com uma fúria incontrolável e assassina.

Não ouça!

— ... bicha...

Não ouça! Não ouça!

Uma veia saltou na testa de Karras. Quando o jesuíta segurou as mãos de Merrin e começou a colocá-las em forma de cruz sobre o peito, ouviu o demônio dizer:

— Agora, coloque o *pau* nas mãos dele! — Uma gotícula de saliva fétida acertou o olho do padre morto. — Os ritos finais!

O demônio jogou a cabeça para trás e riu sem parar.

Karras observou o cuspe, paralisado. Não se mexeu. Não conseguia ouvir acima do ruído do sangue latejando nos ouvidos. Lentamente, com reflexos trêmulos, olhou para a frente com o rosto tomado pela ira, num forte espasmo de ódio.

— *Seu filho da puta!* — vociferou Karras num sussurro intenso, e, apesar de não ter se mexido, ele parecia estar se desenrolando, os músculos de seu pescoço tensos como cabos. O demônio parou de rir e olhou para ele com maldade. — Você estava perdendo! Você é um perdedor! *Sempre* foi um fracasso!

Regan o sujou com vômito. Ele ignorou.

— Sim, você é muito bom com criancinhas! — disse, entre dentes. — Menininhas! Pois venha! Vamos ver se consegue encarar alguém maior! Venha! — Ele curvou as mãos grandes como se fossem ganchos, chamando, convidando lentamente. — Venha! Vamos, fracassado! Entre em *mim*! Deixe a menina e venha me pegar! Entre em *mim*!

No instante seguinte, a parte superior do corpo de Karras se ergueu com um solavanco repentino e a cabeça foi jogada para trás, olhando o teto; em convulsões, os traços do jesuíta se contorceram numa máscara de ódio e ira impensáveis, enquanto suas mãos grandes e fortes se apertavam com movimentos espasmódicos, como se lutassem contra uma força invisível, enquanto avançavam para a garganta de Regan MacNeil, que gritava sem parar.

Chris e Sharon ouviram a comoção do escritório. Chris estava sentada perto do bar, e Sharon, atrás do balcão, preparando um drinque, quando ambas perceberam a movimentação no quarto de Regan e olharam para o teto. Um grito aterrorizado da menina, seguido por um berro alto de Karras:

— *Não!*

Em seguida, sons de luta. Batidas fortes contra os móveis. Contra uma parede. Chris derrubou a bebida ao ouvir um barulho forte de vidro se quebrando. Um instante depois, ela e Sharon corriam escada acima em direção ao quarto de Regan. Entraram e viram as cortinas da janela no chão, arrancadas! E a janela! O vidro estava totalmente estilhaçado!

Assustadas, as duas correram até a janela e, ao fazerem isso, Chris viu Merrin caído no chão, perto da cama. Assustou-se e parou, em choque. Então correu até ele e se ajoelhou ao seu lado.

— Ai, meu Deus! Sharon! Shar, venha aqui! Rápido, venha...

O grito horrorizado de Sharon a interrompeu. Chris olhou para cima com o rosto pálido, boquiaberta, e viu Sharon na janela, olhando para a escadaria com ambas as mãos no rosto.

— Shar, o que foi?

— É Karras! O padre Karras! — gritou ela, histérica, correndo para fora do quarto.

Com o rosto lívido, Chris levantou-se e caminhou depressa até a janela. Olhou para baixo. E sentiu o coração parar. No fim da escadaria da rua M, Karras estava jogado e ensanguentado, enquanto uma multidão se aglomerava ao redor.

Chris levou a mão ao rosto, aterrorizada, e tentou mover os lábios. Para falar. Não conseguiu.

— Mãe?

Uma voz frágil, fraca e chorosa atrás dela. Chris virou a cabeça levemente, com olhos arregalados, sem conseguir acreditar no que ouvira. A voz chamou de novo. Era a voz de Regan.

— Mãe, o que está acontecendo? Vem cá! Estou com medo, mãe! Por favor, mãe! Por favor! Por favor, vem cá!

Chris se virou, viu as lágrimas de medo e se precipitou em direção à cama, chorando:

— Rags! Ah, meu amor, meu amor! Ah, Rags! É você mesma! É você mesma!

No andar de baixo, Sharon saiu correndo da casa em direção ao centro de residência jesuíta, onde pediu para ver Dyer com urgência. Ele chegou depressa à recepção. Ela contou o que aconteceu. O padre pareceu chocado.

— Chamaram uma ambulância? — perguntou ele.

— Ai, meu Deus! Não, não chamei! Nem sequer pensei!

Rapidamente, Dyer deu instruções ao atendente da recepção e correu pelo corredor com Sharon. Eles atravessaram a rua e desceram a escadaria correndo.

— Com licença, por favor! Preciso passar!

Enquanto se enfiava entre as pessoas na calçada, Dyer ouviu murmúrios indiferentes. "O que aconteceu?" "Um cara caiu da escada." "Sim, devia estar bêbado. Está vendo o vômito?" "Vamos, queridos, ou vamos nos atrasar."

Finalmente, o padre conseguiu passar. Por um instante, ficou paralisado numa dimensão atemporal de pesar, num espaço onde respirar era doloroso demais. Karras estava caído nos degraus, de costas, com a cabeça no meio de uma poça de sangue. Com a mandíbula quebrada e um brilho estranho nos olhos, olhava fixamente para cima como se esperasse, paciente, as estrelas de um horizonte misterioso. Mas seus olhos se voltaram para Dyer. Pareceram brilhar de alegria. De completude. De algo parecido com triunfo.

Então expressaram um apelo. Uma urgência.

— Vamos, afastem-se! Afastem-se agora!

Um policial. Dyer ajoelhou-se e pousou a mão delicadamente, como uma carícia, no rosto ferido. Tantos cortes. Um fio de sangue escorria de sua boca.

— Damien...

Dyer engoliu o nó em sua garganta ao ver o brilho fraco e sôfrego nos olhos de Karras, o apelo caloroso. Inclinando-se para a frente, perguntou:

— Consegue falar?

Lentamente, Karras levou a mão ao pulso de Dyer e o apertou.

Afastando as lágrimas, ele se inclinou ainda mais para perto e, aproximando os lábios do ouvido de Karras, perguntou baixinho:

— Quer fazer sua confissão agora, Damien?

Um aperto mais forte.

— Você se arrepende de todos os seus pecados em vida e por ter ofendido Deus Todo-Poderoso?

A mão estava perdendo a força, mas voltou a apertar.

Afastando-se um pouco, Dyer lentamente traçou o sinal da cruz sobre o peito de Karras enquanto recitava as palavras de absolvição, muito emocionado:

— *Ego te absolvo...*

Uma lágrima enorme rolou do canto do olho de Karras, e Dyer sentiu o punho sendo apertado com ainda mais força, continuamente, enquanto finalizava a absolvição:

— *... in nomine Patris, et Filii, et Spiritus Sancti. Amen.*

Dyer voltou a se debruçar, aproximando os lábios do ouvido de Karras. Esperou. Forçou o nó de sua garganta a se desfazer. E murmurou:

— Você...?

Dyer se calou. A pressão em seu punho desapareceu de repente. Ele levantou a cabeça e viu os olhos tomados pela paz e por algo mais: como a alegria diante do fim do anseio do coração. Os olhos continuavam fixos. Mas não olhavam para nada neste mundo. Nada aqui.

De modo lento e delicado, Dyer baixou as pálpebras de Karras. Ouviu a sirene da ambulância ao longe. Começou a dizer: "Adeus", mas não conseguiu terminar. Apenas chorou.

A ambulância chegou. Eles puseram Karras numa maca, e, enquanto o levavam para dentro, o outro entrou e sentou-se ao lado do enfermeiro. Esticou o braço e segurou a mão do amigo.

— Não há nada que possa fazer por ele agora, padre — disse o enfermeiro com uma voz gentil. — Não torne as coisas mais difíceis para si mesmo. Não venha conosco.

Com os olhos fixos no rosto marcado de Karras, Dyer balançou a cabeça devagar e disse:

— Não, eu vou junto.

O enfermeiro olhou para a porta de trás da ambulância, onde o motorista esperava pacientemente com as sobrancelhas erguidas, de modo questionador. Ele assentiu calado, e a porta foi fechada.

Da calçada, Sharon assistiu, atordoada, enquanto a ambulância se afastava lentamente. Escutou os murmúrios das pessoas ao redor.

"O que houve?"

"Quem sabe?"

A sirene da ambulância tomou conta da noite, mas, de repente, calou-se. O motorista lembrou que não havia mais pressa.

Epílogo

Os raios de sol de junho entravam pela janela do quarto de Chris enquanto ela dobrava uma blusa para guardá-la dentro de uma mala sobre a cama, fechando-a em seguida. Caminhou depressa em direção à porta.

— Certo, terminei — avisou a Karl.

Quando o suíço se aproximou para colocar o cadeado na mala, Chris atravessou o corredor até o quarto de Regan.

— Ei, Rags, como estão as coisas? — perguntou ela.

Já fazia seis semanas desde a morte dos padres. Desde o choque, desde a investigação encerrada por Kinderman. E ainda não havia respostas. Havia apenas especulações assombrosas e um freqüente despertar choroso no meio da noite. A morte de Merrin fora causada por uma doença da artéria coronária, mas a de Karras...

— Impressionante — dissera o investigador Kinderman, arfando. — Não. Não foi a menina.

Ela não era a culpada: estava amarrada à cama. Assim, Karras arrancara as cortinas e saltara da janela em direção à morte. Por quê? Uma tentativa de escapar de algo horrível? Kinderman já descartara essa hipótese, porque, se quisesse escapar, o padre poderia ter saído correndo pela porta. Karras tampouco era o tipo de homem que fugiria. Mas, então, por que a queda fatal?

Para Kinderman, a resposta começou a tomar forma numa afirmação feita por Dyer a respeito dos conflitos emocionais de Karras: a culpa que sentia em relação à mãe, a morte dela, sua falta de fé. Quando Kinderman acrescentou a tudo isso a falta de descanso por dias a fio, a preocupação, a culpa com o falecimento iminente de Regan, os ataques demoníacos na forma de sua mãe e, por fim, o choque pela morte de Merrin, concluiu com tristeza que, arrasado pelo remorso que ele não conseguia mais tolerar, a mente racional do jesuíta havia falhado. Além disso, durante a investigação da morte misteriosa de Burke Dennings, o detetive concluiu, com base no que lera sobre possessão, que os exorcistas se tornavam possuídos em alguns momentos, e em circunstâncias muito parecidas com as apresentadas ali: forte sensação de culpa e a necessidade de ser punido, somado à força da autossugestão. Karras chegara ao seu limite. Mas Dyer se recusava a aceitar. Muitas vezes, ele voltou à casa durante a recuperação de Regan para conversar com Chris, perguntando várias vezes se a menina conseguia se lembrar do que ocorrera no quarto naquela noite, mas a resposta era sempre não ou um balançar de cabeça. Por fim, o caso foi encerrado.

Chris espiou para dentro do quarto da filha. Segurando dois bichinhos de pelúcia, ela olhava para baixo, com a testa franzida, em direção à mala aberta sobre a cama. Elas pegariam um voo à tarde para Los Angeles, deixando Sharon e os Engstrom para fecharem a casa. Mais tarde, Karl dirigiria o Jaguar vermelho de volta para casa.

— Já está terminando de fazer as malas, querida? — perguntou Chris.

Regan olhou para ela. Um pouco pálida. Um pouco abatida. Leves olheiras sob os olhos.

— Não tem espaço nesta coisa! — disse ela, fazendo bico.

— Bem, você não pode levar tudo, querida. Venha, deixe isso aí, e Willie vai levar o resto. Vamos, querida. Temos que correr para não perder o avião.

— Tudo bem, mãe.

— Essa é a minha filhota.

Chris deixou a filha e desceu a escada com pressa. Quando chegou lá embaixo, a campainha tocou e ela foi abrir a porta.

— Olá, Chris. — Era o padre Dyer, com uma expressão triste. — Vim me despedir.

— Entre. Eu ia telefonar para você.

— Não, tudo bem. Sei que está com pressa.

Ela segurou a mão dele e o puxou para dentro.

— Venha! Eu ia tomar uma xícara de café. Por favor, me acompanhe.

— Bem, se tem certeza...

Ela respondeu que sim, e eles foram para a cozinha, onde se sentaram à mesa, beberam café e trocaram amenidades, enquanto Sharon e os

Engstrom se moviam de um lado a outro. Chris falou de Merrin, de como ficou surpresa e encantada ao ver as homenagens feitas no velório dele, e eles permaneceram calados por algum tempo enquanto Dyer encarava sua xícara com tristeza. Chris leu seus pensamentos.

— Ela ainda não consegue lembrar — disse ela. — Sinto muito.

Ainda cabisbaixo, o jesuíta assentiu. Chris olhou para seu prato. Nervosa e ansiosa, não havia comido. A rosa continuava ali. Ela a pegou e girou, pensativa, virando-a pelo caule.

— E ele nem a conheceu — murmurou Chris.

Ela parou de girar a rosa e olhou para Dyer. Ele a encarava com intensidade.

— O que você acredita que aconteceu? — perguntou ele. — Digo, como ateia. Acha mesmo que ela foi possuída?

Chris pensou, olhando para baixo ao se distrair com a flor de novo.

— Não sei, padre Dyer. Não sei mesmo. Ao buscar Deus, temos que descobrir se Ele existe mesmo, e se existe, aceitar que Ele precisa dormir um milhão de anos todas as noites ou fica irritado. Entende o que quero dizer? Ele não fala nunca. Mas quando o assunto é o Diabo... — Ela olhou para Dyer. — Bom, com o Diabo é diferente. Eu poderia acreditar nele; na verdade, talvez acredite. Sabe por quê? Porque ele fica se promovendo.

Dyer olhou para ela com afeto por um momento.

— Mas se todo o mal do mundo faz você pensar que pode existir um Diabo, como explica todo o bem do mundo?

Chris ficou em silêncio por um momento. Franziu a testa enquanto pensava e, por fim, desviou o olhar e assentiu.

— Nunca pensei nisso — disse ela. — Bom argumento.

A tristeza e o choque causados pela morte de Karras abalaram seu humor como uma sombra de melancolia, mas ela tentou se concentrar naquele convite modesto à esperança e à leveza, lembrando o que Dyer dissera a ela enquanto a acompanhava até o carro, no cemitério jesuíta, após o enterro de Karras.

"Gostaria de ir à minha casa por um momento?", perguntara ela.

"Ah, eu adoraria, mas não posso perder o banquete", respondera ele.

Ela ficara confusa, então ele explicara:

"Quando um jesuíta morre, realizamos um banquete de comemoração. Para ele, é um começo."

— O senhor disse que Karras tinha um problema com a fé.

Dyer assentiu.

— Não acredito nisso. Nunca vi tamanha fé antes na minha vida.

— O carro chegou, senhora!

Erguendo o olhar, Chris disse:

— Certo, Karl! Estamos indo! — Os dois se levantaram. — Não, você fica, padre. Vou só chamar Rags lá em cima.

Dyer assentiu distraidamente.

— Tudo bem.

Ele estava pensando no grito de "Não!" de Karras e no barulho de passos antes de ele se jogar da janela. Havia algo ali, pensou ele. O que seria? As lembranças de Chris e Sharon eram vagas. Mas Dyer pensou de novo naquele misterioso olhar de alegria. E algo mais, ele lembrava: um brilho forte... do quê? Não sabia, mas acreditava ser algo parecido com vitória. Triunfo. Inexplicavelmente, a ideia o deixou mais feliz. Sentiu-se mais leve. Caminhou até a entrada, com as mãos no bolso, inclinou-se para a frente, para a porta entreaberta, e observou Karl ajudando o motorista a acomodar a bagagem no porta-malas da limusine. O padre secou a testa — o tempo estava quente e úmido — e virou-se ao escutar alguém descendo a escada. Eram as duas, de mãos dadas. Elas se aproximaram dele. Chris beijou seu rosto. Quando notou os olhos tristes do padre, levou a mão ao rosto dele.

— Está tudo bem, Chris. Tenho a sensação de que está tudo bem.

— Que bom. — Ela olhou para Regan. — Querida, este é o padre Dyer. Diga oi.

— Prazer em te conhecer, padre Dyer.

— O prazer é todo meu.

Chris olhou para o relógio.

— Precisamos ir.

— Tudo bem. Ah, espere! Eu quase esqueci! — O padre enfiou a mão no bolso do casaco. — Isto era dele.

Chris olhou para a medalhinha presa a uma corrente na mão estendida de Dyer.

— São Cristóvão. Imaginei que a senhora gostaria de ficar com ela.

Por longos e silenciosos instantes, Chris estudou o objeto de modo pensativo, franzindo a testa levemente como quem toma uma decisão. Bem devagar, estendeu a mão, pegou a medalha e guardou-a dentro de um bolso do casaco.

— Obrigada, padre. Sim, sim, eu gostaria. — Então falou para Regan: — Vamos, querida.

Mas, quando estendeu o braço para segurar a mão da filha, viu que a menina olhava fixamente para a gola romana da batina do padre, como se lembrasse de algo até então esquecido. De repente, ela abriu os braços para o padre. Surpreso, o jovem jesuíta se abaixou. Com as mãos nos ombros dele, Regan beijou seu rosto. Descendo os braços, ela desviou o olhar com a testa franzida, como se não entendesse por que fizera aquilo.

Com os olhos marejados, Chris desviou o olhar e, segurando a mão da filha, disse baixinho:

— Bem, precisamos *mesmo* ir. Vamos, querida, diga adeus ao padre.
— Tchau, padre Dyer.

Sorrindo, o jesuíta ergueu os dedos de uma das mãos em despedida.
— Adeus. Boa viagem de volta para casa.
— Padre, telefonarei de Los Angeles — disse Chris, virando-se para trás. Só mais tarde ela tentaria entender a que ele se referia ao dizer "casa".
— Cuide-se.
— O senhor também.

Dyer observou enquanto as duas se afastavam. Quando o motorista abriu a porta, Chris virou-se, acenou e mandou um beijo. Dyer retribuiu e a observou acomodando-se no banco traseiro da limusine, ao lado da filha. Quando o carro partiu, a menina olhou para Dyer pelo vidro traseiro até o automóvel dobrar uma esquina e desaparecer de vista.

Ele se virou para a esquerda ao escutar um som de freios do outro lado da rua: uma viatura policial. Kinderman saltou do carro, deu a volta depressa pela frente e correu na direção de Dyer.

— Vim me despedir!
— Elas acabaram de ir.

Desanimado, o detetive se deteve.
— É mesmo? Elas já foram?

Dyer assentiu.

Kinderman observou a rua Prospect por um instante antes de virar-se para Dyer e balançar a cabeça.

— *Puxa!* — Ele se aproximou do padre e perguntou, sério: — Como está a menina?

— Ela me pareceu bem. Muito bem.

— Que bom. É só o que importa. — O detetive ergueu um dos braços e olhou o relógio. — Bem, de volta à rotina, de volta ao trabalho. Adeus, padre.

Ele se virou e deu um passo em direção à viatura, mas parou e olhou com atenção para o jesuíta.

— Você vai ao cinema, padre Dyer? Gosta de ver filmes?

— Ah, sim, claro.

Kinderman voltou a se aproximar.

— Tenho ingressos. Na verdade, tenho ingressos para o cinema Biograph amanhã à noite. Gostaria de ir?

— O que está passando?

— *O Morro dos Ventos Uivantes.*

— Quem são os atores?

— Quem são os atores? — O detetive franziu a testa e respondeu: — Sonny Bono é Heathcliff e, no papel de Catherine Earnshaw, Cher. Quer ir ou não?

— Eu já vi.

O detetive olhou para o jesuíta, desanimado, antes de desviar o olhar, murmurando:

— Mais um! — Dirigiu-se a ele sorrindo e, subindo na calçada, entrelaçou seu braço no do padre e começou a caminhar lentamente com ele pela rua. — Estou me lembrando de uma fala do filme *Casablanca*. No fim, Humphrey Bogart diz a Claude Rains: "Louie, acho que este é o começo de uma bela amizade."

— Sabe, o senhor se *parece* um pouco com Bogart.

— Ah, que bom que notou.

No ato de esquecer, eles tentavam lembrar.

Nota do autor

Tomei certas liberdades com a geografia atual da Universidade de Georgetown, principalmente no que diz respeito à localização do Instituto de Idiomas e Linguística. Além disso, a casa na rua Prospect não existe, tampouco o centro de residência jesuíta no local em que o descrevi. Por fim, o trecho em prosa atribuído a Lankester Merrin não é criação minha, mas foi retirado de um sermão do cardeal John Henry Newman, intitulado "The Second Spring".

Este livro foi impresso pela Santa Marta em 2024, para a HarperCollins Brasil. O papel do miolo é snowbright 70g/m² e o da capa é couchê 150g/m².